KB058110

해방
2

FREED

E L 제임스 지음 | 황소연 옮김

해방 2

Fifty Shades Freed
as Told by Christian

시공사

M. Y. 페어레이디호 선체에 철썩철썩 부딪히는 파도 소리가 나를 깨웠다. 승조원들이 갑판에 나와 있었다. 그릇을 닦고 오늘 하루를 준비하는 기척이 들려왔다. 우리는 몬테카를로 항구의 바깥쪽 만에 정박해 있었다. 지극히 행복한 지중해의 여름날 아침이었고, 내 옆에는 아나스타샤 그레이 부인이 곤히 잠들어 있었다. 나는 옆으로 돌아누워 그녀를 감상했다. 신혼여행을 떠난 이후 거의 아침마다 벌어지는 일상이었다. 그녀는 햇볕에 그을려 피부가 가무잡잡했고 머리카락의 빛깔은 조금 바래 있었다. 지금은 입술을 살짝 벌리고 쿨쿨 잠들어 있었다.

그럴 만도 했다.

나는 기억이 떠올라 큭큭 웃었다.

밤늦도록. 절정에 오르고 오르고 또 오르는 아나.

그녀는 너무나 평온해 보였다. 그녀가 부러웠다.

그래도 나 역시 조금이나마 긴장이 풀린 것은 사실이었다.

지난주에 블랙 먼데이의 드라마가 펼쳐지는 바람에 로스와 마르코한테서 간간이 전화가 걸려 왔다. 마르코와 나는 마지막 순간에 방어 자산으로 포트폴리오를 재구성해 막대한 손실은 면했다. 우리 둘 다 시장을 유심히 관찰하면서 하락장에서 살아남을 전략을 궁리하는 중이었다.

하지만 일을 하지 않고 놀기만 하니 기운이 남아돌았다.

나는 아나를 보며 다정하게 미소를 지었다. 그녀는 계속 쿨쿨 잠을 잤다.

내 아내의 새로운 면면이 속속 밝혀졌다.

그녀는 런던을 좋아한다.

브라운스에서 애프터눈 티 마시는 걸 좋아한다.

펍을 좋아하고, 런던 사람들이 펍에서 쏟아져 나오고 맥주를 마시고 길거리에서 담배 피우는 풍경을 좋아한다.

버로우 마켓, 특히 스카치 에그(삶은 달걀을 다진 소시지로 감싸고 빵가루를 묻혀 굽거나 튀긴 영국의 간식 – 옮긴이)를 좋아한다.

쇼핑은 해로즈 백화점을 빼고는 그다지 열광하지 않는다.

잉글리시 맥주는 그다지 좋아하지 않는데, 그건 나도 마찬가지다. 미지근해서.

누가 미지근한 맥주를 마시겠냐고?

그녀는 면도하는 걸 즐기지 않는다……. 하지만 면도는 내가 해주면 된다.

그것도 소중한 추억이 되겠군.

그녀는 파리를 좋아한다.

그녀는 루브르를 좋아한다.

그녀는 예술의 다리 퐁데자르를 좋아한다. 우리는 기념으로 거기에 자물쇠를 남겼다.

그녀는 베르사유궁전의 거울의 방을 좋아한다.

"그레이 씨. 여기서는 당신을 모든 각도에서 보는 것이 어렵지 않네요."

그녀는 나를 사랑한다……. 그런 것 같다.

나는 그녀를 깨우고 싶었지만 어젯밤 우리는 늦게까지 놀았다.

셰익스피어의 《한여름 밤의 꿈》을 바탕으로 한 발레극 〈라 손즈〉를 몬테카를로의 오페라 극장에서 보고 나서 카지노에 갔다. 아나는 거기 룰렛 테이블에서 몇백 유로를 따고 좋아했다.

내 의지가 그녀를 깨운 것처럼 그녀가 눈을 떴다. 그리고 미소를 지었다. "안녕."

"안녕, 그레이 부인, 좋은 아침이야. 잘 잤어?"

그녀가 기지개를 켰다. "최고로 잘 잤고 최고로 좋은 꿈도 꿨어요."

"최고로 좋은 꿈은 너야." 나는 그녀의 이마에 키스했다. "섹스? 아니면 요트 주변에서 아침 수영 할까?"

그녀가 너무나 섹시한 미소를 짓고 "둘 다요" 하고 입 모양으로 말했다.

아나는 막 수영을 마치고 돌아와 몸에 가운을 두르고 차를 마시면서 SIP의 여러 원고 중 하나를 읽었다. 그동안 갑판으로 아침 식사가 나왔다. "이러다 버릇 나빠지겠어요." 그녀가 꿈을 꾸듯 말했다.

"그러게. 참 멋진 배야." 나는 아내를 물끄러미 바라보다가 잔에 남은 에스프레소를 삼켰다. 아나가 한쪽 눈썹을 추켜올렸다. 그녀가 뭐라 대꾸하기 전에 승조원 레베카가 스크램블드에그와 훈제 연어가 담긴 접시를 우리 앞에 하나씩 놓았다.

"아침 식사 나왔습니다." 레베카가 온화한 미소를 띠고 말했다. "다른 거 더 가져다드릴까요?"

"이거면 됐어요." 나도 미소를 지으며 대답했다.

"나도 됐어요. 고마워요." 아나가 말했다.

"오늘은 해변으로 나가자." 내가 제안했다.

나는 책을 읽을 기회가 좀체 없다. 하지만 신혼여행 중에 이미 스릴러 소설 두 권과 기후 변화에 관한 책 두 권을 읽어치웠고, 지금은 탐욕과 부패가 어떻게 2008년 금융 위기로 이어졌는가를 다룬 모겐슨과 로스너의 두꺼운 책을 읽고 있다. 아나는 비치 플라자 몬테카를로의 파라솔 아래서 꾸벅꾸벅 졸고 있었다. 오후의 태양 아래 선베드에 쭉 뻗고 누워 있었는데 입고 있는 예쁜 터키석 빛깔의 비키니는 상상할 여지를 거의 주지 않았다.

저대로 둬야 하는지 갈등이 됐다.

테일러와 그가 고용한 프랑스인 경호원 둘, 페레 쌍둥이에게 사진 기자가 접근하지 못하게 각별히 주의하라고 일러두긴 했지만. 파파라치는 무슨 짓을 해서라도 우리의 프라이버시를 침해하려 드는 기생충이다. 대체 무슨 영문인지 〈스타〉 잡지가 아나에 관한 가십 기사를 실은 이후 언론은 우리의 사진을 찍으려고 혈안이 돼 있었다. 나로서는 도저히 이해가 가지 않았다……. 우리는 연예인도 아닌데 왜들 이러는지 돌아버릴 것 같다. 기삿거리가 없다는 이유로 사실상 아무것도 입지 않은 내 아내가 연예란에 실리는 건 곤란했다.

태양의 위치가 바뀌는 바람에 아나가 직사광선에 그대로 노출되었다. 내가 그녀에게 선크림을 발라주었지만 그것은 한참 전의 일이다. 나는 몸을 내밀어 그녀의 귀에 속삭였다. "뜨거울 텐데."

아나가 흠칫 잠에서 깨 활짝 웃었다. "오직 당신에게만 뜨거워져요."

내 심장박동이 조금 빨라졌다.

단 세 마디 말과 미소에 어떻게 이런 변화가 생기지?

나는 그녀의 선베드를 그늘 안으로 단번에 끌어당겼다. "지중해의 태양은 피하시죠, 그레이 부인."

"배려 고마워요, 그레이 씨."

"천만에. 널 배려해서가 아니야. 네가 화상을 입으면 널 만질 수가 없잖아."

아나의 입술이 휘어지며 큭큭 웃음을 흘렸다.

나는 실눈을 떴다. "알면서 그러네. 날 놀리려는 거지."

"내가요?" 그녀가 속눈썹을 파닥거리면서 아무것도 모른다는 표정을 지었지만 솔직히 어림없었다.

"그래, 놀리려고 했잖아. 실제로 그렇고. 자주." 나는 그녀에게 키스했다. "내가 널 사랑하는 오만 가지 이유 중 하나야." 나는 그녀의 아랫입술을 깨물었다.

"당신이 선크림을 더 발라주려나 기대했을 뿐이에요."

나야 좋지.

"손이 더러워지긴 하지만 거절할 수 없는 제안이네. 일어나 앉아봐."

나야 좋지. 여기 바깥에서. 남들이 보는 데서. 널 만지는 거.

아나가 내게 앞몸을 내밀었다. 나는 선크림을 손에 조금 짜서 한 곳도 빠트리지 않고 천천히 꼼꼼히 그녀의 피부에 발랐다. 어깨, 목, 양팔, 젖가슴 위쪽, 복부. "너 정말 사랑스러워. 난 행운아야."

"네, 그럼요, 그레이 씨."

아나의 능청스런 태도가 나를 자극했다.

"그대에겐 겸손이 어울려요, 그레이 부인. 뒤로 돌아. 등에도 발라야 하니까."

아나가 누웠고 나는 그녀의 비키니 끈을 풀었다.

"바닷가의 다른 여자들처럼 나도 위에 아무것도 안 입고 다니면 어떨까요?" 그녀가 물었다. 오늘 날씨처럼 온화하고 나른한 목소리였다. 나는 손에 선크림을 더 짜서 그녀의 피부에 발랐다.

"난 열 받겠지. 지금도 옷을 거의 안 입어서 아주 불만인데." 내 아내가 해변에서 쉬는 동안 망할 놈의 더러운 파파라치가 카메라 렌즈로 내 아내를 훔쳐볼 텐데 그건 싫었다. 놈들은 어디에나 있었다. 해충처럼.

아나는 못마땅한 기색이었다.

나는 몸을 숙여 그녀의 귀에 속삭였다. "과욕은 금물이야."

"지금 도발하는 거죠, 그레이 씨?"

"아니. 사실을 말하는 거야, 그레이 부인."

이건 게임이 아니야, 아나.

등과 다리가 끝났다. 나는 그녀의 엉덩이를 찰싹 때렸다. "끝났어, 아가씨."

내 휴대전화가 진동했다. 화면을 쳐다보니 오전 보고를 하려는 로스였다.

시애틀은 아침이었다. 별일이 아니기를 바랐다.

"넌 나만 볼 거야." 나는 장난스럽게 아나에게 경고한 뒤 그녀의 엉덩이를 한 번 더 찰싹 때린 뒤 전화를 받았다. 아나가 도발하듯 엉덩이를 흔들고 나서 내가 로스와 통화하는 동안 눈을 감았다.

"안녕, 로스. 이른 시각인데 무슨 일이야?" 내가 물었다.

"잠이 안 와서요. 집이 조용하니까 일이 잘되네요."

"안 좋은 소식이라도?"

"아뇨. 아무 문제 없어요. 어제 사장님과 통화하고 나서 빌의 전화를 받았어요. 디트로이트 브라운필드 재개발청에서 압력이 들어왔다네요. 결정을 내리라고요."

마음이 무거웠다.

디트로이트. 젠장. "그래. 그렇군. 빌이 보낸 부지 세 곳 중에서 두 번째가 제일 좋았어."

"세인트오빈 스트리트 부지 말씀이시죠?" 그녀가 물었다.

"응, 거기."

"알겠습니다. 그걸로 진행할게요. 하나 더 있어요. 우즈."

망할. 아직 용의자 명단에 올라 있는 놈 말이군. "그 머저리가
또 무슨 짓을 했어?"

로스는 내 험한 말을 모른 척 넘겼다. "그 사람이 예전 직원들을
괴롭히고 있어요."

"우물에 독이라도 탔대?"

"네. 한번 가봐야 할 것 같아요."

"자네가 가봐."

"저 말고요. 사장님이요."

"흠…… 돌아가서 생각해 볼게."

"그러세요."

"뉴욕에 한번 가볼까 하던 참이야. 아내를 데리고."

로스가 미소 짓는 소리가 들리는 듯했다. "코트다쥐르(니스와 칸
을 포함한 프랑스 남동부 지중해 연안 지역 - 옮긴이) 어때요?"

내 시선은 졸고 있는 아내의…… 앙증맞은 엉덩이에 머물렀다.
"아름답지. 특히 여기 경치."

"잘됐네요. 즐기세요. 이 건은 그렇게 진행할게요."

"그렇게 해, 로스."

"사장님이 안 계시니까 아주 신나 죽겠어요."

나는 하하 웃었다. "너무 익숙해지면 안 돼. 나 돌아갈 거야."

"믿으실지 모르겠지만, 사장님이 그리워지려고 해요."

나는 대꾸하려고 입을 열었지만 당황해서 할 말을 제대로 찾지
못했다.

11

"안녕, 크리스천." 로스가 전화를 끊었다. 전화기를 멍하니 쳐다보는데 로스가 어디 아픈가 하는 생각이 들었다.

그레이, 로스가 잘할 거야. 아는 사람 중에 로스만큼 유능한 사람도 없어.

나는 읽던 책으로 돌아갔다.

오후가 무르익자 기온이 절절 끓었다. 나는 목이 말라 호텔 여종업원에게 마실 것을 주문했다. 아나가 잠에서 깨 나를 돌아보았다. "목말라?"

"그러네요." 그녀가 나른하게 대꾸했다.

나는 아나가 사랑스러웠다. "난 온종일 너만 볼 수도 있어. 피곤해?"

파라솔 밑에서 그녀의 얼굴이 붉게 달아올랐다. "어젯밤에 잠을 많이 못 잤어요."

"나도 그래."

어젯밤의 기억이 떠올랐다. 내 위에서 격렬히 움직이는 아나.

내 몸이 꿈틀거렸다. 젠장.

열을 식혀야 했다. 당장. 나는 일어서서 데님 반바지를 재빨리 벗어버렸다. "수영하러 가자." 나는 손을 내밀었다. 아나가 조금 졸린 듯 눈을 깜빡거렸다. "수영하자니까?" 내가 다시 재촉했다. 그녀가 대답을 하지 않아 나는 그녀를 안아 들었다. "너 모닝콜이 필요해 보여."

아나가 꺅 소리를 지르며 깔깔 웃었다. "크리스천! 내려줘요!"

"바닷물 속에서 놓아줄게, 자기야." 나는 소리 내어 웃으면서 그녀를 안고 지옥처럼 뜨거운 모래밭을 건너갔다. 더 시원하고 축축한 물가로 가니 좋았다. 아나는 두 팔을 내 목에 감고 있었고 눈

에선 즐거움이 반짝거렸다. 나는 지중해 물속으로 첨벙첨벙 걸어
갔다.

정신이 번쩍 난 아나가 삿갓조개처럼 내게 딱 달라붙었다. "설
마!" 그녀가 조금 헐떡거리며 말했다.

나는 웃음이 터졌다. "아나, 자기야, 알고 지낸 지 얼마 안 됐지
만 그 사이에 아무것도 배운 게 없는 거야?" 나는 고개를 숙여 그
녀에게 키스했다. 그녀는 내 머리를 잡고 손가락을 내 머리카락에
넣었다. 굶주린 듯 내게 키스하는 그녀의 열렬한 반응에 나는 정
신이 아득해지고 숨이 다 막혔다.

아나.

허리까지 물속에 잠긴 것이 다행이었다.

"네 수법 다 알아." 나는 그녀의 입술에 대고 중얼거린 뒤 천천
히 바닷속으로 잠기며 그녀에게 다시 키스했다. 시원한 바닷물과
내 입술은 닿은 그녀의 뜨겁고 축축한 입술이 내 성욕을 자극했
다. 아나가 몸을 내 몸에 감았다. 그녀의 길고 아름다운 팔다리가
따스하고 축축한 망토처럼 나를 감쌌다.

여기가 천국이었다.

나는 그녀를 빨아들였다. 우리의 열정은 고조되었고 내 머릿속
은 텅 비어갔다.

오로지 아나, 내 아름다운 여자와 나뿐이었다. 바닷속에.

널 원해.

여기서. 당장.

"수영하자면서요." 우리가 숨을 쉬기 위해 멈추었을 때 그녀가
속삭였다.

"너한테 정신이 팔려서 그렇잖아." 나는 그녀의 아랫입술을 물
고 빨았다. "그런데 몬테카를로의 선량한 시민들에게 뜨겁게 달아

오른 내 아내를 보여줘야 할지 모르겠네."

그녀가 이로 내 턱을 물었다.

그녀는 더 많을 걸 원했다.

"아나." 나는 뒤로 묶은 그녀의 머리채를 내 손목에 감으며 경고했다. 그녀의 목으로 내려가려고 머리채를 살짝 당겼다. 그녀에게서 소금물과 코코넛 선크림, 땀 맛이 났다. 가장 좋은 건 아나의 맛이었다. "바닷속에서 널 가져도 돼?"

"그럼요." 소곤거리는 그녀의 대답이 내 리비도를 때렸다.

젠장. 더는 안 되겠어.

점점 자제하기가 힘들었다.

"그레이 부인, 만족할 줄 모르네. 너무 노골적이고. 내가 무슨 괴물을 만들어낸 거지?"

"당신한테 꼭 맞는 괴물. 나를 다른 방식으로 가져봐요."

"난 어떤 식으로든 널 취할 거야. 알잖아. 하지만 지금 당장은 아니야. 관객이 있는 데선 곤란해." 나는 고갯짓으로 물가 쪽을 가리켰다.

아나는 우리의 행동에 주제넘은 관심을 가지고 주시하는 일광욕족을 흘끔거렸다.

그만, 그레이.

나는 아나의 허리를 잡고 그녀를 공중으로 번쩍 들어 올렸다. 그녀가 첨벙 물방울을 튀기며 시원하게 바닷물 속에 착지했다. 아나는 물 위로 떠올라 웃어대면서 화가 난 척 물을 튀겼다. "크리스천!" 그녀가 손바닥으로 수면을 밀어 내게 물을 튀겼다.

나는 즉시 물을 튀겨 반격했다. 그녀가 너무 실망한 듯 보여 절로 웃음이 나왔다.

나와 섹스하는 그녀의 모습을 관객들에게 보여줄 순 없지!

"긴긴 밤이 다 우리 거야." 나는 그녀의 반응에 기분이 좋아져서 설명했다. 그리고 마음이 바뀌어 우리 둘 다 체포되는 불상사가 생기기 전에(알다시피 여기는 프랑스니까) 잠수할 준비를 했다. "나중에 봐, 자기." 나는 소리친 뒤 고요하고 깨끗한 물속으로 뛰어들어 헤엄쳐 갔다. 빠르게 자유형으로 움직이자 열기도 식고 넘치는 에너지도 소진되었다.

더 차분하고 상쾌해진 몸으로 해변을 걸어 올라갔다. 내 아내는 어쩌고 있을까 궁금했다.

이런 빌어먹을!

아나가 상의를 모두 탈의한 채 선베드에 누워 있었다.

나는 해변을 훑어보며 걸음을 재촉했다. 바에 앉아 있는 테일러와 눈이 딱 마주쳤다. 그는 쌍둥이 형제인 프랑스 경호원들과 페리에를 마시고 있었다. 그들은 이리저리 주변을 살펴보았다. 테일러가 내게 고개를 저었다. 사진 기자는 눈에 띄지 않는다는 뜻 같았다.

지금 그게 문제냐고. 심장 발작을 일으킬 판인데.

"지금 뭐 하는 거야?" 나는 아나에게 다가가 그녀를 노려보며 소리쳤다.

아나가 눈을 떴다.

잠든 척하려는 건가? 똑바로. 누워서?

아나가 기겁을 하고 주위를 둘러보며 중얼거렸다. "엎드려 있었는데. 잠결에 돌아누웠나 봐요."

나는 선베드에서 비키니를 집어 그녀에게 던지고는 "입어!" 하고 쏘아붙였다.

제기랄. 이러지 말라고 특별히 부탁까지 했잖아.

나 좋자고 그런 게 아니야. 네 프라이버시를 위해서였어!

"크리스천, 아무도 안 봐요."

"말 들어. 그들이 보고 있다니까. 테일러랑 경호원들이 쇼를 즐기고 있단 말이야!"

그녀가 손으로 가슴을 가렸다.

"그래." 내가 쏘아붙였다. "게다가 망할 놈의 더러운 파파라치가 네 사진을 찍을지도 몰라. 〈스타〉 잡지의 표지라도 장식하고 싶은 거야? 이번엔 나체로?"

아나가 기겁을 하며 허둥지둥 비키니 상의를 걸쳤다.

거 봐! 내가 왜 안 된다고 했겠어?

"라디시옹(계산서)!" 나는 웨이트리스에게 딱딱거렸다. "그만 가자." 나는 아나에게 말했다.

"지금요?"

"그래. 지금."

나랑 말싸움하려 들지 마, 아나.

나는 하도 화가 나서 물기를 닦지도 않고 반바지와 티셔츠를 당겨 입었다. 웨이트리스가 돌아왔을 때 계산서에 서명했다. 아나는 내 옆에서 서둘러 옷을 걸쳤고, 나는 서명을 끝내고 테일러에게 가겠다고 신호를 보냈다. 테일러가 휴대전화를 들었다. 페어레이디호에 전화를 걸어 부속선을 부르는 것 같았다. 나는 내 책과 휴대전화를 챙기고 선글라스를 썼다.

아나, 대체 생각이 있어 없어?

"제발 화내지 마요." 아나가 내 소지품을 집어 자기 배낭에 넣으면서 말했다.

"너무 늦었어." 나는 투덜거렸다. 성질을 가라앉히려 해도 뜻대로 되지 않았다. "가자." 나는 그녀의 손을 잡고 테일러와 페레 형제에게 손을 흔들었다. 그들이 호텔 입구까지 우리를 따라 나왔다.

"어디로 가는 거예요?" 아나가 물었다.

"배로 돌아갈 거야."

나는 부두에서 제트스키를 구비한 부속선을 보자 마음이 풀렸다. 아나는 테일러에게 배낭을 건넸고, 테일러는 아나에게 구명조끼를 주었다. 테일러가 묻는 눈빛으로 나를 보았지만 나는 고개를 저었다. 그가 답답하다는 듯 한숨을 혹 내쉬었다. 나도 구명조끼를 입길 바라는 그의 마음은 알고 있었지만 화가 나서 돌아버릴 것 같았다. 그래서 그를 무시하고 아나의 끈을 단단히 조였다. "됐어." 나는 중얼거리고 나서 제트스키에 올라탄 뒤 아나에게 손을 내밀었다. 아나가 내 뒤에 올라타자마자 나는 부두를 차서 우리를 밀어낸 뒤 엔진 킬스위치(보트 운전자가 자리에서 이탈할 경우 엔진을 멈추게 하는 장비 – 옮긴이)를 티셔츠 밑단에 부착했다. "꽉 잡아." 내가 통명스럽게 소리치자 아나가 두 팔을 내게 감고 꽉 끌어안았다. 그녀가 코를 내 등에 비볐을 땐 몸이 뻣뻣하게 굳었다. 지난 기억들이 되살아났지만 화가 풀리지 않았기 때문이다. 하지만 솔직히 그녀의 품에 안겨 있으니 기분이 좋았다. "가만히 있어." 나는 키를 돌려 시동을 걸었다. 모터가 부르릉 살아났다. 나는 천천히 액셀을 틀었고 우리는 페어레이디호를 향해 달렸다.

수면을 미끄러져 나아가니 화가 누그러졌다.

부속선이 우리를 따라잡았을 때 아나가 나를 더 꽉 끌어안았다. 나는 액셀을 최고치로 올렸고, 우리는 앞으로 치고 나갔다.

하! 이거 좋은데!

재밌어.

엄청 재밌어.

이 순간을 즐겨, 그레이.

지중해는 평온하고 잔잔해서 물 위를 날아가기가 쉬웠다. 우리는 요트를 지나 탁 트인 바다로 나아갔다. 얼굴을 때리는 여름철의 산들바람. 물보라. 물을 가르며 달려가는 속도. 내게 매달린 아나. 아주 짜릿했다. 나는 요트를 향해 둥글게 방향을 틀었다. 하지만 이대로 끝내기가 아쉬웠다.

"한 번 더?" 나는 아나에게 소리쳤다. 그녀의 함박웃음이 충분한 응원이 되었다. 나는 페어레이디호를 쏜살같이 돌아 아나의 품에 꼭 안긴 채 다시 너른 바다로 나아갔다.

행복하다고 외치고 싶었다.

하지만…… 아직은 앙금이 조금 남아 있었다.

젊은 승조원 제럴드가 아나가 제트스키에서 내려 페어레이디호의 작은 플랫폼에 오르는 것을 도와주었다. 아나는 나무 계단을 올라가 갑판에서 나를 기다렸다. "그레이 씨." 제럴드가 말하고는 내게 팔을 내밀었다. 나는 손을 내저어 그를 물리치고는 배에 올라 아나를 따라갔다. 그녀는 조금 시무룩하긴 해도 사랑스러워 보였다. 신선한 공기와 일광욕 덕분에 피부에 윤기가 흘렀다. "햇볕에 탔네." 나는 무심히 말하고 나서 그녀의 구명조끼를 풀었다. 그리고 그것을 다른 승조원 그레그에게 넘겨주었다.

"더 필요하신 거 있으십니까?" 그가 물었다.

"뭐 마실래?" 내가 아나에게 물었다.

"마셔야 하나요?"

나는 인상을 썼다. "왜 그런 말을 해?"

"왜 그런지 알잖아요."

그래, 아나. 나 너한테 화났어.

"진토닉 두 잔 줘요. 땅콩과 올리브도."

그레그가 고개를 끄덕여 내 주문을 받았다. 그가 물러가는데 아나의 말뜻을 알 것 같았다. "내가 널 벌줄까봐 그래?"

"그러고 싶어요?"

"응." 나도 놀랄 만큼 전혀 주저함 없이 대답이 튀어나왔다.

그녀의 눈이 동그래졌다. "어떻게요?"

오, 아나. 끌리는 목소린데. "생각해볼게. 네가 마실 것을 다 마시고 나면." 온갖 에로틱한 이미지가 머릿속에 빗발쳐서 시선을 수평선 쪽으로 돌렸다. "그러고 싶어?"

그녀의 눈이 끈적해졌다. "봐서요." 그녀의 뺨이 붉어지며 흥미를 드러냈다.

아, 자기야.

"무슨 말이야?"

"당신이 내게 상처 줄 건지 아닌지에 달렸죠."

기가 막혀서. 그건 끝난 얘긴 줄 알았는데.

나는 그녀의 반응에 짜증이 났지만 몸을 기울여 이마에 키스했다. "아나스타샤, 넌 내 아내야, 서브가 아니라. 너에게 상처주고 싶지 않아. 이제는 알 때도 됐잖아." 나는 한숨을 쉬었다. "그냥…… 그냥 좀 남들 앞에서 옷을 벗고 그러지 마. 벌거벗은 네 모습이 가십란을 장식하는 게 싫어서 그래. 너도 그건 원하지 않잖아. 네 엄마와 레이 아버님도 그걸 바라지 않으실 거야."

아나가 창백해졌다.

그래, 아나. 수치스럽겠지. 레이는 분개할 테고. 레이가 나를 원망할지도 몰라!

그레그가 마실 것을 가져와 탁자에 놓았다.

"앉아." 내가 명령하자 아나가 접이식 의자에 앉았다. 나는 미소 띤 얼굴로 승조원을 보낸 뒤 옆자리에 앉아 아나에게 마실 것을 건네주고 나서 내 것을 집었다. "건배, 그레이 부인."

"건배, 그레이 씨." 그녀는 한 모금 마시면서 나를 조심스럽게 살폈다.

이 여자를 어떻게 하지?

변태 섹스. 어떨까.

한 지 좀 됐잖아.

"이 배는 누구 거예요?" 아나가 물었다. 그녀의 질문이 나를 음탕한 계략에서 끌어냈다.

"영국의 어떤 기사인 아무개 경. 그 사람의 증조부가 식료품 가게를 열었지. 그 사람의 딸은 유럽의 황태자와 결혼했고."

"와!" 아나가 입 모양으로 말했다. "갑부겠네요?"

"응."

"당신처럼."

"응. 그리고 너처럼." 나는 올리브를 하나 들었다.

"이상한 일이에요." 아나가 말했다. "무일푼이다가……." 그녀가 갑판 저편 몬테카를로의 절경을 향해 손을 저었다. "모든 걸 갖는 다는 건."

"적응하게 될 거야." 나도 그랬어.

"난 적응이 안 될 것 같아요." 아나가 목소리를 깔고 대답했다.

테일러가 내 오른편에 나타났다. "사장님, 전화 왔습니다." 그가 내 휴대전화를 주었다.

"그레이입니다." 나는 딱딱하게 말하며 의자에서 일어나 난간 쪽으로 걸어갔다.

로스였다.

또?

런던에서 유럽의 위성항법시스템 에이전시와 그들의 갈릴레오

위성 내비게이션에 대해 미팅을 가진 적이 있었는데 로스가 그 미팅의 추후 진행 상황을 보고했다. 나는 그들의 서비스를 바니의 태양열 태블릿에 접목할 수 있기를 기대했다. 그녀가 진작에 이걸 묻지 않았다는 게 놀라웠지만 그녀의 질문에 대답해주었다.

"고맙습니다. 마르코한테 그렇게 전할게요."

"그냥 이메일을 보내지 그랬어."

"다음부턴 그렇게 하겠습니다. 바니가 고집을 부려서요. 방금 전에도 이 건으로 저한테 이메일을 보냈어요." 로스가 조금 민망한지 웃음을 터뜨렸다.

나도 따라 큭큭 웃었다. "바니가 열심이로군. 알아. 그래서 우리랑 같이 일하는 거지. 다행이지 뭐야. 이게 다야? 없으면 그만 내 아내에게 돌아갈까 하는데."

"그러세요, 크리스천. 고마워요. 방해가 안 되도록 조심할게요. 그럼 끊겠습니다."

나는 아나에게 주의를 돌렸다. 그녀는 진토닉을 홀짝거리며 아련한 표정으로 해안선을 바라보았다. 깊은 생각에 잠겨 있었다.

무슨 생각을 하는 걸까? 상의 탈의한 거? 처벌 섹스? 내 재산? 우리 재산!

나는 그것일 거라고 짐작하고 말했다. "적응하게 될 거야." 다시 그녀 옆에 앉았다.

"적응할 거라니 뭐가요?"

"돈 말이야."

아나가 속을 알 수 없는 표정으로 나를 흘끔거리더니 아몬드와 캐슈너트 접시를 내게 쑥 밀었다. "미쳤군요."

그녀의 얼굴에 미소가 어른거렸다. 웃음을 참고 있었다. 나를 놀리다니. 또.

머릿속에서 계획이 구체화되었다. "너한테 미쳤지."

그건 사실이야.

나는 아나의 처녀 파티 날 밤이 기억나 캐슈너트를 하나 집었다. 침대에 벌거벗고 누워 내게 두 손을 내밀던 아나.

'나 벌줄 거예요?'

'벌을 주다니?'

'이렇게 취한 벌. 처벌 섹스. 당신은 하고 싶은 건 뭐든 나한테 할 수 있으니까.'

그 생각이 내 혈기를 들쑤셨다. 그녀가 처벌을 원하는데 응하지 않는다면 내가 무례한 놈이지. "다 마셔. 침대로 가자."

그녀가 멍하니 나를 쳐다보았다.

"마셔." 나는 조용히 그녀에게 말했다.

아나는 유리잔을 입술로 들어 올려 진토닉을 한 번에 모두 마셔 버렸다.

와우. 내 용감한 여자는 한 치의 망설임도 없이 도전장을 받아 들였다.

물러서는 법이 없지.

게임 시작해, 그레이.

나는 일어서서 몸을 숙여 두 손으로 그녀의 접이의자 팔걸이를 짚고 그녀의 귀에 소곤거렸다. "본보기로 벌을 줘야겠어. 가자. 오줌 누지 마."

그녀가 놀라 숨을 들이켜는 소리가 만족스럽게 들렸다. 그녀의 얼굴이 충격에 휩싸였다.

나는 아나의 생각이 어디로 흘러갔을지 뻔해서 큭큭 웃음이 나왔다.

아니, 아나, 속 끓일 것 없어. 나 그런 사람 아니야.

"네가 생각하는 그런 거 아니야." 내가 손을 내밀었다. "나 믿지?"

아나의 입꼬리가 올라가며 도발적인 미소를 끌어냈다. "믿어볼게요." 그녀가 손을 내 손에 얹었다. 우리는 함께 선실로 향했다.

나는 안으로 들어가서 아나를 놓고 문을 잠갔다. 방해받고 싶지 않았다. 옷을 재빨리 벗어버리고 플립플랍 슬리퍼도 벗었다. 승조원들이 예의를 차리느라 내게 말하지 않았지만 플립플랍은 원래 여기서 신을 수 없었다.

아나는 커다래진 눈으로 나를 지켜보며 무의식적으로 아랫입술을 씹었다. 나는 그녀의 턱을 잡아 도톰한 아랫입술을 풀어주고 나서 엄지손가락으로 이에 눌린 자국을 쓰다듬었다. "좀 낫네."

나는 서랍장에서 섹스토이 가방을 꺼내 거기서 발목과 손목을 연결하는 수갑 두 쌍과 수갑 열쇠, 안대 하나를 꺼냈다. 아나는 움직이지 않았다. 눈빛이 아까보다 끈적했다.

아나가 흥분했어, 그레이.

혼을 쏙 빼놔야지.

"많이 아플 수도 있어." 아나가 자세히 볼 수 있도록 나는 수갑을 들어 올렸다. "네가 너무 세게 당기면 이게 피부를 파고들 수 있거든. 그래도 지금 이거 꼭 쓰고 싶어. 여기서." 나는 그녀에게 다가가 수갑을 그녀에게 건넸다. "이거 한번 해볼까?" 리비도를 억누르며 상냥하게 말했다.

이거 하고 싶어.

미치도록.

아나가 수갑을 들고 이리저리 돌려가며 그 차가운 금속을 살펴보았다. 그녀가 그것을 만지작거리는 모습만으로도 충분히 에로틱했다. "열쇠는 어디 있어요?" 그녀가 떨리는 목소리로 물었다.

나는 손바닥을 펼쳐 열쇠를 보여주었다. "두 쌍 모두 이걸로 작동해. 사실 만능열쇠야." 그녀의 시선이 내 손바닥에서 내 얼굴로 이동했다. 눈에 의문과 호기심…… 열망이 가득했다. 나는 엄지손가락으로 그녀의 뺨을 어루만지다가 입가로 내려가서 입술을 가로질렀다. 그녀에게 키스하려는 것처럼 고개를 숙여 속삭였다.

"플레이 해볼까?"

"좋아요." 아나가 들릴 듯 말 듯 하게 대답했다.

"그래." 나는 숨을 깊이 들이켜 그녀의 독특한 향기를 마셨다. 아나의 향기, 그녀가 달아오른 향기.

벌써!

나는 눈을 감고 감사하는 마음을 실어 그녀의 이마에 보드랍게 키스했다.

고마워, 내 사랑.

"안전신호가 필요해."

아나의 시선이 내 눈으로 날아왔다.

"그만하라는 말로는 부족해." 내가 얼른 덧붙였다. "넌 그렇게 말할 확률이 높은데 진심이 아닐 테니까." 나는 코를 그녀의 코에 비볐다.

날 믿어봐, 아나.

"아프진 않을 거야. 강렬하겠지. 아주 강렬할 거야, 내가 널 움직이지 못하게 할 거거든. 알았지?"

아나가 숨을 들이켰다. 몸이 달아올라 호흡이 거칠었다.

널 뜨겁게 만들고 싶어.

그녀의 시선이 내 아랫도리로 떨어졌다.

그래, 자기야. 나 준비됐고 대기 중이야.

"좋아요." 그녀가 속삭였다.

"단어를 정해, 아나."

그녀의 미간에 작은 주름이 생겼다.

"안전신호 말이야." 내가 설명했다.

"팝시클." 그녀가 거친 숨으로 불쑥 말했다.

"팝시클?" 나는 웃고 싶었다.

"네."

"흥미로운 선택인데. 두 팔을 들어봐."

아나가 시키는 대로 했다. 나는 그 모습에 더욱 흥분해서 그녀의 원피스를 머리 위로 벗겨내 바닥에 떨어뜨렸다. 그녀가 내 손바닥에 수갑을 놓았고 나는 그것과 다른 수갑, 열쇠, 안대를 침대 옆 탁자 위에 놓았다. 침대에서 퀼트 이불을 벗겨내 바닥에 떨어뜨렸다.

"돌아서." 내가 명령했다.

그녀는 즉시 순종했다. 나는 비키니 상의를 벗겨 바닥에 떨어뜨렸다. "내일은 이걸 네 몸에 새겨줄게." 나는 중얼거렸다. 머릿속에 한 가지 상상이 떠올랐다.

키스 자국.

나는 아나의 말총머리를 풀어서 손에 쥐고 살짝 당겼다. 그녀가 뒷걸음질을 쳐 내 품에 들어왔다. 나는 그녀의 고개를 한쪽으로 기울이고 입술을 그녀의 어깨에서 귀로 스치듯 움직였다. "아까 너 멋대로 굴었어."

"그랬죠." 아나가 자신이 자랑스럽다는 투로 말했다.

"흠. 그걸 어떡해야 할까?" 그녀의 맛은 훌륭했다.

"받아들이는 것도 방법이잖아요?" 아나가 받아쳤다. 나는 귀밑의 맥박이 뛰는 곳에 대고 씩 웃었다.

내 여자는 결코 물러나는 법이 없다니까.

아, 이 여자 섹시해.

"아, 그레이 부인. 늘 낙천적이야." 나는 그녀의 목에 다시 키스한 뒤 그녀의 머리를 땋기 시작했다. 다 땋고 나서 머리 끈으로 마무리했다. 그녀의 머리를 한쪽으로 기울이고 그녀의 귀에 소곤거렸다. "훈육을 해야겠어." 나는 그녀의 허리를 와락 잡고 침대에 걸터앉아 그녀를 내 무릎 위에 앉혔다. 그녀의 아름다운 엉덩이를 찰싹 때렸다. 세게. 그녀를 침대 위로 던져 엎드리게 한 다음 그녀 위에 엎드려 손끝으로 그녀의 허벅지를 쓰다듬었다. 우리는 서로를 빨아들였다.

"네가 얼마나 아름다운지 알아?" 나는 속삭였다. 그녀가 침대 위에서 꼼지락거리며 숨을 몰아쉬었다.

기다렸다.

그녀의 눈이 욕망으로 어두웠다.

나는 눈을 그녀의 눈에서 떼지 않고 일어서서 수갑을 집었다. 그녀의 왼쪽 발목을 잡아 수갑을 채웠다. 다른 수갑을 집어 오른쪽 발목에도 채웠다. "일어나 앉아."

그녀가 그대로 했다.

"이제 팔로 무릎을 감싸."

아나는 어리둥절한 눈으로 나를 쳐다보면서 두 다리를 끌어당겨 세우고는 두 팔로 무릎을 감쌌다. 나는 손을 내밀어 그녀의 턱을 치켜들고 보드랍고 축축한 키스로 그녀의 입술을 쓰다듬고는 그녀에게 안대를 씌웠다.

"안전신호가 뭐지, 아나스타샤?"

"팝시클."

"그래." 나는 왼쪽 수갑을 그녀의 왼쪽 손목에 연결하고 나서 오른쪽 발목의 수갑을 그녀의 오른쪽 손목에 채웠다. 아나는 양쪽 수갑을 당겨보고 다리를 펼 수 없다는 걸 알아냈다.

강렬할 거야.

너에게. 나에게도.

"이제." 내가 속삭였다. "널 갖겠어, 네가 소리칠 때까지."

더는 못 기다려.

아나가 숨을 들이켰다. 내가 그녀의 양쪽 뒤꿈치를 잡아 발끝을 들어 올리자 그녀의 몸이 뒤로 넘어가 침대에 누웠다. 곧장 그녀를 덮칠 수도 있었다. 그러고 싶었다. 하지만 그녀의 제단 앞에 무릎을 꿇고 그녀의 안쪽 허벅지를 향해 키스를 퍼부으며 올라갔다. 그녀가 신음하고 수갑을 당겼다.

조심해, 아나. 네 살을 파고들 거야.

"쾌감을 모두 흡수해, 아나스타샤. 움직이지 마." 나는 자세를 바꿔 그녀의 비키니 팬티로 손을 내리고 입술로 그녀의 팽팽한 배를 쓸었다. 양옆에 묶인 끈은 한 번만 당겨도 쉽게 풀렸다. 팬티가 사라졌다.

나는 그녀의 배에 키스하고 혀를 배꼽에 넣었다.

"아!" 아나가 신음했다. 그녀의 젖가슴이 빠르게 오르내리는 동안 나는 그녀의 배를 가로지르는 축축한 키스 길을 냈다.

"쉬잇." 내가 중얼거렸다. "정말 아름답다, 아나."

그녀가 신음했다. 이번에는 더 큰 목소리로 수갑을 당겼다. "아윽!" 수갑이 파고들자 그녀가 소리쳤다. 나는 그녀를 계속 정복해나갔다. 그녀의 향기로운 피부에 키스하고 이로 살갗을 긁었다.

"넌 나를 미치게 해." 내가 속삭였다. "그러니까 나도 널 미치게 할 거야." 나는 그녀의 젖가슴에 키스했다. 내 혀, 내 입술, 내 치아가 아나를 자극해 격렬한 비명과 거친 호흡을 끌어냈다. 그녀의 머리가 양옆으로 젖혀졌다. 나는 엄지손가락과 집게손가락으로 그녀의 젖꼭지를 돌렸다. 그다지 부드럽지 않은 내 손길에 젖꼭지가 단단하고 길어지는 것이 느껴졌다. 나는 양쪽 젖꼭지를 세게 빨아 양쪽에 작지만 또렷한 자국을 남겼다.

아나는 숨이 넘어갈 것 같았다.

움직이려 했다.

하지만 움직일 수 없다.

그녀는 내 것이었다.

나는 멈추지 않았다.

"크리스천." 아나가 애원했다. 나는 그녀를 괴롭히고 있었다.

"이런 식으로 사정하게 해줄까?" 나는 그녀의 젖꼭지에 바람을 불었다. "얼마든지 할 수 있어." 그걸 입에 넣고 빨았다. 세게.

아나가 울부짖었다. 허스키하고 쾌감에 젖은 목소리였다.

내 몸이 완전히 일어섰다.

그녀 안에 들어가고 싶었다.

"해줘요." 그녀가 흐느꼈다.

"오, 자기야, 그러면 너무 쉽잖아."

"오, 제발."

"쉿." 내 이가 그녀의 턱을 긁었다. 나는 입으로 그녀의 입을 덮고 혀를 그녀의 입술 사이에 찔러 넣어 그녀의 혀를 찾았다. 그녀에게서 아나와 신선한 레몬 향 진토닉 맛이 났다.

맛있다.

하지만 아나는 탐욕스러웠다. 그녀가 내게 키스했다. 더 많은 걸 원했다. 더 원했다.

후. 너무 맛있어. 그녀는 받은 만큼 내주었다. 그녀의 머리가 침대 시트에서 떨어졌다.

오, 자기야.

나는 그녀의 입술을 놓고 그녀의 턱을 잡았다. "가만히, 자기야. 가만히 있어야지." 내가 속삭였다.

"당신을 보고 싶어요." 그녀가 숨을 몰아쉬었다. 간절했고 굶주려 있었다.

"오, 그건 안 돼, 아나. 이런 식으로 더 느껴봐." 나는 골반을 앞으로 내밀었다. 준비는 끝났다. 나는 그녀 안으로 천천히 들어갔다. 아주 조금만.

그녀는 움직일 수 없었다.

나는 천천히 물러나며 그녀를 놀렸다.

"아! 크리스천, 제발!"

"다시?" 내가 물었다. 내 목소리가 낯설게 들렸다.

"크리스천!"

나는 다시 그녀 안으로 나를 밀었다. 이번에는 조금 더 깊었다. 하지만 다시 물러나서 손가락으로 그녀의 오른쪽 젖꼭지를 괴롭혔다.

"안 돼!" 그녀가 실망해 끙끙 앓았다. 내가 물러나는 걸 원하지 않았다.

"날 원해, 아나스타샤?"

"원해." 그녀가 소리쳤다.

"말해." 내가 허스키한 목소리로 말했다.

그 말을 그녀에게 직접 듣고 싶었다. 나는 일어선 아랫도리로 다시 그녀를 괴롭혔다. 안으로. 밖으로.

"당신을 원해요." 그녀가 끙끙거렸다. "제발."

네가 애원하는 게 좋아.

"그럼 원하는 대로 나를 가져, 아나스타샤." 나는 그녀 안으로 충돌했다. 그녀가 비명을 지르며 수갑을 당겼다.

아나는 아무것도 할 수 없었다.

나는 그 점을 최대한 이용했다. 움직이지 않았다. 나를 감싼 그녀를 느끼며 엉덩이를 돌렸다. 그녀가 신음했다.

"왜 반항하는 거지, 아나?"

"크리스천, 그만."

그것은 안전신호가 아니었다. 나는 다시 엉덩이를 돌리며 그녀 안으로 깊이깊이 들어갔다. 그러고는 물러났다가 다시 안으로 돌진했다.

사정하면 안 돼! 나는 의지력을 동원했다. "말해. 왜지?" 난 알아야겠어.

아나가 울부짖었다. 그녀의 쾌락은 내 쾌락이다.

"말하라고." 내가 애원했다.

"크리스천!"

"아나, 난 알아야겠어." 나는 다시 그녀 안으로 충돌했다.

말해. 제발

"모르겠어요!" 아나가 흐느꼈다. "할 수 있으니까! 당신을 사랑하니까! 제발, 크리스천."

나는 크게 신음하고 그녀를 마음껏 사랑하도록 나를 풀어주었다. 두 손으로 그녀의 머리를 감싸 쥐고 그녀를 취했다. 그녀에게 쾌락을 주었다. 나에게 쾌락을 주었다. 아나는 수갑과 싸웠다. 헐떡거렸다. 흐느꼈다. 내 밑에서 점점 흥분했다.

그녀가 절정에 근접했다. 느껴졌다.

아나가 울부짖었다.

"그래 그거야." 나는 악문 잇새로 내뱉었다. "느껴봐, 자기야!"

아나는 비명을 지르며 사정했다. 사정하고 사정했다. 내 밑에서 부서졌다. 그녀의 머리가 뒤로 젖혀졌다. 입이 벌어졌다. 얼이 빠진 얼굴이었다. 나는 무릎을 딛고 몸을 일으키며 그녀를 안아 올려 내 허벅지에 앉혔다. 그녀의 절정을 계속 끌고 갔다. 그녀를 꽉 끌어안은 채 머리를 그녀의 목에 묻고 사정했다.

하아!

오르가슴이 끝없이 이어졌다.

사정이 끝났을 때 안대를 풀어주고 내 아내에게 키스했다.

그녀의 눈. 그녀의 코. 그녀의 빰.

고마워, 아나.

그녀는 울고 있었다. 나는 그녀의 얼굴을 감싸 쥐고 눈물이 흐른 곳에 키스했다. "사랑해, 그레이 부인." 나는 속삭였다. "너 때문에 미치도록 화가 나지만…… 너랑 있으면 살아 있는 것 같아."

아나는 완전히 지쳐 팔이 흐느적거렸다. 나는 그녀를 침대에 뉘이고 그녀의 몸에서 천천히 빠져나왔다. "안 돼." 그녀가 몸이 떨어지는 걸 느꼈는지 중얼거렸다.

오, 자기야.

녹초가 됐구나.

나는 침대 옆 탁자에서 열쇠를 집어 그녀의 수갑을 풀고 손목과 발목을 문질러주었다. 그리고 그녀 옆에 누웠다. 그녀가 다리를 펴고 두 팔을 내게 감았다. 한숨을 내쉬는 그녀의 입술에 만족한 미소가 슬며시 떠올랐다. 그녀의 호흡이 느려졌다. 아나는 그대로 잠이 들었다. 나는 그녀의 머리에 키스하고 그녀와 내 위로 이불을 덮었다.

와, 나도 강렬했어.

아나. 내게 무슨 짓을 한 거야.

나는 잠에서 깼다. 15분쯤 존 것 같았다. 아나는 아직 내 품에 안겨 쿨쿨 잠들어 있었다. 나는 그녀의 이마에 키스하고 그녀의 팔다리를 떼어낸 뒤 화장실에 가려고 일어났다. 샤워를 마치고 돌아왔는데도 아나는 여전히 잠에 취해 있었다. 나는 재빨리 옷을 입고 잠긴 선실 문을 열었다. 선장에게 오늘 저녁에는 배에 있겠다는 말을 하려고 갑판으로 나갔다.

돌아왔을 때도 그녀는 여전히 잠들어 있었다. 나는 수갑을 치우고 나서 이메일을 확인하려고 노트북 컴퓨터를 집었다. 아까 로스와 통화한 내용이 맞는지 확인할 겸 디트로이트의 재개발 부지도 살폈다.

승조원들이 갑판과 배 안 여기저기서 페어레이디의 출항을 준비했다. 닻이 배 안으로 올라오는 요란한 소리, 엔진이 우릉우릉 작동하는 희미한 소리가 들렸다. 우리는 바다로 나가는 중이었다.

땅거미가 왔다가 물러가고 밖이 깜깜해졌을 때 아나가 잠에서 깼다.

"안녕." 나는 그녀가 반가워 소곤거렸다. 너 자는 동안 보고 싶었어.

"안녕." 그녀의 목소리가 멈칫거렸다. 그녀가 이불을 턱까지 끌어올렸다.

지금 내 앞에서 부끄러워하는 거야?

"나 얼마나 잤어요?" 그녀가 물었다.

"한 시간 정도."

"우리 이동해요?"

"어젯밤엔 외출해서 식사하고 발레 공연 보고 카지노도 갔으니까 오늘 밤엔 배 안에서 저녁 먹는 게 좋을 것 같아서. 둘이 오붓하게 밤 시간을 보내자."

아나가 활짝 웃었다. 저녁을 배에서 보내기를 잘한 것 같았다.

"우리 어디로 가요?"

"칸."

"그렇구나." 아나가 내 옆에서 기지개를 켜더니 일어나 가운을 집어 몸에 걸쳤다.

맙소사.

아나의 몸에 키스 자국이 몇 개 나 있었다. 일부러 그런 것이긴 한데 그녀의 피부에 찍힌 퍼런 멍 자국을 보니 잘한 짓인지 의문이 들었다.

둘 중 하나겠지.

아나는 욕실로 들어가서 문을 닫았다.

똑딱똑딱. 시간이 갔다. 그녀가 욕실 안에 얼마나 있었을까. 시간이 영원처럼 느껴졌다. 마침내 아나가 나타났다. 하지만 어쩐지 일부러 내 눈을 피하는 것처럼 옷방 안으로 횡하니 들어갔다.

분위기가 심상치 않은데.

그냥 피곤한 건지도 몰라.

나는 기다렸다. 또다시.

아나가 거기 너무 오랫동안 있었다.

더는 견딜 수가 없었다. "아나스타샤, 괜찮아?"

대답이 없었다.

젠장.

아나가 별안간 옷방에서 불쑥 나왔다. 두 팔과 머리카락이 한데 엉킨 모습으로 머리빗을 내게 던졌다. 젠장. 제때 팔을 들어 머리를 가린 덕분에 머리빗은 내 손목 아래에 맞았다. 아나가 휙 방을 나가 선실 문을 쾅 닫았다.

망할.

기분이 상한 것 같았다.

아나가 이렇게 화가 난 건 처음이었다. 결혼 서약 문제로 결혼식을 취소하겠다고 위협했을 때도 이 정도는 아니었다.

그레이, 무슨 짓을 한 거야?

장난기가 싹 날아가고 결혼한 이후 느낀 적 없는 불안감이 그 자리를 차지했다.

나는 힘없이 일어나서 노트북 컴퓨터를 침대 옆 탁자 위에 치워버리고 분개한 아내를 찾아 나섰다.

아나는 뱃머리 난간에 기대어 먼 물가를 바라보고 있었다.

아름다운 저녁이었고 페어레이디는 바다의 여왕답게 지중해를 순항했다.

아나는 비참해 보였다. 그것이 죄책감을 자극했다.

"나한테 화났구나." 내가 속삭였다.

"장난할 기분 아니에요, 셜록 씨!" 그녀는 나를 돌아보지도 않고 쏘아붙였다.

"얼마만큼 화났어?"

"1부터 10까지라고 치면, 한 50쯤. 이제 됐어요?"

와우. "그렇게 화났어?"

"그래요. 때려주고 싶게 화가 나요." 그녀가 발끈했다. 그리고 마침내 나를 쳐다보았다. 꾸밈없이 화가 난 표정이었다……. 그녀는 나를 꿰뚫어 보았다. 나라는 사람을. '넌 엉망진창으로 망가진 개자식일 뿐이야.' 몇 달 전 나를 비난하던 그녀의 목소리가 내 머릿속에 메아리쳤다.

젠장. 이렇게 더러운 기분은 몇 주 만에 처음이었다.

플린의 말이 되살아났다. '소통하고 협상하세요.'

아나가 숨을 크게 들이마시더니 어깨를 쫙 펴고 꼿꼿한 자세로

섰다. "크리스천, 자꾸 나를 길들이려고 하는데 그만둬요. 해변에서 알아듣게 말로 했으면 됐잖아요. 아주 효과적이었던 걸로 기억하는데요."

"다시는 상의를 벗지 않기로 했지." 나는 투덜거렸다. 내가 듣기에도 영락없이 토라진 10대 아이 같았다.

그녀가 나를 노려보았다. "내 몸에 자국 남기지 말아줘요. 이렇게 많으면 곤란하죠. 고정 한계라구요!" 그녀가 궁지에 몰린 새끼 고양이처럼 나한테 쏘아붙였다.

"난 네가 남들 앞에서 옷을 벗는 게 싫어. 나한테는 그게 고정 한계야." 내가 받아쳤다.

내가 경고했잖아, 아나.

"그건 이미 끝난 얘기 같은데요." 아나는 여전히 분기탱천해서 말했다. "나 좀 봐요!" 그녀가 상의를 밑으로 당겨 내가 남긴 키스 자국을 드러냈다. 내 계획이 이렇게나 대성공을 거둘 줄이야.

하지만 나는 싸우고 싶지 않았다.

나는 손바닥을 내보이며 항복을 표시했다. "알았어, 알아들었어."

내가 너무 과했나 보네.

"됐어요!" 그녀가 딱딱거렸다.

나는 난감해서 손으로 머리카락을 쓸어 넘겼다.

막막하다. 이제 어떡하지? "미안해. 나한테 화내지 마." 싸우고 싶지 않아. 아나. 제발.

"가끔 당신 사춘기 애 같아." 아나는 고개를 저었지만 폭발하던 기세가 좀 누그러진 목소리였다. 나는 한 걸음 앞으로 나가서 그녀의 귀 뒤에 늘어진 머리카락을 당겼다.

"나도 알아. 나 배워야 할 게 많아."

"우리 둘 다 그렇죠 뭐." 아나가 한숨을 내쉬고 천천히 손을 들어 내 가슴에 댔다.

아나.

나는 그녀의 가슴에 내 손을 대고 사과의 뜻으로 그녀에게 미소를 지었다. "그나저나 팔 힘도 좋고 겨냥도 잘하던데, 그레이 부인. 미처 몰랐어. 널 과소평가해서 그런지 너한테 매번 놀라게 돼."

아나의 한쪽 입꼬리가 슬쩍 올라갔다. 그녀가 한쪽 눈썹을 추켜올렸다. "레이 아빠랑 사격 훈련을 했거든요. 나 던지기랑 쏘기 다 잘해요, 그레이 씨. 그거 기억하는 게 좋을 거예요."

"명심할게. 발사체가 될 만한 건 모두 치워버리고 네가 총에 손을 못 대게 조치하든가."

그녀가 실눈을 떴다. "던질 건 많아요."

오, 아나. 왜 아니겠어. "그건 그래." 내가 속삭였다. 그녀의 손을 놓고 그녀를 품에 안았다. 그녀의 두 손이 내 등 위로 움직이고 그녀도 나를 끌어안았다. 나는 그녀의 머리에 코를 묻고 마음을 달래주는 그녀의 향기를 들이마셨다. "나 용서해줄 거지?" 내가 조용히 물었다.

"당신도 용서해줄 거죠?"

"응." 내가 대답했다.

"나도요."

우리는 뱃머리에 서 있었다. 프랑스 쪽 리비에라가 우리를 지나갔다. 오직…… 우리뿐이었다.

잠시나마 내 생애 최고로 기분 좋은 순간이다.

"배고파?" 내가 물었다.

"네, 배고파 죽겠어요. 왕성한, 음, 활동이 식욕을 자극하나 봐요. 하지만 저녁 식사를 위해 차려입는 건 안 할래요."

"내 눈엔 지금도 보기 좋아, 아나스타샤. 이번 주는 우리 배야. 옷은 우리 마음대로 입으면 돼. 편한 옷차림으로 코트다쥐르에서 보내는 화요일이라고 생각해. 어차피 오늘은 갑판에서 저녁 먹을 생각이었어."

"네, 그게 좋겠어요."

나는 그녀의 턱 밑을 쥐고 그녀의 입술을 치켜들어 키스했다. 천천히. 부드럽게.

용서해줘, 아나.

그녀가 미소 지었다. 우리는 손을 잡고 저녁 식사가 차려진 곳으로 돌아갔다.

"왜 항상 내 머리를 땋아요?"

내가 크렘 브륄레(설탕을 딱딱하게 녹여 얹은 차가운 크림 디저트 – 옮긴이)를 막 입에 넣으려는데 아나가 물었다.

나는 대답이 너무 뻔한 질문이라 인상을 썼다. "네 머리가 어디 걸리면 안 되니까." 난 항상 그래. 머리카락과 섹스토이가 엉키면 안 되지. "버릇인 것 같아." 내가 덧붙였다. 난데없이 80년대 팝송을 부르면서 길고 검은 머리를 빗어 내리는 젊은 여자의 모습이 떠올랐다. 여자가 고개를 돌려 내게 미소를 짓고, 먼지바람이 여자를 감싸고 휘돈다.

애벌레야, 내 머리 빗기고 싶니?

나는 그 옛날 디트로이트의 빈민가로 돌아가 있었다. 내 턱을 어루만지는 아나의 손길, 내 입술을 쓰다듬는 아나의 손가락이 나를 페어레이디호로 다시 데려왔다.

지금 약쟁이 창녀의 환영이 어른거리는 건 왜일까?

"상관없어요." 아나가 속삭였다. "몰라도 되겠죠. 그냥 궁금했을 뿐이에요." 그녀가 미소를 짓고 내 입가에 키스하려고 고개를 내밀었다. "사랑해요." 그녀가 속삭였다. "언제까지나 당신을 사랑할 거예요, 크리스천."

"나도 사랑해." 나는 아나가 여기 있다는 것에 감사했다. 그래서 내 어린 시절의 심연으로부터 나를 끌어내어준 것도.

"내가 반항해도요?" 그녀가 킥킥거리자 내 기분이 밝아졌다.

나는 기분이 좋아져서 큭큭 웃었다. "네가 반항해서야, 아나스타샤."

그녀는 숟가락으로 딱딱하게 굳은 갈색 설탕을 마구 부순 다음 한입 가득 떠먹었다. 약쟁이 창녀 생각이 물러갔다.

레베카가 접시를 치웠을 때 나는 아나에게 로제 와인을 더 권했다. 아나는 내게서 눈길을 돌려 우리 둘만 있는지 확인하고는 모의를 꾸미는 사람처럼 내게 몸을 기울였다. "화장실은 왜 가지 말라는 거예요?"

궁금한 것도 많지. "정말 알고 싶어?"

"글쎄요?"

나는 미소를 지었다. "네 방광이 꽉 찰수록 오르가슴도 강렬해질 테니까, 아나."

"오. 그렇구나." 그녀가 부끄러운지 뺨이 발그레 물들었다.

부끄러워하긴, 자기야.

"그렇죠. 음 ……." 그녀가 와인을 한 모금 홀짝거렸다.

"이제 뭐 하면서 시간을 보낼까?" 나는 더 편한 이야기로 화제를 돌리려고 물었다. 아나는 오른쪽 어깨를 올려 으쓱거렸다. 내 눈에는 도발적으로 보였다.

또 하자고, 아나?

내가 저지른 죄는 침대에서 만회할 수도 있었지만 그것 말고도 더 잘해주고 싶었다. "하고 싶은 거 있어." 나는 와인 잔을 들고 일어서서 아나에게 손을 내밀었다. "가자."

우리는 큰 거실로 자리를 옮겼고 나는 그녀를 서랍장으로 이끌었다. 거기에는 내 아이팟이 멋진 스피커에 연결돼 있었다. 나는 내 여자를 위해 달콤하고 로맨틱한 곡을 골랐다. "나랑 춤추자." 나는 춤을 청하고 그녀를 품으로 끌어당겼다.

"정 그러시다면."

"한 곡 추시죠, 그레이 부인."

마이클 부블레가 루 롤스의 옛 노래 〈나 같은 사랑 없어요〉를 불렀다.

우리는 움직이기 시작했다. 아나는 내가 이끄는 대로 따라왔다. 내가 그녀를 뒤로 젖히자 그녀가 깔깔 웃었다. 나는 그녀를 똑바로 세우고 내 팔 밑에서 빙글빙글 돌렸다. 그녀가 웃어젖혔다. "춤 진짜 잘 추네요." 그녀의 목소리가 약간 허스키했다. "나 춤출 수 있나봐요."

'너랑 춤추니까 좋네.'

엘레나가 불쑥 내 머릿속으로 쳐들어왔다. 그녀가 내게 춤을 가르친 건 고맙지만 내 머릿속에 있는 건 달갑지 않았다.

그 생각은 그만해, 그레이.

그 여자는 흘러간 과거야.

그냥 이 순간을 즐겨.

나는 다시 아나를 뒤로 젖혔다가 그녀에게 키스하며 그녀를 똑바로 세웠다.

"당신의 사랑이 그립겠죠." 아나가 가사를 따라 흥얼거렸다.

"당신의 사랑, 너무나 그립겠죠." 나는 대답하고 나서 그녀의 귀에 다음 가사를 몇 줄 노래했다. 노래가 끝났다. 우리는 춤을 멈추고 서로를 지긋이 응시했다.

나는 점점 커지고 끈적해지는 그녀의 눈동자를 바라보았다.

마법 같았다. 우리 사이에서 특별한 마력이 솟아났다.

"나랑 침대로 가자." 나는 그녀에게 애원했다.

그녀의 얼굴이 수줍은 미소로 밝아졌다. 그녀가 손을 내 심장 위에 댔다. 내 심장이 가슴 밑에서 아나, 내 아내를 위해 고동치기 시작했다. 나를 용서할줄 아는 아름다운 여인을 위해.

오늘 엄마는 예쁘다. 엄마가 침대에 앉아 소리 내어 웃는다. 햇살이 환하고 수많은 먼지 알갱이가 엄마 주위를 날아다녀서 엄마가 공주처럼 보인다. 애벌레, 엄마 머리 좀 빗겨줘. 나는 빗으로 엄마의 긴 머리카락을 빗어 내린다. 머리가 엉켜서 빗기기가 힘들다. 하지만 엄마는 좋아한다. 노래를 부른다. 사랑은 해서 뭐 하나요, 뭐 하나요? 엄마가 특별히 미소를 짓는다. 나를 위해 짓는 미소다. 오직 나를 위해. 엄마가 머리카락을 흔들자 머리카락이 등 뒤로 실크처럼 흘러내린다. 나는 그것을 쓰다듬는다. 그것에서 깨끗한 냄새가 난다. 엄마가 그것을 갈라 뱀 세 마리를 만든다. 그리고 그것들을 한데 꼬아 울퉁불퉁한 뱀 한 마리로 만든다. 자, 다 됐다, 애벌레. 엄마가 머리빗을 집어 내 머리를 빗겨준다. 싫어! 엄마. 아프단 말이야. 엉킨 데가 너무 많다. 대들지 마, 애벌레. 싫어! 엄마. 나는 엄마를 막으려 한다. 시끄러운 소리가 난다. 쿵쿵거리는 소리다. 그 아저씨가 돌아왔다. 안 돼! 이년이 어디 처박혀 있어? 친구 데려왔는데. 돈 있는 친구란 말이야. 엄마가 일어서서 내 손을 잡더니 나를 옷장 안에 밀어 넣는다. 나는 신발 위에 앉는다. 조용히 있는다. 생쥐처럼. 귀를 틀어막고 눈을 꼭 감는다. 내가 작으면 아저씨가 날 못 볼 거야. 옷에서 엄마 냄새가 난다. 냄새가 좋다. 여기 있는 게 좋다. 그 아저씨랑 떨어져 있어서. 아저씨가 소리친다.

그 조무래기는 어디 있어? 아저씨가 내 머리끄덩이를 잡고 나를 옷장에서 끌어낸다. 그리고 엄마한테 머리빗을 휘두른다. 이 조그만 애새끼 때문에 파티를 망치면 안 되지. 아저씨가 머리빗으로 엄마의 얼굴을 세게 때린다. 냉큼 작업용 하이힐을 신고 내 친구한테 예쁘게 보이도록 해. 약도 한 대 맞고, 이년. 엄마가 나를 쳐다보고 눈물을 짓는다. 울지 마, 엄마. 또 다른 남자가 방 안으로 들어온다. 덩치가 크고 점프슈트를 입었다. 파란색 점프슈트. 덩치 큰 남자가 엄마를 보고 헤 웃는다. 나는 다른 방으로 끌려 나간다. 아저씨가 나를 바닥에 내동댕이쳐서 나는 무릎을 다친다. 아저씨가 머리빗을 내게 던진다. 이제 어떻게 해줄까, 이 똥덩어리? 아저씨한테서 나쁜 냄새가 난다. 맥주 냄새. 아저씨가 담배를 피우고 있다.

나는 화들짝 놀라 잠에서 깼다. 두려움이 내 목구멍까지 치솟아 손톱을 휘둘렀다.

여기가 어디지?

나는 소중한 공기를 폐 안으로 빨아들였다. 숨을 몰아쉬면서 질주하는 심장을 애써 가라앉혔다. 정신을 차리는 데 조금 시간이 걸렸다.

나는 페어레이디호에 있었다. 내 아름다운 아내와 함께. 소스라치게 놀라 오른쪽을 보니 아나가 어둠에 싸여 내 옆에서 깊이 잠들어 있었다.

정말 다행이다.

그녀를 보기만 해도 즉시 안정이 되었다.

나는 숨을 크게 들이마시고 후 내뱉었다.

왜 악몽을 꾸는 걸까?

아나랑 말다툼을 해서?

아나와 정말 싸우고 싶지 않았다.

현창의 커튼 사이로 들어오는 빛으로 보아 이른 새벽이었다. 더 자야 했다. 나는 아나 쪽으로 몸을 웅크리고 팔을 그녀에게 둘렀다. 마음을 달래주는 그녀의 독특한 향기를 들이마셨다……. 그렇게 잠이 들었다.

다시 선실에서 잠을 깼을 때는 훨씬 상쾌했다. 아나는 아직 내 옆에서 잠들어 있었다. 나는 몇 분 동안 그녀를 바라보며 이 고요한 시간을 즐겼다.

아나는 자기가 나한테 어떤 의미인지 알기나 할까?

그녀의 머리에 키스하고 일어나서 수영복 바지를 입었다. 배 위에서 수영할 생각이었다. 이 씁쓸한 뒷맛을 말끔히 털어낼 수 있을지도 모른다.

면도를 할 때까지도 그 악몽의 그림자가 사라지지 않아 영 찝찝했다.

왜 이러지? 이해가 안 되네.

이런 꿈은 전에도 계속 꿨었잖아.

이번 꿈은 왜 이렇게 여운이 긴 걸까?

욕실 문이 열리고 아나가 햇살처럼 내 앞에 섰다. 나는 어두운 생각들을 즉시 진압했다. "좋은 아침, 그레이 부인." 나는 유쾌한 미소로 그녀를 맞이했다.

"좋은 아침." 아나가 활짝 웃으며 벽에 몸을 기대고 턱을 치켜들더니 턱 밑을 면도하는 나를 흉내 냈다. 그녀가 내 동작을 따라 하는 동안 나는 곁눈질로 그녀를 쳐다보았다.

"공연 재밌어?" 내가 물었다.

"항상 즐겨 보는 공연 중 하나죠."

아나가 완전히 나를 용서했구나.

나는 몸을 내밀어 그녀에게 키스했다. 그녀가 내 옆에 있다는 것에 감사했다. 나는 그녀의 얼굴에 면도 크림을 조금 발랐다. "이거 또 해줄까?" 나는 그렇게 속삭이며 면도날을 휘둘렀다. 브라운스 호텔 스위트룸에서 그녀를 면도해준 기억이 났다.

아나가 입을 꾹 다물었다. "아뇨. 다음에 왁싱할 거예요."

"그때 재밌었는데."

그때 너한테 홀딱 빠졌어, 아나.

"당신이야 그랬겠죠." 그녀가 입을 비쭉 내밀었지만 즐거운 눈빛이 반짝거렸다. 요염한 눈빛인 것 같기도 했다.

다 보여, 아나.

"그것의 여파가 대단히 만족스러웠던 걸로 기억하는데." 나는 면도를 계속했지만 아나는 입을 꾹 다물었다. "헤이, 그냥 좀 놀려봤어. 자기 아내에게 푹 빠져 허우적거리는 남편이라면 그러지 않나?" 나는 그녀의 턱을 올려 그녀의 표정을 살폈다. 아직도 나한테 화가 나 있는 것 같기도 했다.

아나가 어깨를 쫙 폈다.

이런.

"앉아요." 그녀가 명령했다.

뭐라고?

그녀가 두 손바닥을 내 벌거벗은 가슴에 착 붙이더니 나를 욕실 안의 스툴 쪽으로 살짝 밀었다.

좋아, 한번 놀아보자고. 나는 스툴에 앉았고 아나는 내 면도칼을 들었다.

"아나." 나는 조심하라는 투로 말했다. 하지만 그녀는 내 말을 무시하고 몸을 숙여 내게 키스했다.

"고개 뒤로 젖혀봐요." 그녀가 내 입술에 대고 말했다.

내가 주저하자 그녀가 내 머리를 옆으로 기울였다. "받았으면 갚아야죠, 그레이 씨." 그녀는 나를 놀리는 중이었다. 아내가 모처럼 도전장을 내밀었는데 그걸 마다할 수 있을까?

"할 줄은 아는 거지?"

그녀가 고개를 저었다.

무얼 하려는 걸까, 그레이?

설마 내 목을 그으려고?

나는 숨을 크게 들이마시며 눈을 감았다. 그리고 턱을 치켜들어 나를 그녀에게 내주었다. 그녀가 손가락을 내 머리카락 속에 넣어 내 머리를 꽉 움켜쥐었다. 나는 눈을 더 질끈 감았다. 그녀랑 너무 바짝 붙어 있었다. 그녀의 냄새가 났다. 바다. 햇빛. 섹스. 달콤함. 아나.

짜릿했다.

아나가 면도날을 내 목에서 턱 쪽으로 아주 살살 미끄러뜨려 내 수염을 밀었다. 나는 참았던 숨을 내쉬었다.

"설마 내가 당신을 다치게 할까봐?" 그녀의 목소리에서 미세한 떨림이 느껴졌다.

"무얼 어쩌려는 건지는 모르겠는데, 아나, 안 돼……. 일부러 그러지는 마."

아나는 면도날을 내 피부 위로 미끄러뜨리며 조용히 말했다. "일부러 당신을 다치게 하진 않아요, 크리스천." 그녀의 목소리는 대단히 진지했다. 나는 눈을 뜨고 두 팔을 그녀에게 감았다. 그녀가 내 뺨을 면도했다.

"알아." 내가 속삭였다.

아나가 내게 상처를 준 건 그녀가 떠났을 때, 단 한 번뿐이었다. 그건 내가 자초한 일이었다. 그녀에게 상처를 주었으니까.

'넌 엉망진창으로 망가진 개자식일 뿐이야!'

그레이, 그 생각은 하지 마.

나는 그녀가 면도를 쉽게 끝내도록 뺨을 기울였다. 아나가 면도 날을 두 번 더 움직여 면도를 마쳤다. "끝났어요, 피는 한 방울도 나지 않았어요." 그녀가 나를 보며 활짝 웃었다.

나는 두 손을 그녀의 다리 위로 올려 그녀를 내 무릎 위로 끌어내렸고 그녀는 두 다리를 벌리고 내 위에 걸터앉았다. "오늘은 어디로 데려가줄까?"

"일광욕은 안 하고요?" 아나가 짐짓 시치미를 뗐지만 나는 모른 척했다.

"응. 오늘은 일광욕 안 할 거야. 네가 더 좋아할 만한 게 있어."

"음, 어차피 당신이 내 몸 여기저기에 히키(키스 자국을 가리키는 말─옮긴이)를 만들어놔서 일광욕은 원천 봉쇄했으니까 좋아요, 안 될 거 없죠?"

히키? 우리가 무슨 고등학생이야!

"당신은 사실상 사춘기를 겪지 않았잖아요……. 정신적으로. 그걸 이제야 겪고 있는 것 같아요."

젠장.

나는 떠오르는 플린의 말과 내 악행을 들먹이는 아나의 말을 모른 체하고 말했다. "차를 타고 나가야 하지만 읽어보니까 한번 가볼 만한 데야. 아버지가 가보라고 추천도 해줬고. '생폴드방스'라는 언덕 꼭대기 마을이야. 거기 미술관도 몇 군데 있어. 거기서 마음에 들면 새 집에 둘 그림이나 조각품을 골라볼 수 있겠지."

아나가 입을 꾹 다물고 몸을 숙여 나를 뜯어보았다.

"왜?" 나는 그녀의 표정에 놀라 물었다.

"난 예술에 대해 아무것도 몰라요, 크리스천."

나는 어깨를 추어올렸다. "마음에 들면 사자고. 투자 목적이 아니니까."

아나는 조금 덜 놀란 듯 보였지만 그래도 시무룩해 보였다.

"왜?" 내가 다시 물었다. "아직은 건축가의 설계도만 나왔다는 거 알아……. 그래도 둘러본다고 손해 볼 건 없지. 거기 오래된 중세 마을이야."

그녀의 표정이 그대로였다.

"또 뭐야?" 내가 물었다. 젠장, 아나. 어제 일로 아직도 화가 안 풀린 거야?

아나가 고개를 저었다.

"말해봐." 나는 간청했지만 아나는 물러서지 않았다. "어제 내가 한 짓 때문에 아직도 화난 건 아니지?" 나는 그녀의 눈을 똑바로 볼 수가 없어서 고개를 숙이고 그녀의 가슴 사이에 코를 비볐다.

"아니에요. 배가 고파서 그래요." 그녀가 말했다.

"왜 말 안 했어?" 나는 그녀를 무릎에서 내려놓았다.

아나와 나는 생폴드방스의 매력에 푹 빠져버렸다. 우리는 돌로 포장된 비좁은 거리를 돌아다니며 모든 것에 깃든 프랑스의 신비를 흡수했다. 테일러와 필리페 페레가 우리를 따라다녔다. 아나는 내 팔 밑에 쏙 들어왔다. "이곳은 어떻게 알게 됐어요?"

"우리가 런던에 있을 때 아버지가 이메일을 보내셨어. 그날 아버지와 어머니가 여기를 다녀가셨지."

"아름답네요." 아나가 반해서 주위의 멋진 경관을 가리켰다. 우리는 창가에 멋진 추상 작품이 있는 작은 화랑 앞에 멈춰 서서 한

번 들어가보기로 했다. 나는 화랑 안에 전시된 에로틱한 사진들에 매료됐다. 구성이 아름다웠다. "마음에 쏙 들진 않아요." 아나가 미심쩍은 투로 말했다.

나는 웃는 얼굴로 그녀를 내려다보았다. "나도 그래." 내 손이 그녀의 손을 찾았다. 우리는 채소와 과일이 있는 정물화들을 감상했다. 훌륭했다.

"난 저게 좋은데요." 아나가 피망 그림을 가리켰다. "내 아파트에서 채소를 썰던 당신이 생각나요." 큭큭 웃는 아나의 눈에 장난기와 추억이 반짝거렸다. 그때 우리가 화해한 일을 생각하는 걸까?

"그때 꽤 능숙하게 해냈던 걸로 아는데. 조금 느리긴 했지만." 나는 그녀를 안고 코를 그녀의 귀에 비볐다. "너한테 정신이 팔려서. 저거 어디에 두고 싶어?"

아나가 내 입술에 정신이 팔려서 물었다. "뭐 말이에요?"

"저 그림들……. 어디에 두고 싶냐고?" 나는 이로 그녀의 귓불을 긁었다.

"부엌." 그녀가 소곤거렸다.

"흠. 좋은 생각이야, 그레이 부인."

"엄청 비싸단 말이에요!"

"그게 뭐?" 나는 그녀의 귀 뒤에 키스했다. "익숙해지라니까, 아나." 나는 그녀를 놓아주고 그림 세 점을 모두 구매하려고 판매 직원에게 다가갔다. 내 신용카드를 주고 배송지인 에스칼라의 주소를 알려주었다.

"메르시, 무슈(고맙습니다. 손님)." 여자 직원이 활짝 웃었다. 미소에 추파가 담겨 있었다.

아가씨. 나 결혼했어요.

나는 왼손을 들어 턱을 쓰다듬는 것으로 반지를 확실히 보여준 다음 누드 사진을 보고 있는 아나에게 돌아갔다.

"마음이 바뀌었나?" 내가 물었다.

그녀가 웃었다. "아뇨. 하지만 이것도 좋네요. 사진작가의 여자도 좋고."

나는 다시 그것들을 돌아보았다. 한 점이 눈길을 끌었다. 의자에 앉아 무릎을 올리고 카메라를 등진 여자였다. 하이힐 말고는 벌거벗었고 길고 검은 머리카락은 늘어뜨렸다. 마음속 저편에서 불편한 기억 하나가 꿈틀거렸다. 내 방 메모판에 붙어 있던 황량한 흑백 사진이 떠올랐다.

약쟁이 창녀.

망할.

나는 고개를 돌리고 아나의 손을 잡았다. "가자. 배고프지?"

"그럴까요." 아나가 애매한 표정으로 말할 때 나는 문을 열고 신선한 공기 속으로 걸어 나갔다. 바깥으로 다시 나가니 숨통이 트였다.

나 대체 왜 이러는 거지?

우리는 지중해의 태양을 막아주는 선홍색 파라솔 아래 앉아 있었다. 그곳은 한 호텔 식당의 고풍스러운 석재 테라스였다. 주위에는 온통 제라늄과 담쟁이덩굴에 뒤덮인 오래된 벽이었다. 너무나 멋졌다. 음식도 기대 이상이었다. 와, 프랑스인들의 요리 솜씨는 대단했다. 미아가 이런 실력을 좀 배우면 좋으련만. 언젠가는 미아를 졸라 미아가 만든 저녁을 먹어봐야겠다.

나는 밥값을 계산할 때 웨이터에게 넉넉한 팁을 주었다.

아나는 커피를 홀짝거리면서 경치를 감상했다. 그녀가 말이 없어서 무슨 생각을 하는지 궁금해졌다.

어제 일?

앉은 자리에서 자세를 바꿨다.

나는 아직도 악몽을 떨쳐내려 애쓰는 중이었다. 꿈의 파편들이 나를 따라다녀서 마음이 불편했다. 어제저녁 아나가 머리를 왜 땋느냐고 물었던 것이 기억났다. 그것이 내 무의식에서 뭔가를 일깨운 걸까?

'소통하고 협상하세요.' 플린의 말이 뇌리를 맴돌았다.

아나와 이야기를 해야 할지도 몰랐다. 그녀에게 진실을 털어놔야 할지도. 그래서 자꾸 그 기억이 생생히 되살아나는 것일 수도 있었다. 나는 숨을 한껏 들이마셨다. "왜 네 머리를 땋느냐고 물었지?"

아나가 궁금한지 고개를 들었다. "그랬죠."

"약쟁이 창녀가 자기 머리를 가지고 놀게 해줬어. 그래서 그런 것 같아. 기억인지 꿈인지 잘 모르겠어."

아나가 눈을 깜빡거렸다. 생각을 정리할 때면 늘 나오는 버릇이었지만 이번엔 눈이 동그랗고 초롱초롱했고, 그 안에는 연민이 가득했다. "난 당신이 내 머리를 가지고 놀면 좋던데요." 그녀는 그렇게 말했지만 목소리가 떨리는 것으로 보아 나를 위로하려는 것 같았다.

"그래?"

"그럼요!" 나는 그녀의 열렬한 어조에 놀랐다. 아나가 내 손을 꼭 쥐었다. "내 생각에 당신은 낳아준 어머니를 좋아하는 것 같아요, 크리스천."

시간이 멈추었다. 그녀에게 한 방 얻어맞아 숨이 턱 막힌 것처럼.

나는 자유낙하했다.

왜 이런 어이없는 말을 하는 거지?

내게 상처 주고 싶지 않다면서.

그러면서 왜…….

내 눈은 그녀의 눈에 붙잡혀 있었다. 방금 그런 말을 했지만 아나는 내 구명보트였고, 나는 이해할 수도 받아들일 수도 없는 불확실함이라는 파도에 휩쓸려 익사하는 중이었다.

이건 못하겠어.

과거 생각은 하고 싶지 않아.

그만. 끝난 일이야.

너무 고통스러워.

내 시선이 내 손을 잡은 그녀의 손으로, 손목에 난 빨간 자국으로 흘러갔다. 내가 어제 그녀에게 한 짓을 보니 뜨끔했다.

내가 그녀를 아프게 했구나.

"무슨 말이든 해봐요." 그녀가 속삭였다.

여기를 벗어나야 해. "가자."

거리에 나가서 방랑자처럼 막막한 기분으로 다시 그녀의 손을 잡았다. "어디 가고 싶어?" 기억의 가장자리를 맴도는 것을 외면하려고 그렇게 물었다. 그것의 정체가 무엇이든, 그것이 원치 않는 불쾌한…… 감정들을 건져 올리고 있었다.

아나가 미소를 지었다. "그래도 나랑 말은 섞으니 다행이네요."

겨우 말한 거야! 네가 '사랑'과 그 약쟁이 창녀를 한 문장에 같이 넣어버렸잖아.

"그 개똥 같은 이야기 내가 싫어하는 거 알면서 그래. 지난 일이야. 끝났어."

아나는 내 예상과 다르게 시무룩해지거나 나를 나무라지 않았다. 그녀의 얼굴에 복잡한 여러 감정들이 스쳤지만 그녀의 눈에 자리한 것은 사랑이었다.

그녀의 사랑.

나를 향한 사랑.

어쩌면.

모든 잘못이 바로잡혔다. 내 세상이 올바른 축을 중심으로 다시 회전하기 시작했다. 나는 그녀에게 팔을 둘렀고 그녀는 손을 내 뒷주머니에 찔러 넣었다. 그녀의 손바닥이 내 엉덩이에 닿았다. 서로를 소유하는 제스처에 나는 살맛이 났다.

우리는 돌로 포장된 거리를 걸었다. 경호원들이 우리를 따라붙었다. 한 보석 상점이 내 눈길을 끌어 우리는 가게 밖에 걸음을 멈추었다. 별안간 아나에게 보석을 사주고 싶다는 생각이 들었다. 나는 그녀의 자유로운 손을 잡고 엄지손가락으로 어제 수갑 때문에 생긴 빨간 동그라미를 문질렀다. "아프지 않아요." 아나가 내 얼굴에서 걱정하는 마음을 읽었는지 말했다. 내가 자세를 바꾸자 아나는 내 주머니에 넣은 손을 뺄 수밖에 없었다. 그 손목에 내가 아스토리아 파인 주얼리에서 빛의 속도로 구입해 선물한 결혼 선물이 걸려 있었다. 다이아몬드가 박힌 화이트골드 오메가 드 빌. 내가 요청해 새긴 문구는 이랬다.

아나스타샤

내 갈망

내 사랑, 내 인생

크리스천

이 말이 지금보다 더 와닿은 적은 없었다.

팔찌 아래 빨간 자국이 나 있었지만.

내가 만든 자국.

내가 만든 키스 자국들.

그녀에게 화가 났다는 이유로.

젠장. 나는 그 손을 놓고 나서 살그머니 그녀의 턱을 잡고 내 눈을 향해 그녀의 눈을 들어 올렸다. 그녀도 나를 바라보았다. 언제나 그렇듯 순수하고 사랑의 눈빛이 담긴 눈길이었다.

"아프지 않아요." 아나가 속삭였다. 나는 다시 그녀의 손을 잡고 손목에 다정하게 입을 맞추었다.

미안해, 아나.

"가자." 우리는 상점 안으로 들어갔다. 가게 창문 안쪽에 눈길을 끄는 샤넬 팔찌가 있었다. 나는 안으로 들어가서 곧장 그것을 구입했다. 내가 물으면 아나는 분명 정중히 사양할 테니까. 예쁜 팔찌였다. 작은 다이아몬드가 알알이 박힌 화이트골드. 아나에게 잘 어울릴 것 같았다.

"자." 나는 그녀의 팔목에 그것을 채웠다. 그것이 빨간 자국을 가려주었다. "됐다. 좀 낫네." 내가 중얼거렸다.

"낫다뇨?" 아나의 미간에 주름이 잡혔다.

"무슨 말인지 알잖아."

"이럴 필요 없는데." 그녀가 팔목을 요리조리 돌리자 팔찌에 박힌 다이아몬드가 햇빛에 반짝거리며 가게 주위에 작은 무지개를 띄웠다.

"난 필요해." 내가 속삭였다.

사과의 의미야. 내가 사과를 어떻게 하는지 잘 몰라서, 아나.

"아뇨, 크리스천, 이럴 필요 없어요. 당신은 이미 내게 많은 걸 주었어요. 마법 같은 신혼여행, 런던, 파리, 코트다쥐르, 그리고 당신. 난 정말 운이 좋은 여자예요."

"아니야, 아나스타샤, 나야말로 운이 좋은 남자야."

"고마워요." 그녀는 두 팔을 올려 내 목에 감고 내게 키스했다. 제대로. 모두가 보는 앞에서.

오, 자기야.

사랑해.

"가자. 그만 돌아가야 해." 나는 그녀의 입술에 대고 중얼거렸다. 그녀는 손을 내 뒷주머니에 다시 찔러 넣었고, 우리는 함께 우리 차를 향해 돌아갔다.

메르세데스 벤츠는 다시 칸을 향해 달렸다. 테일러는 앞자리 조수석에 앉았고 운전대는 페레 경호원이 잡았다. 교통 체증이 우리의 발목을 잡았다. 나는 차창 밖을 내다보며 마음이 어지러운 이유가 뭘까 곰곰이 생각해보았다.

단지 꿈 때문은 아니야.

어제 아나와 벌인 말싸움 때문일까?

내가 그녀에게 남긴 키스 자국 때문에?

왜 이렇게 이상한 기분이 드는지 이해가 되지 않았다. 전에도 여자에게 키스 자국을 남긴 적이 있었다. 영영 없어지지 않는 자국도 아니었다. 맙소사, 아니. 천만에! 그건 내 취향이 아니었다. 서브미시브 둘이 질색하길래 별 불만 없이 이후 다시는 하지 않았다. 엘레나에게도 키스 자국을 남긴 적은 없었다. 애초에 가능한 일이 아니었다. 엘레나는 유부녀였으니까. 수재녀는 달랐다. 그녀는 그것을 좋아했다. 자기 몸에 자국이 생길 때마다 내게 자기 사진을 찍어달라고 했다.

내 손을 꼭 쥐는 아나의 손길이 나를 생각에서 끌어냈다. 그녀는 다리가 드러나는 짧은 치마 차림이었다. 나는 그녀를 쳐다보고는 그녀의 무릎을 어루만졌다. 잘빠진 다리가 아름답게 돋보였다.

아나의 발목!

거기에도 자국이 났을까.

젠장.

나는 손을 그녀의 발목으로 내려 그녀의 발을 내 무릎 위에 살며시 올렸다. 그녀가 나를 향해 돌아앉았다. "다른 쪽 발도 봐야겠어." 내 눈으로 직접 봐야 했다. 아나는 테일러와 페러 쪽을 쳐다보았다.

부끄러워서 그러나?

내가 무얼 하려는 줄 알고?

내가 프라이버시 유리창 버튼을 누르자 우리 앞의 패널에서 유리막이 천천히 올라와 그들로부터 우리를 완전히 가려주었다. "네 발목을 봐야겠어."

아나는 인상을 쓰고 다른 발도 내 무릎에 올려놓았다. 나는 엄지손가락으로 그녀의 발등을 쓸었다. 그녀가 꼼지락거렸다.

아나는 간지럼을 잘 탔다. 난 왜 여태껏 그걸 몰랐을까.

그녀의 샌들 끈을 풀었다. 거기에도 있었다. 또 다른 자국. 손목보다 더 진한 자국이었다. "아프지 않아요." 그녀가 말했다.

내가 무심했다.

나는 자국을 없애보려고 선 자국을 문지르고 나서 차창 밖으로 지나가는 시골 풍경을 다시 바라보았다. 아나가 발을 움직거렸고 샌들이 차 바닥으로 떨어졌다. 상관없었다.

"헤이. 무슨 생각을 한 거예요?" 그녀가 물었다.

아나가 나를 화성에서 내려온 사람인 양 물끄러미 쳐다보았다.

나는 어깨를 으쓱 추어올렸다. "이 자국을 보고 이런 기분이 들줄은 몰랐어."

"어떤 기분이 드는데요?"

죽을 맛.

"마음이 불편해." 내가 중얼거렸다.

그런데 그 이유를 정말 모르겠어.

갑자기 아나가 안전벨트를 풀고 내게 가까이 붙어 앉더니 내 양손을 잡았다. "내가 싫은 건 히키라고요." 그녀가 목소리를 깔고 말했다. "그것 말고는…… 당신이……." 그녀가 목소리를 더 낮추었다. "수갑으로 한 건 좋았어요. 그냥 좋은 정도가 아니라 황홀했다고요. 언제든 그거 다시 해줘요."

오.

"황홀했어?" 그녀의 말이 내 기분과 리비도를 조금 끌어올렸다.

"그렇다니까요." 아나가 활짝 웃더니 신바람이 난 내 아랫도리 주변에서 발가락을 꼼지락거렸다.

"이제 안전벨트 해, 그레이 부인."

아나가 발가락으로 나를 다시 괴롭혔다.

나는 유리창 쪽을 쳐다보았다. 우리…… 하지만 휴대전화가 진동하며 내 음탕한 생각을 날려버렸다. 젠장. 나는 셔츠 주머니에서 휴대전화를 꺼냈다.

회사 일이로군. 손목시계를 확인했다. 지금 시애틀은 아침이다.

"바니." 나는 전화를 받았다. 아나가 내 아랫도리 옆에 놓인 발을 빼려고 했다. 나는 그녀의 발목을 쥔 손에 힘을 주었다.

"사장님. 서버실에 화재가 발생했습니다."

뭐라고? "서버실에?" 어떻게 그런 일이?

"네, 사장님."

서버? 맙소사! "화재 진압 시스템은 작동했나?"

아나가 내 무릎에서 발을 치우려 했고 이번에는 그냥 두었다.

"네, 사장님. 작동했습니다."

나는 테일러에게 내 말소리가 들리도록 버튼을 눌러 프라이버시 유리막을 내렸다. "다친 사람은?"

"없습니다." 바니가 대답했다.

"피해 정도는?"

"보고 받은 바로는 경미합니다."

"알겠어."

"보안 회사를 급히 호출했습니다."

"언제?" 나는 손목시계를 다시 보았다.

"방금요. 불은 꺼졌지만, 보안 회사 측에서 소방서에 신고를 해야 하는지 알고 싶어 합니다."

"아니, 소방서에도 경찰에도 신고하지 마."

생각을 좀 해야겠어.

"방금 웰치로부터 전화를 받았습니다." 바니가 말했다.

"그래?"

"사장님에게 연락을 취할지도 모릅니다. 제가 웰치에게 문자를 보내보죠."

"알았어."

"저는 지금 그레이 하우스로 가는 길입니다."

"좋아. 피해 상황을 상세히 보고해. 청소 직원들을 포함해 지난 닷새 동안 서버실에 출입했던 모든 사람의 명단 작성하고."

"알겠습니다."

"안드레아에게 전화해서 내게 전화하라고 해."

"알겠습니다. 구식 소방 시스템을 바꾸길 잘한 것 같습니다." 바니가 숨을 훅 내쉬었다.

"그러게나 말이야. 아르곤이 잘 처리했나보군. 막대한 돈을 쓴

보람이 있어."

"네, 사장님."

"거기 이른 시각일 텐데."

"잠이 확 달아났어요. 지금은 길도 막히지 않을 겁니다." 바니가 말했다. "금방 도착할 거예요. 어떻게 된 일인지 알게 되겠죠."

"두 시간 뒤에 이메일 보내."

"괜찮으시다면 전화 통화를 하고 싶은데요."

"그렇게 해. 어떻게 된 일인지 알아야 하니까. 전화 고마워." 나는 전화를 끊고 웰치에게 전화를 걸었다. 웰치는 그레이 하우스로 달려가는 중이었다. 우리는 몇 마디 주고받은 끝에 예방 차원에서 외부 데이터 센터의 경비 인력을 늘리기로 결정하고 한 시간 뒤 다시 통화하기로 했다. 나는 웰치와 통화를 끝내고 나서 필리페에게 최대한 빨리 배로 돌아가라고 지시했다.

"무슈(알겠습니다)." 페레가 속도를 높였다.

서버실에 왜 사고가 났을까? 전기 합선? 과열? 방화?

아나가 걱정스런 표정을 지었다. "누구 다쳤대요?"

나는 고개를 저었다. "피해는 거의 없어." 아직 피해 보고를 받기 전이지만 그녀를 안심시키고 싶었다. 나는 손을 내밀어 그녀의 손을 잡고 안심하라고 꼭 쥐었다. "걱정 안 해도 돼. 내 직원들이 뛰고 있으니까."

"어디서 화재가 난 거예요?"

"서버실."

"그레이 하우스요?"

"응."

"왜 피해가 적은데요?"

"서버실에 최신식 소방 시스템이 설치돼 있거든. 아나, 걱정할 것 없어."

"걱정 안 해요." 그녀는 그렇게 속삭였지만 진심인지는 알 수 없었다.

"방화인지 아닌지는 아직 몰라." 나는 그것이 가장 두려웠다.

나는 페어레이디호의 작은 서재 안에 있었다. 웰치와 바니는 이미 그레이 하우스에 있었고 안드레아는 일찍 사무실로 가는 중이었다. 피해 현장을 둘러본 웰치는 전문가가 발화 원인을 파악하도록 소방 당국을 부르는 게 좋겠다는 의견을 냈다. 그리고 서버실에 사람들이 들락거려 증거가 훼손될까봐 걱정했다. 우리는 프로토콜 기록을 훑어보았다. 내가 걱정한 대로 웰치 역시 방화 가능성을 배제하지 않았다. 소방 당국의 보고서가 나오기 전이지만 그는 서버실에 출입했던 모든 사람의 목록을 뽑는 중이었다.

안드레아가 사무실에 도착해 전화했다. 나는 이리저리 서성거리며 그녀와 사건 경위에 대해 이야기를 나누었다. 책상에 몸을 기댔을 때 문을 두드리는 소리가 났다. 내 아내였다. "안드레아, 잠깐만."

아나의 표정이 단호했다. 내가 잘 아는 표정, 우리가 싸우기 직전에 아나가 짓곤 하는 표정이었다. 나는 어깨에 힘을 주고 결전에 대비했다. "나 쇼핑 갈 거예요. 경호원 데리고." 아나가 지나치게 환한 미소를 지었다.

그게 다야? "그래. 쌍둥이 한 명하고 테일러를 데려가." 내가 대답했다. 아나가 나가지 않았다. "할 얘기 더 있어?"

"뭐 좀 가져다줄까요?"

"아니, 됐어. 직원들이 챙겨줄 거야."

"알았어요." 그녀가 주저하다가 내게 다가와 두 손을 내 가슴에 대고는 내 입술에 가볍게 쪽 키스했다.

"안드레아, 내가 다시 전화할게."

"네, 사장님." 안드레아가 말했다. 전화기 저편에서 미소 짓는 안드레아의 모습이 보이는 듯했다. 나는 전화를 끊고 전화기를 책상에 놓고는 아나를 품으로 끌어당겨 그녀에게 키스했다. 제대로. 달콤하고 촉촉하고 따스한 그녀의 입이 신선한 기분 전환이 되었다. 내가 키스를 멈추었을 때 그녀가 숨을 몰아쉬었다. "너한테 정신 팔리면 안 되는데." 나는 몽롱한 눈을 내려다보며 속삭였다. "이걸 해결해야 신혼여행으로 돌아갈 수 있어." 나는 손가락으로 그녀의 뺨을 쓰다듬다가 그녀의 턱을 쥐었다.

"알았어요. 미안해요."

"사과는 하지 말고, 그레이 부인. 너한테 정신 팔리는 건 좋으니까." 나는 그녀의 입가에 키스했다. "돈 좀 쓰고 와." 나는 물러나며 그녀를 놓았다.

"그럴게요." 아나가 소녀처럼 웃으며 문밖으로 나갔다. 심상치 않은 그녀의 태도에 나는 멈칫했다.

뭔데 말을 안 하지?

그 생각을 떨쳐버리고 안드레아에게 다시 전화했다.

"사장님, 통화된 김에 말씀드릴게요. 로스 말로는 다음 주에 뉴욕에 가셔야 할 것 같답니다. 가신다면, 목요일에 맨해튼에서 통신 연맹 협회 모금 행사가 있다는 걸 잊지 마세요. 그쪽에서 사장님이 꼭 참석하시길 원하고 있어요."

"뉴욕 출장은 확정된 게 아니잖아. 그쪽엔 참석을 고려하고 있다고만 말해둬. 그 초청을 수락하게 된다면 두 사람이 가게 될 거야. 뉴욕에 있는 동안 참석할 만한 다른 미팅이 있는지도 생각해보자고."

"알겠습니다."

"얘기는 이 정도로 하지. 로스에게 연결해주겠나?"

"그러죠."

나는 로스에게 상황을 설명하고 바니와 웰치하고 협조할 것을 지시했다.

요트 근처에서 제트스키 시동 소리가 들려와 내 주의를 끌었다. 시동이 꺼졌다. 다시 시동이 걸렸다가 꺼졌다. 우현 쪽 선창으로 밖을 내다보니 아나가 제트스키를 타고 있었다. 옷을 차려입고.

쇼핑을 간다더니.

"로스. 내가 다시 전화할게!" 나는 전화를 끊고 서둘러 서재를 나와 우현 쪽 통로로 나갔지만 아나는 이미 가고 없었다. 좌현 쪽으로 달려갔다. 아나가 제트스키를 타고 물살을 갈랐고, 경호원이 그녀를 빠르게 뒤쫓았다. 그녀가 내게 손을 흔들었다.

안 돼. 아나! 보내지 마. 심장이 놀라 펄쩍펄쩍 날뛰었다.

나는 마지못해 손을 올려 흔들었다.

노린 게 저거였어?

나는 그녀가 정박지를 향해 달려가고 경호원이 뒤따라가는 광경을 바라보았다. 휴대전화를 꺼내 테일러에게 전화를 걸었다.

"사장님."

"아나스타샤랑 자네, 대체 무슨 짓이야!" 내가 소리쳤다.

"사장님, 그레이 부인께서 제트스키를 타고 싶다고 하셔서요."

"떨어지면 어떡하려고. 물에 빠지면……. 젠장!" 말을 이을 수가 없었다.

"꽤 잘 타시는데요."

"올 때는 저거 못 타게 해!"

테일러의 한숨 소리가 들렸다. 어쩌라고. "알겠습니다, 사장님."

"고마워!" 나는 종료 버튼을 눌렀다.

나는 응접실에서 망원경을 찾아냈다. 망원경으로 지켜보니 아나가 제트스키를 부속선 옆에 세웠다. 테일러가 그녀를 부속선 안에 태운 뒤 선창에 오르도록 도와주었다.

나는 아나의 번호를 눌렀다. 그녀가 허둥지둥 가방 안에서 휴대전화를 꺼내는 것이 보였다.

"안녕." 아나가 조금 숨을 몰아쉬며 대답했다.

"안녕."

"돌아갈 때는 배를 탈게요. 화내지 말아요."

후. 이러다 싸우겠어. "음."

"재밌던데요." 아나가 신나는 목소리로 중얼거렸다. 날듯이 보트를 지나는 아나의 모습이 눈앞에 떠올랐다. 바람에 휘날리는 머리카락과 그녀의 얼굴에 떠오른 함박웃음.

나는 한숨을 내쉬었다. "재미를 망치려는 건 아니야, 그레이 부인. 그냥 조심하라는 거야. 부탁할게."

"그럴게요. 시내에서 뭐 사다 줄까요?"

"너만 돌아오면 돼, 다친 데 없이."

"최선을 다해볼게요, 그레이 씨."

"그 말 들으니 안심이야, 그레이 부인."

"좋은 게 좋은 거니까요." 그녀가 깔깔 웃어댔다. 그 달콤한 목소리가 내 미소를 끌어냈다. 내 휴대전화가 진동했다.

"전화 왔다……. 나중에 봐, 자기."

"나중에 봐요, 크리스천."

나는 전화를 끊었다. 그레이스 전화였다. "여보세요, 아들, 잘 있니?"

"잘 있죠, 엄마."

"네가 잘 있는지 궁금해서 전화했어."

"안 괜찮을 이유가 없잖아요?" 젠장. 어머니가 알고 있나 본데. "화재 때문에 전화하신 거예요?"

"무슨 화재?" 어머니가 물었다. 갑자기 말이 짧아졌다.

"아무 일도 아니에요, 어머니."

"무슨. 화재. 크리스천." 위압적인 말투였다.

나는 한숨을 쉬고 나서 자세한 내용은 빼고 그레이 하우스에서 일어난 일을 짧게 설명했다. "엄마, 별일 아니에요. 피해 없어요." 그레이스에게 걱정을 끼치고 싶진 않았다.

"집에 돌아오는 거니?"

"신혼여행을 중단할 이유는 없어요. 화재는 진압됐고 피해도 없으니까요."

그레이스가 잠시 잠잠했다.

"그레이스, 괜찮다니까요."

그레이스가 한숨을 쉬었다. "네가 그렇다면 그런 거겠지, 아들. 신혼여행은 어떠니?"

"이번 사건이 터지기 전까지는…… 좋았어요. 아나는 런던이랑 파리, 요트를 좋아해요. 민첩하죠."

"좋은가보네. 생폴드방스는 다녀왔니?"

"다녀왔죠. 오늘. 근사하던데요."

"나도 거기 가보고 홀딱 반했어. 용건만 간단히 할게. 넌 생각할 것도 할 것도 많은 사람이니까. 귀국하면 일요일 점심에 아나랑 같이 집에 오라고 전화했어."

"그럴게요. 기대할게요."

"됐다. 그때 보자. 그리고, 아들, 명심하렴, 우리가 너를 사랑한다는 거."

"알았어요. 엄마. 전화 고마워요."

전화를 끊고 나니 아나의 이메일이 들어와 있었다.

보낸 사람: 아나스타샤 그레이
제목: 고마워요.
날짜: 2011년 8월 17일 16:55
받는 사람: 크리스천 그레이

불평 조금만 해줘서.
당신을 사랑하는 아내가.
xxx

나는 답장을 쳤다.

보낸 사람: 크리스천 그레이
제목: 마음 가라앉히려고 노력하는 중
날짜: 2011년 8월 17일 16:59
받는 사람: 아나스타샤 스틸

천만에.
무사히 돌아와.
이건 부탁이 아니야.
x

크리스천 그레이

CEO 겸 과보호 남편, 그레이 엔터프라이즈 홀딩스 Inc.

두 시간 후 나는 서재의 작은 책상 앞에 앉아 우려하던 전화를 받았다. "방화예요." 웰치가 말했다.

"젠장." 마음이 무거워졌다.

나한테 왜 이런 일이 일어나는 거지? 무얼 노리고?

"그러게 말입니다. 서버 캐비닛 옆에 소형 발화 장치가 있었어요. 흥미로운 건 연기만 내는 장치였어요. 경고의 의미 같습니다."

경고?

"놓인 날짜는?" 내가 물었다.

"그건 아직 모르겠어요. 보안을 두 배로 강화했습니다. 서버실 밖에 경비원을 매일 24시간 세워둘 생각이에요. 거긴 회사의 혈관이니까요."

"좋은 생각이야."

"예정보다 일찍 돌아오십니까?"

"그럴 필요가 있을까?" 우리의 신혼여행을 끝내고 싶지 않았다.

"아뇨. 그러지 않으셔도 됩니다. 지금 가장 큰 의문은 이것이 사장님의 찰리 탱고 EC135와 관련이 있느냐는 거예요."

"관련성을 염두에 두자고. 최악의 시나리오긴 하지만."

"네. 신중을 기해야 하니까요." 웰치가 대답했다.

"여기서 어쩌지 못하는 걸 거기 간다고 될 리가 없지. 어차피 배 안이 더 안전하기도 하고."

"그렇죠." 그가 동의하고는 머뭇거렸다.

"아무리 용의자를 추적해봐도 도무지 오리무중이에요. 그래도 그레이 하우스 안팎의 CCTV 영상을 다시 살펴보겠습니다. 어떻게든 이 작자 찾아야죠."

"그렇게 해. 그 자식 꼭 잡아내라고."

"지금은 경찰의 과학 수사 팀이 서버실에서 지문을 채취하는 중입니다."

"바니가 아주 신이 났겠군."

웰치의 웃음소리가 씁쓸하게 들렸다. "그렇진 않아요."

"젠장, 어처구니가 없어서." 나는 전화기에 대고 중얼거렸다.

"그러게 말입니다, 크리스천. 몇 주 전에 FBI가 EC135에서 지문을 채취했어요. 거기서 용의자가 나올지 기다리는 중입니다. 헬기는 유로콥터 측에 있고요. 수리가 가능한지 손상 정도를 파악하는 중이에요."

"그래."

"소식이 나오면 연락드리죠."

"고마워." 나는 전화를 끊고 해안선을 바라보았다. 칸의 도시 불빛이 해안선을 따라 하나둘 깨어나 석양을 맞이했다.

무얼 어떻게 해야 할까?

내가 뭘 어쨌다고 나한테 이런 일이 생기지?

그레이, 그런 생각은 하지 마.

부속선 보트가 선교 갑판으로 올라오고 있었다. 아나가 돌아왔다는 뜻이었다.

아나. 내 여자.

아나가 이 전쟁에 휘말릴 수도 있다. 나는 바닥에 누워 꼼짝하지 않는 아나의 환상을 몰아내느라 두 손으로 머리를 감쌌다.

그녀에게 무슨 일이 일어난다면…….

생각만 해도 괴로웠다. 아나가 무사히 돌아온 걸 당장 내 눈으로 확인하고 싶었다.

나는 소름 끼치는 생각들을 억누르면서 아나를 찾아 나섰다. 선실 문밖에 멈춰 서서 불안감을 가라앉히려고 숨을 크게 들이마신 뒤 안으로 들어갔다. 아나는 침대 위 꾸러미 옆에 앉아 있었다.

"한참 걸렸네."

아나가 깜짝 놀라 고개를 들고 지친 기색으로 나를 쳐다보았다.

"회사 일은 정리됐어요?"

"그럭저럭." 나는 그녀에게 자세한 이야기를 하지 않았다. 그녀를 걱정시키고 싶지 않았다.

"쇼핑을 조금 했어요." 그녀가 달콤한 미소를 지으며 말했다.

"뭐 샀어?"

"이거요." 아나가 발을 침대 위에 올렸다. 발목에 은으로 된 체인 발찌가 걸려 있었다.

"참 예쁘다." 나는 손가락으로 체인에 달린 작은 종들을 쓰다듬었다. 귀엽고 섬세한 종소리가 났지만 체인은 어제 수갑이 남긴 희미한 붉은 선은 가리지 못했다.

내가 그녀에게 남긴 자국.

젠장.

"이것도." 아나가 포장된 선물 상자를 내밀었다. 조금 열렬한 그녀의 손짓이 눈길을 끌었다. 역시나 내 걸 샀구나 싶어 궁금하기도 하고 반갑기도 했다.

"내 거야?" 꾸러미가 의외로 무거웠다. 나는 그녀 옆에 앉아서 상자를 한 번 흔들어보았다. 그리고 웃는 얼굴로 그녀의 턱을 잡고 그녀에게 키스했다. "고마워."

"아직 열어보지도 않았으면서."

"이게 뭐가 됐든 난 좋아. 선물을 많이 받는 사람이 아니거든."

"당신 선물은 사기가 어려워요. 다 가진 사람이라."

"널 가졌지."

"그건 그렇죠." 그녀가 미소를 지었다.

포장지를 벗기자 DSLR 카메라가 나왔다. "니콘?"

"휴대용 디지털 카메라가 있는 건 알지만, 이건…… 인물 사진 전용이에요. 렌즈가 두 개 달렸어요."

인물 사진?

무슨 의도로 이걸 골랐을까?

두피가 저릿해질 만큼 불안감이 최고치로 다시 솟구쳤다.

"당신 오늘 그 화랑에서 플로렌스 델의 사진들을 좋아했잖아요. 당신이 루브르에서 했던 말도 기억났어요. 그리고 다른 사진들도 있고 해서." 아나의 목소리가 뚝 떨어졌다.

아이고, 맙소사. 그 얘긴 하고 싶지 않아!

"혹시 당신이, 음, 내 사진을 찍고 싶을까 하는 생각이 들었어요."

"사진? 네 사진?"

아나가 고개를 끄덕였다. 눈을 깜빡이는 모습이 도무지 확신이 없어 보였다. 나는 시간을 끌려고 상자의 내용을 읽어보았다. 최고급 카메라였다. 사려 깊은 아내의 사려 깊은 선물. 하지만 마음이 불편했다. 몹시 불편했다.

어째서 내가 그녀의 누드를 찍고 싶을 거라고 생각했을까?

그건 더 이상 내 삶이 아닌데.

나는 그녀를 올려다보았다. "왜 내가 이걸 좋아할 거라고 생각했어?" 내가 속삭였다.

그녀의 얼굴에 놀라는 빛이 스쳤다. "아니에요?"

아니야, 아나. 빗나가도 한참 빗나갔어.

갑자기 진실이 내 앞에 모습을 드러냈다. 충돌한 자동차들처럼 함께 뒤집어져 막대한 피해를 야기하는 예전의 삶과 새로운 삶. 원래 그 사진들은 나를 보호하고 내 위치와 가족을 보호하기 위한 것이었다. 아나에게는 그럴 필요가 없다는 걸 그녀에게 이해시켜야 한다…… 하지만 그녀의 기분을 망치고 싶지 않았다. "그런 사진들은 대부분 보험 같은 거였어, 아나."

네 쾌락을 위한 것이기도 했지, 그레이. 그랬다. 에로틱했으니까. 하지만 나는 카메라 렌즈를 통해 대상을 바라보면 안전하리라는 걸 알고 있었고, 항상 거리를 두었다. 카메라는 가장 에로틱한 자세의 그들을 포착하는 즐거움을 주면서도 나와 내 서브 사이에 장벽을 세워주었다.

망할. 수치심이 밀물처럼 밀려왔다. 나는 고해실에 있었다. "난 오랫동안 여성을 대상화해왔어."

아나가 머리를 귀 뒤로 넘겼다. 나만큼이나 민망한 듯 보였다. "내 사진을 찍는 게 나를 대상화하는 거라고 생각해요?" 그녀가 낮은 목소리로 말했다.

나는 눈을 감았다. 지금 무슨 일이 일어나고 있는 거지?

왜 아나와 이러는 게 불편한 걸까?

"정말 혼란스럽다." 내가 중얼거렸다.

"왜 그런 말을 해요?" 그녀가 상냥하게 물었다.

나는 눈을 뜨고 그녀의 손목을 내려다보았다. 내가 만든 자국이 아직 그대로 있었다. 내 예전 삶으로부터 아나를 보호하려고 애쓴다면서, 결국 한다는 짓이 이건가?

나 자신에게서 그녀를 안전하게 지킬 수 없는데 어떻게 그녀를 안전하게 지킨다는 거지?

"크리스천, 이거 별거 아니에요." 아나가 손을 들어 올리자 자국이 고스란히 드러났다. "당신이 안전신호를 줬잖아요. 어제 끝내

주게…… 좋았어요. 즐거웠다구요. 그 생각은 그만해요. 전에도 말했지만, 나 거친 섹스 좋아해요." 그녀가 겁먹은 목소리로 말했다. "그 화재 때문에 그래요? 찰리 탱고랑 관련이 있는 거예요? 그래서 걱정이 돼서? 나한테 말해봐요, 크리스천, 제발."

그녀가 더 이상 겁먹게 하지 마, 그레이.

아나가 인상을 썼다. "너무 심각하게 생각하지 말아요, 크리스천." 아나는 손을 내밀어 상자를 열고 카메라를 꺼냈다. 그녀는 전원을 켜고 렌즈 뚜껑을 벗긴 뒤 니콘을 얼굴에 대고 내게 돌렸다.

사진 찍히는 건 질색이다. 자발적으로 찍은 마지막 사진은 결혼식 사진이었고, 그리 오래된 일은 아니지만 그전에도 아나 때문에 히스먼 호텔에서 사진을 찍긴 했다. 내 삶이 돌이킬 수 없는 변화를 거치기 전, 그녀를 알기 전에. 아나가 버튼을 계속 눌러 사진을 여러 장 연속으로 찍었다.

"그럼 나도 당신을 대상화죠 뭐." 아나가 중얼거렸다. 그녀는 내 허튼소리를 흘려듣지 않고 나를 놀리는 중이었다. 카메라 렌즈로 나를 보면서 슬금슬금 가까이 다가왔다. 한 장, 두 장, 세 장. 아나가 사진을 몇 장 찍었다. 그녀가 한 장씩 찍을 때마다 이 사이로 혀를 내밀었지만 무의식적인 행동이라 내 눈에는 귀엽게 보였다. 그녀가 미소를 지으면서 따라서 웃는 나를 찍었다.

너만 할 수 있어, 아나.

너만 나를 빛 속으로 다시 끌어낼 수 있어.

나는 과장되게 입술을 꾹 다물고 그녀를 위해 포즈를 취했다.

그녀의 미소가 더욱 커졌다. 그녀가 깔깔 웃었다. 참으로 듣기 좋은 소리였다.

"그거 내 선물인 줄 알았는데." 내가 투덜거렸다.

"원래는 재미를 위한 것이었을 텐데, 여성의 억압을 상징하는 물건이 되었네요." 그녀가 사진을 더 찍었다.

그녀는 나를 놀리는 중이다!

게임을 시작해볼까, 아나.

"억압받고 싶어?" 두 손을 묶인 그녀가 내 앞에 엎드려 내 아랫도리에 봉사하는 즐거운 환상이 떠올랐다.

"억압은 싫어요. 싫어." 그녀가 중얼거리며 계속 사진을 찍었다.

"널 철저히 억압할 수도 있어, 그레이 부인."

"알아요, 그레이 씨. 자주 그러잖아요."

오. 망할. 진심으로 하는 말이잖아!

아나가 카메라를 내리고 나를 물끄러미 쳐다보았다. "왜 그래요, 크리스천?"

난 그저 널 안전하게 지키고 싶어.

아나가 인상을 쓰고는 카메라를 다시 눈으로 올렸다. "말해봐요." 그녀가 재촉했다.

정신 바짝 차려, 그레이.

나는 들끓는 감정들을 가라앉혔다. 지금은 그것들을 다룰 수가 없었다. "아무것도 아냐." 나는 아나의 시야에서 벗어나 침대에서 카메라 상자를 치운 다음 아나를 붙잡아 이불 위에 눕히고 그녀 위에 올라탔다.

"이봐요!" 그녀가 웃는 얼굴로 항의하면서 내려다보는 나를 더 찍었다. 결국 나는 그녀에게서 카메라를 빼앗아 파인더에 그녀의 아름다운 얼굴을 담았다. 셔터를 눌러 후대를 위해 그녀의 사랑스러움을 포착했다.

"사진을 찍어달라 이거지, 그레이 부인?" 카메라 렌즈로 보아도 그녀는 무척 진지했다. "우선 웃는 모습부터 시작하자." 나는 다른 손을 내려 그녀를 간지럽히기 시작했다. 아나가 비명을 지르며 내 밑에서 버둥거렸다. 나는 사진을 연거푸 찍었다.

이거 재밌는데.

아나는 웃고 또 웃어댔다. "하지 마! 그만해요!"

"농담이지?" 누구를 간지럽히는 건 처음이었는데 아나의 반응이 유달리 큰 만족감으로 다가왔다. 나는 카메라를 내려놓고 두 손을 썼다.

"크리스천!" 그녀가 내 밑에서 소리치고 몸부림쳤다. "크리스천, 그만해요!" 그녀가 애원하자 가엾게 느껴졌다. 나는 그녀의 두 손을 잡아 머리 양옆으로 올려 꼼짝 못하게 눌렀다. 그녀가 숨을 몰아쉬었다. 달아오른 얼굴, 끈적한 눈빛, 흐트러진 머리. 매혹적이었다. 숨이 막히도록.

"너. 정말. 아름. 다워." 내가 소곤거렸다.

내겐 과분해.

나는 고개를 숙여 눈을 감고 그녀에게 키스했다. 그녀의 입술은 보드라웠다. 그녀의 입이 나를 맞이했다. 나는 손으로 그녀의 머리를 감싸 쥐었다. 내 손가락이 그녀의 머리카락을 파고들었다. 나는 키스의 농도를 높였다. 더 원했다. 그녀 안에서 나를 잊고 싶었다. 그녀가 반응했다. 그녀의 몸이 솟아오르며 손이 내 팔을 따라 올라와 내 위팔을 움켜쥐었다.

그녀의 반응이 내 아랫도리에 불을 당겨 일으켰다.

아니, 단지 그것만은 아니었다.

물론 그녀를 원하기도 했지만 그녀가 필요했다.

내 몸이 똑바로 일어서서 그녀를 갈망했다. 그녀는 나의 구명보트였다. 나는 표류하며 지금 내게 일어나는 일을 이해하려고 노력했다. 그녀와 함께하고 그녀 안에 있을 때 세상은 올바르게 돌아간다. "오, 내게 넌 그런 존재야." 나는 신음했다. 그녀를 뜨겁게 갈구했다. 나는 재빨리 그녀 위에 누웠다. 그녀의 몸과 내 몸이 일 자로 포개졌다. 내 손이 그녀의 가슴과 허리, 골반, 엉덩이를 쥐며 미끄러져 내려갔다. 나는 다시 그녀에게 키스했다. 무릎을 그녀 의 다리 사이에 밀어 넣고 손을 그녀의 허벅지 아래로 내려 그녀 의 다리를 내 엉덩이 위로 끌어올렸다. 몸을 그녀에게 붙였다. 그 녀를 원했다. 그녀의 손가락이 내 머리카락을 파고들었다. 그녀가 나를 그녀의 입으로 끌어당겼다. 나는 원하는 걸 모두 취했다.

이대로 폭발할 것 같았다. 그녀를 너무도 원했다.

젠장.

나는 동작을 멈추었다. 널 가져야겠어. 당장.

몸을 일으켜 그녀를 침대에서 들어 올린 뒤 그녀의 반바지를 풀 었다. 그리고 무릎을 대고 앉아 바지를 끌어내려 벗겨냈다. 우리 는 다시 침대에 누웠다. 그녀는 내 밑에 있었다. 내 손가락이 재빨 리 내 바지 앞섶을 헤쳐 달아오른 놈을 풀어주었다.

나는 단숨에 그녀 안으로 들어갔다. 세게. 깊이.

"좋아!" 내가 외칠 때 그녀가 울부짖었다.

나는 움직이지 않고 그녀의 얼굴을 살폈다. 그녀는 눈을 꼭 감 고 머리를 젖힌 채 입을 벌리고 있었다. 나는 골반을 돌려 더 깊이 들어갔다.

그녀가 신음하며 두 팔을 내 몸에 감았다.

"네가 필요해." 나는 이로 그녀의 턱을 긁었다. 그녀에게 다시 키스하면서 그녀의 입과 그녀의 모든 걸 취했다. 그녀가 팔다리를 내게 휘감고 몸을 붙였다. 나는 격렬히 움직였다. 그녀에 대한 욕 구는 상상 이상으로 컸다. 그녀의 피부 속으로 스며들고 싶었다. 그녀가 나를 고스란히 갖도록, 내 모든 걸 소유하도록. 그녀가 보 조를 맞춰 나를 맞이했다. 욕구가 실린 그녀의 가녀린 신음 소리가 나를 응원했다. 그녀의 열정이 크고 뜨겁게 내 귓속을 파고들었다.

나는 그녀를 느꼈다. 그녀의 절정이 가까웠다. 직전이었다. 그녀는 나와 함께했다. 내가 그녀를 더 높이 밀어 올렸다. 그녀가 나를 더 높이 밀어 올렸다.

"같이 가자." 나는 상체를 떼고 그녀 위에 엎드렸다. "눈을 떠. 널 봐야겠어." 그녀가 열망하는 몽롱한 눈으로 나를 올려다보다가 고개를 젖히고 사정했다. 모두가 들도록 오르가슴을 외쳤다.

그것이 꼭대기로 너머로 나를 떠밀었다. 나는 정상에서 나를 그녀 안으로 내던졌다. 그녀의 이름을 외쳤다. 옆으로 쓰러져 그녀를 끌어안고 같이 굴렀다. 그녀가 내 위로 올라왔다. 그녀 안에 머물면서 그녀를 꼭 끌어안고 소중한 공기를 폐 안으로 끌어들였다.

내 안전 신호등. 내 드림 캐처. 내 사랑. 내 삶.

누군가 우리를 죽이려 한다. 망할 놈들.

아나가 내 가슴에 키스했다. 부드럽고 달콤한 키스였다. "말해 봐요, 크리스천, 왜 그래요?"

나는 그녀를 더욱 힘껏 안고 눈을 감았다.

널 잃고 싶지 않아.

"난 당신에게 결혼 서약을 했어요." 그녀가 속삭였다. "아플 때나 건강할 때나 당신의 충실한 반려자가 되겠다고, 좋을 때나 나쁠 때나 당신 곁에 서겠다고, 당신의 기쁨과 슬픔을 함께 나누겠다고."

나는 꼼짝하지 않았다. 그녀는 결혼 서약을 외우고 있었다. 나는 눈을 떴다. 그녀의 얼굴은 더할 나위 없이 진지했다. 그녀의 아름다운 얼굴이 눈부신 사랑의 광채를 발산했다. "조건 없이 당신을 사랑하고, 당신의 목표와 꿈을 지지하고, 당신을 존경하고 존중하고, 당신과 함께 웃고 함께 울고, 내 희망과 꿈을 당신과 공유하고, 곤궁할 때 당신을 위로하겠다고. 또한 우리 두 사람이 살아 있는 동안 당신을 아끼겠다고."

아나가 한숨을 쉬었다. 나를 지긋이 바라보는 그녀의 눈길이 내게 말해보라고 간청했다.

"오, 아나." 나는 중얼거린 뒤 몸을 움직였다. 천천히 그녀에게서 빠져나왔다. 우리는 나란히 누워 서로의 눈 속으로 빠져들었다. 나는 손가락 관절과 엄지손가락으로 그녀의 얼굴을 쓰다듬었다. 기억을 더듬어 내 결혼 서약을 되뇌었다. 감정을 억누르느라 잠긴 목소리가 나왔다. "우리의 결혼을 지키고 당신을 가슴 깊이 간직하며 보호할 것을 엄숙히 맹세합니다. 좋을 때나 나쁠 때나, 아플 때나 건강할 때나, 삶이 우리를 어디로 데려가든 무슨 일이 생기든 성심으로 당신을 사랑할 것을 약속합니다. 당신을 보호하고 신뢰하고 존중하겠습니다. 당신의 기쁨과 슬픔을 함께 나누고 곤궁할 때 당신을 위로하겠습니다. 당신을 아끼고, 당신의 희망과 꿈을 지원하고, 당신을 내 곁에 두고 안전히 지키겠습니다. 이제 내 것은 모두 당신의 것입니다. 이 순간 이후 우리 두 사람이 살아 있는 동안 내 언약, 내 마음, 내 사랑을 당신에게 바칩니다."

그녀의 눈에 눈물이 고였다.

"울지 마." 나는 속삭이며 엄지손가락으로 흘러내린 눈물방울을 닦았다.

"왜 나한테 말을 안 해요? 제발, 크리스천."

나는 눈을 감았다.

말하면 정말 그렇게 될 것 같아, 아나.

"난 곤궁할 때 당신을 위로하겠다고 맹세했어요. 제발 내 서약을 깨게 하지 말아요." 그녀가 애원했다.

아나에게는 도무지 속수무책이다.

아나를 사랑해.

아나 앞에서는 다른 건 아무것도 느껴지지 않았는데 지금은 충만한 느낌이 들었다. 오만 가지 감정들이 한꺼번에 솟구쳤다. 감당하기 어려웠다. 이해하기가 어려웠다.

그녀의 표정은 변함이 없었다. 그녀는 내게 애원하고 있었다.

나는 한숨을 내쉬고 백기를 들었다. "방화래." 나는 크게 실패한 사람처럼 중얼거렸다. "가장 걱정되는 건 놈들이 나를 쫓고 있다는 거야. 놈들이 나를 쫓는다는 건……." 그다음 일을 생각하니 견딜 수가 없었다.

"나를 노릴 수도 있겠네요." 아나가 소곤거리며 대신 말을 마치고는 내 얼굴을 어루만졌다. 그녀의 눈빛이 부드러워졌다. "고마워요."

"뭐가?"

"말해줘서."

나는 고개를 저었다. "네가 설득력이 좋은 거겠지, 그레이 부인."

"당신은 모든 감정을 곱씹고 내면화해서 혼자 죽도록 고민해요. 그러다가는 마흔 살이 되기도 전에 심장마비로 죽고 말 거예요. 난 그보다는 훨씬 더 오랫동안 당신과 함께하고 싶어요."

"내가 죽으면 다 너 때문이야. 네가 제트스키 타는 걸 본 순간…… 심장마비 오는 줄 알았어." 나는 침대에 등을 대고 누워 그 기억을 내몰려고 손등으로 눈을 덮었다. 하지만 소용없었다. 차갑고 딱딱한 바닥에 누운 그녀가 내 머릿속에 그대로 있었다. 나는 진저리를 쳤다.

"크리스천, 그냥 제트스키일 뿐이에요. 제트스키는 애들도 탄다고요. 아스펜의 당신 집에 같이 가서 내가 난생처음 스키를 타겠다고 하면 당신 어떨 것 같아요?"

나는 숨을 삼키며 그녀를 돌아보았다. 스키. 안 돼!

"우리 집." 나는 그녀에게 일깨웠다.

아나가 내게 미소를 지었다. 내가 매일 사무실에서 보는 미소였다. 나를 놀리려는 건가? 아니. 그건 아니다. 이건 연민이다. "나다 큰 어른이에요, 크리스천. 그리고 보기보다 훨씬 강하고요. 대체 언제쯤 그걸 깨달을 거죠?"

나는 어깨를 추어올렸다. 내게 그녀는 강해 보이지 않았다. 끈적이는 초록빛 깔개 위에 차갑게 누운 모습으로는.

"화재 말이에요. 경찰이 방화라는 거 알고 있어요?"

"응."

"잘됐네요."

"보안이 더 강화될 거야."

"그래야겠죠." 그녀의 눈이 내 몸 위를 훑어보았다. 별안간 그녀의 입꼬리가 올려갔다.

"왜?"

"당신."

"나?"

"당신. 옷을 다 입고 있어요."

"오." 나는 아래쪽을 흘끔거렸다. 정말 옷을 다 입고 있었다. 다시 아나를 쳐다보았을 때 웃음이 났다. 나는 도저히 너에게서 손을 뗄 수 없었다고, 특히 네가 깔깔거리고 웃는 바람에 그럴 수 없었다고 설명했다.

그녀의 눈이 순간 반짝거리더니 민첩하게 움직여 내 위에 올라탔다.

젠장. 나는 그녀의 손목을 움켜쥐었다. 그녀가 무얼 하려는지 짐작이 가고도 남았다.

"안 돼." 내가 말했다. 달갑지 않은 어둠이 내 가슴으로 돌아와 손톱을 휘둘러 밖으로 나올 태세를 갖추었다. "제발 하지 마." 나는 애원했다. "나 못 견딜 거야. 어릴 때도 간지럼 탄 적 한 번도 없었어." 아나가 두 손을 내렸다. "캐릭이 엘리엇과 미아를 간지럽히는 걸 보기만 했어. 무척 재미있어 보이긴 했지만, 나는, 나는……."

아나가 손가락을 내 입술에 댔다. "쉿, 알았어요." 그녀가 손가락을 떼고 쪽 하고 달콤한 키스를 했다. 그리고 고개를 숙여 뺨을 내 가슴에 댔다. 나는 그녀를 안고 코를 그녀의 머리에 댔다. 그녀의 향기가 톡 쏘는 섹스의 향기와 뒤섞여 내 마음을 달래주었다. 우리는 폭풍 후의 고요 속에 몇 분쯤 누워 있었다. 그녀가 고요하고 평온한 침묵을 깼다. "플린 박사를 만나지 않고 가장 오래 보낸 기간이 얼마나 돼요?

"2주. 왜? 나를 간지럽히고 싶은 충동을 도저히 못 참겠어?"

"아뇨." 그녀가 웃었다. "박사님이 도움이 될까 해서요."

나는 큭 웃었다. "도움이 되지. 돈을 내는데." 나는 그녀의 머리카락을 쓰다듬었다. 그녀가 내게 얼굴을 돌렸다. "지금 내 복지에 신경 쓰는 거야, 그레이 부인?"

"좋은 아내는 사랑하는 남편의 복지에 신경을 쓰는 법이에요, 그레이 씨."

"사랑하는?" 나는 그 말을 다시 듣고 싶어서 속삭였다. 그 말이 우리 사이에 중대한 의미를 띠고 울려 퍼지는 걸 듣고 싶었다.

"엄청 사랑하죠." 그녀가 고개를 올려 내게 키스했다.

그녀가 사실을 알고도 여전히 나를 사랑한다니 마음이 놓였다.

불안감이 증발하고 그 자리에 허기가 들어섰다. 나는 웃는 얼굴로 그녀를 내려다보았다. "육지로 나가서 식사할까?"

"당신이 가장 좋아하는 곳에서 먹고 싶어요."

"좋아. 배 위라면 널 안전하게 지킬 수 있겠지. 선물 고마워." 나는 카메라를 집어 이리저리 돌리다가 팔을 쭉 뻗어 서로를 부둥켜 안은 우리 둘의 사진을 찍었다.

우리는 페어레이디호의 멋진 식당 안에서 식사 후 커피를 마셨다. "무슨 생각해?" 나는 아나가 생각에 잠겨 창밖을 바라보고 있어서 물었다.

"베르사유."

"호화로웠지?"

아나가 주변을 둘러보았다.

"여긴 호화롭다고 할 순 없지." 내가 평했다.

"맞아요. 사랑스럽죠. 여자들이 원하는 완벽한 신혼여행이에요."

"정말?" 나는 싱글벙글 웃음이 났다. 기뻤다.

"그럼요."

"앞으로 이틀 남았어. 구경하고 싶은 거나 하고 싶은 거 있어?"

"그냥 당신이랑 같이 있고 싶어요."

나는 일어서서 탁자를 돌아 그녀의 이마에 키스했다.

"나 없이 한 시간 정도 혼자 있을 수 있지? 이메일 확인하고 그쪽이 어떻게 됐는지 알아봐야 해서."

"물론이죠."

"카메라 고마워."

서재로 가는데 무슨 이유에서인지 마음이 훨씬 더 안정되었다.

맛있는 저녁 때문일까, 섹스 때문일까. 아니면 아나에게 방화 얘기를 해서? 셋 모두의 조합 때문일지도. 나는 주머니에서 휴대전화를 꺼냈다. 아버지의 부재중 전화가 눈에 띄었다.

"아들." 아버지가 전화를 받았다.

"잘 계시죠, 아버지."

"남프랑스는 어떠니?"

"좋아요."

"아나는?"

"잘 있어요." 미소가 저절로 나왔다.

"행복한 목소리구나."

"네. 화재 사건이 옥에 티이긴 하지만요."

"네 엄마한테 들었어. 하지만 피해는 거의 없다면서."

"네."

"어떻게 된 일일까, 크리스천?" 아버지가 심각한 어조로 물었다. 내게서 어떤 대답이 나올지 짐작한 것 같았다.

"방화였어요."

"젠장. 경찰은 출동했고?"

"네."

"그래. 이 사건과 네 헬기 사건. 처리할 일이 많겠어."

"웰치가 애쓰고 있어요. 그런데 누구 짓인지 아직 단서가 없어요. 뭐가 좀 이상하지 않아요?"

"글쎄, 그건 잘 모르겠는데. 내가 좀 알아보마."

"그렇게 해주세요."

"제트기는 안전한가?" 아버지가 물었다.

"걸프스트림이요? 네. 그렇겠죠."

"돌아올 땐 항공사 비행기를 이용하는 게 좋겠다."

왜요?

"그냥 그런 생각이 들어. 널 걱정시키려는 건 아니고. 그만 끊자."

"신경 써주셔서 고마워요, 아버지."

"크리스천. 너한테는 내가 있어. 언제나. 저녁 시간 즐겁게 보내렴." 아버지가 전화를 끊었다. 내가 알려준 정보로 무얼 하실지 궁금했다. 그 생각은 떨쳐버리고 새로운 소식이 없는지 로스에게 전화를 걸었다.

계속 통화를 하고 있는데 아나가 문 안으로 머리를 쑥 디밀었다. 그녀는 내게 키스를 날린 뒤 내가 안드레아와 계속 통화하게 두고 나갔다. 안드레아는 우리가 탈 시애틀행 항공편을 고르는 중이었다.

선실로 돌아가니 아나는 웅크리고 잠들어 있었다. 나는 침대로 들어갔다. 그녀 옆에 누워 그녀를 깨우지 않고 품에 안았다. 그녀의 머리에 키스하고 눈을 감았다.

아나를 안전하게 지켜야 한다. 아나를 안전하게 지켜야 한다…….

나는 카메라 렌즈로 곤히 잠든 내 아내를 바라보았다. 아까 아나는 꿈속의 누군가에게 가지 말라고 잠꼬대를 했다. 누구일까? 나? 내가 아나를 두고 어디를 가겠어? 그레이 하우스에 방화 시도가 있었다는 것이 확인된 이후 악몽은 아나에게로 전염되었다. 아나는 잠을 자면서 엄지손가락을 빨기도 했다. 더 일찍 집으로 돌아갈 걸 그랬나 하는 생각이 들었다. 하지만 나로서는 페어레이디호의 평온을 선뜻 포기할 수 없었고, 그것은 아나도 마찬가지였다. 또한 그녀가 밤새 공포에 시달리고 나면 내가 그녀를 달래주었다. 그녀를 안고. 그녀를 위로했다. 내가 악몽에 시달릴 때 그녀가 나를 안아주듯이.

이 개자식을 꼭 잡아야만 한다.

감히 내 아내를 두려움에 떨게 하다니.

나는 아버지의 조언을 받아들여 항공사 비행기를 타기로 했다. 나는 간만에 타는 것이었지만 아나는 퍼스트 클래스로 국제 항공편을 이용한 적이 없어서 새로운 경험이 될 것이다. 우리는 런던으로 출국할 예정이었다. 내 제트기는 니스에 두고 철저한 정비를 받기로 했다. 내 직원들과 내 아내가 관련된 이상 절대 운에 맡길 수 없었다.

악몽을 제외하면 우리는 남은 신혼여행을 지극히 행복하게 보냈다. 책을 읽고, 먹고, 수영하고, 배에서 일광욕을 하고, 사랑을 나누었다. 마법 같은 날들이었다. 떠나기 전에 하고 싶은 것이 하나 더 있었다.

나는 아나가 소리에 깨지 않기를 바라면서 카메라 셔터 버튼을 눌렀다. 카메라는 내게 좋은 선물이 되었다. 사진에 대한 열정을 재발견하게 되었으니까. 어쨌든 우리는 사진 찍기에 그만인 멋진 환경에 있었고 페어레이디호는 민첩했다.

아나가 뒤척이다가 내가 누웠던 침대 쪽으로 손을 내밀며 나를 찾았다. 그 모습이 뭉클하게 와닿았다.

나 멀리 안 가, 자기야.

아나가 눈을 뜨고 흠칫 놀라는 바람에 나는 카메라를 바닥에 내려놓고 얼른 그녀 옆에 누웠다. "겁내지 마. 아무 일 없어." 내가 속삭였다. 아나가 움츠러드는 건 보고 싶지 않았다. 나는 그녀의 얼굴에 드리운 머리카락을 넘겨주었다. "이틀째 자면서 자꾸 움찔 움찔 놀라네."

"나 괜찮아요, 크리스천." 그녀가 거짓말을 했다. 억지로 웃는 그녀가 안쓰럽게 보였다. "나 잠자는 거 보고 있었어요?"

"응. 잠꼬대하던데."

"그랬어요?" 그녀의 눈이 동그래졌다.

"걱정이 많아서 그래." 나는 그녀를 안심시키려고 코 위 보드라운 부위에 키스했다. "너 인상 쓸 때마다 바로 여기에 V자가 생겨. 키스하면 부드럽게 느껴져. 걱정하지 마, 자기야. 내가 널 지킬 거니까."

"내가 걱정하는 건 내가 아니에요, 당신이지." 그녀가 투덜거렸다. "당신은 누가 지켜주죠?"

"난 다 큰 어른이고 더러운 놈이라 내 몸은 얼마든지 스스로 지킬 수 있어. 일어나. 집으로 떠나기 전에 하고 싶은 게 하나 있어."

재밌는 거야.

나는 그녀의 엉덩이를 찰싹 때렸다. 즐거운 비명이 보답으로 돌아왔다.

나는 침대에서 벌떡 일어났고 그녀도 따라 일어났다.

"샤워는 나중에. 수영복 입어."

"알았어요."

직원들이 제트스키를 물에 내려두었다. 나는 구명조끼를 입고 나서 아나가 착용하는 걸 도와주었다. 아나의 손목에는 시동 키와 킬스위치를 묶었다.

"내가 운전하라고요?" 그녀가 설마 하는 투로 물었다.

"응." 내가 활짝 웃었다. "그거 너무 조이진 않지?"

"괜찮아요. 그래서 구명조끼를 입었군요?" 그녀가 못마땅하다는 듯 한쪽 눈썹을 추켜올렸다.

"응."

"나 운전 실력 하나는 자신 있는 사람이에요, 그레이 씨."

"언제는 안 그랬나, 그레이 부인."

"옆에서 잔소리할 생각 말아요." 그녀가 경고했다. 예전에 당해서 하는 말이었다.

나는 손바닥을 들어 올려 항복을 표시했다. "감히 내가 어떻게?"

"아뇨, 그러고도 남을 걸요. 네, 그러고도 남죠. 이번엔 차를 길가에 세우고 말다툼을 할 수도 없다고요."

"일리 있는 지적이야, 그레이 부인. 온종일 플랫폼에 서서 본인의 운전 실력에 대해 토론할 셈이야? 아니면 신나게 놀아볼래?"

"일리 있는 지적이세요, 그레이 씨." 아나가 제트스키에 올라탔다. 그녀 뒤에 올라타고 고개를 들어보니 갑판에서 우리를 지켜보는 관중이 몇 명 있었다. 승조원들, 프랑스인 경호원, 테일러. 나는 발로 작은 수상 플랫폼을 민 다음 두 팔을 아나에게 감고 양쪽 허벅지를 딱 붙였다. 아나가 시동 키를 넣고 시동 버튼을 누르자 엔진이 부르릉 살아났다. "준비됐죠?" 그녀가 외쳤다.

"준비라면 항상 돼 있지."

아나가 천천히 가속기를 올렸다. 제트스키가 배에서 멀어졌다.

찬찬히, 아나.

나는 아나를 잡은 팔다리에 힘을 주었다. 아나가 점차 속도를 높였고 우리는 빠르게 수면을 갈랐다. "후아!" 나는 소리를 질렀지만 그녀는 멈추지 않았다. 아나가 몸을 앞으로 내밀자 내 몸이 그녀를 따라갔다. 그녀는 탁 트인 바다를 향해 달리다가 해안 쪽으로 방향을 틀었다. 니스 국제공항의 활주로가 지중해와 맞닿은 곳이었다.

"다음엔 제트스키 두 대로 해보자." 내가 소리쳤다.

재밌을 것 같았다. 함께 달린다면.

아나가 솟구치며 파도를 갈랐다. 우리는 조금 들썩거렸다. 오늘은 시원한 여름 바람이 불어 수면이 조금 일렁거렸다. 아나가 해안에 가까이 갔을 때 비행기 한 대가 머리 위를 날았다. 그 소리에 귀가 먹먹했다.

젠장.

별안간 아나가 빙 돌았다. 나는 소리를 질렀지만 너무 늦었다. 우리 둘 다 제트스키에서 훌렁 튀어 올라 지중해 물속으로 첨벙 떨어졌다. 물이 내 머리를 감싸고 눈과 입 안으로 밀려들었지만 나는 발차기를 해 수면 위로 금세 떠올랐다. 고개를 흔들고 아나를 찾아보았다. 제트스키는 멀지 않은 곳에서 시동이 꺼진 채 얌전히 까딱까딱 움직였고, 아나는 물에 젖은 눈가를 훔치고 있었다. 그녀가 물에 떠 있어서 안심이었다. 나는 그녀를 향해 헤엄쳐 갔다. "괜찮아?" 가까이 가서 물었다.

"괜찮아요." 그녀가 그렇게 말하더니 입꼬리가 귀에 걸리도록 웃었다.

왜 웃는 거지? 방금 차가운 바닷속에 자기랑 나를 처박아놓고.

나는 축축한 내 품으로 그녀를 끌어당긴 다음 손바닥으로 그녀의 얼굴을 감싸고 제트스키에 부딪힌 데는 없는지 살폈다.

"거봐요, 나쁘지 않았잖아요!" 그녀가 말을 쏟아냈다. 다친 데는 없어 보였다.

"응, 그런 것 같네. 물에 흠뻑 젖은 것만 빼고."

"나도 젖었어요."

"난 네가 젖는 거 좋더라." 나는 음탕한 눈으로 그녀를 보았다.

"크리스천!" 그녀가 음탕한 표정을 나무랐다. 나는 못 참고 그녀에게 키스했다.

안 되는데.

나는 그녀를 빨아들였다. 내가 몸을 뗐을 때 우리 둘 다 숨을 몰아쉬었다.

"이리 와. 돌아가자. 샤워해야지. 내가 운전할게." 나는 제트스키로 헤엄쳐 가서 올라탄 뒤 아나를 끌어올려 뒤에 태웠다.

"재밌었어, 그레이 부인?"

"재밌었어요. 고마워요."

"천만에. 이제 집으로 가볼까?"

"네. 출발해요."

아나스타샤는 샴페인을 홀짝거리며 아이패드를 들여다보았다. 우리는 히스로 공항의 콩코드 라운지에 앉아 시애틀행 연결 항공편을 기다리는 중이었다. 나는 기다리는 것 때문에 운항이 정해진 항공편으로 여행하는 걸 싫어했지만, 아나는 만족스러운 듯 보였다. 가끔씩 곁눈질로 내 쪽을 몰래 흘끔거리는 그녀가 보였다.

나는 속으로 춤을 추었다. 그녀가 나를 바라보는 게 좋았다.

나는 《파이낸셜 타임스》를 읽었다. 읽다 보니 점차 진지해졌다. 전 세계 시장은 최근에 불거진 재정 적자 문제와 블랙 먼데이 여파로 여전히 불안정했다. 달러는 침몰하는 중이었다. 부자들이 세금을 더 내야 한다는 기사도 있었다. 워런 버핏은 그래야 한다고 생각하는 듯했는데, 그 말이 맞는지도 몰랐다.

아나가 플래시를 켜고 사진을 찍어 나를 놀라게 했다. 나는 눈을 깜빡거려 눈부신 섬광을 몰아냈다. 그녀가 플래시를 껐다.

"기분이 어떤가요, 그레이 부인?" 내가 물었다.

"집으로 돌아가려니까 슬프네요." 그녀가 입을 비쭉거렸다. "당신을 독차지하고 싶은데."

나는 그녀의 손을 잡고 그녀의 손가락 관절에 키스했다. "나도 그래." 내가 속삭였다.

"당신은 왜요?" 그녀가 물었다.

망할. 속으로만 걱정했는데 그걸 들켰네. 그녀의 눈이 가늘어지고 기민하게 움직이며 파고들었다.

내가 털어놓기 전에는 포기하지 않을 기세였다. 나는 한숨을 쉬었다. "이 방화범이 잡혀서 우리 삶에서 꺼졌으면 좋겠어."

"아하."

그러게.

"이런 일이 다시 생긴다면 웰치에게 쓴소리를 좀 해야겠어." 내 목소리는 내가 들어도 차갑고 잔혹했다.

하지만 이 일이 너무 오래간다면. 이 개자식을 잡아야만 한다.

아나가 내게 입을 딱 벌렸다가 카메라를 들어 재빨리 한 장 찍었다. "하나 건졌다."

나는 미소를 지었다. 기분을 밝혀주는 그녀가 있어서 다행이었다. "탑승 시간 다 됐다. 가자."

"소여, 앞문으로 들어가도 되겠지?" 소여가 아우디를 에스칼라 밖 길가에 붙일 때 내가 물었다. 테일러가 차에서 내려 내 쪽 차문을 열었다. 아나는 깊이 잠들어 있었다.

"고마워, 테일러." 나는 두 다리를 쭉 폈다. "돌아오니 좋군."

"네, 사장님."

"아나를 깨워야겠어." 나는 그녀 쪽 차 문을 열고 그녀 위로 몸을 숙였다. "어이, 잠꾸러기, 집에 다 왔어." 나는 그녀의 안전벨트를 풀었다.

"흐음." 그녀가 끙끙 소리를 냈다. 나는 그녀를 들어 안았다. "헤이, 나 걸을 수 있어요." 그녀가 졸린 목소리로 투덜거렸다.

오, 안 되지, 자기야. "내가 널 안고 문턱을 넘어야지."

아나가 두 팔을 내 목에 감았다. "30층을 오르겠다고요?"

"그레이 부인, 몸무게가 조금만 늘어 참 다행이야."

"뭐라고요?"

"너만 괜찮다면 엘리베이터를 탈까 해."

테일러가 에스칼라 로비 문을 열고 미소를 지었다. "집에 오신 걸 환영합니다, 그레이 씨, 그레이 부인."

"고마워, 테일러." 내가 대답했다.

우리는 로비로 들어갔다. "내가 몸무게 늘었다니, 무슨 뜻이에요?" 아나가 나를 쏘아보았다.

화났네.

"많이는 아니고." 나는 그녀를 달래려고 활짝 웃었다. 그녀를 바짝 안고 엘리베이터로 걸어가는데, 예전에 아나와 헤어지고 나서 SIP에서 그녀를 안아 들었을 때 그녀가 지었던 표정이 생각났다. 얼마나 가녀리고 슬퍼 보이던지. 그 기억에 정신이 번쩍 났다.

"왜 그래요?"

"네가 나를 떠났을 때에 비하면 체중이 조금 붙었어." 나는 조용히 대답했다. 내 잘못이었어. 그녀의 슬픔은 나 때문이었어.

그녀의 그런 모습은 다시는 보고 싶지 않아.

나는 호출 버튼을 눌렀다.

"헤이." 아나가 내 얼굴을 어루만졌다. 그녀의 손가락이 내 머리카락과 엉켰다. "그때 내가 안 떠났다면 당신 지금 여기 이렇게 서 있을까요?"

아나가 그렇게 일렁이는 내 가슴의 파도를 가라앉혔다.

"아니." 나는 미소를 지었다. 그것이 사실이니까. 나는 내 아내를 안고 엘리베이터 안으로 들어가서 입술로 그녀의 입술을 가볍게 쓸었다. "아니, 그레이 부인, 난 여기 서 있지 못할 거야. 하지만 네가 날 거역하지 않아서 널 안전하게 지킬 수 있다는 걸 알게 됐겠지."

"난 당신 거역하는 거 좋던데요." 그녀가 요염한 미소를 흘렸다.

나는 큭큭 웃었다. "알아. 그게 날 몹시 행복하게 만들어."

"내가 뚱뚱해도 말이죠?" 그녀가 비쭉거렸다.

나는 하하 웃었다. "네가 뚱뚱해도." 내 입술이 그녀의 입술을 다시 사로잡았다. 그녀가 내 머리카락을 더 꽉 움켜쥐었다. 우리는 서로의 안에서 자신을 잊었다.

엘리베이터가 핑 하고 열렸다. 남편과 아내로서 에스칼라로 돌아온 것은 이번이 처음이었다. "정말 행복해." 나는 속삭였고 내 몸은 동요했다. 나는 그녀를 안고 현관으로 들어갔다. 모든 걸, 모든 사람을 지나쳐 그녀를 침대로 데려가고 싶었다. "집에 온 걸 환영해, 그레이 부인." 나는 다시 그녀에게 키스했다.

"집에 온 걸 환영해요, 그레이 씨." 그녀의 얼굴이 기쁨으로 환해졌다.

나는 아나를 안고 거실로 들어가서 주방 아일랜드 식탁에 그녀를 내려놓았다. 찬장에서 샴페인 잔 두 개를 꺼내놓고 냉장고에서 차가운 볼랭저 샴페인을 하나 꺼냈다. 우리가 좋아하는 로제와인이었다. 코르크를 비틀어 단번에 빼내 병을 따고는 기포가 보글보글 일어나는 연한 분홍빛 액체를 두 잔에 따랐다. 아일랜드 식탁에 앉아 아나에게 잔을 건넨 뒤 그녀의 다리 사이에 섰다. "우리를 위하여 건배, 그레이 부인."

"우리를 위하여 건배, 그레이 씨."

그녀가 수줍게 웃으며 대답했다.

우리는 잔을 부딪치고 한 모금 마셨다.

"피곤하겠다." 나는 코로 그녀의 코를 쓸었다. "하지만 나 정말 침대로 가고 싶어. 잠은 안 잘 거야." 나는 그녀의 달콤한 입꼬리에 키스했다. "귀국해 맞이하는 첫날밤이잖아. 이제 넌 정말 내 거야."

아나가 신음하고 눈을 감더니 고개를 들어 내게 목을 내주었다.

아나. 나의 여신.

나의 사랑.

나의 삶.

나의 아내.

지중해에 뜬 페어레이디호의 살랑거리는 움직임, 승조원들이 하루를 준비하는 소리를 기대했는데 눈을 뜨니 집이었다. 밖에서는 황금빛 여명이 아름다운 아침을 예고했다. 팔 밑에서 아나의 긴장한 몸이 느껴졌다. 그녀는 천장을 올려다보며 가만히 누워 있었다.

"왜 그래?" 내가 속삭였다.

그녀의 눈이 내 눈과 마주쳤다. 잠시 그녀는 멍해 보였다. "아무 것도 아니에요." 그녀가 미소를 짓자 얼굴이 부드러워졌다. "다시 자." 그녀의 미소에 내 아랫도리가 나보다 열렬히 반응했다. 나는 눈을 깜빡거리며 얼굴을 비비고는 잠을 깨려고 팔다리와 몸을 쭉 폈다.

"시차 때문에?" 내가 물었다.

"그래서 그런가? 잠이 안 와요."

"우주 공통의 만병통치약이 여기 있지. 너한테만 줄게, 자기야." 나는 씩 웃으며 일어선 놈을 그녀의 골반에 디밀었다. 그녀가 깔깔 웃고는 눈을 위로 치켜떴다. 그녀의 이가 내 귓불을 깨물었고, 그녀의 손이 내 몸 아래로 미끄러져 내려와 기다리는 아랫도리로 향했다.

한 시간쯤 후 몸을 일으켜보니 이른 아침이었다. 단잠을 잔 것 같다. 아나는 아직 내 옆에서 잠들어 있었다. 나는 그녀를 자게 두고 조용히 일어났다. 체육실에서 잠깐 뛰고 싶었다. 러닝머신을 달릴 때 포텟이 귓속에 울려 퍼졌다. 시황을 확인하고 뉴스를 보았다. 이 정도면 일상으로 복귀하는 데 문제없었다. 지난 몇 주 동안 아나와 행복의 나라에 있었지만, 이제는 일터로 복귀할 준비가 되어 있었다. 기운이 넘쳤다. 내 아내와 나는 새로운 삶을 함께 꾸려나갈 것이다. 아직은 어떤 앞날이 펼쳐질지 모르지만. 함께 여행을 다녀볼까. 아나에게 중국의 만리장성이나 피라미드를 보여준다면……. 세계 7대 불가사의를 모두 보여주는 거야. 회사에는 신경을 덜 써도 될 듯했다. 내가 없는 동안 로스가 잘 지휘해주었다. 아나는 일을 그만둬도 될 것이다. 어차피 꼭 돈을 벌지 않아도 되니까.

하지만 그녀는 자기 일을 좋아한다. 게다가 유능하기까지.

출판업에 대한 야망이 대단한 것 같다.

나는 고개를 저었다. 집에 있으면 더 안전할 것을.

젠장. 부정적인 생각은 그만해, 그레이.

욕실로 들어가니 아나가 샤워를 하고 있었다. 이건 못 참지. 나는 안으로 들어가 그녀 뒤에 섰다. "좋은 아침. 내가 등 밀어줄게, 그레이 부인." 그녀가 홀리는 미소를 지으며 내게 스펀지와 바디워시를 건넸다. 나는 스펀지에 거품을 내서 그녀의 목에 비누칠을 하기 시작했다. "오늘 점심 먹으러 우리 부모님 집에 가는 거 잊지 마. 네가 불편하지 않았으면 좋겠어. 케이트도 올 거야." 나는 그녀의 귀에 키스했다.

"흠." 그녀가 눈을 감고 중얼거렸다.

"괜찮은 거지?" 내가 물었다. "아무 말이 없네."

"괜찮아요, 크리스천. 점점 쪼글쪼글해지네." 그녀가 손가락을 꼼지락거렸다.

"그만 놔줄게."

아나가 웃고 샤워 부스를 나갔다. 나가면서 가운을 집었다. 내 여자는 행복해 보였다. 하지만 정신이 딴 데 팔린 것 같기도 했다. 분명 뭐가 있는데.

주방으로 들어가니 아나가 아침 식사를 만들고 있었다. 생폴드 방스를 걸을 때 입었던 검은색 끈 셔츠와 치마 차림이 사랑스럽게 보였다.

"커피?" 그녀가 물었다.

"좋지."

"사워도우 토스트?"

"좋아."

"잼은요?"

"살구. 고마워." 나는 그녀의 뺨에 키스했다. "점심 먹으러 나가기 전에 처리해야 할 일들이 좀 있어."

"알았어요. 내가 아침 가져다줄게요."

서재 책상 위에서 지아 마테오가 최근 완성한 집 도면을 발견했다. 게일이 가져다 둔 게 분명했다. 나중에 보려고 그것을 옆으로 치워놓고 아이맥을 켜고 일하기 시작했다. 웰치와 바니가 지난주 그레이 하우스의 CCTV 영상을 샅샅이 훑는 중이었지만 방화범에 관한 소식은 아직 없었다. 웰치가 그레이 하우스 곳곳에 보안 인력을 추가로 배치해두었다. 나는 우리를 경호하는 인력의 일정을 살펴보다가 추가된 인원을 발견했다. 벨린다 프레스콧. 하지만 오늘 부모님의 집까지 우리를 수행하는 것은 라이언과 소여였다. 테일러가 응당 가야 했지만 그는 몇 주 만에 모처럼 딸을 보러 가고 없었다.

아나가 등으로 문을 밀고 들어와 책상에 커피와 토스트를 올려놓았다.

"고마워요, 여보."

"천만에요, 여보." 그녀가 희미하게 미소를 지었다. "난 가서 짐 풀게요."

"그럴 필요 없어. 게일이 해도 돼."

"괜찮아요. 바쁘게 지내고 싶어서 그래요."

"자기야." 그녀가 나가기 전에 일어서서 그녀의 손을 잡고 얼굴을 뜯어보았다. "무슨 일이야?"

"아무것도 아니에요." 아나가 고개를 들어 내 뺨에 키스했다. "오전 중으로 외출 준비 끝낼게요."

나는 인상을 쓰고 그녀를 놓았다. "알았어."

뭔가가 있어.

그런데 그게 뭔지 모르겠네.

불안했다.

어쩌면 아나는 여기 시간대에 적응할 시간이 필요한 건지도 모른다. 그녀가 나가고 나는 일로 주의를 돌렸다. 불안감은 일단 밀어냈다. 지아 마테오로부터 이메일이 한 통 와 있었다. 내일 우리를 만나 최신 도면을 논의하자는 내용이었다. 나는 수락에 응하고 내일 초저녁에 만나자는 답장을 보냈다.

유로콥터에서 반가운 소식을 보내왔다. 찰리 탱고의 엔진을 두 개 모두 교체할 수 있으므로 2주 안에 정상으로 작동하는 찰리 탱고가 도착할 거라고 했다. 하지만 찰리 탱고를 망가뜨린 사건에 대한 FBI 수사에는 아무런 진전이 없었다. 화가 치밀었다.

왜 이렇게 오래 걸리지?

나는 다른 일로 넘어가 로스의 최근 이메일을 읽었다. 이 일을 빨리 끝낼수록 아내에게 빨리 돌아갈 수 있었다.

차를 타고 부모님 집으로 가는 길은 즐거웠다. 옆자리에 아내를 태우고 모처럼 R8을 직접 운전하며 시애틀 도심의 우거진 녹음을 만끽했다. 남프랑스의 고풍스러운 매력을 보고 와서 그런지 익숙한 풍경이 반가웠다. 집에 돌아오니 좋았다. 오랜만에 운전하는 것도 좋았다. 특히 이 차. 백미러로 뒤따라오는 소여와 라이언이 보였다.

아나는 내 옆에서 조용히 여름의 태양과 뒤섞인 풍경만 바라보았다. 우리는 5번 고속도로를 따라 빠르게 아래로 내려갔다. "이 차 운전해봐도 되요?" 그녀가 뜬금없이 물었다.

계속 이 생각을 했던 거야?

"물론이지. 내 건 모두 네 거니까. 하지만 찌그러뜨리면 고통의 빨간 방으로 널 데려가주겠어." 나는 그녀에게 늑대의 미소를 지었다. 오락실에서 그녀를 내 성이 아니라 결혼 전 성으로 부르는 내가 상상이 되서.

그녀의 입이 딱 벌어졌다. "농담 말아요. 당신 차를 찌그러뜨리면 날 벌주겠다고요? 나보다 차를 더 사랑한다는 거예요?" 믿기지 않는다는 투였다.

"비슷해." 나는 놀리면서 손을 내밀어 그녀의 무릎을 쥐었다. "하지만 차는 밤에 날 따뜻하게 품어주진 않지."

"그거라면 조정 가능해요. 당신이 차 안에서 자면 되니까." 아나가 받아쳤다.

나는 웃음을 터뜨렸다. 그녀의 농담이 마음에 들었다. "집에서 잔 지 하루도 안 됐는데 벌써부터 나를 내쫓겠다고?"

"당신 목소리가 왜 좋아하는 것처럼 들리죠?"

나는 도로에서 눈을 떼지 않고 그녀에게 얼른 미소를 날렸다. "왜냐하면 이런 대화가 참…… 평범해서."

이런 게 결혼 생활이라는 걸까? 티격태격하는 우리 사이처럼?

"평범하다뇨!" 그녀가 코웃음을 쳤다. "결혼한 지 3주도 안 됐어요! 설마요."

뭐? 내 미소가 사그라들었다. 정말인가 본데? 정말 날 내쫓을 셈인가?

"농담이에요, 크리스천."

젠장. 나도 농담이었어!

그녀가 입을 꾹 다물고 뚱하게 있다가 투덜거렸다. "걱정 말아요. 사브만 열심히 탈 거니까." 그녀는 다시 시선을 돌려 풍경을 바라보았다.

부부 사이의 농담은 이제 그만. "자기야, 왜 그래?"

"아무것도 아니에요."

"넌 가끔 날 너무 힘들게 해, 아나. 말해."

그녀가 고개를 내게 돌렸다. 비딱한 입술에 냉소를 머금고. "받은 대로 돌려준 거예요, 그레이."

내가 문제란 말이야? 내가?

제기랄.

"내 딴에는 노력하고 있어." 내가 대답했다.

"알아요. 나도 그래요." 그녀가 미소를 지었다. 마음이 풀린 듯했다. 확실하진 않지만. 어쩌면 마음이 아직 코트다쥐르에 가 있는지도.

혹시 방화 사건 때문에 마음이 상한 걸까?

보안 인력을 늘린 것 때문에?

망할, 궁금해 죽겠네.

"동생 왔구나!" 엘리엇이 부모님 집의 현관문을 열어주었다. "그놈은 잘 매달려 있고?" 형이 내 손을 잡고 나를 꽉 끌어안았다.

"쌩쌩해." 내가 중얼거렸다. "잘 지냈어, 엘리엇?"

"얼굴 보니 좋구만, 슈퍼스타. 신수가 훤하다. 조금 탔네." 형은 주의를 아나에게 돌렸다. "제수씨!" 형이 불쑥 소리치더니 내 아내를 번쩍 들어 올렸다.

"안녕하세요, 엘리엇." 아나가 깔깔 웃었다. 다행히 그녀가 웃음을 터뜨렸다. 형이 아나를 내려놓았다.

"아름답네요, 아나. 이놈이 잘해줍니까?"

"그런 편이에요."

"들어오세요." 엘리엇이 옆으로 비켜섰다. "아버지가 바비큐를 만들고 계세요."

부모님은 파티 전문가이고 접대를 즐긴다. 우리는 뒷마당 테라스 테이블에 둘러앉았다. 잔디밭 맞은편으로 익숙한 만의 풍경과 멀리 시애틀의 스카이라인이 보였다. 여기는 여전히 아름답다. 그레이스가 늘 그러듯 온갖 솜씨를 발휘한 덕에 음식이 푸짐했다. 캐릭이 가족 캠핑에 얽힌 이야기와 바비큐 굽는 요령으로 우리의 귀를 사로잡았다. 우리는 엘리엇, 케이트, 미아, 이든과 함께 앉아 있었다. 기분이 이상했다. 가족들로부터 항상 한 걸음 물러나 있는 느낌으로 지냈었기 때문이다. 가족들이 나를 따돌려서 그랬던 건 아니었다. 내가 나를 보호하기 위해 스스로를 가둔 것이었다.

그런데 이제 이렇게 앉아 가족들이 와글와글 웃고 서로를(나를) 놀리고 내 아내와 우리의 신혼여행에 지대한 관심을 쏟는 걸 보니까 그동안 너무 방어적으로 군 게 아닌가 하는 후회가 들었다. 스스로 만든 탑에 틀어박혀 흘려보낸 세월이 아쉬웠다. 아나가 종종 지적했던 것처럼.

아나의 말이 맞는지도 모르겠다.

우리의 손이 엉켰다. 나는 그녀의 손가락에 끼워진 반지를 만지작거렸다. 그녀의 손을 놓고 싶지 않았다. 아나는 기분이 밝아졌는지 케이트와 웃고 있었다. 무엇인지 모르지만 마음에 걸리던 일을 잊은 것 같았다.

엘리엇이 새 집 이야기를 꺼냈다.

"지아와 도면만 확정지으면, 9월에서 11월 중반까지 기한을 잡고 모든 인력을 투입할 수 있어." 엘리엇이 케이트에게 팔을 두르고 그녀의 어깨를 감쌌다. 엘리엇의 엄지손가락이 케이트의 피부를 가볍게 쓰다듬었다. 형이 케이트를 정말 좋아하는 것 같았다. 형의 이런 모습은 처음이었다.

"내일 저녁에 지아가 도면을 의논하러 들르기로 했어." 내가 대답했다. "이번에 모든 걸 확정지었으면 좋겠는데." 나는 아나를 쳐다보았다.

"그러게요." 아나가 미소를 지었지만 그녀의 눈빛이 어쩐지 조금 흐려졌다.

왜 그러는 거지?

아나가 신경이 쓰여 미칠 것 같았다.

"행복한 부부를 위하여 건배." 아버지가 잔을 들더니 미소를 지었다. 모두 아버지를 따라 건배했다.

"시애틀 심리학과 들어갈 이든도 축하해줘요." 미아가 자랑하는 목소리로 끼어들었다. 누가 봐도 홀딱 빠진 모습이었다. 미아가 이든의 바지 속으로 진출했을까. 이든이 미아에게 큭큭 웃는 모습 만으로는 판단하기 어려웠다.

가족들이 우리의 신혼여행에 자세히 알고 싶어 해서 나는 지난 3주간의 일을 큰 사건 위주로 요약해주었다.

아나는 조용히 입을 다물고 있었다.

혹시 후회하고 있나?

안 돼. 그건 너무 멀리 간 생각이다.

그레이, 정신 차려.

엘리엇이 진한 농담을 하고는 양팔을 쭉 펼치더니 자기 유리잔 을 판석 위로 날렸다. 유리잔이 드라마틱하게 박살났다. 어머니가 벌떡 일어섰고 미아와 케이트도 따라 일어섰다. 엘리엇은 얼간이 아니랄까 봐 그대로 앉아 있었다.

나는 사람들의 관심이 딴 데로 쏠린 틈을 타 아나에게 몸을 기 울이고 속삭였다. "계속 이렇게 풀이 죽어 있으면, 보트하우스로 데려가서 엉덩이 팡팡 때려준다."

아나가 숨을 들이켜고 듣는 사람이 없는지 살폈다. "어디 그러 기만 해봐요!" 그녀가 허스키한 목소리로 반발했다.

나는 한쪽 눈썹을 추켜올렸다.

덤비라고, 아나.

"우선 나를 잡아야 할걸요. 나 납작한 신발을 신을 거예요." 그 녀가 내게만 들리게 목소리를 깔고 말했다.

"재밌겠다."

아나가 발그레 달아오른 얼굴에 즐거운 표정을 띠고 나오려는 웃음을 참았다.

이래야 내 여자지.

어머니가 내온 딸기와 휘핑크림을 보니 런던이 생각났다. 런던의 여름철 디저트 중 으뜸은 이것과 이튼 메스(딸기에 머랭 쿠키와 휘핑크림을 첨가한 디저트 - 옮긴이)였다. 디저트를 다 먹었을 때쯤 갑자기 소나기가 쏟아졌다. "으! 다들 안으로 들어가." 그레이스가 외치며 서빙 접시를 챙겼다.

모두 접시며 숟가락, 포크, 나이프, 유리잔을 들고 주방으로 뛰어들었다.

아나가 더 행복해 보였다. 그녀는 머리카락이 조금 젖은 상태로 미아와 깔깔 웃어댔다. 그녀가 내 가족들과 같이 있는 걸 보니 흐뭇했다. 이제 가족들은 나처럼 아나를 사랑했다. 미아가 이든과 어떻게 되어가는지 아나에게는 털어놓을지도 모른다. 나는 미소를 지었다. 궁금해 죽겠네.

우리는 비를 피해 보금자리로 들어갔다. 나는 소형 피아노 앞에 자리를 잡았다. 오래되고 낡은 피아노였지만 사랑을 많이 받은 스타인웨이였고, 음색이 따뜻하고 풍부했다. 가운데 도 건반을 누르자 완벽하게 조율된 소리가 실내에 울려 퍼졌다. 나는 그레이스 생각이 나서 미소를 지었다. 그레이스가 이따금 피아노를 치니까 조율을 해뒀구나 싶었다. 그레이스의 피아노 연주를 들은 것은 까마득한 옛일이었지만. 나 역시 여기서 피아노를 친 것이 워낙 오래된 일이라 마지막으로 친 것이 언제였는지 기억나지 않았다. 어린 시절 내게 음악은 피난처였다. 도망쳐 나를 잊을 수 있는 곳. 처음에는 스케일과 아르페지오를 지루하게 반복하다가 한 곡씩 배워나갔다.

음악과 문학 덕분에 사춘기를 견뎌낼 수 있었다.

피아노 선반에 악보가 한 장 놓여 있었다. 누구 것일까. 그레이스의 것이거나 가정부의 것일 것이다. 가정부가 피아노를 치는 것 같았다. 내가 아는 곡이었다. 더 콜링의 〈당신이 어디를 가든〉. 가족들이 모여 이야기를 나누는 동안 나는 그 악보를 읽어보았다. 손가락이 움직거리며 반사적으로 노래를 따라갔다.

연주할 수 있을 것 같았다.

나도 모르게 연주를 시작했다. 악보에 가사가 적혀 있어서 노랫말도 흥얼거렸다. 몇 소절이 지나자 멜로디와 절절한 가사에 푹 빠져버렸다. 나와 피아노와 음악뿐이었다.

아름다운 노래였다. 상실에 관한…… 사랑에 관한 노래.

"당신이 어디를 가든 나도 갈 거야……."

방 안에 감도는 정적이 서서히 내 의식을 파고들었다. 말소리가 멈추었다. 연주를 멈추고 피아노 의자에서 주위를 둘러보니 모두 나를 주목하고 있었다. 모든 시선이 나를 향해 있었다.

뭐야!

"계속해." 그레이스가 감동해 떨리는 목소리로 청했다. "네가 노래하는 건 처음 듣는다, 크리스천. 평생 처음이야." 그레이스의 목소리는 거의 들리지 않을 만큼 작았지만 방 안에 내려앉은 침묵 때문에 무슨 소리인지 알 수 있었다. 얼굴에서 자랑스러움과 놀라움, 사랑의 빛이 반짝거렸다.

별안간 울컥했다.

엄마.

어떤 감정이 심장에서 샘물처럼 솟아나 가슴을 가득 채우고 온몸에 차올라 익사할 지경이 되었다.

숨을 쉴 수가 없네.

안 돼. 난 이런 거 못해.

나는 어깨를 추어올렸다. 몰래 심호흡을 한 번 하고 나서 내 아내, 내 버팀목을 쳐다보았다. 아나는 가족들의 이상한 반응 때문인지 어리둥절한 표정이었다. 나는 잠시 그들을 머릿속에서 몰아내려고 고개를 돌려 전면 유리창 밖을 내다보았다.

내가 이래서 거리를 두는 거야.

이래서.

이런…… 감정들을 피하려고.

별안간 말소리가 거의 동시에 왁자지껄 터져 나왔다. 나는 일어나 창가에 섰다. 곁눈질을 하니 그레이스가 내 아내를 끌어안는 모습이 보였다. 그레이스의 열렬한 감정 표현이 아나를 놀라게 했다. 어머니가 아나의 귀에 뭐라고 속삭였다. 나는 방금 전처럼 또다시 울컥해 목이 멨다. 그레이스가 간절한 표정으로 아나의 뺨에 입을 맞추더니 목이 메는 목소리로 말했다. "나는 가서 차를 끓일게."

아나가 나를 가엾게 여기고 구하러 왔다. "나 왔어요."

"왔구나." 나는 팔을 그녀에게 두르고 그녀를 내 옆에 붙였다. 그녀의 온기가 나를 위로했다. 아나가 손을 내 청바지 뒷주머니에 넣었다. 우리는 전면 유리창 너머 내리는 비를 함께 바라보았다. 저 멀리 태양이 보였다. 저기 어딘가에 무지개가 있을 것이다.

"기분 좀 나아졌어?" 나는 그녀에게 물었다.

그녀가 고개를 끄덕였다.

"됐네."

"당신, 침묵을 부르는 능력이 있던데요." 그녀가 말했다.

"난 항상 그래." 나는 웃는 얼굴로 아나를 내려다보았다.

"직장에선 그렇지만 여기서는 아니잖아요."

"맞아, 여기선 아니지."

"당신이 노래하는 걸 아무도 못 들었다고요? 한 번도?"

"없는 것 같아." 내가 씁쓸하게 말했다.

아나는 퍼즐을 푸는 사람처럼 나를 올려다보았다.

그게 나야, 아나. "그만 갈까?"

"내 엉덩이 팡팡 때리려고요?" 아나가 속삭였다.

뭐?

역시나 아나는 이번에도 엉뚱했다. 그녀의 말이 빙글빙글 내 몸을 뚫고 들어와 내 욕망을 깨웠다. "널 때리고 싶진 않지만 플레이라면 기꺼이 응할게."

아나가 초조하게 실내를 둘러보았다.

자기야, 아무도 우리 얘기 못 들어. 나는 고개를 기울여 그녀의 귀에 속삭였다. "못된 행동을 했을 때만, 그레이 부인."

아나가 내 품에서 꼼지락거렸다. 그녀의 얼굴에 장난스런 함박웃음이 번졌다. "어떡할지 한번 생각해 볼게요."

방금 전까지 내가 얼마나 심란했는지 아나는 알까?

그래서 내 마음을 붙잡아주려고 이런 말을 한 걸까?

모르겠다. 하지만 지금 당장은 그녀에 대한 사랑으로 가슴이 벅차올랐다.

나는 대답 대신 함박웃음을 지었다. "가자."

"네가 행복해하는 모습을 보니 얼마나 기쁜지 모르겠다. 아들." 그레이스가 손바닥을 내 뺨에 대고 강건한 눈길로 말했다.

"점심 잘 먹었어요." 나는 그레이스에게 가볍게 입을 맞추었다.

"나야 언제든지 환영이지, 크리스천. 여긴 네 집이기도 해."

"고마워요, 엄마." 나는 충동적으로 그레이스를 끌어안았다. 그레이스는 웃는 얼굴로 나를 올려다보고는 고개를 아나에게 돌려 아나를 꼭 끌어안았다. 나는 어머니의 품에서 아나를 떼어냈다. 우리는 모두에게 작별 인사를 하고 차로 향했다. 걸어가는데 문득 아나의 낡은 비틀이 수동 변속기였을 거라는 생각이 들었다.

한번 해보자고, 그레이.

"이거." 나는 R8의 키를 아나스타샤에게 던졌다. 그녀가 한 손으로 키를 받았다. "차 찌그러뜨리지 마. 그럼 나 진짜 뚜껑 열려."

"진심이에요?" 아주 신이 난 목소리였다.

"응, 나 생각 바뀌기 전에 얼른 해."

내 건 모두 네 거야, 자기야. 이것도…… 그럴걸.

아나가 크리스마스처럼 환해졌다. 나는 좋아 죽는 아나를 보고 눈을 위로 치켜뜨고는 운전석 문을 열어주었다. 나는 아직 차에 타지도 않았는데 아나가 시동을 걸었다.

"의욕이 넘치네, 그레이 부인?" 나는 안전벨트를 매면서 물었다.

"철철 넘치죠." 아나가 내게 씩 웃었는데, 눈에서 야성이 번뜩였다. 나는 큰 실수를 하는 게 아닌가 불안해졌다. 그녀는 지붕을 내리지도 않고(내 여자는 한시도 지체하지 않는다) 차를 뒤로 빼서 진입로에서 차를 돌렸다. 뒤를 돌아보니 소여와 라이언이 허둥지둥 SUV에 올라타는 것이 보였다.

어디 있다가 나타난 거야?

아나가 진입로 끝에서 초조한 눈초리로 나를 흘끔거렸다. 기세등등하던 그녀의 패기가 조금 꺾여 있었다. "정말 괜찮은 거죠?"

"응." 나는 거짓말을 했다.

아나가 천천히 도로로 나갔다. 나는 마음을 단단히 먹었다. 그녀가 포장도로에 닿자마자 전속력으로 튀어 나갔다. 우리는 총알처럼 거리를 내달렸다.

제기랄. "워! 아나! 속도 줄여! 이러다 우리 둘 다 죽겠어!"

아나가 액셀에서 천천히 발을 뗐다. "미안해요." 말은 그렇게 하는데 전혀 미안하지 않은 말투였다. 어제 제트스키를 탔을 때 있었던 일이 기억났다.

나는 큭큭 웃었다. "방금 이거, 못된 행동으로 칠 거야."

아나가 속도를 조금 더 늦추었다.

좋아. 이제야 말귀를 알아먹는군.

아나는 레이크 워싱턴 블러바드를 따라 차를 안정적으로 몰아 10번가 교차로를 통과했다. 내 휴대전화가 진동했다. "젠장." 나는 청바지에서 휴대전화를 힘들게 꺼냈다. 소여였다. "뭐야?" 내가 딱딱거렸다.

"죄송하지만, 사장님, 지금 블랙 닷지 차량이 사장님 차를 미행하고 있는데 알고 계십니까?"

"아니." 나는 R8의 작은 백미러로 뒤쪽 거리를 돌아보았지만 곡선로라 다른 차들은 보이지 않았다.

"그레이 부인께서 운전하십니까?"

"응. 맞아." 아나가 84번 애비뉴로 들어섰다.

"사장님이 출발하신 후에 닷지 차량이 따라 출발했습니다. 운전자는 차 안에서 기다리고 있었고요. 번호판을 조회해 봤는데, 가짜예요. 위험을 감수할 순 없습니다. 아무 일 아닐 수도 있지만 뭔가 있을 수도 있습니다."

"알겠어." 무수한 생각들이 머릿속에 빗발쳤다. 우연의 일치일지도 몰라. 아니. 최근에 일어난 모든 일들을 감안하면 우연의 일치일 수가 없지. 따라오는 자가 누구든 무장했을 가능성도 있다. 모골이 송연해지면서 경계심이 발동했다. 어떻게 된 일일까? 소여와 라이언이 내내 밖에 있었는데. 아닌가? 누군가 차 안에 계속 앉아 있는데도 이상하게 생각하지 않았다는 거야? 그 차가 부모님의 집까지 우리를 따라온 걸까?

"따돌릴까요?" 소여가 물었다.

"그래."

"그레이 부인이 계신데 괜찮을까요?"

"모르겠어."

언제 아나가 날 실망시킨 적이 있던가?

아나는 앞의 도로를 주시했지만 아까 보인 패기는 간데없이 운전대를 꽉 쥐고 있었다. 무슨 일이 있다는 걸 눈치챈 것이다. "괜찮아. 계속 달려." 나는 최대한 달래는 말투로 말했다.

그녀의 눈이 동그래졌다. 아무래도 그녀를 안심시키기는 틀린 것 같았다.

젠장. 나는 다시 전화를 받았다. 소여가 말했다. "운전자에게 접근해 누군지 보려고 했는데 실패했습니다. 따돌리는 데는 520대교가 최적일 겁니다. 거기라면 그레이 부인께서도 따돌릴 수 있을 거예요. 닷지 차량은 R8에게는 상대가 안 되니까요."

"알았어, 520대교에서. 들어서자마자 바로." 내가 말했다.

망할, 내가 운전할걸.

"저희가 닷지 차량을 바짝 뒤쫓다가 옆으로 붙을 거예요. 괜찮으시죠?"

"그래."

"그레이 부인께서도 우리 이야기를 들으실 수 있게 스피커폰으로 돌려주시겠어요?"

"그래."

나는 휴대전화를 스피커폰 모드로 돌렸다.

"무슨 일이에요, 크리스천?"

"앞의 도로나 봐줄래, 자기야." 내가 상냥하게 말했다.

"겁먹지 말고 들어. 520대교로 들어서는 즉시 속도를 내. 우리

미행당하고 있어."

아나가 상황을 파악하느라 몇 번 눈을 깜빡거렸다. 그녀의 뺨에서 핏기가 싹 가셨다.

젠장.

아나는 상체를 세우고 앉아 실눈을 뜨고 백미러를 쳐다보았다. 누가 미행하는지 살피는 것 같았다.

"도로에서 눈 떼지 마, 자기야." 나는 부드럽게 말했다. 차분하게. 이미 겁을 먹은 아나를 더 겁먹게 하고 싶지 않았다. 지금 필요한 건 최대한 빨리 에스칼라로 돌아가는 것, 이 개자식을 따돌리는 것이었다.

"미행당하는지는 어떻게 알아요?" 아나의 목소리는 날카롭고 헐떡거렸다.

"우리 뒤 저 닷지, 번호판이 가짜야."

아나는 조심스럽게 28번가 교차로를 건넌 다음 로터리를 돌아 520대교의 램프웨이로 올라갔다. 그나마 길이 별로 막히지 않았다. 아나의 시선이 백미러로 휙 날아갔다. 그녀가 숨을 들이마시고 갑자기 속도를 줄였다.

아나, 뭐 하는 거야?

아나가 교통 흐름을 살피다가 별안간 기어를 넣고 액셀을 밟았다. 우리는 앞으로 튀어 나가 차들 속을 파고들었고 고속도로로 진입했다. 닷지는 우리를 따라오려면 틈새를 노려야 해서 기어가는 수준으로 속도를 줄여야 했다.

후아. 아나. 똑똑하네!

하지만 너무 빠르잖아!

"천천히, 자기야." 나는 속이 울렁거리는 걸 참고 목소리를 차분하게 유지했다. 아나는 속도를 줄이고 2차선 사이를 요리조리 빠져나가기 시작했다. 나는 그녀의 주의를 분산시키지 않으려고 두 손을 깍지 끼고 무릎 사이에 끼었다. "잘했어." 나는 우리 뒤를 돌아보았다. "닷지가 안 보여."

"저희가 언서브 뒤에 따라붙었습니다, 사장님." 스피커에서 소여의 목소리가 말했다. "놈이 사장님을 따라잡으려고 합니다. 저희가 옆으로 붙어서 사장님 차와 닷지 사이에 끼도록 해보죠."

"좋아. 그레이 부인이 잘하고 있어. 이 속도라면, 그리고 교통이 계속 원활하다면 몇 분 후엔 다리를 내려가게 될 거야."

"알겠습니다."

우리는 다리 통제탑을 지났다. 다리를 반쯤 건넜다. 아나는 빠르면서도 매끄럽고 자신감 있게 운전하고 있었다. 잘하네. "아주 잘하고 있어, 아나."

"어디로 가요?"

"그레이 부인, 5번 고속도로로 가서 남쪽으로 가세요. 닷지가 계속 따라오나 보죠."

다행히 다리 신호등이 파란불이었다. 아나는 계속 속도를 냈다. "젠장." 다리에서 내려가니 차들이 쭉 밀려 있었다. 아나가 속도를 줄였다. 그녀가 백미러를 흘끔거리며 닷지를 찾는 것이 보였다.

"차 열 대 정도 뒤에?" 아나가 말했다.

나는 뒤쪽을 살피다가 그것을 발견했다. "응, 보여. 대체 저 자식 누구지?"

"나도 궁금해요. 그런데 운전하는 사람이 남자가 맞아요?" 아나가 내 휴대전화에 대고 말했다.

"아뇨, 그레이 부인. 남자일 수도 있고 여자일 수도 있습니다. 선팅이 너무 짙어서 보이지 않습니다."

"여자?" 내가 물었다.

아나가 어깨를 추어올렸다. "혹시 당신의 로빈슨 부인?"

뭐? 말도 안 돼?

엘레나와는 연락하지 않고 있다……. 결혼식 이후로. 그날 엘레나가 더러운 문자를 보낸 이후로 쭉. 나는 손을 내밀어 거치대에서 휴대전화를 빼서 무음 모드로 돌렸다.

"그 여자는 내 로빈슨 부인이 아니야." 내가 투덜거렸다. "내 생일 이후 얘기한 적도 없어."

그건 아니지, 그레이. 엘레나에게 내 사업체를 증여할 때 전화를 하긴 했었지. 하지만 지금은 그 얘기를 할 때가 아니었다. "엘레나는 이런 짓 안 해. 그 여자 스타일이 아니야."

"그럼 레일라?"

"부모님과 코네티컷에 있어. 말했잖아."

"확실해요?"

"아니. 하지만 레일라가 도망갔다면 가족들이 플린에게 알렸을 거야. 이 얘긴 집에 가서 마저 하자. 일단 지금 하고 있는 거에나 집중해."

"하지만 우연히 따라붙은 차일 수도 있잖아요."

"위험을 무릅쓸 순 없어. 네가 관련된 이상." 무뚝뚝한 말투가 나왔지만 개의치 않았다. 아나는 늘 그렇듯 고분고분하지 않았다. 나는 블랙베리의 무음 모드를 해제하고 나서 그것을 스피커 거치대에 다시 놓았다.

교통 흐름이 풀리기 시작해서 아나가 교차로를 따라 속도를 올릴 수 있었다.

"경찰이 우리를 세우면 어쩌죠?" 아나가 물었다.

"그럼 잘된 거지."

"내 면허한테는 잘된 일이 아닌데요."

"그건 걱정하지 마." 방화 시도와 찰리 탱고의 고의 손상 사건은 경찰 수사의 대상이었다. 경찰이라면 우리를 따라오는 놈에게 관심이 지대할 것이다.

"놈이 차들을 헤치고 속도를 올렸어요." 소여가 보이지 않는 곳에서 침착하게 알려주었다. "시속 140으로 달립니다."

아나가 가속 페달을 밟자 나의 아름다운 차는 정교하게 연마된 기계답게 가뿐히 시속 150으로 올라섰다.

"계속 달려, 아나." 나는 그녀를 응원했다.

아나는 5번 고속도로에 들어서자마자 차선 몇 개를 건너 고속 차선으로 들어갔다.

매끄럽게, 자기야. 매끄럽게.

"놈이 속력을 160까지 올렸습니다."

망할. "놈에게 바짝 붙어, 루크." 나는 소여에게 호통을 쳤다.

트럭 한 대가 우리 차선으로 돌진했다. 아나가 브레이크를 밟았고 우리 몸은 내던져지듯 앞으로 쏠렸다. "머저리 자식!" 내가 소리쳤다.

맙소사. 저 인간 때문에 죽을 뻔했네!

"저 차 추월해." 나는 이를 악물고 말했다. 아나는 차 몇 대와 그 빌어먹을 트럭을 지나 세 개 차선을 건너 추월 차선으로 돌아갔다. 그 머저리는 우리 뒤로 멀어졌다. "잘했어, 그레이 부인. 경찰들은 꼭 필요할 때 없단 말이야."

"나 딱지 떼고 싶지 않아요, 크리스천." 아나가 덤덤하게 말했다. "이 차 운전하다가 속도위반 딱지 뗀 적 있어요?"

"아니." 그럴 뻔한 적은 있지.

"경찰이 세운 적은요?"

"있어."

"오."

"마법. 마법은 통하게 되어 있어."

그래, 그레이 부인. 믿거나 말거나, 난 마법을 부릴 수 있어.

"이제 집중해. 닷지는 어디 있지, 소여?" 내가 물었다.

"방금 170까지 올렸습니다." 소여가 말했다.

아나가 놀라 액셀을 더 밟았다. 아우디가 더 속도를 냈다.

우리 앞에 포드 머스탱이 한 대 있었다.

제기랄.

"전조등 켜." 내가 소리쳤다.

"그랬다간 욕을 바가지로 먹을 텐데요."

"욕먹으면 돼!" 나는 분노를 머스탱에게 쏟아내고 용솟음치는 불안감은 억누르면서 말했다.

"음, 전조등 어디 있어요?" 아나가 물었다.

"거기 방향 지시등. 앞으로 잡아당겨."

그 작자가 말귀를 알아듣고 옆으로 비키면서 우리에게 가운뎃 손가락을 들어보였다. "머저리 자식." 내가 중얼거렸다. "스튜어트에서 빠져나가." 나는 아나에게 말했다. "스튜어트 스트리트 출구로 나갈게." 내가 소여에게 알렸다.

"곧장 에스칼라로 가십시오."

아나가 미간을 찌푸린 채 백미러를 흘끔거렸다. 신호를 보내고 네 차선을 건너가 고속도로 출구로 곧장 내려가서 속도를 늦추고 방향을 돌려 스튜어트 스트리트로 매끄럽게 들어갔다.

진짜 잘하네.

"길이 안 막혀서 진짜 운이 좋았어. 닷지도 운이 좋긴 했지만. 속도를 늦추지 마, 아나. 집까지 가자."

"길이 기억이 안 나요." 아나가 갈라진 목소리로 말했다.

"스튜어트에서 남쪽으로 가. 내가 말할 때까지 계속 가."

아나가 길을 따라 내려갔다.

젠장, 예일 쪽 신호등이 노란불이네.

"그냥 달려, 아나." 내가 재촉했다.

아나가 액셀을 너무 세게 밟는 바람에 우리의 몸이 뒤로 날아가듯 젖혀졌다. 우리는 쏜살같이 교차로를 지났다. 신호등은 빨간불이었다.

"놈이 스튜어트로 들어왔습니다." 소여가 말했다.

"계속 따라붙어, 루크."

"루크?"

"소여의 이름이야." 이걸 몰랐단 말이야?

아나가 나를 흘끔 보았다.

"길에서 눈 떼지 마!" 내가 소리쳤다.

"루크 소여?"

"그래!" 이런 얘기를 지금 왜 하냐고?

"아하."

"제 이름입니다, 사모님." 소여가 말했다. "언서브가 스튜어트를 내려갑니다, 사장님. 엄청나게 속도를 내고 있어요."

"달려, 아나. 쓸데없는 잡담은 그만하고."

"저희는 스튜어트의 첫 번째 신호등에 걸렸습니다." 소여가 우리에게 알렸다.

"아나…… 빨리…… 저 안으로." 나는 보렌 애비뉴 남쪽의 주차장을 가리켰다. 아나는 운전대를 움켜쥐고 급히 방향을 꺾었다. 내 훌륭한 R8의 고급 타이어가 못마땅해 고함을 질렀지만 아나는 그대로 혼잡한 주차장 안으로 돌아 들어갔다.

젠장. 접지면이 6밀리는 닳았겠네.

"돌아. 빨리."

아나는 주차장 뒤쪽으로 갔다. "저기 안쪽." 나는 빈 공간을 가리켰다. 아나가 겁에 질린 얼굴로 재빨리 나를 쳐다보았다. "꾸물대지 말고 빨리!" 나는 호통쳤다. 아나는 시키는 대로 했다. 완벽했다. 평생 내 차를 운전한 사람처럼.

잘했어, 아나.

"스튜어트와 보렌 사이의 주차장에 숨었어." 나는 소여에게 말했다.

"알겠습니다. 거기 그대로 계십시오. 저희가 언서브를 쫓겠습니다." 소여는 조금 성난 목소리였다.

힘들었어.

나는 아나에게 고개를 돌렸다. "괜찮아?"

"그럼요." 그녀의 목소리가 아주 조용했다. 겁에 질려서.

나는 우리 둘의 마음을 가라앉히려고 농담을 던졌다. "닷지를 운전하는 놈이 누군지 몰라도 우리 얘기는 못 들어."

아나가 웃었다. 소리 내서. 너무 크게 웃었다. 두려움을 감추려고.

"지금 스튜어트와 보렌을 지나고 있습니다. 주차장이 보입니다. 놈은 그냥 지나쳐 갔습니다."

하느님 감사합니다. 아나도 즉시 마음을 놓았다. 나는 숨을 훅 뱉었다. "잘했어, 그레이 부인. 운전 잘하네." 내가 손을 들자 그녀가 흠칫 놀랐다. 나는 손끝으로 그녀의 얼굴을 쓰다듬었다. 그녀가 숨을 크게 들이켰다.

"이제부터 내 운전 실력에 대해 불평 안 할 거죠?"

나는 웃음을 터뜨렸다. 속이 시원했다.

"그건 장담 못 하겠는데."

"당신 차 운전하게 해줘서 고마워요. 더구나 그렇게 흥분되는 상황에서." 아나는 밝은 태도를 유지하려고 애쓰는 중이었다. 하지만 금방이라도 무너져 내릴 것처럼 목소리가 불안정했다.

아나가 시동을 끌 생각을 안 해서 내가 시동을 껐다. "이제부턴 내가 운전할게." 내가 주장했다.

"솔직히 지금 차에서 내려 당신이랑 자리를 바꿀 자신이 없어요. 다리가 젤리처럼 흐물흐물해요." 그녀의 두 손이 덜덜 떨렸다.

"아드레날린 때문이야. 오늘도 평소처럼 아주 잘했어. 정말 너한테 반해버렸어, 아나. 나를 실망시키는 법이 없네." 나는 손등으로 그녀의 뺨을 어루만졌다. 그녀를 만져야 했다. 우리가 안전하다는 걸 그녀와 나에게 확인시켜야 했다. 그녀의 눈에 눈물이 차올랐다. 그녀의 숨죽인 울음소리에 우리 둘 다 놀랐다. 눈물이 그녀의 얼굴을 따라 흐르기 시작했다. "그만, 자기야, 그만. 울지 마." 그녀가 우는 건 참을 수가 없다. 나는 손을 내밀어 그녀의 안전벨트를 풀고 그녀의 허리를 감아 핸드브레이크 콘솔 너머로 그녀를 끌어당겨 내 무릎에 앉혔다. 그녀의 발은 운전석에 남아 있었다. 그녀의 얼굴에서 머리카락을 쓸어 넘기고는 그녀의 눈두덩이에, 뺨에 키스한 뒤 코를 그녀의 머리카락에 묻었다. 그녀는 두 팔을 내 목에 감고 내 목에 대고 흐느꼈다. 나는 그녀를 꼭 끌어안고 그녀가 엉엉 울게 두었다.

아나. 아나. 아나. 정말 잘했어.

소여의 목소리에 우리 둘 다 흠칫 놀랐다. "언서브는 에스칼라 밖에서 속도를 늦췄습니다. 주변을 살피는 것 같습니다."

"놈을 따라가." 내가 지시했다.

아나는 훌쩍거렸다. 그리고 손등으로 코를 훔치면서 숨을 들이마셨다.

"내 셔츠 써." 나는 그렇게 권하고 그녀의 관자놀이에 키스했다.

"미안해요." 그녀가 말했다.

"뭐가? 미안해하지 마."

아나가 다시 코를 닦았다. 나는 그녀의 턱을 들어 올려 제대로 키스했다. "우니까 입술이 참 부드럽다. 아름답고 용감한 내 여자." 나는 전화기 반대편의 경호원들을 의식하고 목소리를 계속 낮추었다.

"다시 키스해줘요." 그녀가 속삭였다. 내게 들리는 건 그녀의 목소리에 어린 허기뿐이었다. "키스해요." 그녀의 목소리는 허스키하고 고집스러웠다. 나는 거치대에서 블랙베리를 집어 전화를 끊고 나서 아나의 발 옆 좌석에 던졌다. 손가락을 그녀의 머리카락 속에 넣고 그녀를 단단히 붙잡은 채 입술로 그녀의 입술을 찾았다. 내 혀가 그녀의 혀를 찾아냈다. 그녀가 내 혀를 반갑게 맞이했다. 혀로 내 혀를 어루만지며 키스했다. 그 열렬한 기세에 나는 숨이 막힐 것 같았다. 그녀가 내 얼굴을 감싸 쥐고 손가락으로 내 수염을 쓸면서 내가 주는 걸 모두 받아들였다.

나는 신음했다. 내 몸이 반응했다. 아드레날린이 모두 남쪽으로 내려갔다.

젠장. 그녀를 갖고 싶어.

내 손이 그녀의 몸 아래로 내려갔다. 그녀를 느끼면서. 그녀의 젖가슴과 허리를 쓸다가 엉덩이에 도달했다. 아나가 바지에 갇힌 놈 위로 올라갔다. "아!" 나는 헐떡거리며 몸을 뗐다.

"왜요?" 그녀가 내 입술에 대고 말했다.

"아나, 우리 지금 시애틀의 주차장 안에 있어."

"그래서요?"

"지금 너랑 섹스하고 싶어. 네가 위에서 자꾸 움직여서 불편하긴 하지만."

"그럼 날 가져요." 아나가 내 입가에 키스했다. 나는 그녀의 말에 놀라서 그녀의 눈을 들여다보았다. 그녀의 짙고 끈적한 눈은 동공이 활짝 열려 있었다. 강렬한 욕망. 강렬한 허기.

"여기서?" 내가 놀라 말했다.

"네. 당신을 원해요. 지금."

아나의 말이 믿기지 않았다. "그레이 부인, 대담한데." 나는 주변을 살폈다. 우리는 눈에 잘 띄지 않는 곳에 있었다. 아무도 없었다. 눈에 띌 가능성은 없었다. 해도 좋을 것 같았다. 아나를 향한 나의 허기가 최고치에 도달했다. 나는 아나의 머리카락을 움켜쥐었다. 그녀를 원하는 자세로 안고 다시 그녀에게 키스했다. 더 거세게. 더 깊이. 취하고. 취했다. 더. 더.

다른 손은 다시 아나의 몸 아래로, 그녀의 허벅지로 내려갔다.

아나가 내 머리를 움켜쥐었다.

"오늘 치마 입기 잘했네." 내 손이 허벅지 안쪽으로 들어갔다. 아나가 내 위에서 꿈틀거렸다.

아!

"가만히 있어." 나는 투덜거리며 그녀의 목덜미 쪽 머리채를 더 꽉 움켜쥐었다.

이러면 내가 사내답게 못 하잖아.

나는 손바닥으로 레이스 팬티에 싸인 그곳을 감싸 쥐었다. 이미 축축이 젖어 있었다.

오, 자기야.

나는 엄지손가락으로 클리토리스를 둥글게 문질렀다. 한 번. 두 번. 그녀가 신음했다. 그녀의 몸이 내 손길에 전율했다. "가만히." 나는 속삭이고는 입술로 그녀의 입술을 붙잡은 채 엄지손가락으로 촉촉한 레이스 아래 부풀어 오른 꽃망울을 비볐다. 나는 팬티를 옆으로 밀치고 손가락 두 개를 그녀 안에 넣었다.

아나가 신음하며 골반을 내밀어 내 손을 환영했다.

오, 탐욕스런 내 여인.

"제발." 아나가 속삭였다.

"오. 준비가 다 됐네." 나는 좋아서 중얼거리고는 천천히 손가락들을 안에 넣었다. 뺐다. 넣었다. 뺐다. 넣었다. "자동차 추격전이 널 흥분시켰어?"

"당신이 날 흥분시켰죠."

그녀의 말이 내 허기를 채워주었다. 나는 손을 빼고 팔을 그녀의 무릎 밑에 넣어 그녀를 들어 올린 뒤 그녀가 앞 유리창을 마주 보도록 내 허벅지 위에 앉혔다.

아나가 숨을 들이켰다. 하지만 내 위에 자리를 잡기 시작했다.

나는 신음했다. "다리를 내 다리 바깥으로 벌려." 나는 명령하고 손으로 그녀의 허벅지 바깥쪽을 쓰다듬다가 그녀의 치마를 끌어 올렸다. "손은 내 무릎에 놓고. 몸을 앞으로 숙이고 그 예쁜 엉덩이를 약간 들어봐. 머리 조심하고." 아나가 아름다운 엉덩이를 들었다. 나는 청바지 지퍼를 내리고 비대한 아랫도리 놈을 풀어주었다. 한 팔을 그녀의 허리에 감고 다른 손으로는 그녀의 팬티를 옆으로 치웠다. 그리고 내 골반을 들면서 그녀를 아래로 끌어내렸다. 재빠른 동작으로 단번에 고환이 닿도록 깊이 그녀 안으로 들어갔다.

내 입에서 휘파람 같은 숨결이 새어 나왔다. 이거야!

"아." 아나가 소리쳤다. 누구나 듣고 싶어 하는 소리였다. 그녀가 내 위로 내려앉았다.

나는 이를 악물고 신음했다. 그녀는 신세계였다. 그녀의 턱을 잡아 등을 내게 붙인 다음, 그녀의 목에 키스하려고 그녀의 머리를 기울였다. 다른 손으로는 그녀가 움직이지 못하게 그녀의 엉덩이를 움켜잡고 안으로 파고들었다. 안쪽 깊숙이. 아나가 몸을 밀어붙이며 나를 타고 달리기 시작했다. 거세게. 빨리. 미친 듯이.

아…… 나는 그녀의 귓불을 깨물었다.

아나가 신음하고 움직였다. 우리는 함께 격렬하고 급격한 속도를 탔다.

그녀가 오르고 내렸다. 나는 그녀 안으로 돌진했다.

나는 손가락을 클리토리스로 움직여 팬티 위에서 클리토리스를 문질렀다.

아나가 크고 기이한 소리를 냈다. 그 소리는 내 자제심에 아무런 도움이 되지 않았다.

젠장. 사정하겠어. "빨리. 하자." 나는 그녀의 귀에 지껄였다. "빨리 끝내야 해, 아나."

내 이마에 땀방울이 맺혔다. 손가락에 더욱 힘을 주어 클리토리스를 둥글게 둥글게 문질렀다.

"오." 아나가 소리쳤다.

"얼른, 자기야. 네 목소리 듣고 싶어."

우리는 움직였다. 움직였다. 나는 그녀를 느꼈다. 흥분이 고조되었다. 절정이 가까웠다.

오, 하느님 감사합니다. 나는 다시 그녀 안으로 충돌했고, 그녀는 내 어깨로 고개를 젖혀 차 지붕을 마주했다.

"좋아!" 나는 잇새로 외쳤고 그녀는 사정했다. 요란하게.

"오, 아나." 나는 두 팔로 그녀를 감싸고 그녀 안의 깊은 곳에서 절정에 올랐다.

현실로 돌아왔다. 나는 머리를 숙여 그녀의 머리에 대고 있었고 그녀는 내 위에 축 늘어져 있었다. 나는 코로 그녀의 턱을 쓸면서 그녀의 목에, 뺨에, 관자놀이에 키스했다. "긴장이 좀 풀렸어, 그레이 부인?" 나는 그녀의 귓불을 당겼다. 그녀가 귀엽게 칭얼거려서 웃음이 났다. 듣기 좋은 소리였다. "난 좀 긴장이 풀렸어." 나는 그녀를 앞으로 밀어내며 그녀에게서 빠져나왔다. "목소리가 안 나와?"

"맞아요." 그녀가 숨을 몰아쉬었다.

"엄청 밝히던데? 그렇게 야하게 나올 줄은 몰랐어."

아나는 즉시 똑바로 앉아 경계하고 긴장했다. 지친 모습은 간데없었다. "누가 보고 있는 건 아니죠?" 그녀가 주차장을 살폈다.

"내 아내가 사정하는 걸 누가 보게 둘 것 같아?" 내가 그녀의 등을 쓰다듬자 그녀가 안심하며 몸을 돌려 내게 귀엽고 장난스런 미소를 지었다.

"카섹스라니!" 아나가 감탄했다. 그녀의 눈에 성취감이 번뜩였다.

나는 씩 웃었다. 맞아. 나도 처음이었어, 아나. 나는 그녀의 늘어진 머리카락을 귀 뒤로 넘겨주었다. "돌아가자. 내가 운전할게." 나는 몸을 내밀어 차 문을 열었다. 아나가 내 무릎에서 내려갔고 나는 바지 지퍼를 올릴 수 있었다.

나는 운전석에 다시 앉아서 경호원들에게 전화를 걸어 상황을 물었다.

"사장님, 라이언입니다."

"소여는 지금 어디 있지?" 내가 딱딱거렸다.

"에스칼라에요."

"닷지는?"

"제가 지금 남쪽 5번 고속도로로 닷지를 따라가는 중입니다."

"어떻게 소여는 자네랑 같이 있지 않지?"

"그 여자를 보고는 에스칼라에서 대기하는 게 좋겠다고 판단했습니다."

"여자?" 나는 숨을 들이켰다.

"네. 운전자는 여자였습니다." 라이언이 말했다. "저는 신원을 확인할 수 있을까 해서 그 여자를 따라나섰고요."

"놓치지 말고 따라가."

"알겠습니다."

나는 전화를 끊고 아나를 쳐다보았다.

"닷지 운전자가 여자예요?" 아나는 충격을 받은 목소리였다.

"그런가 봐." 도대체 누구인지 전혀 짐작이 가지 않았다. 엘레나일 리 없었고 레일라는 더더욱 아니었다. 플린이 레일라에게 그토록 공을 들였는데 그럴 리가 없었다.

"집에 가자." R8이 부르릉 살아났다.

나는 후진으로 차를 빼서 집으로 향했다.

"그, 언서브는 어디 있어요? 그런데 그거 무슨 뜻이에요? BDSM처럼 들려요."

"미확인 대상. '언노운 서브젝트'의 줄임말이야. 라이언은 전직 FBI였어."

"전직 FBI?"

"묻지 마." 무고한 사람을 지키려고 올바른 일을 하다가 해고된, 말하자면 긴 사연이 있었다. 그 이야기는 저녁을 먹으면서 해줄 생각이었다. 우리가 그 닷지의 번호판이 가짜라는 걸 알게 된 것은 아마도 라이언 덕분일 것이다. 그는 인맥이 넓었다.

"그 여자 언서브는 어디 있어요?" 아나가 말했다.

"5번 고속도로. 남쪽으로 향하고 있대." 그것이 누구든 우리 집을 지나 주변을 정찰하고는 떠났다. 대체 누구일까?

아나가 손을 내밀어 내 허벅지 안쪽을 쓰다듬었다.

후.

우리는 빨간불에 멈춰 섰다. 나는 그녀의 손이 내 아랫도리로 다가오는 걸 막으려고 손을 그녀의 손에 포갰다. "안 돼. 어떻게 여기까지 왔는데. 집에서 고작 세 블록 떨어진 데서 사고 내면 안 되잖아." 나는 그녀의 집게손가락에 키스하고 손을 놓아준 뒤 단번에 집으로 돌아가는 일에 집중했다. 소여에게 자세한 보고를 받아야 했다. 우리가 부모님의 집에서 나오기를 기다린 사람이 있었다고 생각하니 열이 뻗쳤다. 경호원들이 분명 닷지 차량을 보았을 텐데 말이다.

그들에게 월급을 준 대가가 이거야?

우리가 에스칼라 주차장으로 접근할 때까지 아나는 조용히 있었다. "여자라고요?" 아나가 불쑥 말했다. 믿기지 않는다는 말투였다.

"그런가 봐." 나는 한숨을 쉬고 비밀번호를 눌러 주차장 문을 열었다.

그러게. 나도 누군지 알고 싶어. 나의 서브미시브들은 예전에 다녔던 프라이빗 클럽까지 웰치가 샅샅이 조사를 마쳤다. 예상대로 그들은 모두 깨끗했다. 레일라는 플린을 통해 확인해보겠지만, 지난번 들려온 소식에 의하면 레일라는 가족의 품으로 돌아가 행복하게 지내고 있었다.

나는 R8을 지정된 공간에 천천히 넣었다.

"이 차 정말 마음에 들어요." 아나가 어두운 생각으로부터 나를 끌어내 휴식 시간을 주었다.

"나도 그래. 네가 운전하는 것도 괜찮았어……. 망가뜨리지 않고 몬 것도."

아나가 큭큭 웃었다. "그럼 내 생일에 한 대 사 주던가요."

아나스타샤 스…… 그레이! 나는 충격을 받아 그녀에게 입을 딱 벌렸다. 아나가 내게 무얼 사달라고 청한 적이 있었나. 대꾸할 틈도 없이 그녀가 차에서 내렸다. 나는 너무 놀라 말문이 막혔다. 그녀는 차 밖으로 내려서는 문을 닫기 전에 허리를 숙이며 내게 의기양양한 미소를 날렸다. "흰색이 어떨까요."

나는 웃음을 터뜨렸다. 흰색이라. 적절한 선택이다. 아나는 내 어둠을 몰아내는 빛이니까. "아나스타샤 그레이, 날 끊임없이 놀라게 하는구나."

아나가 문을 닫았고 나는 그녀를 따라 내렸다. 자동차 트렁크 옆에서 기다리는 그녀의 모습은 방금 섹스를 마치고 20만 달러짜리 자동차를 탐하는 여신 같았다.

아나는 한 번도 내게 무얼 사달라고 한 적이 없었어.

그게 왜 이렇게 뭉클한 걸까?

나는 고개를 숙여 속삭였다. "넌 차를 좋아해. 나도 차를 좋아하고. 차 안에서 너랑 섹스했으니까, 차 위에서도 해봐야겠어."

아나는 숨을 들이켰다. 그녀의 뺨이 내가 좋아하는 분홍빛으로 물들었다. 차 한 대가 주차장으로 들어오는 소리가 내 주의를 끌었다. 은색 BMW 3시리즈였다.

방해꾼.

"하지만 누가 온 것 같네. 가자." 나는 그녀의 손을 잡고 엘리베이터 안으로 이끌었다. 불행히도 우리는 엘리베이터를 기다리다가 BMW 방해꾼과 마주쳤다. 내 또래 아니면 더 어린 남자였다.

"안녕하세요." 그가 내 아내에게 감탄하는 웃음을 흘리며 말했다.

나는 팔을 아나에게 둘렀다.

꺼져, 자식아.

"얼마 전에 이사했어요. 16호예요." 그가 아나에게 말을 걸었다.

"안녕하세요." 아나가 그저 상냥한 말투로 말했다.

엘리베이터가 우리를 구해주었다. 나는 안으로 들어가서 아나를 옆에 붙었다. 그리고 그녀를 흘끔 내려다보며 이 낯선 자와 말을 섞지 말라고 내심 신호를 보냈다.

"크리스천 그레이시죠?" 그가 말했다.

그래. 맞아.

"노아 로건입니다." 그가 손을 내밀었다. 내가 마지못해 손을 내밀자 그가 내 손을 잡고 흔들었다. 축축하고 과도하게 열정적인 악수였다.

"몇 층이세요?" 그가 물었다.

"저희는 비밀번호를 입력해야 해서요."

"아."

"펜트하우스."

"아. 그렇군요." 그가 자기 층의 버튼을 눌렀고 문이 닫혔다. "그럼 이분은 그레이 부인이시군요." 그는 짝사랑에 취한 불안한 중학교 2학년처럼 히죽 웃었다.

"네." 아나가 그에게 달콤한 미소를 지었다. 두 사람은 악수를 나누었고, 머저리는 얼굴을 붉혔다.

얼굴을 붉히다니!

"언제 이사 오셨어요?" 아나가 물었다. 나는 그녀를 잡은 손에 힘을 주었다.

이놈한테 여지 주지 말라고.

"지난주에요. 여기 아주 좋은데요."

아나가 미소를 지었다. 또!

엘리베이터가 은혜를 베풀어 그자의 층에 멈추었다. "두 분 반가웠습니다." 그가 안도하는 목소리로 말하고는 엘리베이터에서 내렸다. 그가 나가고 문이 닫혔다. 나는 키패드에 펜트하우스 비밀번호를 입력했다.

"좋은 사람 같아요." 아나가 말했다. "전에는 한 번도 이웃을 만난 적이 없었는데."

나는 인상을 썼다. "난 안 만나는 편이 더 좋아."

"그거야 당신이 은둔자라서 그렇죠. 꽤 유쾌한 사람 같아요."

"은둔자?"

"은둔자. 자기 상아탑에 틀어박힌." 아나가 무표정한 얼굴로 말했다.

나는 터지는 미소를 간신히, 정말 간신히 참았다. "우리 상아탑이야." 나는 그녀의 말을 고쳐주었다. "너한테 반한 남자가 하나 더 늘어난 것 같아, 그레이 부인."

아나가 눈을 위로 치켜떴다. "크리스천, 당신은 모든 남자가 나한테 반했다고 생각하잖아요."

오. 달콤한. 기쁨이여.

"방금 나한테 눈 흘긴 거야?"

아나가 속눈썹 사이로 나를 올려다보았다. "그랬죠." 그녀가 속삭였다.

오, 그레이 부인.

나는 고개를 한쪽으로 기울였다. 방금 오늘 하루의 전망이 1000퍼센트 밝아졌다. "그럼 어떻게 해야 할까?"

"거친 걸로 해야겠죠."

후아. 그녀의 말이 내 몸을 일으켰다.

"거친 거?" 나는 침을 삼켰다.

"부탁해요."

"더 원해?"

아나가 내게서 눈을 떼지 않고 고개를 끄덕였다. 아나는 미치게 섹시했다.

엘리베이터 문이 열렸지만 우리는 밖으로 나가지 않았다. 그저 서로를 응시했다.

우리의 끌림, 우리의 열망이 정전기 불꽃처럼 우리 사이에서 번쩍거렸다. 아나의 눈이 끈적했다. 내 눈도 그럴 것이다.

"얼마나 거칠게?" 내가 물었다.

내가 아나의 도톰한 아랫입술을 파고들었지만, 아나는 말은 하지 않았다.

오. 신. 이. 시. 여.

나는 이 관능의 순간을 만끽하려고 눈을 감았다가 그녀의 손을 잡고 엘리베이터에서 내려서 현관의 짝문을 통과했다. 소여가 기다리고 있었다.

젠장.

"소여, 한 시간 후에 보고받을게." 나는 소여가 갔으면 해서 말했다.

"네, 사장님." 소여가 테일러의 사무실로 돌아갔다.

됐다. 나는 아내를 내려다보았다. "거칠게?"

아나가 진지한 표정으로 고개를 끄덕였다.

"음, 그레이 부인, 운이 좋군요. 오늘은 의뢰를 받고 있거든요." 가능성들이 머릿속에 빗발쳤다. "염두에 둔 거라도 있어?"

아나가 요염하게 왼쪽 어깨를 추어올렸다.

무슨 뜻이지? "변태 섹스?" 나는 확인하려고 물었다.

아나가 고개를 끄덕여 그렇다고 강한 긍정을 표시했지만 얼굴을 붉혔다.

"백지 수표야?" 내가 물었다.

순간 그녀의 눈이 내 눈을 마주했다. 호기심과 관능이 가득한 눈이었다.

"맞아요." 그녀의 허스키한 긍정이 내 욕망의 불을 키웠다.

"가자." 우리는 위층 오락실로 향했다. "먼저 가시죠, 그레이 부인." 나는 잠긴 문을 열고 옆으로 비켜섰고, 아나는 내가 좋아하는 방 안으로 들어갔다. 나는 그녀를 따라 들어가 불을 켰다. 내가 문을 잠글 때 아나가 돌아서서 나를 바라보았다.

심호흡해, 그레이.

이 순간이 좋았다.

기대감이 높아지는 순간.

짜릿했다.

아나가 거기 서서 기다렸다. 욕망하면서. 그녀는 내 것이다.

지난번 이 방에 있을 때 나는 그녀에게 하니스를 채웠다.

그 기억이 머릿속에서 피어났다. 재밌었지.

오늘은 어떻게 해줄까?

"무얼 원해, 아나스타샤?"

"당신."

"나는 이미 가졌잖아. 내 사무실에 들어왔을 때부터 날 가진 거야."

"그럼 날 놀라게 해봐요, 그레이 씨."

그녀가 아주 대담하게 나왔다. "소원대로 해드리죠, 그레이 부인." 나는 가슴에 팔짱을 끼고 엄지손가락으로 입술을 톡톡 두드렸다.

내가 무얼 하고 싶은지는 알지.

아주아주 오래전부터 하고 싶었던 게 있어.

중요한 것부터 먼저.

"네 옷부터 벗겨야 할 것 같은데." 나는 앞으로 나아가 그녀의 짧은 데님 재킷을 잡아 어깨에서 벗겨낸 뒤 바닥에 떨어뜨렸다. 그다음은 캐미솔이었다. "팔 들어." 아나가 시키는 대로 했다. 나는 그녀의 사랑스러운 몸에서 캐미솔을 벗겨냈다. 그리고 그녀에게 보드랍고 달콤하게 키스한 뒤 캐미솔을 떨구었다. 캐미솔이 재킷 위에 착지했다. 그녀가 착용한 검은 레이스 브라 속으로 옷감을 밀어 올리는 젖꼭지가 비쳐 보였다.

섹시한 나의 아내.

"여기." 놀랍게도 아나가 머리 끈을 내게 내밀었다.

생폴드방스에서 나의 어두운 일면을 털어놓았지만, 그녀는 그것에 실망하지도 않았고 내게서 멀어지지도 않았다.

그 생각에 너무 빠지면 안 돼, 그레이.

나는 그녀에게서 그것을 받았다. "돌아서."

아나가 시키는 대로 하면서 은근한 미소를 지었다. 무슨 생각을 하고 있을까.

그런 생각도 하지 마, 그레이.

나는 재빨리 그녀의 머리를 땋아서 고정했다. 머리채를 당겨 그녀의 머리를 뒤로 젖혔다. "좋은 생각이야, 그레이 부인." 나는 입술로 그녀의 귀를 쓸고는 귓불을 깨물었다. "이제 돌아서서 치마 벗어. 바닥에 떨어뜨려."

아나가 앞으로 나간 뒤 돌아섰다. 눈을 내 눈에 고정하고 치마의 단추를 풀고 지퍼를 천천히 내렸다. 치마가 파라솔처럼 퍼지며 발까지 흘러내렸다.

그녀는 아프로디테다.

"치마에서 발을 빼."

그녀가 순순히 따랐다. 나는 그녀의 발치 바닥에 무릎을 대고 앉아 그녀의 발목을 잡고 샌들의 버클을 차례로 풀었다. 버클을 다 풀고 나서 발꿈치로 몸을 받치고 상체를 젖혀 내 아내를 올려다보았다. 검은 레이스 속옷 차림의 그녀는 황홀한 풍경이었다. "그림 같군, 그레이 부인." 나는 무릎을 바닥에 대고 몸을 일으켜서 그녀의 엉덩이를 잡아 끌어당겼다. 코를 그녀의 허벅지 사이 축복받은 교차점에 묻었다.

내 들숨에 아나가 숨을 들이켰다. "너한테서 너와 나, 섹스 냄새가 나. 취할 것 같아." 나는 레이스에 덮인, 갈라진 틈새의 그 달콤한 꼭대기에 키스하고 나서 그녀를 놓았다. 그녀의 옷과 신발을 챙겨 일어섰다. 양손에 물건을 들고 있어서 턱으로 가리켰다. "가서 탁자 옆에 서." 나는 서랍장으로 건너갔다. 아나를 돌아보니 그녀가 매처럼 나를 지켜보고 있었다.

이러면 곤란해.

"벽 보고 있어. 너는 내가 무얼 하려는지 몰라야 해. 우리의 목적은 상대를 기쁘게 하는 거야, 그레이 부인. 그리고 네가 그랬잖아, 놀라게 해달라고."

아나가 순종했다. 나는 그녀의 신발을 문 옆에 내려놓고 그녀의 옷은 서랍장 위에 두었다. 내 셔츠와 신발을 벗고 나서 아나를 흘끔 보았다. 그녀는 아직 벽을 보고 있었다. 좋아. 큰 서랍에서 필요한 것을 꺼냈다. 그것들을 서랍장 위에 놓아두고 아이팟에서 음악을 골랐다. 핑크 플로이드의 〈하늘에서 펼치는 위대한 공연〉.

이제 아나가 이걸 좋아하는지 볼까.

나는 아나에게 돌아가면서 꺼낸 것을 탁자 위 아나의 시선에서 벗어난 곳에 두었다.

"거칠게 해달라고 했지, 그레이 부인?" 나는 그녀의 귀에 속삭였다.

"음."

"너무 지나치면 멈추라고 해. 네가 멈추라고 하면 즉시 그만둘 테니까. 알았지?"

"네."

"그러겠다고 약속해."

"약속해요."

아나가 속삭였다. 욕망으로 허스키해진 목소리였다.

"착하다." 나는 그녀의 어깨에 키스하고 그녀의 등을 가로지른 브라 끈 밑에 손가락을 걸고 나서 끈 아래 피부를 쓱 쓰다듬었다. "이거 벗어." 내가 명령했다.

나는 그녀가 벌거벗기를 바랐다.

아나는 서둘러 등 쪽의 고리를 풀어 브라를 떨어뜨렸다. 나는 양손을 그녀의 등 아래 골반으로 내려 양쪽 엄지손가락으로 팬티를 걸어 멋진 다리 밑으로 쭉 끌어내렸다. 그녀의 발목에 도달했을 때 발을 빼라고 명령하자 그녀가 순순히 따랐다.

그녀의 아름다운 엉덩이가 눈높이에 있었다. 우리 곧 친해지게 될 거야, 하는 마음으로 양쪽 볼기에 키스하고 일어섰다. 온몸에 전율이 흘렀다. 내내 기다렸던 순간이었다.

"이제 눈가리개를 씌울게. 모든 게 더 강렬해지게." 나는 그녀의 눈에 기내용 안대를 씌웠다. 음악 소리가 우리를 감싸며 점차 고조되었다. 가수가 절정의 중턱에 있는 것처럼 목소리를 뽑아냈다.

딱 좋다.

"허리 숙여서 탁자에 몸을 붙이고 엎드려. 당장."

아나의 어깨가 빠르게 오르내리며 호흡이 점차 가빠졌지만 그녀는 시키는 대로 탁자 위에 엎드렸다.

"두 팔을 위로 올려서 가장자리를 잡아." 탁자가 넓어서 그녀의 두 팔이 완전히 펼쳐졌다.

"놓으면 엉덩이 때릴 거야. 알았지?"

"네."

"내가 엉덩이 때렸으면 좋겠어, 아나스타샤?"

그녀가 숨을 들이켜느라 입술이 벌어졌다. "네." 그녀가 잠긴 목소리로 속삭였다.

"어째서?"

아나는 대답하지 않고 어깨를 추어올리려는 것 같았다.

"말해."

"음."

나는 그녀의 엉덩이를 세게 때렸다. 그 소리가 음악 소리보다 크게 오락실 안에 울려 퍼졌다. "아!" 아나가 소리를 질렀다. 두 소리 모두 내게 크나큰 만족감을 주었다.

"이제 쉿." 나는 살살 그녀의 엉덩이를 문질렀다. 그녀의 뒤에 붙어 서서 그녀의 몸 위로 엎드렸다. 청바지 안의 그놈이 용을 썼다. 바지 앞섶이 그녀의 둥그런 엉덩이 속을 파고들었다. 나는 천천히 그녀의 등에 축축한 키스 길을 만들었다. 몸을 똑바로 일으켰을 때 그녀의 피부에 남겨진 작고 동그란 자국들 안에서 내 침이 반짝거렸다.

"다리 벌려."

아나가 발을 바깥으로 움직였다.

"더 넓게."

그녀가 신음하며 시키는 대로 했다.

"착하다." 나는 집게손가락으로 그녀의 등허리를 쭉 쓸어내렸다. 꼬리뼈로, 항문 위까지 내려갔다. 그것이 내 손길에 움츠러들며 주름이 졌다. "여기서 재밌게 놀아보자." 내가 속삭였다.

아나는 긴장하면서도 나를 제지하지는 않았다. 그래서 손가락을 그녀의 회음부 위로 미끄러뜨리며 천천히 질 안에 넣었다.

여기가. 천국이다.

"아주 촉촉한데, 아나스타샤. 아까부터 그랬어? 아니면 지금?"

내가 손가락을 넣자 아나가 신음했다. 내 손을 향해 엉덩이를 밀며 더 많은 걸 원했다. "오, 아나, 둘 다였구나." 내 손가락이 앞뒤로 움직였다. "내 생각에 넌 여기 있는 거 좋아해, 이러는 거, 내 것이 되는 거."

아나가 신음하며 눈을 감았다. 나는 손가락을 빼고 그녀의 멋진 엉덩이를 다시 찰싹 때렸다.

"아."

"말해." 열정에 젖어 잠긴 목소리가 나왔다.

"네, 맞아요." 아나가 속삭였다. 다시 그녀를 때리자 그녀가 소리를 질렀다. 나는 손가락 두 개를 그녀 안에 넣고 비틀었다. 손가락이 미끌거렸다. 손을 빼고 그녀의 윤활유를 위쪽 항문 주변에 발랐다.

아나가 다시 조금 더 긴장했다. "뭐 하려는 거예요?"

"네가 생각하는 그런 거 아니야." 나는 그녀를 안심시켰다. "말했잖아, 한 번에 하나씩 이렇게 하겠다고." 나는 윤활유를 충분히 손에 묻힌 다음 그녀의 작고 주름진 구멍 주위를 마사지했다. 그녀가 꿈지락거렸다. 숨이 가빠져서 등이 오르락내리락 더 빠르게 움직였다. 입술이 벌어졌다. 흥분해서. 나는 조금 더 아래를 겨냥해서 그녀를 세게 때렸다. 내 손끝이 열정에 의해 촉촉이 젖은 음순을 쳤다.

아나가 신음하고 엉덩이를 꼼지락거리며 더 해달라고 애원했다.

"가만히 있어." 내가 명령했다. "손 놓지 말고." 나는 손가락에 윤활유를 더 묻혔다.

"아."

"이건 윤활유야." 나는 그것을 항문 주위에 더 많이 발랐다. "진작부터 이걸 하고 싶었어, 아나." 나는 작은 금속 버트 플러그를 집었다.

아나가 신음했다. 나는 플러그를 천천히 그녀의 등허리 아래로 내렸다. "널 위해 작은 선물을 준비했어." 나는 플러그를 그녀의 엉덩이 골 사이로 미끄러뜨렸다. "이걸 네 안에 넣을 거야. 아주 천천히."

아나가 숨을 들이켰다. 숨이 가빴다. "아파요?"

"아니. 이건 작아. 일단 이걸 넣고 나서 너와 아주 격렬하게 섹스할 거야."

그녀의 입술이 벌어지고 그녀가 몸을 떨었다. 나는 몸을 숙여 그녀의 어깨뼈 사이에 다시 키스했다.

"준비됐어?"

난 준비됐어.

아랫도리 그놈이 터질 지경이야.

"네." 그녀가 숨을 몰아쉬었다.

나는 플러그를 왼손에 들고 재빨리 그것에 윤활유를 바른 다음 오른손 엄지손가락을 그녀의 엉덩이 골 사이로 미끄러뜨려 항문을 지나 질 안에 넣고 둥글게 돌렸다. 내 손가락들이 클리토리스를 천천히 쓸면서 그녀의 열띤 꽃망울을 꼼꼼히 괴롭히는 동안 나는 엄지손가락을 계속 움직였다. 그녀가 쾌락에 크게 신음했다. 때가 됐다. 나는 아주 천천히 플러그를 그녀의 항문에 넣었다.

"아!" 아나가 끙끙거렸다.

약간의 저항이 느껴져서 엄지손가락을 질 안에서 둥글리면서 엄지손가락 끝으로 안쪽의 가장 민감한 곳을 괴롭혔다. 그리고 플러그를 더 세게 밀었다. 고맙게도 플러그가 그녀 안으로 쑥 미끄러져 들어갔다.

"아, 자기야." 나는 다시 엄지손가락을 그녀 안에서 둥글렸다. 엉덩이 안에 들어간 플러그의 무게감이 느껴졌다. 천천히 플러그를 비틀자 아나가 가냘프게 끙끙거렸다. 순전히 쾌감에서 나온 이상한 소리였다.

후아.

"크리스천." 아나가 흐느꼈다. 관능적이고 굶주린 소리였다. 나는 엄지손가락을 뺐다.

아나가 헐떡거렸다.

"착하다." 나는 플러그를 그대로 두고 손가락을 옆으로 움직여 그녀의 옆구리까지 쭉 쓸었다. 바지 앞섶을 풀어 놈을 풀어주고 두 손으로 그녀의 옆구리를 잡아 그녀의 엉덩이를 내 쪽으로 끌어당겼다. 발로 그녀의 두 다리를 더 넓게 벌렸다.

"탁자 놓지 마, 아나."

"안 돼." 그녀가 헐떡였다.

"거칠게 하라면서? 너무 거칠면 말해. 알았지?"

"네." 그녀가 속삭였다. 나는 빠른 동작으로 단번에 그녀를 내 쪽으로 끌어당겨 그녀 안으로 돌진했다. 끝까지.

"아악!" 아나가 비명을 질렀다.

나는 나를 감싼 내 여자의 느낌을 가만히 음미했다.

아나는 잘하고 있었다. 숨소리가 나만큼 거칠었다. 나는 손을 우리 사이에 넣어 플러그를 살며시 당겼다.

아나가 숨이 넘어갈 것처럼 쾌락에 젖은 신음을 토해냈다.

그것이 나를 정상 아래로 밀칠 뻔했다.

"다시 할까?" 내가 속삭였다.

"네." 그녀의 절박한 목소리가 내게 애원했다.

"납작 엎드려 있어." 나는 지시하고 나서 그녀에게서 천천히 빠져나왔다가 다시 안으로 밀고 들어갔다.

"좋아." 그녀가 탁한 목소리로 격렬한 열정을 표출했다. 속도를 올려 그녀 안으로 마음껏 충돌하자 쾌감이 솟구쳤다.

이제껏 이런 느낌을 느낀 적이 있었던가.

아나를 더 어두운 쪽으로 데려갔다.

미치게 좋아.

"오, 아나." 나는 헐떡거리며 플러그를 다시 비틀었다.

아나가 울부짖을 때 나는 그녀 안으로 계속 달려들었다. 그녀를 취했다. 그녀를 흡수했다. 그녀를 소유했다.

"아, 젠장." 그녀가 외쳤다.

그녀가 절정에 가까웠다.

"오, 자기야." 내가 속삭였다.

"제발." 그녀가 애원했다.

"그래, 그래야지."

넌 여신이야, 아나.

나는 그녀를 세게 때렸다. 그녀가 크고 당당하게 비명을 내지르며 오르가슴에 휩쓸려 사정했다. 나는 플러그를 빼내 그릇 안에 던졌다.

"아악!" 그녀가 비명을 질렀다.

나는 그녀의 옆구리를 꽉 움켜쥐고 사정했다. 그녀를 붙잡고 사정하면서 나를 잊었다.

나는 그녀 위에 늘어졌다. 기운이 없었지만 마냥 행복했다. 그녀를 품으로 끌어당기며 바닥으로 무너졌다. 그녀를 품에 안고 숨을 골랐다. 그녀는 헐떡거리며 고개를 내 가슴에 얹었다.

"집에 돌아온 걸 환영해." 나는 그녀의 안대를 벗겼다. 눈이 어슴푸레한 빛에 적응하는 동안 그녀가 나른하게 눈을 몇 번 깜빡거렸다. 그녀는 괜찮아 보였다. 나는 그녀의 고개를 젖혀 우리 입술을 포갰다. 그녀가 어떤 기분인지 몹시 알고 싶었다.

그녀가 손을 올려 내 얼굴을 어루만졌다.

나는 안도하고 미소를 지었다. "이 정도면 주문을 잘 이행한 거지?" 내가 물었다.

그녀의 미간에 주름이 잡혔다. "주문요?"

"거칠게 하라는 주문." 내 목소리는 조심스러웠다.

그녀의 얼굴이 밝아졌다. "네, 그런 것 같아요."

그녀의 말이 내 영혼을 포근히 감쌌다. "그 말을 들으니 기쁜데. 만족스럽게 실컷 섹스하고 난 모습이 아름다워." 내가 그녀의 뺨을 어루만졌다.

"나도 느껴요." 그녀가 흥얼거렸다. 나는 그녀의 얼굴을 잡고 지극히 부드럽게 키스했다. 그녀는 그런 키스를 받을 자격이 있었다. 내가 그녀를 사랑하니까.

"넌 실망시키는 법이 없어." 절대. "기분이 어때?" 나는 소곤거렸다.

"좋아요." 그녀가 속삭였다. 뚜렷한 홍조가 그녀의 얼굴에 피어올랐다. "만족스럽게 실컷 섹스했으니까." 그녀의 수줍은 미소는 귀여우면서도 강력했고, 음란한 말과 큰 대조를 이루었다.

"이런, 그레이 부인, 말버릇이 아주 야하고 야하시군요."

"그거야 내가 아주 야하고 야한 남자와 결혼했기 때문이죠, 그레이 씨."

그건 논란의 여지가 없지.

나는 가슴이 벅차올라 그녀에게 환한 미소로 답했다. 분명 입이 귀에 걸려 있을 것이다. "그 남자와 결혼해줘서 고마워." 내 손가락이 땋아 내린 그녀의 머리채를 잡았다. 나는 머리채 끝을 내 입술에 올려 그것에 키스했다. 사랑해, 아나. 제발 나를 떠나지 마.

아나는 내 왼손을 잡아 자기 입술에 올려 내 결혼반지에 키스했다. "내 거." 그녀가 속삭였다.

"네 거." 나는 대답하고 나서 그녀를 꼭 안고 그녀의 머리에 코를 비볐다. "목욕물 받아줄까?"

"흠. 당신이 같이 한다면."

"그래." 나는 아나가 일어서는 걸 도와주었다.

아나가 내가 입고 있는 청바지를 가리켰다. "다른 청바지 입으면 안 돼요?"

"다른 청바지?"

"여기서 입곤 했던 청바지."

"그 청바지?" 내 돔 청바지. DJ.

"당신 그거 입으면 무척 섹시해요."

"그래?"

"네. 정말 엄청 섹시해요."

내가 어떻게 거부하겠어? 아내에게 섹시해 보이고 싶은걸.

"너를 위해서라면, 그레이 부인. 한번 입어볼까." 나는 그녀에게 키스하고 오늘 오후의 장난감들이 담긴 작은 그릇을 집어 들었다. 그리고 음악을 끄기 위해 서랍장으로 건너갔다.

"그 장난감들은 누가 씻어요?" 아나가 물었다.

오. 아. "내가. 존스 부인이나."

"뭐라고요?" 아나가 놀라 숨을 들이켰다.

당연하지. 게일은 모든 걸 알고 있다. 내 더러운 비밀을 모두 알면서도 아직 나를 위해 일하고 있다.

아나는 계속 입을 딱 벌리고 나를 쳐다보았다. 더 자세한 이야기를 듣고 싶은 눈치였다. 나는 아이팟을 꼈다. "그게. 음……."

"서브들도 했었어요?" 아나가 눈치채고 물었다.

나는 어깨를 추어올리는 것으로 사과를 대신했다. "이거." 나는 아나에게 내 셔츠를 내밀었다. 그녀는 그걸 얼른 받아들고 섹스토이의 세척에 대해서는 더 이상 말하지 않았다. 나는 물건들을 서랍장 위에 올려두고 아나의 손을 잡고 잠긴 오락실 문을 열었다. 우리는 아래층 욕실로 내려갔다. 그녀가 문턱에서 걸음을 멈추더니 하품을 하고 기지개를 켰다. 은밀한 미소가 얼굴에 어렸다.

"왜 그래?" 나는 물을 틀면서 물었다.

아나가 고개를 저었다. 내 눈을 피했다.

갑자기 부끄럼을 타는 건가?

"말해봐." 나는 흐르는 물속에 목욕 오일을 타면서 구슬렸다.

그녀의 뺨이 장밋빛으로 달아올랐다. "그냥 기분이 더 좋아서요."

"그러고 보니까 오늘 내내 기분이 이상한 것 같던데, 그레이 부인." 나는 그녀를 안았다. "최근에 일어난 일들 때문에 걱정한 것 알아. 그런 일에 휘말리게 해서 미안해. 개인적인 원한인지, 아니면 옛날 직원이나 사업상 라이벌의 짓인지 모르겠어. 나 때문에 네가 무슨 일을 당하기라도 하면……." 아나가 약쟁이 창녀의 집에 누워 있는 끔찍한 상상이 머릿속에 어른거렸다.

그만, 그레이. 그만.

아나가 나를 끌어안았다. "당신이 무슨 일을 당하면요, 크리스천?" 그녀가 시무룩한 목소리로 말했다.

"어떻게든 해결할 거야. 이제 셔츠 벗고 욕조에 들어가자."

"소여하고 회의하기로 하지 않았어요?"

"기다리라고 해." 나는 딱 잘라 말했다. 소여에게 해줄 말은 몇 가지뿐이었다.

나는 아나의 셔츠를 벗겼다.

젠장. 내가 그녀의 몸에 남긴 자국이 아직 그대로였다. 희미하긴 했지만. 그것이 그 자리에 남아서 내가 머저리라는 걸 일깨워주었다.

"라이언이 닷지를 잡았을까요?" 아나가 내 반응을 모른 척 넘기며 말했다.

"곧 알게 되겠지. 목욕하고 나서. 들어가." 나는 그녀에게 손을 내밀었고, 그녀는 거품이 가득한 욕조 안으로 들어갔다. 그녀가 조심조심 물속에 앉았다.

"아얏." 아나는 엉덩이가 뜨거운 물에 닿을 때 얼굴을 찡그렸다.

"천천히, 자기야." 하지만 아나는 물속에 몸을 담그고 미소를 지었다. 나는 청바지를 벗고 그녀를 따라 물속으로 들어가서 그녀의 뒤에 앉아 그녀의 몸을 내 가슴에 붙였다.

천천히 긴장이 풀렸다.

이 순간을 즐겨, 그레이.

정말 대단했어.

아나가 정말 잘해냈어. 나는 코를 그녀의 머리에 비볐다. 그녀와 같이 있으면 얼마나 마음이 편한지 놀라웠다. 이야기를 할 필요도 없었다. 그녀가 이야기를 할 필요도 없었다. 그저 욕조 안에 함께 누워 느긋하게 있으면 그만이었다.

나는 눈을 감고 오늘 하루를 돌이켜보았다.

신혼여행의 마무리치고는 미친 결말 아닌가.

자동차 추격전이라니. 아나가 프로처럼 멋지게 요리하긴 했지만.

나는 무심코 그녀의 땋은 머리 끝에 손가락을 넣었다.

아나는 오락실에서 내게 쾌락을 허락했다. 내가 평생 원했던 걸, 그녀가 평생 한 적 없는 걸 허락했다.

나의 여인. 나의 아름다운 여인.

얼마 후 오늘 저녁 지아 마테오가 방문하기로 한 것이 기억났다. 나는 우리를 감싼 편안한 침묵을 깼다. "새 집 도면 확인해야 해. 오늘 저녁에 괜찮지?"

"괜찮아요." 아나가 대답했다. 체념한 목소리였다. "출근 준비해야 하는데." 그녀가 덧붙였다.

땋은 머리채가 내 손가락 사이로 미끄러졌다. "출근할 필요 없다는 거 알잖아."

내 몸에 닿은 아나의 어깨에 힘이 들어갔다. "크리스천, 그건 이미 끝난 얘기잖아요. 제발 그걸로 말다툼 다시 시작하지 말아요."

알았다고. 나는 그녀의 땋은 머리채를 살짝 당겨 그녀의 얼굴을 내 쪽으로 돌렸다. "그냥 해본 말이야." 나는 입술로 그녀의 입술을 쓸었다.

아나는 물에 몸을 더 담그라고 두고 욕실을 나와 옷을 입고 소여의 보고를 들으러 서재로 향했다. 주방에 존스 부인이 있었다.

"안녕, 게일."

"사장님, 집에 돌아오신 걸 환영해요. 다시 한번 축하드리고요."

"고마워요. 여동생은 잘 지냅니까?"

"잘 지내요. 뭐 드릴까요?"

"아뇨, 괜찮아요. 처리할 일이 좀 있어서요."

"그레이 부인은요?"

나는 빙긋 웃었다. "목욕하는 중이에요."

게일이 미소를 짓고 고개를 끄덕였다. "나오시면 제가 여쭤보죠."

나는 책상에서 이메일을 확인한 다음 소여를 호출했다. 잠시 후 활기차게 문을 두드리는 소리가 들렸다.

"들어와."

소여가 들어와 내 앞에 섰다. 정장에 넥타이를 맨 모습이 냉정하고 차분하며 프로처럼 보였다. 나는 그의 태도가 심히 거슬렸다. 천천히 책상에서 일어나 두 손으로 책상을 짚고 그에게 몸을 내밀었다. "대체 어디 갔었어?" 내가 소리쳤다.

내가 분통을 터뜨리자 소여가 놀라 조금 뒷걸음질을 쳤다.

"우리가 출발할 준비가 됐는데 대체 어디서 무얼 하느라고 꾸물거렸냔 말이야?" 나는 분노를 억누르려고 가슴에 팔짱을 꼈다.

"사장님." 그가 양손을 치켜들었다. "사장님이 지시하신 대로 주변을 순찰하고 있었습니다. 그리고 사장님이 출발하신다는 걸 몰랐어요."

오.

"그리고." 그가 다리 간격을 벌리며 덧붙였다. "그 언서브는 이미 알고 있었습니다. 저희가 순찰하는 동안 그 차가 도착했고, 제가 그 차를 조사하려는데 사장님께서 집에서 나오셨습니다."

아.

나는 마음이 누그러져서 한숨을 쉬었다. "그랬군. 알겠어." 우리가 출발한다는 걸 이들에게 말했어야 했는데. 거기 테일러가 있었다면 차 안에 동료를 한 명 남겨두었을 것이다.

"그레이 부인께서 워낙 쏜살같이 출발하시는 바람에." 그가 못마땅한 듯 눈썹을 추켜올렸다.

그의 반응에 하마터면 웃음이 터질 뻔했다. 소여가 얼마나 곤혹스러웠을지 짐작이 갔지만 내색하지는 않았다.

"그렇긴 해." 내가 인정했다. "그래도 놈을 잡았어야지. 두 사람 다 방어 운전이 특기잖아."

"그렇긴 합니다."

"다시는 그러지 마."

"네, 사장님." 그가 아쉬운 표정을 지었다. "사장님." 그가 말했다. "언서브는 애초에 우리를 따라온 게 아니었습니다. 여자인지 남자인지 모르지만, 사장님이 출발하시기 직전에 나타났으니까요. 그 차를 발견하자마자 도착 시간을 기록해두었습니다. 도착한 시간은 14시 53분이었고, 운전자는 차에서 내리지 않았습니다. 놈은 사장님이 어디 계신지 알고 있었어요."

나는 하얗게 질렸다. "그게 무슨 소리지?"

"누군가 부모님 댁을 감시하고 있을지 모른다는 거죠. 아니면 여기 우리를 감시하고 있든가요. 하지만 놈이 벨뷰까지 우리를 따라온 거라면 우리가 눈치챘을 겁니다."

"젠장."

"네. 사장님께 보고서를 보냈고, 테일러와 웰치 씨에게도 전송했습니다."

"읽어볼게. 라이언은 어디 있어?"

"아직 포틀랜드로 향하는 도로에 있습니다."

"아직도?"

"네. 언서브가 기름이 떨어지기를 바라야죠." 소여가 말했다.

"운전자가 여자라고 생각하는 이유는?" 내가 물었다.

"얼핏 봤는데, 머리를 뒤로 묶은 것 같았습니다."

"그럼 확실한 건 아니로군."

"네, 사장님."

"소식 들어오는 대로 알려줘."

"알겠습니다."

"고마워, 루크. 가봐도 좋아."

소여가 말없이 돌아서서 서재를 나갔고, 나는 책상 앞에 다시 앉았다. 소여나 라이언을 해고하지 않아도 되니 그나마 다행이었다. 그래도 내일 저녁에 테일러가 돌아온다면 더 좋을 것 같았다. 소여의 추리를 곰곰이 따져보았다. 누군가 부모님 집을 감시하고 있을지 모른다니. 하지만 왜? 아버지에게 전화해야만 했다. 하지만 아버지나 어머니가 걱정하는 건 싫다.

젠장. 어떻게 한다?

아이맥이 운영체제를 최신 버전으로 업데이트하라고 계속 졸라대서 아이맥의 업데이트를 실행시켰다. 이메일과 소여의 보고서를 확인하려고 노트북 컴퓨터를 열었다.

보고서를 읽고 있는데 휴대전화가 진동했다.

"바니." 나는 전화를 받았다. 일요일에 바니가 전화를 하다니 뜻밖이었다.

"돌아오신 걸 환영합니다, 사장님."

"고마워. 무슨 일이야?"

"서버실의 CCTV 녹화 영상을 살펴보다가 뭔가를 발견했습니다."

"그래?"

"네, 사장님. 한시라도 빨리 보여드리고 싶어서 내일까지 기다릴 수가 없었습니다. 괜찮으실지 모르겠지만, 사장님께서 알고 싶어 하실 것 같았습니다. 이메일로 링크를 보내드릴 테니까 한 번 보십시오."

"잘 생각했어. 지금 이메일 보내."

"지금 하고 있습니다."

"전화 끊지 말고 기다릴 수 있지?"

"네, 사장님. 사장님께서 빨리 보셔야 할 것 같습니다."

나는 미소를 지었다. 바니는 그의 서버실을 아꼈다. 불청객의 침입에 나만큼이나 열 받은 것 같았다. 그의 이메일이 받은 편지함에 떴다. 그것을 열고 링크를 클릭하자 한 번도 본 적 없는 사이트로 연결되었다. 각기 다른 박스가 네 개 있었는데, 그레이 하우스의 서버실을 비추는 흑백 영상 같았다. "바니, 거기 있지?"

"네, 사장님."

"내가 지금 무얼 보고 있는 거지?"

"그레이 하우스의 보안 허브예요. 화면 왼쪽 상단의 메뉴에서 재생 버튼을 클릭하시면 서버실 내 모든 카메라의 녹화 영상이 재생될 겁니다." 시키는 대로 하자 서버실을 비추는 네 가지 각도의 영상이 재생되었다. 각 화면의 하단에 타이머가 달린 날짜가 있었다. 2011년 8월 10일 07:03:10:05. 시계의 밀리세컨드가 획획 변했다. 나는 네 각도의 화면에서 키가 크고 날씬한 남자가 서버실로 들어오는 것을 보았다. 덥수룩한 짙은 색 머리에 피부가 흰 걸로 보아 백인 같았고, 점프슈트 차림이었다. 남자가 한 서버로 걸어가서 바닥에 몸을 숙이고 작은 검은색 물체를 눈에 잘 띄지 않게 두 서버 캐비닛 사이에 놓았다. 그리고 서서 자기 솜씨를 감상하고는 얼굴을 문 쪽으로 향하고 있다가 밖으로 나갔다.

"이자인가?"

"그런 것 같습니다. 신분은 확인할 수가 없습니다. 그런데 발화

장치가 발견된 곳이 바로 저기예요."

"일주일도 더 지났네. 저 빌어먹을 자식이 어떻게 안으로 들어온 거지?"

"저 시간대 서버실 통행증은 청소 업체 직원들에게만 발급됩니다."

"뭐?" 대체 그건 어떻게 입수했을까?

"그러게요. 내일 확인해야죠." 녹화 영상이 멈추었다.

"방금 영상을 멈춘 거지?" 내가 물었다.

"네, 그렇습니다."

"영상을 순차적으로 붙일 수 있을까?"

"네, 할 수 있습니다."

"빨리 돼?"

"지금 할 수 있습니다."

"웰치는 이거 봤나?"

"웰치의 팀이 이걸 보여줬습니다. 지금 녹화 영상을 연결하는 중입니다."

"됐군."

잠시 후 화면이 바뀌어 하나의 영상이 나타났다. 나는 다시 재생 버튼을 눌렀다. 이번 영상은 길이가 더 길었고 중간중간에 각도가 바뀌었다. 한 각도의 영상이 끝나면 다음 영상을 눌렀다.

"이미지를 확대해 보겠습니다." 바니가 말했다. 의욕이 넘치는 목소리였다. 바니도 이 개자식을 잡고 싶어 했다.

"해봐."

화면 속 이미지가 변했다. 더 선명했다.

갑자기 서재 문이 열렸다. 나는 깜짝 놀라서 멋대로 들어온 사람을 나무라려고 고개를 들었다. 아니였다.

"더 확대할 순 없어?" 내가 바니에게 물었다.

"다른 방법으로 해볼게요."

바니가 침묵한 사이 아나가 조용히 결심한 표정으로 나를 향해 걸어왔다. 그리고 내가 어떤 행동이나 말을 할 겨를도 없이 내 무릎 위로 올라왔다.

"아마 그게 최선일 겁니다." 바니가 말했다.

아나가 두 팔을 내 목에 감고 내 턱 밑에 얼굴을 비볐다. 나는 힘주어 그녀를 안았다.

무슨 일이 있나?

"음, 그래, 바니. 잠깐만 기다려."

"네, 사장님."

나는 한쪽 어깨를 올려 휴대전화를 받쳐 들었다.

"아나, 무슨 일 있어?"

아나는 고개만 젓고 대답을 하지 않았다. 나는 그녀의 턱을 잡고 얼굴을 살폈지만 표정을 읽을 수가 없었다. 그녀는 내 손가락에서 턱을 빼고 내 품을 파고들었다. 무슨 일인지 알 수가 없었다. 솔직히 바니가 찾아낸 것에 온통 정신이 가 있었다. 나는 그녀의 머리에 가볍게 입을 맞추었다. "바니, 방금 뭐라고 했지?"

"그 사진을 조금 더 확대할 수 있겠어요."

나는 재생 버튼을 눌렀다. 방화범의 오톨도톨한 흑백 이미지가 화면에 나타났다. 나는 다시 재생 버튼을 눌렀다. 방화범이 카메라 쪽으로 더 가까이 다가왔다. 나는 프레임을 멈췄다. "좋아, 바니, 한 번만 더 해보자고."

"방법을 찾아보죠."

방화범의 머리 주위에 상자가 하나 나타나더니 갑자기 거기가 확대되었다.

아나가 상체를 일으키더니 그 이미지를 빤히 쳐다보았다. "지금 바니가 작업 중인 거예요?" 그녀가 물었다.

"응." 아나도 나처럼 바니의 뛰어난 기술적 재능에 감탄하는 것 같았다. "사진을 더 또렷하게 할 수 없나?" 내가 바니에게 물었다. 그림이 흐려졌다가 그 개자식을 중심으로 초점이 더 선명하게 조정됐다. 놈은 바닥을 내려다보고 있었다. 아나가 긴장하며 실눈을 뜨고 화면을 노려보았다.

"크리스천." 그녀가 중얼거렸다. "저거 잭 하이드예요."

뭐라고!

"그래?" 나는 이미지를 노려보았다.

"턱선이 똑같아요." 아나가 놈의 단조로운 턱선을 따라 화면을 가리켰다. "귀걸이와 어깨 모양도. 체격이 좋은 것도 그렇고. 머리카락은 가발이 분명해요. 아니면 머리를 자르고 염색을 했겠죠."

나는 얼굴에서 핏기가 싹 가시는 느낌이 들었다. 하이드. 잭 망할 하이드!

"바니, 방금 들었나?" 나는 휴대전화를 내려놓고 핸즈프리로 바꾼 다음 아나에게 속삭였다. "전직 상사를 자세히도 관찰했군, 그레이 부인."

아나가 인상을 쓰며 진저리를 쳤다. 나는 황산염 같은 격분에 휩싸였다.

"네, 사장님, 사모님 말씀 들었습니다. 지금 디지털화한 모든 CCTV 영상을 안면 인식 프로그램에 넣어 돌리고 있습니다. 이 자식이, 사모님 죄송합니다. 이 사람이 회사 내 다른 곳에서도 찍힌 적 있는지 확인해볼게요."

"어째서 이런 짓을 했을까요?" 아나가 물었다.

나는 분노를 숨기려고 어깻짓을 했다.

망할 하이드.

나는 놈의 개짓거리를 저지했다. 해고했고. 놈을 두들겨 패서 코를 부러뜨렸지.

"복수 아닐까." 내가 씁쓸하게 추측했다. "모르지. 사람들이 왜 그런 행동을 하는지 누가 알겠어. 난 네가 그자와 긴밀히 일했다는 게 그냥 화가 나."

이 정보를 경찰과 FBI, 웰치에게 알려야 했다. 놈에게 어떤 사연이 있는지는 몰라도. 하이드는 플로리다에 있는 게 아니다. 어째서 웰치는 놈이 플로리다에 있을 거라고 생각한 걸까? 웰치와 이야기해야 했다. 그사이 여기 시애틀의 자기 아파트로 몰래 돌아온 걸까? 웰치를 시켜 빨리 놈을 찾아야 한다. 웰치가 놈을 찾으면 그 개자식의 면상에 주먹을 꽂아주겠어. 확실한 건 놈이 내 아내에게 접근하는 걸 막고 그녀를 안전하게 지켜야 한다는 것이다. 나는 아나의 허리에 팔을 감았다.

"이 사람의 하드 드라이브도 확보하고 있습니다." 바니가 덧붙였다.

나는 언뜻 머릿속에 떠오르는 생각 때문에 바니의 말을 끊었다. "응, 기억나. 하이드의 주소를 가지고 있나?" 아나가 하이드가 쓰던 컴퓨터에 무엇이 있었는지 알고 놀라는 건 원하지 않았다.

"네, 가지고 있습니다."

"웰치에게 조심하라고 해." 하이드가 집에 돌아온 게 아닌지 웰치를 시켜 확인해야 한다.

"알겠습니다. 시내 CCTV도 뒤져서 그자의 동선을 한번 추적해보죠."

"무슨 차를 가지고 있는지 알아봐."

"네."

"바니가 이걸 다 한다고요?" 아나가 속삭였다. 감탄하는 기색이 역력했다.

나는 고개를 끄덕였다. 바니가 내 직원이라는 사실에 조금 우쭐해졌다.

"하드 드라이브에 뭐가 있었어요?" 아나가 물었다.

나는 고개를 저었다. "별거 없었어."

"말해봐요."

"없다니까."

"당신이나 나에 관한 거예요?"

물러설 기세가 아닌데.

"나." 내가 한숨을 쉬었다.

"어떤 종류요? 당신의 사생활?"

아니. 나는 고개를 젓고는 집게손가락을 그녀의 입술에 댔다.

지금 우리끼리 있는 게 아니야, 아나.

아나는 내게 인상을 썼지만 입을 다물었다.

"2006년형 카마로." 바니가 흥분해 목소리를 높였다. "운전면허 증 내용도 웰치에게 보내겠습니다."

바니가 해낼 줄 알았다. 하지만 확인해서 나쁠 건 없겠지. "그래. 그 자식이 거기 말고 내 건물 어딜 갔었는지 알려줘. 이 영상을 SIP 인사기록 파일의 사진과 대조하고. 동일인인지 확실히 확인하고 싶어."

"벌써 했습니다, 사장님. 사모님 말씀이 맞네요. 이거 잭 하이드 맞아요."

아나가 우쭐해서 환하게 웃음을 지었다. 그녀는 한 건 했다는 만족감을 드러냈다.

그럴 만해.

나는 그녀가 자랑스러워 손으로 그녀의 등을 쓸었다. "잘했어, 그레이 부인." 나는 바니에게 말했다. "본부에 나타난 모든 동선 추적이 끝나면 내게 보고해. 다른 GEH 부지에 접근한 적 있었는 지도 확인하고, 있으면 보안 팀에 알려서 건물을 샅샅이 수색하라 고 해."

"네, 알겠습니다."

"고마워, 바니." 나는 전화를 끊었다. "그레이 부인, 눈길을 끄는 줄은 알았지만 유능하기까지 하네." 내가 놀렸다.

"눈길을 끈다고요?"

"엄청." 나는 그녀의 입술에 부드럽게 입술을 눌렀다.

"눈길을 끄는 건 나보다 당신이 더하잖아요, 그레이 씨."

나는 땋아 내린 그녀의 머리채를 손목에 감고 그녀를 안았다. 감사하는 마음을 담아 깊고 다정하게 키스했다. 오늘 아나는 많은 활약을 해주었다. 범인을 밝혀내기까지 하다니!

아나가 몸을 뗐다.

"배고파?"

"아뇨."

"난 배고픈데." 내가 실토했다.

"뭐가요?" 그녀가 경계하는 눈으로 나를 보았다.

"뭐긴, 음식이지."

그녀가 깔깔 웃었다. "내가 뭘 좀 만들어볼게요."

"반가운 소리네."

"먹을 걸 만들어주겠다는 말이요?"

"네가 깔깔 웃는 소리." 나는 그녀의 머리에 키스했다. 그녀가 내 무릎에서 내려왔다.

"무얼 드시고 싶으세요, 주인님?" 아나가 짐짓 간드러지는 말투로 물었다.

나를 놀리고 있네. 또.

나는 실눈을 떴다. "지금 귀여운 척하는 거야, 그레이 부인?"

"나야 항상 그렇잖아요, 그레이 씨, 주인님."

그거야 잘 알지.

"널 내 무릎에 엎드리게 할 수도 있어." 내가 속삭였다. 솔직히 내게 그보다 더 큰 즐거움은 없었다.

"알아요." 아나가 활짝 웃으면서 내 사무용 의자 팔걸이에 양손을 짚었다. "내가 당신을 사랑하는 이유 중 하나죠. 하지만 근질거리는 손바닥은 거둬요. 지금은 배고프니까."

"아, 그레이 부인, 대체 널 어쩌면 좋을까?"

"내 질문에 대답해요. 무얼 먹고 싶어요?"

"가벼운 걸로. 아무거나."

"뭘 만들 수 있나 볼게요." 아나가 돌아서서 서재를 나갔다. 내가 여기 주인이라는 기운을 뿜뿜 내뿜으면서. 내 아내이니 그럴 만도 했다.

나는 바니와 아나가 발견한 것을 가지고 웰치를 몰아치기 위해 그에게 전화를 걸었다.

"하이드요?" 굵은 저음의 목소리가 어이가 없어 날카롭게 치솟았다.

"응. 빌어먹을 내 서버실 안에 있었어."

"추적한 결과 그자의 휴대전화는 올랜도에 있었어요. 이후 지금까지 거기 있고요. 휴대전화가 올랜도에 있는 모친의 아파트에 있는 것으로 나오니까 모친의 집에 있을 거라고 짐작했죠. 다른 곳으로 이동한 기록도 없고요."

"놈이 여기 있다니까." 나는 끓어오르는 분노를 잠재우려고 심호흡을 했다.

웰치가 한숨을 쉬었다. 열 받은 게 분명했다. "그런 것 같네요. 직원들을 이쪽에 투입하겠습니다. 놈이 어떻게 우리 포위망을 빠져나갔는지 모르겠네요. 조사해서 어디서 어떻게 어그러진 건지 알아내야죠."

"그렇게 해. 나도 알고 싶으니까."

"안타깝게도 서버실에서 지문은 전혀 나오지 않았습니다."

"하나도?"

"전혀요."

"망할. 장갑을 꼈나 본데. 영상으로는 구분하기 어렵지만." 내가 추측했다. "하이드의 지문이 기록 파일 어딘가에 있을 거야."

"좋은 생각입니다. FBI가 쪽지문을 발견하긴 했는데 맞는 사람이 없었어요."

"찰리 탱고에서 말이야?"

"네."

"왜 나한테 보고 안 했어?"

"맞는 사람도 없고 쪽지문이라서요." 웰치가 설명했다.

"내 EC135 고의 손상 사건 배후에 하이드가 있을까?"

"다른 용의자가 없는 이상 가능성이 있다고 봐야죠." 웰치의 굵은 목소리가 전화기에서 울려 퍼졌다.

"놈은 용의자 명단에 버젓이 올라 있었고, 내내 여기 있었어."

믿을 수가 없네.

"우리가 그자를 배제한 이유는 세 가지였어요." 웰치가 설명했다. "첫째, 우리는 그자가 플로리다에 있다고 생각했습니다. 한동안 시애틀의 자기 아파트에 없었거든요. 하지만 정말 그랬는지 다시 확인해보죠. 둘째, 시애틀 지역의 현금지급기에서 현금을 인출

하지 않았습니다. 셋째, 그자의 범행은 여성 동료들을 괴롭히는 것에 국한되었다고 판단했습니다."

"FBI에 이 사실을 알려야 해."

"제가 알리죠." 웰치가 화제를 바꾸었다. "추격전이 있었다고 소여에게서 들었습니다."

"소여는 내 부모님 집이 감시당하는 것 같다고 했어."

"가능성 있어요. 그 닷지 차량을 추적해보면 확인이 될 거예요."

"운전자가 하이드였을 수도 있어."

"네. 사장님께서 찾아낸 단서를 보면 가능하죠."

"놈이 계속 위협을 가하는 상황이라면 모든 가족들에게 경호를 붙여야겠어."

"그러는 게 좋겠죠. 하이드의 컴퓨터에 사장님 가족에 대한 방대한 자료가 있었습니다. 사장님 부모님께 알려야 할지도 모르겠습니다."

나는 한숨을 쉬었다. 가족들을 놀라게 하고 싶진 않았다.

"하이드의 행방을 알아내는 데 역량을 집중하겠습니다."

"놈을 찾아내."

"노력을 배가하겠습니다."

"그러는 게 좋을 거야." 내가 경고했다. "바니가 연락할 거야. 서버실 영상을 경찰에 증거물로 제출하든가 해. 아버지에겐 내가 이야기할게. 또 연락하지."

"네, 사장님. 그렇게 하겠습니다." 웰치가 전화를 끊었다.

나는 유선전화로 부모님의 집에 전화를 걸었지만 자동 응답기가 받았다. 아버지의 휴대전화로 전화했더니 음성 사서함으로 넘어갔다. 저녁 미사를 드리고 있는 게 분명했다. 아침에 전화를 해달라는 메시지를 아버지에게 남겼다.

지아 마테오의 도안을 챙겨서 내 아내와 음식을 찾아 나섰다.

도면을 주방 아일랜드 식탁에 놓고 아나에게 건너갔다. 아나는 운동복 바지와 캐미솔 차림인데도 참 근사해 보였다. 뭔가를 요리 하는 중이었는데, 으깬 아보카도가 먹음직스러웠다. 나는 팔을 그 녀에게 감고 그녀의 목에 키스했다. "맨발로 부엌에 있네." 내가 그녀의 향긋한 피부에 대고 속삭였다.

"그 표현은 '맨발로 임신해 부엌에 있다'가 맞지 않아요?"(bare foot and pregnant in the kitchen, 여자는 바깥 일이 아니라 집에서 살림하고 아이 를 낳아 키워야 한다는 뜻의 영어식 표현 – 옮긴이)

임신! 순간 긴장했다. 젠장. 아이는. 싫다. 아주 질색이다. "아직 은 아니야." 나는 갑자기 치솟은 심박수를 가라앉히면서 말했다.

"그럼요. 아직은 아니죠!" 아나가 나처럼 질색하는 목소리로 말 했다.

나는 숨을 들이마셨다. "그것만큼은 의견이 맞는군, 그레이 부 인."

아나가 감자를 으깨던 손을 멈추었다. "그래도 아이를 원하긴 하죠, 그렇죠?"

"물론이지. 나중에. 지금은 널 나눠 갖고 싶지 않아." 나는 그녀 의 목에 키스했다.

언젠가는. 물론이야.

"뭘 만들고 있어? 맛있어 보이는데?" 나는 코를 그녀의 귀에 비 볐다. 아나가 꼼지락거리고는 내게 짓궂은 미소를 지었다.

"서브." 그녀가 큭큭 웃었다.

와, 이 여자 유머 감각 좀 보게.

나는 그녀의 귓불을 깨물었다. "내가 좋아하는 거네." 내가 그녀 의 귀에 소곤거리자 그녀의 팔꿈치가 내 옆구리를 쿡 찔렀다. "그레이 부인, 나 다쳤어." 나는 찔린 옆구리를 부여잡으며 오스카상 급 연기를 펼쳤다.

"엄살쟁이." 아나가 놀렸다.

"엄살쟁이?" 나는 그녀의 엉덩이를 장난스럽게 찰싹 때렸다. "얼른 만들어 와, 아가씨. 내가 어디까지 엄살을 부릴 수 있는지는 나중에 알려줄게." 나는 다시 그녀의 엉덩이를 찰싹 때리고 냉장고로 향했다. "와인 한잔할래?" 내가 물었다.

아나가 슬쩍 미소를 지었다. "좋죠."

아나가 만든 서브는 훌륭했다. 더 이상 무슨 말이 필요할까?

나는 개일을 위해 우리 둘이 먹은 접시를 집어 개수대 안에 놓았다. 우리 둘의 와인 잔을 모두 비운 다음 지아의 도면을 일자형 식탁 위에 폈다. 우리는 지아의 도면을 자세히 들여다보았다. 그녀가 내놓은 도면은 공들여 작업한, 철저하고 상세한 개선안이었다. 멋진 디자인이었다. 하지만 내 아내는 어떻게 생각할까?

아나가 내게 고개를 들었다. "아래층 전체 벽을 유리로 하자는 생각은 마음에 들어요. 하지만……."

"하지만?"

아나가 한숨을 쉬었다. "집의 개성을 완전히 지우고 싶지는 않아요."

"개성?"

"네. 지아가 제안한 건 꽤 급진적인데, 난 지금 이 집의 모습에 반한걸요. 결점을 포함해서."

오. 난 이 집을 대대적으로 손봐야 한다고 생각하는데.

"난 지금 이대로가 마음에 들어요." 그녀가 진지한 표정으로 조용히 말했다.

나는 어떻게 해야 할지 알 것 같았다. "이 집은 네가 원하는 대로 해. 네 마음이야. 네 집이잖아."

아나가 인상을 썼다. "당신도 좋아했으면 좋겠어요. 당신이 그 집에서 행복했으면."

"네가 있는 곳이면 난 어디든 행복할 거야. 아주 간단한 문제야, 아나." 진심이야. 네가 있어서 그 집이 가정이 되는 거야. 난 네가 행복했으면 좋겠어. 항상.

"음……." 그녀가 침을 삼켰다. "유리벽은 마음에 들어요. 조금만 더 집과 잘 어우러지는 방식으로 적용해달라고 부탁해봐요."

"그러자. 네가 원한다면. 위층과 지하실은 어때?"

"그건 다 괜찮아요."

"그럼 됐네."

아나가 입술을 깨물었다. "오락실도 만들고 싶어요?" 그녀가 불쑥 물었다. 그녀의 질문이 나를 기습했다. 그녀가 얼굴을 붉혔다.

아나, 아나, 아나. 오늘 그렇게 해놓고 우리가 하는 일이 아직도 부끄러운 거야?

아나가 한쪽 어깨를 슬쩍 추어올려 아무렇지 않은 척했다. "음, 당신이 원한다면."

아나도 원하는 것 같았다.

"당분간 선택 사항으로 남겨두자. 결국은 가족이 살 집이 될 거니까. 어차피 그건 즉흥적으로 만들면 돼."

"즉흥적인 거 좋죠." 그녀가 속삭였다.

나도 그래, 자기야.

"의논하고 싶은 게 있어." 나는 욕실이 나뉘는 게 싫었다. 아나와 같이 샤워하는 게 정말 좋았다.

다행히 이 점은 아나도 동의했다.

"일하러 다시 갈 거예요?" 내가 도안을 돌돌 마는데 아나가 물었다.

"가지 말라고 하면 안 갈게. 뭐 하고 싶어?"

"같이 텔레비전 보면 좋겠어요."

"그러자." 나는 도안을 식탁에 놓았다. 우리는 같이 TV실로 들어갔다.

나는 소파에 앉아 리모컨을 집어 텔레비전을 켜고 채널을 휘릭휘릭 넘기기 시작했다. 그 사이 아나는 내 옆에 웅크리고 앉아 머리를 내 어깨에 얹었다.

참 좋다.

"죄다 헛소리지만 보고 싶은 거 있어?"

"텔레비전 별로 안 좋아하죠?"

나는 고개를 저었다. "시간 낭비야. 너랑 같이 보는 거라면 괜찮아."

"텔레비전 보면서 껴안고 키스하려고 했는데."

"껴안고 키스하자고?" 나는 채널을 넘기다가 말고 그녀를 쳐다보았다.

"네." 아나가 시무룩해졌다.

"침대에서 껴안고 키스하면 되잖아."

"그건 항상 하잖아요. 텔레비전 앞에서 껴안고 키스한 게 언제예요?" 아나가 수줍게 웃으며 물었다.

음……. 한 번도 없지 아마?

나는 대답하기가 부끄러워 어깨를 추어올리고 고개를 흔들었다. 껴안고 키스만 하는 건 해본 적이 없었다. 해보고 싶긴 했지. 엘리엇이 집에 여자들을 바꿔가면서 데려와 껴안고 키스하던 기억이 떠올랐다.

질투가 나서 죽을 뻔했지.

그러면서도 누가 나를 만지는 걸 견딜 수가 없었다.

상대의 손이 닿는 걸 참을 수가 없는데 어떻게 키스하고 껴안을 수 있겠어?

망할. 정말 힘든 날들이었다.

나는 채널을 휘릭휘릭 넘겼다. 예전 〈엑스 파일〉 시리즈가 나왔다.

하! 스컬리, 내 사춘기의 첫사랑.

"크리스천?" 아나가 엉망진창이었던 과거의 기억에서 나를 끌어냈다.

"나 그런 거 해본 적 없어." 내가 재빨리 대답했다. 다른 이야기 하면 안 돼?

"한 번도?"

"없어."

"로빈슨 부인하고도?"

나는 웃음이 터졌다. "자기야, 로빈슨 부인과는 많은 걸 했지만 거기에 껴안고 키스하는 건 포함되지 않아." 아나가 경악하는 표정을 지었다. 우리의 대화에 엘레나가 화제로 오르게 놔둔 나 자신을 걷어차고 싶었다. 순간 다른 생각이 들었다. 아나가 수많은 남자들과 껴안고 키스를 했을 거라는. 나는 실눈을 떴다. "넌 했지?"

"당연하죠." 아나가 설마 하는 내 생각을 무참히 깨버렸다.

뭐? 누구랑?

아나가 입을 꾹 다물었다.

뭐야 짜증 나게? 아름다운 첫사랑의 기억이라도 간직한 거야? 아나의 연애사에 대해선 전혀 아는 바가 없었다. 나 이전에 성관

계 경험이 없어서 아무도 없었을 거라고 멍청하게 짐작을 했을 뿐. "말해봐." 나는 그녀를 재촉했다.

아나는 손깍지를 끼고 무릎 위에 놓은 두 손을 내려다보았다. 나는 그녀의 손 위에 내 손을 포갰다.

그녀가 눈을 들어 나를 보았다.

그냥 궁금해서 그래, 아나. "알고 싶어. 그래야 그 자식을 곤죽이 되도록 패주지."

아나가 깔깔거렸다. "음, 처음은……."

"처음? 개자식이 하나가 아니란 말이야?"

"왜 그렇게 놀라죠, 그레이 씨?"

나는 한 손으로 머리를 쓸어 넘겼다. 누군가 아나를 만지는 상상만 해도…… 피가 거꾸로 솟았다. "놀랄 수밖에. 그게…… 넌 경험이 없었으니까."

"그건 당신을 만난 후로 확실히 보충했잖아요."

"그렇긴 하지." 내가 씩 웃었다. "말해봐. 알고 싶어."

"정말 듣고 싶어요?"

너에 관한 건 뭐든 관심 있어, 아나.

그녀가 숨을 크게 들이마셨다. "엄마와 남편 3호하고 텍사스에서 잠깐 살았어요. 10학년이었죠. 브래들리라는 남자애였는데, 물리 과목 실험 시간 짝이었어요."

"그때 몇 살이었어?"

"열다섯."

"그 자식은 지금 뭐 해?"

"모르죠."

"그 자식이 몇 루까지 밟았지?"

"크리스천?" 아나가 나를 나무랐다. 우리는 서로를 물끄러미 바라보았다.

망할 놈의 브래들리. 이름 꼬라지 하고는.

나는 아나의 무릎과 발목을 차례로 잡아 뒤로 밀었다. 아나가 벌렁 자빠지며 소파 위에 누웠고 나는 그녀 위에 누웠다.

"아이." 아나가 소리를 질렀다.

나는 그녀의 두 손을 잡아 만세를 부르게 했다.

"브래들리가 1루로 진출했어?" 나는 속삭이고 나서 코로 그녀의 코를 쓸고는 그녀의 입가에 보드라운 키스를 퍼부었다.

"그랬죠." 그녀가 숨을 몰아쉬었다. 나는 그녀의 손을 놓고 턱을 잡고 그녀에게 제대로 키스했다. 내 혀가 그녀의 혀를 애무했다. 그녀의 몸이 솟아올라 내 몸을 맞이했고 혀는 내 혀와 얽혔다.

"이렇게?" 내가 소곤거렸다.

"아뇨. 이거랑은 전혀 달라요." 아나가 헐떡거렸다.

나는 그녀의 턱을 놓고 몸을 아래로 더듬다가 젖가슴으로 돌아왔다. "이렇게 했어? 이렇게 만졌어?" 내 엄지손가락이 그녀가 입은 상의의 보드라운 옷감 위에서 젖꼭지를 여러 번 문질렀다. 그것이 내 손길에 고개를 들었다.

"아뇨." 아나가 내 밑에서 몸을 꼬았다.

"2루에 갔었어?" 나는 그녀의 귀에 그 말을 훅 불어넣었다. 그사이 내 손은 그녀의 골반 쪽으로 여행을 떠났다. 나는 입술로 그녀의 귓불을 살짝 빨고 나서 이로 그것을 당겨 입 속에 넣었다.

"아뇨." 그 말이 허스키해진 그녀의 목소리에 실려 나왔다.

나는 텔레비전 소리를 죽였다. 지금 〈엑스 파일〉이 중요한 게 아니야. 나는 아나를 내려다보았다. 그녀가 헝클어진 머리, 몽롱한 눈길로 나를 올려다보았다. 그녀의 커다랗고 푸른 눈동자에 빠져버릴 것 같았다. "두 번째 얼간이는 누구야? 그놈은 2루를 지났어?"

나는 옆으로 움직여 그녀의 운동복 바지 안에 손을 넣었다. 눈으로는 계속 그녀를 찍어 눌렀다.

"아뇨."

"됐네." 나는 손바닥으로 그녀를, 천국의 관문을 감싸 쥐었다. "속옷을 안 입고 있네, 그레이 부인. 잘했어." 나는 다시 그녀에게 키스했다. 엄지손가락으로 클리토리스를 일정한 리듬으로 문지르다가 천천히 집게손가락을 그녀 안에 넣었다.

"그냥 껴안고 키스해야죠." 아나가 중얼거리며 신음했다.

나는 동작을 멈추었다. "그건 이미 했잖아?"

"안 돼요. 섹스는 안 돼요."

"뭐라고?" 왜?

"섹스는 안 돼요."

"섹스는 안 된다고?" 나는 그녀에게서 손가락을 천천히 빼고 그녀의 바지에서 손을 뺐다. "자." 나는 손가락으로 그녀의 입 주위를 둥글게 쓰다듬고는 그것을 그녀의 입술 사이로 넣어 혀에 댔다. 한 번. 두 번. 다시.

맛있지, 아나?

나는 몸을 움직여 그녀의 다리 사이에 누웠다. 몸을 그녀의 몸에 비벼서 아랫도리 놈을 달래주었다.

아나가 신음했다.

오, 와.

나는 계속 그녀에게 몸을 비볐다. "이걸 원하는 거야?" 그러고는 그 동작을 반복해 일어선 놈으로 그녀의 민감한 부위를 쳤다.

이 느낌 좋다.

"네."

나는 손가락으로 젖꼭지를 살짝 당기며 주물렀다. 그것이 내 손길에 길어지는 것이 느껴졌다. 이로 그녀의 턱을 쭉 긁었다. 아나에게서 아나의 맛이, 재스민과 흥분한 맛이 났다. "네가 얼마나 섹시한지 알아, 아나?"

아나의 허벅지 교차점을 더 밀어붙이자 그녀의 입이 살짝 벌어지며 욕망을 드러냈다. 그녀가 신음처럼 알아들을 수 없는 말을 내뱉었다. 나는 그 순간을 틈타 아랫입술을 당겨 혀로 그녀의 입안을 침투해 흥분한 그녀의 맛을 보았다.

미치게 섹시해.

나는 그녀의 다른 손을 놓았다. 그녀의 손가락이 더듬더듬 내 위팔을 넘고 어깨를 넘어 올라와 내 머리카락을 파고들었다. 그녀가 내 머리카락을 당겼다. 나는 신음하며 그녀를 내려다보았다.

"내가 당신 만지는 거 좋아요?"

지금 이런 걸 왜 묻지?

나는 몸을 그녀에게 비비는 동작을 멈추었다. "당연하지." 나는 숨을 몰아쉬었다. "네가 만지는 거 좋아, 아나. 네 손길이라면 난 진수성찬을 앞에 둔 굶주린 남자나 같아." 나는 그녀의 다리 사이에서 무릎을 짚고 일어나 그녀를 일어나 앉게 한 다음 단번에 그녀의 상의를 벗겼다. 내 셔츠도 머리 위로 휙 벗어버렸다. 우리 옷을 바닥에 던졌다. 계속 무릎을 짚은 자세로 그녀를 내 허벅지에 앉히고 두 손을 그녀의 엉덩이에 댔다. "날 만져봐." 내가 속삭였다.

그녀는 그 기회를 충분히 활용했다. 그녀의 손끝이 내 흉골과 흉터 위를 쓸었다. 그녀의 손길이 내 몸속으로 메아리치며 성취를 약속하는 순간, 나는 숨을 들이켰다. 내 눈이 그녀의 눈에 머무는 동안 그녀의 손가락이 내 양쪽 젖꼭지를 오가며 피부를 쓰다듬었다. 쌍둥이 모두 그녀의 손길에 반응했다. 단단하게 똑바로 일어선 그것들이 똑같이 단단해진 내 몸의 다른 부위를 대변했다. 그녀가 몸을 내밀어 입술을 내 가슴에 댔다. 그리고 보드랍고 달콤한 선을 만들면서 내 가슴을 가로질렀다. 그녀의 두 손이 내 어깨를 붙잡았다. 그녀가 손에 힘을 넣었다. 내 피부를 파고드는 손톱이 느껴졌다.

자극적이었다.

불과 몇 달 전만 해도 나에게 이것은 불가능한 일이었다.

하지만 지금 내 곁에는 아나가 있다. 나를 만지고 있다. 나를 사랑해준다.

그리고 나는 그것이 반가웠다. 이 모든 것이 반가웠다.

"널 원해." 내가 속삭였다. 그녀의 두 손이 내 머리로 올라왔다. 손가락이 내 머리 속을 파고들었다. 아나가 내 머리를 뒤로 휙 젖히고 입술로 내 입술을 덮쳤다. 혀로 내 혀를 취했다.

후우. 나는 크게 신음하고 아나를 소파 위로 넘어뜨린 뒤 그녀의 운동복 바지를 단번에 벗기면서 동시에 일어선 놈도 풀어주었다. 나는 그녀 위에 엎드렸다. "홈런." 중얼거리면서 한 번의 빠른 동작으로 그녀를 채웠다.

아나가 목구멍 뒤에서 나오는 낮은 비명을 토해냈다. 나는 가만히 두 손으로 그녀의 얼굴을 감싸 쥐었다. "사랑해, 그레이 부인." 그리고 아주 천천히 아내와 달콤한 사랑을 나누었다. 그녀가 소리를 지르면서 나를 데리고 내 품에서 무너질 때까지. 그녀는 팔다리로 나를 감싸 안고 안전하게 나를 지켜주었다.

아나는 내 가슴 위에 쭉 뻗고 누워 있었다. 〈엑스 파일〉은 이미 끝난 것 같았다.

"우리 3루는 안 거치고 통과해버렸어요." 그녀의 손가락이 내

가슴에 어떤 무늬를 그렸다.

　나는 큭큭 웃었다. "그건 다음에." 나는 코를 그녀의 머리카락에
묻었다. 그녀의 마법 같은 향기를 들이마시고 그녀의 머리에 키스
했다. 〈엑스 파일〉의 엔딩 크레디트가 올라갔다. 나는 리모컨으로
소리를 다시 살렸다.

　"이 드라마 좋아했어요?" 아나가 물었다.

　"꼬마였을 때."

　아나가 입을 다물었다.

　"넌?"

　"예전 거라 나 때는 안 했어요."

　"많이 어리구나." 나는 그녀를 꼭 안았다. "너랑 껴안고 키스하
는 거 좋아, 그레이 부인."

　"동감이에요, 그레이 씨." 아나가 내 가슴에 키스했다. 텔레비전
에서 광고가 시작되었다.

　우리가 이걸 왜 보고 있는 거지?

　왜냐하면 여기서 이러고 있는 게 좋으니까. 아나가 내 위에 엎
드려 있는 게 좋으니까.

　이런 게 결혼 생활이지.

　이런 것에 익숙해지겠지…….

　"천국 같은 3주였어요." 아나가 나른하게 말했다. "자동차 추격
전과 화재. 사이코 전직 상사가 있었지만. 우리만의 세상에 있는
것 같아요."

　"흠." 나는 그녀를 안은 두 팔을 더 조였다. "난 널 세상 사람들
에게 보여줄 마음의 준비가 아직은 안 된 것 같아."

　"내일이면 현실로 돌아가겠네요." 아나의 목소리가 약간 슬프게
들렸다.

"경호가 강화될 거야……."

아나가 집게손가락으로 내 입을 막았다. "알아요. 착하게 굴게요. 약속." 그녀가 팔꿈치를 짚고 상체를 일으키더니 나를 뜯어보았다. "왜 소여한테 소리친 거예요?"

"그야 미행당했으니까."

"그건 소여 잘못이 아니잖아요."

"네가 그렇게 나서야 하는 상황을 만들면 안 되지. 그들도 그 정도는 알아."

"꼭 그런 건 아닌데……."

"그만." 소여가 일을 망쳤고 그건 소여 본인도 알고 있다. "그 얘긴 논의의 대상이 아니야, 아나스타샤. 그것이 사실이고, 그들도 다시는 그런 일이 없게 할 거야."

"알았어요." 그녀가 말했다. "라이언은 닷지 운전하던 여자 잡았대요?"

"아니. 여자였는지도 잘 모르겠어."

"에?"

"소여가 머리를 뒤로 묶은 사람을 봤다는데, 언뜻 봤을 뿐이야. 그래서 여자라고 짐작한 거지. 그런데 네가 그놈을 알아봤으니까, 운전자도 아마 그놈이었을 거야. 그놈도 머리를 그렇게 하잖아."

그 뚱땡어리 새끼, 내 손에 걸려만 봐라, 죽은 목숨이다.

나는 손으로 아나의 등을 쓰다듬었다. 내 손가락이 그녀의 피부를 어루만졌다. 내 버팀목. 내 안정제. "네게 무슨 일이라도 생겼으면 어떡할 뻔했어……." 그건 생각만 해도 견딜 수 없었다.

"알아요. 나도 같은 기분이니까. 당신에게 무슨 일이 생겼다면."

그녀가 진저리를 쳤다.

"가자. 너 몸이 점점 차가워져."

나는 일어나 앉아 그녀랑 같이 일어섰다.

"침대로 가자. 거기서 3루 밟아야지."

우리가 Q7을 SIP 앞에 세웠을 때 다행히 사진 기자들은 없었다. 우리를 향한 언론의 면밀한 탐구와 지나친 간섭이 한풀 꺾이는 것 같아 다행이었다. 아나가 서류 가방을 챙겨 들었을 때 라이언이 차를 세웠다. 나는 참지 못하고 다시 설득을 시도했다. "굳이 출근할 필요 없잖아."

"알아요." 아나는 라이언과 소여에게 들리지 않게 조용히 대답했다. "하지만 그러고 싶은걸요. 당신도 알잖아요." 그녀의 달콤한 키스도 나를 달래주지는 못했다. 우리 둘 다 현실로 돌아가야 했다. 그렇겠지?

"무슨 일 있어요?" 아나가 물어 내가 인상을 쓰고 있다는 걸 깨달았다.

오늘 저녁까지 아나를 볼 수가 없을 것이다. 지난 3주 동안 서로 꼭 붙어 지냈는데. 내 생애 최고의 시간이었다. 소여가 문을 열어주려고 차에서 내렸다. 기회다 싶어 얼른 말했다. "너를 독차지했던 때가 그리울 거야."

아나가 손바닥을 내 뺨에 댔다. "나도요." 그녀의 입술이 내 입술을 쓸었다. "멋진 신혼여행이었어요. 고마워요."

나도야, 아나.

"일하러 가, 그레이 부인."

"당신도요, 그레이 씨."

소여가 아나에게 문을 열어주었다. 그녀가 내 손을 꼭 쥐었다. 나는 두 사람이 건물 안으로 들어가는 모습을 바라보았다.

"그레이 하우스로 가지." 나는 라이언에게 지시를 내리고 차창 밖을 내다보았다. 서늘하고 구름이 낀 날이었다. 꼭 지금의 내 마음처럼. 이상하게 기분이 찝찝했다. 어제 아나도 이런 기분이라 그랬는지도. 그녀가 그렇다고 말하지는 않았지만.

너도 기분이 이랬었다면, 아나, 나도 알겠어. 이건 신혼여행 후 우울증일 거야.

라이언과 함께 그레이 하우스의 출입구로 걸어가는데 유리문 안쪽에 베리 말고도 내가 모르는 추가 보안 요원이 있었다. 항상 엘리베이터 옆에 서 있는 베리는 평상시 안내 데스크를 지키는 유일한 경비원이었다.

"안녕하십니까, 사장님. 돌아오신 걸 환영합니다." 베리가 문을 열어주면서 말했다.

"고마워, 베리. 좋은 아침이야."

그들은 그레이 하우스의 전 직원이 통행증을 소지했는지 확인하고 있었다. 나는 통행증을 소지하지 않았지만, 나야 예외였다. 웰치가 보안 조치를 두 배로 강화하겠다고 말했는데 빈말이 아니었다.

안내 데스크를 지키는 두 경비원이 내게 경례를 했다. 나는 그들에게 인사를 하면서 엘리베이터로 갔다. 두 사람이 내게 손을 흔들었다. 그들도 통행증을 차고 있었다. 안심이 되었다.

엘리베이터 문이 열리자 안드레아와 새러가 고개를 들었다. 둘 다 신분증을 끈으로 매달고 있었다. "잘 다녀오셨습니까, 사장님."

안드레아가 인사했다.

"좋은 아침. 잘 지냈지? 아 참, 이거 자네와 새러 거야." 나는 큰 초콜릿 상자가 든 쇼핑백을 책상 위에 놓았다. 아나가 사자고 고집해서 파리의 튀일리 정원 근처 라뒤레 빵집에서 산 것이었다. 안드레아가 말없이 얼굴을 붉혔다.

그래. 저런 반응도 무리는 아니지. 그녀의 결혼 선물을 빼고 선물은 이번이 처음이니까.

"고맙습니다." 새러가 불쑥 말했다. 그녀가 몹시 기대하는 눈으로 쇼핑백을 쳐다보았다.

"천만에. 초콜릿이 유통 기한이 더 길다는 조언만 아니었어도 세계적으로 유명하다는 거기 마카롱을 사 왔을 텐데."

"고맙습니다, 사장님." 안드레아가 평정을 되찾고 말했다. "커피 드실래요?"

"좋지. 블랙으로."

"금방 가져다드릴게요."

나는 새러가 큭큭 웃고 안드레아가 새러에게 쉿 하고 주의를 주는 걸 못 본 체하며 사무실로 들어갔다. 눈을 위로 치켜뜨며 문을 닫아 그들이 나누는 말소리를 차단했다.

책상에서 잭 하이드 건에 대한 보고를 듣기 위해 웰치에게 전화했다.

전화 통화를 마치고 나서 아나에게 이메일을 보냈다. SIP로 돌아간 아나가 잘 적응하고 있는지 궁금했다.

보낸 사람: 크리스천 그레이

제목: 우리만의 세상

날짜: 2011년 8월 22일 09:32
받는 사람: 아나스타샤 그레이

그레이 부인에게
너랑 모든 루를 골고루 돌아서 좋았어.
복귀 첫날 잘 보내.
벌써부터 우리만의 세상이 그리워.

크리스천 그레이
현실로 돌아온 CEO, 그레이 엔터프라이즈 홀딩스 Inc.

전화벨이 울렸다. "사장님, 아버님께서 전화하셨습니다." 안드레아가 말했다.
"연결해."
"크리스천, 전화했니?"
"아버지." 나는 지난 6월 중순에 잭 하이드를 해고한 후 벌어진 모든 일을 아버지에게 이야기했다. "내게 앙심을 품은 게 분명해요. 서버실 녹화 영상을 FBI와 경찰 쪽에 제출할 거예요. 그들이 기소할 수 있게. 그자의 행방을 파악하는 게 우선이겠지만. 그런데 그자의 컴퓨터 하드 드라이브에서 발견된 걸 보면 아무래도 아버지, 어머니, 미아, 엘리엇에게도 경호원을 붙여야 할 것 같아요."
"그건 지나친 것 같은데."
"아버지, 그놈 영리해요. 무슨 짓이든 할 거라고요."
캐릭이 한숨을 푹 내쉬었다. "네가 필요하다면 할 수 없지."
"필요해요. 어제는 아버지 집에서부터 미행을 당했어요. 놈이 아버지가 어디 사는지 알아요."

"이런 망할!"

아버지!

아버지가 한숨을 쉬었다. "그렇게 하자. 네 엄마랑 미아한테는 내가 얘기할게."

"엘리엇한테는 제가 말할게요."

"고맙다, 크리스천. 일이 이렇게 돼서 안됐구나."

"저도요."

아버지는 마지못해 동의해주었다. 나는 웰치에게 다시 전화해서 가족에게도 강화된 보안 조치를 실행하라고 지시했다.

이제는 엘리엇에게만 말하면 된다. 형이 이 소식을 어떻게 받아들일지 모르겠지만.

이메일을 확인하니 아나에게 보낸 이메일이 반송돼 있었다. 회사 이메일 주소를 아직 변경하지 않아서 그런 것 같았다.

이걸로 재밌게 놀아볼까.

나는 그녀에게 보냈던 이메일을 그녀에게 전송했다.

보낸 사람: 크리스천 그레이

제목: 말 안 듣는 아내들

날짜: 2011년 8월 22일 09:56

받는 사람: 아나스타샤 스틸

아내에게

아래 이메일을 보냈는데 되돌아왔어.

네가 이름을 안 바꿔서.

어디 할 말 있으면 해봐?

크리스천 그레이
CEO, 그레이 엔터프라이즈 홀딩스 Inc.

안드레아가 커피를 한 잔 더 가지고 사무실 문을 두드렸다.

"고마워, 안드레아. 오늘 일정을 한번 훑어볼까?"

안드레아가 의자를 책상 앞으로 가져왔다. 우리는 이번 주와 내달 잡힌 약속들에 대해 의논했다.

"수요일 저녁에 시애틀 어시스턴스 유니언의 희망을 위한 모임에 참석하셔야 해요. 초대장을 두 장 받아 두었어요. 어머님께서그 자선 행사의 일원이세요." 안드레아가 말했다.

"알았어."

"그리고 목요일 저녁 뉴욕에서 통신연맹협회 모금 행사가 있어요." 안드레아가 말을 이었다. "그 초대장도 두 장 준비했습니다. 걸프스트림을 돌려받을 예정이에요. 확인 과정이 모두 끝났어요. 내일 스테판이 메인에서 몰고 올 거예요."

"내 계획은 아직 미정이야. GEH 파이버옵틱스에 꼭 가봐야 하는지 로스에게 확인해볼게."

"알겠습니다. 만약 사장님께서 걸프스트림으로 이동하실 경우에 대비해 스테판이 대기할 거예요. 그리고 트라이베카 아파트에 서비스 직원을 배치할까요? 아니면 로웰 호텔에 예약을 해두고요."

나는 갈팡질팡했다. "만약 뉴욕에 간다면 워싱턴을 경유할 수 있겠지. 금요일에 약속을 두 건 잡을 수 있겠어. 증권거래위원회, 그리고 브랜디노 상원의원."

"약속 잡을까요?"

"증권거래위원회 건은 버네사에게 말할게. 하지만 브랜디노 건은 일단 진행해."

"알겠습니다."

"됐어. 이제 로스를 면담해야겠어. 그리고 플린 박사에게 전화 연결 좀 해주겠어? 아, 그리고 내일 바스티유와 시간 약속도 잡아 줘. 부탁해."

"알겠습니다." 안드레아가 일어서서 나갔다. 나는 컴퓨터로 주의를 돌렸다. 방금 아나에게서 이메일이 들어와 있었다.

보낸 사람: 아나스타샤 스틸

제목: 우리만의 세상을 허물지 말아요

날짜: 2011년 8월 22일 09:58

받는 사람: 크리스천 그레이

남편에게,

당신과 주고받는 야구 비유는 마음에 쏙 들어요. 그레이 씨.

회사에선 원래 이름을 그대로 쓰고 싶어요.

이유는 오늘 밤에 설명할게요.

이제 회의에 들어가야 해요.

나도 우리만의 세상이 그리워요…….

추신: 이것도 블랙베리를 써야 했을까요?

아나스타샤 스틸

나는 그녀의 이메일을 쳐다보았다.

내 이름을 쓰지 않겠대.

내. 이름을. 쓰지. 않. 겠. 대.

왜?

내 이름을 쓰고 싶지 않은 것이다.

'지금은 안 돼, 애벌레.'

배를 한 대 얻어맞은 것 같다.

나는 입을 딱 벌리고 컴퓨터 화면을 응시했다. 충격을 받아 순간 마비가 된 것 같았다.

'싸우지 마, 애벌레!'

왜 내게 말을 하지 않았을까? 내가 그걸 이런 식으로 알아야겠어?

제기랄. 안 되긴 뭐가 안 돼.

마음을 바꾸게 하고 말겠다.

그녀가 너에게 순종 맹세를 하지 않겠다고 했을 때도 그랬잖아, 그레이?

전화벨이 울렸다. 안드레아였다. "로스 올라갑니다."

"고마워. 올라오면 들여보내."

아나에게 뭐라고 해야 할지 할 말이 생각나지 않아서 그녀의 이메일은 일단 미뤄두고 총괄 책임자와 가질 회의로 생각을 돌렸다.

로스는 현란한 솜씨를 보였다. 안건의 핵심을 짚어가면서 한 시간 안에 내게 모든 걸 신속하게 브리핑했다.

"아주 깔끔하게 처리했네."

"크리스천, 저도 만족해요. 하지만 솔직히 사장님이 그리웠습니다."

어떻게 반응해야 할지 몰라 그냥 피식 웃었다. 직원들의 칭찬에 익숙하지 않았다. "솔직히 나도 그랬다는 말은 못하겠어."

로스가 활짝 웃었다. "그러실 만도 하죠. 멋진 시간을 보내셨을 테니까요."

"그랬지. 고마워."

내 아내가 내 이름을 원하지 않아서 그렇지.

로스가 잠시 살피는 눈초리로 나를 보았지만 나는 억지로 미소를 짜냈다. "제가 디트로이트 쪽 사람들에게 연락해볼게요." 로스가 말했다. "하산에게 전화해서 이번 주 사장님께서 뉴욕 지점에 방문하셔야 하는지도 알아보겠습니다."

"만약 가야 한다면 목요일이 좋겠어."

"보고 드릴게요."

로스가 나간 후 나는 아나의 이메일을 다시 읽어보았다. 실망스럽기는 처음 읽었을 때나 지금이나 마찬가지였다. 뭐라고 답장을 보내나 고심하는데 안드레아가 플린을 연결했다.

"크리스천. 돌아오셨군요. 신혼여행은 어땠습니까?" 활달하고 온화한 데다 아주 영국인다운 목소리였다. 얼마 전 영국을 다녀온 게 분명했다.

"좋았죠. 고맙습니다."

그가 말을 멈추었다. 뭔가 이상한 낌새를 눈치챈 것 같았다.

"좀 뵐 수 있을까요?" 내가 물었다.

"죄송합니다만 오늘은 일정이 꽉 차 있어요."

내가 대꾸하지 않자 그가 한숨을 쉬었다. "비서 재닛이 날 잡아먹으려 들겠지만, 점심시간에 짬을 내보죠. 하지만 제가 치즈 피클 샌드위치를 삼키는 걸 보셔야 할 거예요."

"괜찮습니다. 몇 시에 뵐까요?"

"12시 30분."

"그때 뵙죠." 나는 전화를 끊고 나서 엘리엇에게 전화를 걸어 잭하이드에 관한 자초지종을 설명하고 경호원을 붙이겠다고 간단히 설명했다.

"천하의 개자식이네!" 엘리엇이 경멸하는 투로 말했다.

"맞아. 말하자면 그런 놈이야. 케이트에겐 말하지 마. 입이 너무 가벼워."

"야……." 엘리엇이 항의를 했지만 나는 말을 잘랐다.

"엘리엇, 형이랑 말싸움하고 싶지 않아. 집요한 면이 있는 여자야. 내가 아내를 만난 것도 케이트의 끈질긴 요청 덕분이었어. 케이트가 끼어들면 경찰 조사에 방해가 될까 봐서 그래."

엘리엇은 입을 꾹 다물었다.

"기분 상하라고 한 말은 아니야." 내가 덧붙였다.

형이 한숨을 쉬었다. "알았어, 경찰이 그 개새끼를 잡아야 할 텐데."

"그러게 말이야."

"나 현장에 나가봐야 해. 오늘 저녁에 지아와 면담하고 나서 결과 알려줘. 도안 빨리 보고 싶다."

"필요하면 자재 주문을 시작해도 될 거야."

"그럴게."

"30분 정도 시간이 있습니다, 크리스천." 내가 플린의 사무실로 들어갔을 때 플린이 말했다.

"내 이름을 쓰지 않겠대요."

"네?"

"아나스타샤 말입니다."

"당신 이름을 쓰지 않겠다?" 플린은 잠시 혼란스러운 듯했다. "아나스타샤 그레이 말이죠?"

"네. 오늘 아침 아나가 이메일을 보내서 그렇게 말했어요."

"앉으세요." 그가 평소 쓰는 의자 대신 소파를 가리킨 다음 반대편 소파에 앉았다. 접시에 빵 가장자리를 잘라낸 샌드위치가 담겨 있었다. 커피 탁자 위 유리잔은 콜라 같았다. "점심입니다."

"어서 드세요. 저는 신경 쓰지 마시고요."

"크리스천, 조금 자세히 이야기해봅시다. 마지막으로 결혼식 때 뵈었죠. 흥겨운 예식이었어요. 신혼여행은 어땠습니까?" 플린이 샌드위치를 큼직하게 베어 먹었을 때 내 마음은 며칠 전으로 날아갔다. 깊고 푸른 지중해의 고요한 바닷물을 떠올리자 조금 긴장이 풀렸다. 부겐빌레아 향기, 유능하고 효율적인 페어레이디호의 승조원들…… 아나스타샤와 함께하는 즐거운 시간들.

"더할 나위 없었죠."

존이 미소를 지었다. "좋았겠네요. 무슨 문제는 없었나요?"

"딱히 의논할 만한 건 없었습니다." 키스 자국 사건은 아직 털어놓고 싶지 않았다.

플린이 차분한 눈길로 나를 똑바로 보았다. "제 점심시간까지 내어드렸는데 이러시면 도움이 되지 않죠."

나는 한숨을 쉬었다. "대단한 건 아니고. 한 번 싸우긴 했어요."

"당신 이름에 관한 문제였나요?"

나는 얼굴을 붉혔다. "음. 아뇨."

"알겠습니다. 그 이야기는 내킬 때 하도록 하죠. 그 후에 무슨 일이 있었죠?"

나는 하이드에 얽힌 이야기를 해주었다. 그자를 해고한 일, 발화 장치. 그자가 SIP의 하드 드라이브에 나와 내 가족들, 아나의 정보를 가지고 있던 사실. 자동차 추격전까지 모두.

"저런!" 내가 말을 마쳤을 때 플린이 외쳤다.

"그놈은 내 헬기를 고의로 손상한 사건의 유력한 용의자예요."

"맙소사." 그가 입 모양으로 말하고는 샌드위치를 베어 먹었다.

"그래서 찾아온 건 아닙니다. 오늘 아침에 아나에게서 내 이름을 쓰고 싶지 않다는 이메일을 받았어요. 그런 건 최소한 상의를 했어야죠. 덜렁 이메일을 보내 말할 게 아니라."

"그렇죠." 플린은 생각에 잠긴 표정이었다. "아내의 예전 상사가 당신 건물을 불태우려고 시도한 데다 당신이 죽을 뻔한 헬기 사고의 범인일 수 있다는 사실은 보통 문제가 아닙니다, 크리스천. 게다가 자동차 추격전까지 치렀죠. 이 모든 사건들이 유발한 스트레스가 아내의 이메일에 대한 반응으로 분출된 거라는 생각은 안 해 보셨나요?

나는 인상을 썼다. "그건 아닌 것 같은데요."

플린이 턱을 톡톡 두드렸다. "아나의 안전에 대해 당신이 얼마나 불안해하는지 고려한다면, 이 모든 사건이 당신에게 영향을 미쳤다고 봐야 합니다. 지난 몇 달 동안 지켜본 바로는, 아나는 당신의 주요 관심사였어요. 항상."

"맞아요."

"당신은 아나를 위해 많은 일을 했습니다." 플린이 상냥하게 말했다.

그랬지.

"아나를 위해 많은 걸 포기했고요."

나는 아무 말도 하지 않았다. 무슨 말을 하려고 그러지?

"그래서 아나의 이메일을 거절로 해석한 거예요. 아나를 위해 그 모든 걸 치렀으니까요. 그것이 당신에게 상처가 된 겁니다."

나는 숨을 크게 들이마셨다.

그래. 사실이다. "아나가 그걸 내게 말하지 않았다는 게 믿기지가 않습니다. 아나가 나를, 내가 이루고자 애쓴 것들을 송두리째 부인하는 것만 같습니다. 나는 그레이 가문에서 태어난 게 아닙니다."

플린이 인상을 썼다. "그 말은 분석할 여지가 많군요, 크리스천. 하지만 아쉽게도 지금은 그럴 시간이 없어요. 이런 말 하기 그렇지만, 아나스타샤가 원래 이름을 쓰려는 건 본인의 자의식 때문이지 당신과는 아무런 관련이 없을 수도 있어요."

어떻게 이게 나랑 관련이 없다는 걸까? 내 이름인데. 내가 가진 유일한 것…… 내가 인정하는 유일한 것인데.

'내가 뭐랬어, 애벌래.'

나는 시무룩해서 플린을 응시했다.

"최선은 아나와 이야기를 하는 겁니다. 당신 기분이 어떤지 이야기해보세요." 플랜이 덧붙였다. "이 이야기는 전에도 한 적이 있지요. 아나는 비합리적인 사람이 아니에요."

그렇긴 하지. 순종 맹세에 관해선 그렇지 않았지만.

"분명한 건 이것이 당신에게 아주 중요한 문제라는 겁니다. 아나와 이야기해보세요. 우리 수요일에 상담 약속이 있죠. 그때 더 자세히 이야기해봅시다. 어쩌면 그때까지 타협점을 끌어낼 수도 있고요."

"타협점?"

아나는 내 이름을 쓰든가 말든가 해야 한다. 거기에 무슨 타협점이 있겠나?

"이유를 물어보세요, 크리스천." 플린이 상냥하게 말했다. "소통하고 협상하기."

"네, 압니다. '전투는 내주고 전쟁을 이기는 편이 더 낫다.'" 나는 예전 상담 때 그가 한 말을 앵무새처럼 따라했다.

"정확해요."

나는 일어섰다. "급히 연락드렸는데 시간 내주셔서 고맙습니다."

"도움이 됐기를 바랍니다."

"그런 것 같습니다." 당장 아나와 얘기를 해야겠어.

"수요일에 봅시다."

"한 가지 더. 레일라 윌리엄스 말인데요……. 지금 코네티컷에 있습니까?"

"그럴 겁니다. 오늘 햄든에서 첫 강의가 시작됩니다. 어젯밤 그녀에게 이메일을 받았어요. 공부를 시작한다고 신이 나 있었어요." 플린이 말없이 고개를 한쪽으로 기울였다. "왜 그러시죠?"

"아무것도 아닙니다. 수요일에 뵙죠."

"라이언, SIP로 가지."

"알겠습니다."

아나의 회사까지는 얼마 걸리지 않았다. 가는 동안 아나에게 할 말을 궁리했다. 아나가 자기 이름을 어떻게 할지 나와 의논할 시간은 3주나 있었다. 신혼여행 내내. 왜 그때 이야기하지 않았을까? 나는 그녀를 그레이 부인으로만 불렀고 그녀도 거부한 적 없었다. 내가 그녀의 이름을 가지고 멋대로 생각한 것일 수도 있지만, 그녀는 내게…… 문제가 있다는 걸 알고 있다. 나는 내 기대감에 어느 정도 맞춰달라고 그녀에게 말한 것뿐이다.

사람들이 아나가 내 아내라는 걸 알았으면 좋겠다. 그녀가 일하는 곳에서도.

내 이름 하나면 충분했다. 그것은 내 인생의 훌륭한 면을 대변하니까.

내 부모님. 내 아버지.

아버지가 내게 베푼 모든 것을 대변했다. 엘리엇과 미아에게 베푼 것까지도.

가끔 머저리처럼 행동하긴 하지만.

그래도 아버지처럼 살고 싶었다.

아버지의 책상 앞에 서서 아버지에게 꾸지람을 들을 때마다 내가 실패했다는 걸, 아버지를 실망시켰다는 걸 깨닫곤 했다.

더 나은 사람이 되라고, 더 나은 남자가 되라고 이제까지 나를 채찍질한 것은 아버지였다.

아버지를 존경했다.

아버지를 사랑했다.

젠장.

그냥 오늘 저녁까지 기다릴까.

아니. 기다릴 수 없다. 혈관이 터져버릴 것 같았다.

이건 내게 너무나 중요한 문제다.

나는 차창 밖을 내다보았다. 모두 자기 일에 몰두한 것을 보니 슬슬 화가 치밀었다. 아나는 왜 내게 말하지 않았을까?

나는 실낱같은 자제력에 의지해 분노를 억누르면서 SIP로 성큼성큼 걸어갔다. 가장 먼저 마주친 사람은 제리 로치였다. 그는 안내 데스크 구역에 서서 호리호리한 몸매에 검은 긴 머리를 산발한 여자와 이야기를 나누고 있었다.

"크리스천 그레이." 그가 자기 눈을 못 믿겠다는 투로 말했다.

"제리. 잘 지냈어요?"

"음. 네. 이쪽은 인사부장 엘리자베스 모건입니다."

"안녕하세요." 나는 한 마디 툭 던지며 악수를 나누었다.

"그레이 씨. 말씀 많이 들었습니다." 그녀의 입은 웃는데 눈은 그렇지 않았다. 아나라면 내 이야기를 함구했을 텐데…… 도대체 어디서 내 이야기를 들었을까. 아리송했지만 지금은 그런 걸 생각하고 있을 시간이 없었다.

"무슨 볼일로 오셨습니까?" 로치가 상냥하게 물었다.

"스틸 양과 잠시 이야기를 나눌까 해서."

"아나요? 물론이죠. 제가 그쪽으로 안내하죠. 따라오십시오." 알랑거리면서 소소한 대화를 시도하는 그의 태도에 아쉬움이 많이 남았지만 한 귀로 대충 흘려들었다. 우리는 안내 데스크를 뒤로하고 짝문을 통해 들어가 아나의 사무실로 나아갔다. 제리가 우리의 약혼 소식을 듣고 조금 날뛰더라는 아나의 말이 기억났다. 그래서인지 그가 곱게 보이지 않았다. 하지만 그가 아나 밑에서 일하게 되었다면 어떤 기분이 들었을까. 그로서는 미치고 팔짝 뛸 상황이었을 것이다.

그렇다면 좋은 생각이 있지.

이자에게 따끔하게 가르쳐줘야겠어.

아나는 하이드의 예전 사무실에 있었다. 나는 사무실 밖에 서 있는 소여에게 고개를 끄덕여 인사했다. 그사이 로치가 사무실 문을 두드렸다. 아나가 "들어와요" 하고 외쳤다. 사무실은 기억한 대로 작고 허름했다. 여기저기 손보고 페인트칠도 필요해 보였다. 그래도 아나의 책상 위에 꽃이 놓여 있었고, 책장은 질서 정연하고 깔끔했다. 아나는 비서로 보이는 여성과 점심을 먹는 중이었다. 둘 다 나를 보고 입을 딱 벌렸다. 나는 아나의 비서를 돌아보았다. "안녕하세요. 당신이 한나로군요. 크리스천 그레이라고 합니다."

한나가 벌떡 일어서서 내게 손을 내밀었다. "그레이 씨. 마, 만나 뵙게 되어 바, 반갑습니다." 그녀가 악수를 나눌 때 말했다. "커피 한잔 드릴까요?"

"부탁해요." 나는 그녀에게 점잖게 미소를 지었다. 그녀가 허둥지둥 사무실을 나갔다. 나는 로치에게 돌아섰다. "괜찮다면, 로치, 스틸 씨와 몇 마디 나누고 싶은데요."

"물론이죠, 그레이 씨. 아나." 로치가 밖으로 나가 문을 닫았다. 나는 내 아내에게 돌아섰다. 그녀는 뭔가 불법적인 일을 하다가 걸린 사람처럼 뜨끔한 표정을 지었지만, 그래도 언제나 그렇듯 사랑스러웠다.

조금 창백한가.

조금 반발하는 것 같기도 하고.

젠장. 아나가 어깨를 활짝 펼치는 순간 내 분노가 물러가고, 물러간 자리마다 불안감이 남았다.

"그레이 씨, 이렇게 반가울 데가." 과도한 그녀의 미소에 나는 우리의 신혼여행이 끝났다는 걸 깨달았다. 결전이 임박했다. 사기가 다시 한번 곤두박질쳤다.

"스틸 씨, 좀 앉아도 될까?" 나는 아나의 책상을 향해 놓여 있는 낡은 가죽 의자를 고갯짓으로 가리켰다. 한나가 앉아 있다가 비운 자리였다.

"여긴 그레이 씨 회사잖아요." 아나가 짜증스런 손짓으로 내게 의자를 내주었다.

"그래, 그렇긴 하지." 나는 못지않게 과도한 미소로 화답했다.

그래, 자기야. 내 거 맞아.

우리는 서로를 마주하고 빙 돌았다. 링 위에 오른 권투 선수들처럼. 상대의 전투력을 가늠하면서. 나는 씁쓸한 기분을 억누르며 임박한 전투에 대비해 마음을 다졌다. 이 일은 내게 중요한 문제였다. "사무실이 참 작네." 내가 앉으면서 말했다.

"나한테 어울리죠." 아나의 딱딱한 말투에서 발끈한 빛이 돌았다. 그녀는 나한테 화가 나 있었다. "무슨 일로 왔어요, 크리스천?"

"내 자산 좀 둘러볼까 해서."

"당신의 자산?" 아나가 코웃음을 쳤다. "전부 다 보게요?"

"전부 다. 일부는 리브랜딩이 필요하거든."

"리브랜딩?" 그녀의 눈썹이 쏙 올라갔다. "어떤 식으로요?"

"너도 알 텐데."

아나가 한숨을 쉬었다. "설마 3주 만에 회사로 복귀했다가 내 이름 문제로 한판 하겠다고 일정 중단하고 여기로 행차하신 건 아니죠?"

아주 족집게네.

나는 시간을 벌기 위해 다리를 꼬고 바지에서 보푸라기를 떼어냈다.

침착해, 그레이. "굳이 싸울 생각은 없어."

아나가 실눈을 떴다. 열 받았군. "크리스천, 나 지금 업무 중이에요."

"내가 볼 땐 비서랑 수다를 떠는 것 같던데."

"스케줄 확인하는 중이었어요." 아나가 뺨까지 붉히며 발끈했다. "당신 아직 내 질문에 대답 안 했어요."

누가 문을 두드렸다. "들어와요!" 아나가 소리를 빽 질러서 우리 둘 다 깜짝 놀랐다. 한나가 커피가 담긴 작은 쟁반을 들고 들어와서 아나의 책상에 커피를 놓았다.

"고마워요, 한나." 아나가 누그러진 목소리로 중얼거렸다.

"더 필요한 거 있으세요, 그레이 씨?" 한나가 물었다.

"아니, 됐어요. 이거면 됐어요." 나는 일부러 한나에게 최고 중의 최고로 멋진 미소를 날렸다. 그것이 바라던 효과를 냈다. 한나가 종종걸음으로 물러갔다. "자, 스틸 씨, 어디까지 얘기했지?"

"내 이름 때문에 나랑 한판 하겠다고 무례하게 내 일과를 방해하고 계시다는 데까지 했어요." 아나가 내게 쏘아붙였다. 그녀의 독한 기세에 나는 깜짝 놀랐다.

진짜 화났네.

그건. 나도. 그래.

너도 나한테 말을 했어야지.

"난 즉흥적인 방문을 좋아해. 그래야 경영진이 방심하지 않거든. 아내들도 자기 자리를 지킬 거고. 알잖아."

"당신한테 그럴 시간이 있었는지 몰랐네요." 그녀가 받아쳤다.

그만. 그만 몰이를 시작해, 그레이.

나는 점잖은 말투를 유지하며 조용히 물었다. "어째서 이름을 바꾸기 싫다는 거야?"

"크리스천, 그걸 지금 꼭 얘기해야 해요?"

"나 여기 있잖아. 못 할 이유가 없지." 이거 나한테 중요한 문제야, 아나.

"지난 3주간 출근을 안 해서 할 일이 산더미라고요."

"내가 창피해?" 내가 물었다. 나도 내 말에 놀랐다. 내 영혼에 자리한 어둠을 무심코 드러내고 말았다.

이렇게까지 할 생각은 없었다.

나는 숨을 참았다.

'싸우지 마, 애벌레.'

"아뇨! 크리스천, 말도 안 돼요." 아나가 기겁을 하며 얼굴을 찌푸렸다. "이건 내 문제예요. 당신이 문제가 아니라."

"어떻게 이게 내 문제가 아닐 수 있지?" 나는 고개를 기울였다. 그녀에게 설명하고 싶었다. 당연히 이건 내 문제다. 내 이름이니까.

그녀의 표정이 부드러워졌다. "크리스천, 내가 이 일자리를 받아들였을 땐 막 당신을 만났을 때였어요." 아이한테 말하는 투였다. "당신이 회사를 살 거라는 것도 몰랐고……." 아나는 유독 떠올리기 힘든 기억인 양 눈을 감더니 두 손으로 머리를 감쌌다. "그게 그렇게 중요한 문제예요? 왜요?" 아나는 묻고 나서 고개를 들어 애원하듯 나를 봤다.

"그거야 모든 사람에게 네가 내 여자라는 걸 알리고 싶으니까."

"나 당신 여자예요……. 봐요." 아나가 손을 올렸다. 손에 결혼반지와 약혼반지를 끼고 있었다.

"그걸로는 충분하지 않아." 내가 중얼거렸다.

"난 당신과 결혼했는데 그걸로 충분하지 않아요?" 그녀의 목소리는 들릴 듯 말 듯했고 눈은 커다랬다.

"내 말은 그런 뜻이 아니야." 아나, 내가 하려는 말을 왜곡하지 마.

"무슨 뜻인데요?" 그녀가 다그쳤다.

"난 네 세상이 나와 함께 시작하고 끝났으면 좋겠어."

아나의 눈은 믿기지 않을 만큼 파랬다. "이미 그래요." 단 두 마디에 불과한 말이 이토록 조용한 열정으로 나를 가득 채운 적이 있었나. 실내 공기가 모두 빨려 나간 것처럼 나는 숨이 막혔다. "난 일로 성공하고 싶어요." 그녀가 힘주어 말을 이었다. "당신 이름에 기대고 싶지 않아요. 나도 할 일이 있어야죠, 크리스천."

185

나는 와락 솟구치는 감정을 꾹 눌러 삼키고 그녀의 말에 열심히 귀를 기울였다.

　"에스칼라든 새 집이든 꼼짝없이 갇혀서 아무것도 안 하고 있을 순 없어요. 미쳐버리고 말 거예요. 숨 막혀 죽을 거라고요. 난 항상 일을 했고, 이 일이 좋아요. 이건 내가 꿈꾸던 일이에요. 항상 원했던 일이라고요. 내가 이 일을 한다고 해서 당신을 덜 사랑한다는 뜻은 아니에요. 내게 당신은 내 세상이에요." 그녀의 목소리가 갈라졌고 눈에는 눈물이 맺혔다.

　우리는 서로의 시선을 붙잡고 우리 사이의 침묵을 시험했다.

　넌 내 세상이야, 아나.

　하지만 네가 모든 면에서 나한테 묶였으면 좋겠어.

　그래야만 해.

　난 네가 필요해……. 아주 많이 그런 것 같아.

　"내가 너를 숨 막히게 해?" 내가 속삭였다.

　"아뇨. 맞아요. 아뇨." 아나는 답답한 것 같았다. 그녀가 눈을 감고 이마를 문질렀다. "지금 내 이름을 가지고 얘기하는 중이잖아요. 여기선 내 이름을 계속 쓰고 싶어요. 당신과 나 사이에 거리를 좀 두고 싶어서……. 하지만 여기서만 그럴 거예요. 그것뿐이에요. 모두 내가 당신 때문에 이 자리를 얻은 거라고 생각하는데, 사실은……." 아나가 말을 멈추고 등을 기대더니 충격을 받은 표정으로 나를 물끄러미 쳐다보았다.

　젠장. 어떻게 내 속을 훤히 꿰뚫어 보는 거지?

　자백해, 그레이.

　"이 일자리를 어떻게 얻었는지 알고 싶어, 아나스타샤?"

　"네? 그게 무슨 뜻이에요?"

　"여기 경영진이 네게 하이드 자리를 주었지만 잠시 맡긴 것뿐이야. 어차피 회사를 매각할 거라 비용을 들여 간부급 인력을 채용하고 싶진 않았던 거지. 자기들이야 새 주인에게 회사를 넘기고 나면 새 주인이 어떻게 처리하든 알 바 아니니까. 굳이 비싼 정리해고 비용을 치르지 않겠다는 건 현명한 생각이었어. 그래서 회사는 네게 하이드의 자리를 맡긴 거야, 새 주인이…… 말하자면 내가…… 나설 때까지."

사실이 그래.

"무슨 말을 하는 거예요?" 그녀는 상처 받고 겁을 먹은 것 같았다.

자기야. 사소한 일로 열 내지 마. "진정해. 네가 힘든 상황에 아주 잘 대처해왔다는 소리니까. 아주 잘하고 있어."

넌 일을 아주 잘해, 아나스타샤 스틸.

"허." 아나는 어찌할 바를 모르는 것 같았다.

그러자 모든 것이 또렷이 눈앞에 드러났다.

이것이 바로 아나가 원하는 것이로구나.

이것은 아나의 꿈이고 나는 그 꿈을 이루어줄 수 있다.

나는 우리가 부부로 살아가는 동안 그녀의 꿈을 후원하겠다고 맹세했다.

그녀를 답답하게 구속하고 싶지는 않았다. 그녀가 마음껏 재능을 펼치도록 돕고 싶었다. 그녀가 훨훨 나는 걸 보고 싶었다……. 내게서 너무 멀리 날아가는 게 아니라면.

"널 숨 막히게 하려는 건 아니야, 아나. 너를 도금된 새장 안에 가두고 싶지 않아. 음…… 내 이성적 측면은 그래."

이건 도박이다. 하지만 나는 순간 떠오른 생각을 말하며 야심만만한 패를 던졌다. "그것도 오늘 여기 온 이유야. 말 안 듣는 내 아내도 상대할 겸. 이 회사를 어떻게 할지 의논하러."

아나가 인상을 썼다. "그래서 당신 계획이 뭔데요?" 단어 한 마디 한 마디에서 비꼬는 기색이 물씬 풍겼다. 아나가 나처럼 고개를 한쪽으로 기울였다……. 나를 따라 하는 것으로 놀리려는 것 같았다.

오, 이러니 사랑할 수밖에. 아나의 근성이 발동했다.

"회사 이름을 바꾸려고. 그레이 출판사로."

아나가 눈을 깜빡거렸다.

"그리고 1년 후에는 네 회사가 될 거야."

그녀의 입이 딱 벌어졌다.

"내가 너한테 주는 결혼 선물이야."

아나가 입을 다물더니 다시 벌렸다가 다물었다. 어안이 벙벙한 모양이었다.

"그래서 말인데, 회사명을 스틸 퍼블리싱으로 바꿔야 할까?"

"크리스천, 선물은 시계 사 줬잖아요. 난 회사 운영 못 해요."

"난 스물한 살 때부터 내 회사를 운영했어."

"당신이니까 그렇죠……. 당신이니까. 통제광에 천재 신동이었으니까. 세상에, 크리스천, 당신은 하버드를 중퇴하기 전에 경제학을 전공했어요. 적어도 개념 정도는 있었을 거예요. 난 3년 동안 아르바이트로 페인트랑 전선을 판 게 전부라고요, 젠장. 세상 물정도 거의 몰라요. 아는 게 거의 없다고요!"

음, 꼭 그렇진 않지.

"내가 알기로 너만큼 책을 많이 읽은 사람도 드물어." 나는 그 점을 파고들었다. "훌륭한 책을 좋아해. 신혼여행 기간에도 일을 손에서 놓지 않았어. 원고를 몇 개나 읽었지? 넷?"

"다섯." 그녀가 중얼거렸다.

"그 원고들의 검토서까지 썼잖아. 넌 아주 똑똑한 여자야, 아나스타샤. 잘해낼 거라고 믿어."

"미쳤어요?"

"너한테 미쳤지." 언제나 그래.

아나는 웃지 않으려다가 코웃음을 쳤다.

"당신은 놀림감이 될 거예요. 여자 하나 때문에 회사를 샀다고. 어른이 된 후로 정규직 경험이라고는 고작 몇 달뿐인 여자 때문에."

나는 한 손을 휙 저어서 그녀의 걱정을 날려버렸다. "내가 어디 사람들이 하는 말에 신경 쓰는 사람이야? 어차피 너 혼자 일하는 것도 아니고."

"크리스천, 난……" 그녀가 말문이 막혀 말꼬리를 흐렸다. 나는 그 순간을 즐겼다. 자주 있는 일이 아니었다. 그녀가 다시 두 손으로 머리를 감쌌다. 고개를 들었을 땐 웃음을 간신히 참고 있었다.

"뭐가 그렇게 재밌어, 스틸 씨?"

"재밌어요. 당신."

그녀의 즐거움은 전염성이 강해서 나도 덩달아 미소가 터졌다. 이것이 아나의 방식이었다. 나를 무장해제시켰다.

언제나.

"남편을 비웃어? 있을 수 없는 일이야." 그녀의 이가 사랑스런 아랫입술을 파고들었다. "입술까지 깨물고 있네." 내가 탐욕스럽게 중얼거렸다. 자극적인 광경이었다.

아나가 상체를 뒤로 젖혔다. "그런 생각은 하지도 마요." 그녀가 경고했다.

"무슨 생각을 하지 말라는 거지, 아나스타샤?"

네 사무실에서 널 갖는 거? 성욕이 번갯불처럼 내 혈관을 질주했다.

"그 표정 잘 알아요. 여기는 우리 일터예요." 그녀가 속삭였다.

이거 못 느껴, 아나? 우리 사이에 존재하는 마법은 강력했다. 야성적이었다. 나는 그녀에게 가까이 가고 싶어 몸을 내밀었다. 그녀의 향기를 맡고 싶었다. 그녀를 만지고 싶었다. "우린 방음이 그럭저럭 잘된 작은 사무실 안에 있어. 문은 잠그면 되지." 내가 속삭였다.

내 아내를 유혹하고 싶었다.

"토 나와. 부도덕하고." 말 한 마디 한 마디가 날아가 방패처럼 그녀를 둘러쌌다.

"남편이랑 하는데 왜."

"내 상사의 상사의 상사이기도 해요." 아나가 쏘아붙였다.

"넌 내 아내야."

"크리스천, 안 돼요. 진짜. 이따가 저녁에 갖가지 다채로운 방식으로 나를 가져도 좋아요. 하지만 지금은 안 돼요. 여기선 안 된다고요!"

젠장. 나는 이성을 찾으려고 심호흡을 했다. 실내 온도가 정상으로 돌아왔다. 웃음이 터지고 긴장감이 풀렸다. "갖가지 다채로운 방식?" 나는 한쪽 눈썹을 추켜올렸다. 구미가 당겼다. "그 말 꼭 지켜, 스틸 씨."

"아이 참, 스틸 씨라고 부르지 마요!" 아나가 딱딱거리더니 손으로 책상을 탁탁 내려치는 바람에 우리 둘 다 화들짝 놀랐다. "나 참, 크리스천. 당신에게 그렇게 중대한 문제라면 그냥 내가 이름 바꿀게요!"

뭐라고?

동의하는 거야?

별안간 안도감이 밀려왔다.

내 얼굴에 함박웃음이 피어났다. 아내와의 협상에 성공했다. 성공은 이번이 처음인 듯했다.

고마워, 아나.

"됐네, 그럼." 나는 박수를 치고 나서 일어섰다. "임무 완수. 그럼 난 일하러 갈게. 이만 실례, 그레이 부인."

아나가 내게 입을 딱 벌렸다. "하지만……."

"하지만 뭐, 그레이 부인?"

아나가 고개를 절레절레 젓더니 눈을 감았다. 단단히 열 받은 표정이었다. "그냥 가요."

"기꺼이. 이따 저녁에 봐. 갖가지 다채로운 방식 기대할게." 아나가 인상을 썼지만 나는 모른 척했다. "아 참, 일과 관련한 사교 모임이 줄줄이 대기 중이야. 동반 참석해줘."

아나가 인상을 썼다.

"안드레아를 통해 한나에게 전화해둘게, 네 일정표에 날짜를 적어놓으라고. 네가 만나야 할 사람들이 있어. 이제부터 네 일정은 한나가 조율해야 할 거야."

"알았어요." 아나가 어리벙벙한 투로 중얼거렸다.

나는 책상 너머로 몸을 기울여 그녀의 멍한 연푸른색 눈을 똑바로 들여다보았다. "같이 일하니까 좋다, 그레이 부인." 그녀가 꼼짝하지 않아서 그녀의 입술에 쪽 하고 가볍게 키스했다. "나중에 봐, 자기." 나는 속삭인 다음 돌아서서 나왔다.

SIP를 나와 대기 중인 아우디의 푹신한 가죽 의자에 몸을 싣고 라이언에게 그레이 하우스로 돌아가자고 말했다.

천만다행이다.

들어갈 때 느꼈던 불안감만큼 안도감도 컸다. 내 아내도 말이 통할 때가 있다. 그녀에게 이메일을 보내려고 휴대전화를 들었지만 그녀가 선수를 쳤다.

보낸 사람: 아나스타샤 스틸
제목: 자산이 아닙니다!
날짜: 2011년 8월 22일 14:23
받는 사람: 크리스천 그레이

그레이 씨.
다음부터 날 만나러 올 때는 약속을 잡으세요. 당신의 유치하고 고압적인 권력욕에 대비해 미리 각오라도 하게요.
그럼.

아나스타샤 그레이 〈―――― 이름 확인하시고.
편집자, SIP

고압적인 권력욕? 뭐?
내 아내는 입담이 기가 막히다.

보낸 사람: 크리스천 그레이
제목: 갖가지 다채로운 방식
날짜: 2011년 8월 22일 14:34
받는 사람: 아나스타샤 스틸

내 친애하는 그레이 부인('내'에 방점)

내가 무슨 말로 변명하겠어? 근처에 있다가 그냥 들른 거였지만.

그리고 맞아. 넌 자산이 아니야. 사랑하는 나의 아내지.

언제나 그렇듯 네 덕분에 오늘 하루도 행복해.

크리스천 그레이
CEO 겸 고압적인 권력욕의 소유자, 그레이 엔터프라이즈 홀딩스 Inc.

나는 한결 차분해진 마음으로 사무실을 향했다. 점심을 먹어야 했다.

오후 내내 아나의 답장이 들어왔는지 이메일을 계속 확인했다. 답장이 없는 걸로 보아 이 일은 이걸로 일단락됐기를 바랐다.

지금은 SIP 밖에서 차 안에 앉아 아나를 기다리는 중이다. 라이언이 집게손가락으로 운전대를 톡톡 두드리는 것이 신경에 몹시 거슬렸다.

제기랄.

오늘 저녁이면 테일러가 돌아올 것이다. 그 생각을 하면서 마음을 차분히 다스렸다. 아나가 나오는지 보려고 계속 문 쪽을 흘끔거렸다. 손목시계를 보니 정확히 5시 35분이었다. 5분 늦었네. 이따가 지아와 만나야 한다. 아나가 그걸 잊지 말아야 할 텐데.

어디 있는 거야?

소여가 나타나 아나에게 건물 문을 열어주었다. 라이언이 차에서 내려 차를 돌아 뒷자리 문으로 왔다.

왜 이러는 거야?

아나가 성큼성큼 우리를 향해 걸어왔고, 소여가 그녀를 따라와 운전석 쪽으로 왔다. 그사이 아나가 차에 올라탔다. 라이언은 조수석에 올라탔다.

"안녕." 아나가 말했다. 나랑 눈을 마주치지 않으려 했다.

"안녕."

"오늘 다른 사람 방해하고 다닌 건 아니죠?" 그녀의 어조는 극지방보다 더 싸늘했다.

"플린 박사만."

그녀의 눈이 놀라 내게로 휙 날아왔지만, 다시 앞을 똑바로 보았다. "다음에 박사를 만나러 갈 땐 내가 상담 내용을 뽑아줄게요." 아나는 사나운 새끼 고양이처럼 까칠하게 굴었다.

아직 화가 안 풀렸네.

나는 헛기침을 했다. "기분이 별로인가 봐, 그레이 부인."

아나는 대답하지 않았다. 그저 앞만 보고 나를 무시했다. 나는 몸을 조금 더 가까이 붙이고 그녀의 손을 잡았다. "헤이." 내가 속삭였다. 하지만 아나가 내 손을 뿌리쳤다. "나한테 화났어?"

"났죠." 그녀가 툭 내뱉더니 가슴에 팔짱을 끼고 나를 외면하며 차창 밖을 내다보았다.

젠장.

시애틀의 차들이 차창 옆을 줄줄이 지나갔다.

차창 밖을 내다보았지만 아무것도 눈에 들어오지 않았다. 기분이 비참하고 무거웠다. 이 문제는 해결한 걸로 생각했는데.

소여가 에스칼라 앞에 차를 세웠다. 아나가 서류 가방을 휙 집어 들고 남자들이 행동에 나서기 전에 먼저 차에서 내렸다.

"아나!" 내가 소리쳤다.

"제가 따라가겠습니다." 라이언이 말하고 부리나케 쫓아갔다.

나는 소여가 문을 열어주기를 기다리지 않고 얼른 차에서 내려 그들을 쫓아갔다. 아나가 뒤에 바짝 붙은 라이언과 함께 건물 안으로 들어가는 것이 보였다.

내가 따라붙었을 때 라이언이 아나를 쏜살같이 앞질러 엘리베이터에 도달해 호출 버튼을 눌렀다. "뭐죠?" 아나가 라이언에게 딱딱거렸다.

라이언이 얼굴을 붉혔다. 그녀의 어조에 깜짝 놀란 것 같았다. "죄송합니다, 사모님." 라이언이 말했다. 그리고 내가 다가가자 뒤로 물러섰다.

"나한테만 화난 게 아니었네?" 내가 씁쓸하게 한 마디 던졌다.

"지금 나 비웃어요?" 그녀가 실눈을 뜨고 쏘아붙였다.

"감히 그럴 리가." 나는 양손을 들어 올려 항복을 표시했다. 잔뜩 골이 난 아내는 절대 못 이긴다.

"당신 머리 좀 잘라야겠어요." 아나가 엘리베이터 안으로 들어가며 쏘아붙였다.

"그래?" 나는 목숨을 거는 기분으로 이마에서 머리카락을 쓸어 넘기며 그녀를 따라 안으로 들어갔다.

"그렇다니까요." 아나가 키패드에 우리 층의 비밀번호를 눌렀다.

"이제 나랑 말할 거야?"

"말만."

"정확히 뭐 때문에 화가 난 거야? 힌트라도 줘." 알 것 같긴 하지만.

아나가 경악하는 얼굴로 나를 쳐다보았다. "몰라서 물어요? 머리가 그렇게 비상한 사람이니 짐작하고도 남을 텐데요? 그렇게 둔감하다니 믿을 수가 없네요."

와우.

나는 한 걸음 물러섰다. "진짜 화났네. 난 사무실에서 얘기 다

끝난 줄 알았어."

"크리스천, 난 당신의 막무가내식 요구에 항복한 거예요. 그게 실체라고요."

대꾸할 말이 없네.

엘리베이터 문이 열렸고 아나는 쌩하니 나가버렸다. "안녕하세요, 테일러." 그녀의 말소리가 들렸다.

나는 아나를 따라 현관에 들어섰다. "그레이 부인." 테일러가 말하고는 나를 쳐다보며 한쪽 눈썹을 쓱 올렸다. 그녀가 서류 가방을 복도에 팽개쳤다.

"다시 보니 반가워." 나는 조용히 테일러에게 말을 건넸다.

"사장님." 테일러가 대답했다. 나는 아내를 따라 거실로 들어갔다.

"안녕하세요, 존스 부인." 아나가 그렇게 말하며 냉장고를 향해 곧장 돌진했다.

나는 게일에게 고개를 끄덕였다. 게일은 레인지 앞에서 저녁을 준비하고 있었다.

아나가 와인을 한 병 꺼내고 찬장에서 유리잔을 하나 꺼냈다. 그사이 나는 재킷을 벗었다. 아나에게 할 말을 궁리하면서. "한잔 할래요?" 아나가 과장되게 살살거리는 어조로 물었다.

"아니, 난 됐어." 나는 그녀에게서 눈을 떼지 않고 넥타이와 셔츠 칼라를 풀었다. 아나는 와인을 한가득 따랐다. 그사이 존스 부인은 무표정한 눈으로 나를 휙 쳐다보고는 주방을 나갔다.

아나가 전 직원들을 겁주고 있군.

내가 최후의 보루다.

나는 답답해서 머리를 쓸어 넘겼다. 그사이 아나는 와인을 한 모금 마시고 눈을 감더니 맛을 음미했다. 겉으로 보기에는 그런 것 같았다.

더는 안 돼.

"그만하지." 나는 조용히 말하며 아나를 향해 걸음을 옮겼다. 그녀의 머리카락을 귀 뒤로 넘기고는 귓불을 살짝 당겼다. 그녀를 만지고 싶었다. 아나가 숨을 들이켜더니 나를 밀어냈다. "말해봐." 내가 속삭였다.

"말해봐야 무슨 소용 있어요? 내 말은 듣지도 않으면서."

"안 듣기는. 넌 내가 귀를 기울이는 몇 안 되는 사람 중 하나야."

그녀의 눈이 내 눈을 떠나지 않았다. 그녀가 와인을 한 모금 더 들이켰다.

"네 이름 때문에 그래?"

"그렇기도 하고 아니기도 하고. 당신하고 나하고 뜻이 안 맞을 때 당신이 그걸 다루는 방식 때문에 그래요." 그녀의 목소리가 시무룩했다.

"아나, 너도 알다시피 난…… 문제가 있어. 너랑 관련된 일에는 초연하기가 힘들어. 알잖아."

"하지만 난 어린애가 아니에요. 자산도 아니고."

"알아." 나는 한숨을 쉬었다.

"그럼 나를 그렇게 취급하면 안 되죠." 아나가 조용하면서도 똑부러지게 간청했다.

그녀를 만지지 않고는 견딜 수가 없었다. 나는 손가락으로 그녀의 뺨을 쓰다듬으며 엄지손가락 끝으로 그녀의 아랫입술을 쓸었다. "화내지 마. 내게 넌 너무 소중해. 가격을 매길 수 없는 자산이나 아이처럼."

"난 어느 쪽도 아니에요, 크리스천. 당신 아내죠. 내가 당신 이름을 쓰지 않겠다고 해서 상처 받았다면 그렇다고 말을 했어야죠."

"상처 받았다고?" 나는 인상을 썼다. 상처 받았다고? 그래. 그렇지. 그랬지……. 젠장.

혼란스러웠다. 플린도 같은 말을 했다. 나는 손목시계를 흘끔거렸다. "건축가가 한 시간 내로 올 거야. 우리 밥 먹어야 해."

아나가 경악했다. 미간의 주름이 평소보다 더 깊게 파였다. "이 이야기를 이대로 끝낼 수는 없어요."

"할 얘기가 더 남았어?"

"당신이 회사를 팔아버릴 수도 있으니까요."

"회사를 팔아버린다고?" 내가 큭 웃었다.

"그럼요."

내가 왜 그러겠어? "요새 같은 시황에 인수자를 찾을 수 있을까?"

"살 때 얼마 줬어요?"

"저렴한 편이었어."

"만약 회사가 망하면요?"

"버틸 거야. 내가 망하게 두지도 않아, 아나스타샤. 네가 거기 있는 한."

"내가 거길 그만둔다면?"

"그만두고 뭐 하려고?"

"모르겠어요. 다른 거 하겠죠."

"꿈꾸던 직장이라면서. 내 말이 틀렸다면 이해해. 하지만 난 '너를 아끼고, 너의 희망과 꿈을 지원하고, 너를 내 곁에 두고 안전히 지키겠다'고 신 앞에서, 윌시 신부님 앞에서, 가장 가깝고 아끼는 사람들 앞에서 약속했어."

"결혼 서약문을 인용하는 건 페어플레이가 아니에요."

"너와 관련한 문제로 페어플레이하겠다고 약속한 적 없어. 게다가 먼저 결혼 서약문을 무기처럼 휘두른 건 너야."

아나가 인상을 썼다.

"아나스타샤, 그래도 나한테 화가 난다면 이따가 침대에서 반격하든가 해." 그녀의 입이 딱 벌어졌다. 저 입을 막는 방법은 내가 잘 알지.

지금 당장.

여기서.

그때 그것이 기억났다. "갖가지 다채로운 방식으로." 내가 속삭였다. "기대할게."

아나가 입을 닫았다가 다시 입을 열었다.

오, 자기야. 저 입에 하고 싶다.

그만, 그레이.

"게일!" 내가 소리쳤다. 잠시 후 게일이 주방으로 다시 들어왔다.

"그레이 씨?"

"지금 식사할 거니까 부탁해요."

"알겠습니다."

나는 아나를 바라보았다. 아나는 시무룩하게 입을 다물고는 와인을 한 모금 더 마셨다.

"나도 한잔할래." 나는 한 손으로 머리를 쓸어 넘겼다. 아나 말이 옳았다. 머리가 너무 길었다. 하지만 머리를 자르려고 에스클라바에 간다면 아나가 싫어할 것이다.

밥을 먹을 때 아나는 한 마디 이상 말하지 않았다. 내가 아직 먹고 있는데 아나가 음식이 담긴 자기 접시를 밀어버렸다. 나는 그녀가 나한테 화났다는 걸 감안해 나무라지 않기로 했다.

그래도 짜증이 났다.

젠장. 한 마디 안 할 수가 없네. "다 안 먹을 거야?"

"안 먹을래요."

일부러 저러나. 하지만 내가 물을 틈도 없이 그녀는 일어서서 식탁에서 내 빈 접시와 자기 접시를 치워버렸다.

"곧 지아가 올 거예요." 아나가 말했다.

"제가 치울게요, 그레이 부인." 존스 부인이 말했다.

"감사해요."

"맛이 없었나요?" 게일이 걱정스럽게 물었다.

"맛있어요. 그냥 배가 안 고파서 그래요."

존스 부인이 아나에게 아쉬운 미소를 지었다. 나는 눈을 치켜뜨지 않을 수 없었다. "난 두어 군데 전화 좀 할게." 나는 두 사람을 피해 그곳에서 나왔다.

저 멀리 석양이 내린 푸젯 사운드의 장엄한 풍경도 내 기분을 풀어주진 못했다. 아나와 함께 그레이스호나 페어레이디호에 있고 싶었다. 그때는 말다툼을 한 적이 없었다. 키스 자국 사건은 예외지만.

나는 플린의 말을 곱씹었다. '결혼은 중대한 문제입니다.'

확실히 그런 것 같다.

가끔은 너무 중대해지지, 특히 아내와 의견이 맞지 않을 때 더더욱.

소통하고 협상하라.

이걸 새 기도문처럼 달달 외워야 할지도.

이게 뭐라고 이렇게 어렵지?

'스스로 본인의 행복을 파괴하지 않기를 바랍니다, 크리스천.'

플린의 말이 아직도 머릿속에 생생했다.

젠장, 나 지금 그러고 있는 거 아냐?

나는 풀이 죽어서 전화기를 들었다. 아버지에게 추가 보안 조치를 위한 모든 준비가 끝났다는 걸 알려야 해서 전화를 걸었다. 통화는 몇 마디 대화로 끝났다. 전화를 끊고 지아 마테오의 도안을 챙겨서 거실로 돌아갔다.

아나도 존스 부인도 보이지 않았다. 부엌과 주방은 깨끗이 정리되어 있었다. 나는 식탁에 도안을 펼쳐놓은 다음 리모컨으로 음악을 골랐다. 포레의 〈레퀴엠〉이 눈에 띄었다.

이것이 내 영혼을 달래주려나.

어쩌면 아나까지도.

나는 재생 버튼을 누르고 기다렸다. 교회 오르간의 선율이 거실에 울려 퍼졌고 천상의 합창 소리가 어우러졌다. 합창단의 목소리가 오르내리며 비가를 불렀다.

환상적이다.

차분하고.

고상하고.

완벽해.

아나가 문간에 나타나 걸음을 멈추더니 고개를 기울이고 음악에 귀를 기울였다. 그녀는 달라 보였다. 은빛이 도는 회색 옷을 입고 있었고, 복도 전등의 역광에 머리카락이 반짝거렸다. 그녀는 천사처럼 보였다.

"그레이 부인."

"무슨 곡이에요?"

"포레의 〈레퀴엠〉. 아까랑은 달라 보이네."

"오. 난 들어본 적 없는 곡이에요."

"아주 차분하고 긴장을 풀어주는 곡이야. 머리는 어떻게 한 거야?"

"빗었어요." 그녀가 말했다. 우리 사이의 거리가 너무 멀었다.

"춤출까?" 내가 속삭였다.

"이 곡에 맞춰서? 레퀴엠이라면서요." 그녀가 놀라 목소리를 높였다.

"맞아." 그래서?

나는 그녀를 끌어당겨 품에 안았다. 코를 그녀의 머리에 묻고 달콤하지만 자극적인 향기를 들이마셨다. 그녀가 두 팔을 내게 감고 얼굴을 내 가슴에 비볐다. 우리는 함께 흔들거리기 시작했다. 천천히. 이리저리.

아나. 이게 그리웠어. 네가 그리웠어. 널 안고 싶었어.

"너랑 싸우기 싫어." 내가 속삭였다.

"그럼 엉덩짝 차주고 싶게 굴지 마요."

나는 큭큭 웃고 그녀를 더 바짝 끌어당겼다. "엉덩짝?"

"엉덩이."

"엉덩짝이 더 맘에 든다."

"그러시겠죠. 당신한텐 그게 딱 어울려요."

나는 하하 웃고 나서 그녀의 정수리에 키스했다. 아나가 해로즈 백화점에서 우연히 그 표현을 듣고 아주 좋아했던 기억이 났다.

런던. 행복한 시간이었지.

"이게 레퀴엠?" 그녀가 믿기지 않는다는 듯 중얼거렸다.

나는 어깨를 추어올렸다. "아름다운 곡이면 됐지." 난 널 안고 있고.

테일러가 기침을 했다. 나는 마지못해 그녀를 놓았다. "마테오 양이 도착했습니다."

"안으로 안내해." 내가 아나의 손을 잡았을 때 지아가 들어왔다.

"크리스천. 아나." 지아가 우리에게 활짝 웃었다. 우리는 지아와 악수를 나누었다.

"지아." 나는 정중히 응답했다.

"두 분 모두 신혼여행 후라 아주 좋아 보이세요." 그녀가 상냥하게 말했다.

나는 아나를 가까이 끌어당겼다. "멋진 시간이었어요. 고맙습니다." 나는 아내의 관자놀이에 다정하게 입을 맞추었다. 아나가 손을 내 뒷주머니에 넣더니 기특하게도 내 엉덩이를 꽉 쥐었다.

지아의 미소가 조금 시들었다. "도안은 살펴보셨나요?" 그녀가 쾌활하게 물었다.

"봤어요." 아나가 나를 슬쩍 쳐다보며 말했다. 나는 미소를 참을 수가 없었다. 아나는 텃세를 부리며 나에 대한 소유권을 과시하는 중이었다. 나는 그게 마음에 들었다.

"도면은 여기 있습니다." 나는 식탁 쪽을 가리켰다. 그리고 마지못해 아나에게서 떨어져 대신 그녀의 손을 잡았다.

"마실 것 좀 드릴까요?" 아나가 지아에게 물었다. "와인 어떠세요?"

"좋죠. 드라이화이트 있으면 그걸로 할게요." 지아가 대꾸했다.

나는 음악을 껐다. 지아가 우리를 따라 식탁 옆으로 왔다.

"와인 한잔할래요, 크리스천?" 아나가 물었다.

"그럴까." 나는 그녀가 와인 잔들을 꺼내는 걸 쳐다보았다.

지아가 내 옆에 섰다. "멋진 작품이에요, 지아." 내가 말할 때 지아가 내게 조금 더 가까이 붙었다. "특히 여기." 나는 캐드 도안 중에서 뒤쪽의 개조 디자인을 가리켰다. "아나가 유리벽에 대해 의견이 있긴 한데, 제시하신 나머지 아이디어들은 우리 둘 다 마음에 듭니다."

"오, 다행이네요." 지아가 살살거리며 내 팔을 톡톡 두드렸다.

질척거리지 말고 거리 좀 유지하시지? 지아가 뿌린 느끼하고 진한 향수 냄새에 숨이 막힐 지경이었다.

나는 지아의 손이 닿지 않는 곳으로 물러나 아나를 불렀다. "여기 목말라요."

"금방 가요." 아나가 대답했다.

잠시 후 아나가 지아와 내 유리잔을 가지고 돌아와 지아와 나 사이에 끼어들었다. 일부러 그러는 것 같았다. 지아가 자기 손을 가만히 못 둔다는 걸 눈치챘을까?

"건배." 나는 아나에게 내 잔을 들어 올려 고마움을 표시하고 와인을 한 모금 마셨다.

"아나, 유리벽에 대해 의견이 있으세요?" 지아가 말을 꺼냈다.

"네. 마음에는 들어요……. 오해는 하지 마세요. 하지만 유리벽이 집과 좀 더 유기적으로 어우러졌으면 해요. 난 그 집의 본모습에 반한 거라서 급격한 변화는 원치 않아요."

"알겠습니다." 지아의 눈이 내 쪽으로 휙 날아왔다. 나는 아나를 쳐다보았다.

아나가 말을 이었다. "디자인이 조화를 이루었으면 해요. 말하자면, 이 집의 본모습과 좀 더 공존했으면 하는 거죠." 아나가 나를 슬쩍 쳐다보았다.

"큰 개조 작업 없이?" 내가 말했다.

"그렇죠."

"지금 이대로가 좋아?"

"대부분. 정성과 애정 어린 손길이 시급한 집이라는 생각이 늘 들었거든요."

아나의 눈이 반짝거렸다. 내 눈을 반영하는 것 같았다.

지금 집 얘기하는 거 맞아? 아님 내 얘기인가?

"알겠습니다." 지아가 우리 둘을 재빨리 훑어보더니 수정된 도안을 치웠다. "어떤 생각이신지 알 것 같아요, 아나. 그럼 유리벽은 유지하되 더 큰 테라스로 연결되게 해서 지중해 스타일로 가는 건 어떨까요? 석조 테라스가 이미 있으니까요. 그것과 어울리는 석조 기둥들을 널찍하게 띄워서 세우면 전망이 멋질 거예요. 집의 나머지 부분에 맞춰 유리나 타일 지붕을 추가해보죠. 그러면 지붕이 있는 야외 식당이나 거실로 활용이 가능해요."

아나는 흡족한 표정이었다.

지아가 말을 이었다. "아니면 그 테라스 대신 선호하시는 색깔의 목재를 유리벽과 조화시켜도 좋겠죠. 그렇게 해도 지중해 분위기는 유지될 거예요."

"프랑스 남부의 연파란색 덧문 같은." 아나가 나를 쳐다보았다.

나는 그것이 썩 마음에 들진 않았지만 마테오 씨 앞에서 아나의 체면을 깎아내릴 순 없었다. 아나가 그걸 원한다면 그렇게 하면 된다. 나야 적응하면 되니까. 나는 옆에서 우쭐거리는 지아를 무시하고 물었다.

"아나, 어떻게 하고 싶어?"

"테라스 쪽이 좋겠어요."

"나도 그래."

아나가 지아에게 주의를 돌렸다. "수정 도면을 봤으면 해요. 확장된 테라스와 기둥들이 집과 어우러지는 걸로."

"그럴게요." 지아가 아나에게 말했다. "다른 문제는요?"

"크리스천이 큰 침실을 새롭게 꾸미고 싶어 해요."

아나가 말했다.

조심스런 기침 소리가 또다시 끼어들었다.

"테일러?" 테일러가 문간에 서 있었다.

"긴히 상의드릴 일이 있습니다. 사장님."

나는 아나의 어깨를 꼭 쥐고 나서 지아에게 선언했다. "이 프로젝트의 지휘권은 그레이 부인에게 있어요. 전권을 가진 책임자거든요. 아내가 원하는 건 뭐든 해주세요. 난 아내의 본능을 믿습니다. 아주 예리하거든요." 아나가 손을 올려 내 손을 다독거렸다.

"난 이만 실례하죠." 나는 그들을 두고 테일러를 따라 그의 사무실로 들어갔다. 프레스콧이 줄지어 늘어선 CCTV 모니터 앞에 앉아 있었다. 그녀의 어깨 너머로 우리 아파트 외부를 비추는 화면과 에스칼라 주변, 그리고 주차장의 화면이 펼쳐졌다.

"사장님." 프레스콧이 나를 맞이했다.

"안녕. 무슨 일이지?"

테일러가 작은 회의 탁자에서 의자를 하나 빼서 프레스콧 옆에 놓았다. 그리고 내게 앉으라고 손짓했다. 나는 앉아서 무슨 일일까 궁금해 화면들을 쳐다보았다.

"프레스콧이 지난 주말 아래층과 외부를 녹화한 영상을 살펴보고 있는데요, 이걸 발견했습니다." 테일러가 그녀에게 고갯짓을 했다. 프레스콧이 마우스로 한 화면의 재생 버튼을 눌렀다.

오돌토돌한 이미지가 움직이기 시작했다. 점프슈트 차림의 어떤 남자가 건물의 정면 출입구로 걸어오다가 카메라를 의식했다. 남자가 카메라를 똑바로 쳐다보는 순간 화면이 멈추었다.

젠장. "잭 하이드잖아." 내가 중얼거렸다. 놈은 머리를 뒤로 묶고 있었다. "이게 언제지?"

"8월 20일 토요일, 오전 9시 45분경입니다."

이번엔 머리색이 더 밝았다. 그레이 하우스의 서버실에 있었을 땐 가발을 쓴 게 분명했다.

"이번에 근방에서 이자가 찍힌 영상을 모두 찾아냈습니다." 프레스콧이 말했다.

"흥미로운데. 또 있나?"

프레스콧이 하이드가 정문과 차고 출입구, 비상구 쪽에서 찍힌 영상을 몇 개 재생시켰다. 그는 이번에도 거리의 청소부처럼 보이려고 빗자루를 들고 있었다.

교활한 자식.

놈을 지켜보는 것은 이상한 쾌감을 주었다.

"이거 웰치에게 보냈나?"

"아직요." 테일러가 말했다. "사장님께서 먼저 보셔야 할 것 같아서요."

"웰치에게 보내. 웰치가 여기서부터 놈의 동선을 추적할 수 있을지도 몰라."

"그러죠. 이것이 결정적인 단서가 될 수도 있습니다. 놈의 행방이 아직 밝혀지지 않았다는 얘기를 오늘 듣긴 했지만. 놈이 아직 자기 아파트에 나타나지 않았다고 합니다."

"그런 소식이 있었군."

"한 시간 전에 새로운 소식이 없나 해서 웰치와 통화했거든요." 테일러가 말했다.

"웰치가 내일 나한테 보고할 거야. 대단한데. 잘했어, 프레스콧." 나는 그녀에게 짧은 미소를 지었다.

"고맙습니다."

"놈이 건물 주위를 얼쩡거린다는 걸 알게 된 이상 경계를 강화할 수밖에 없겠어."

"그렇죠." 테일러가 동의했다.

"난 그만 돌아가야겠어. 고마워. 둘 다."

내가 거실에 들어갔을 때 아나와 지아는 상담을 마친 것 같았다. "끝난 거야?" 나는 아나에게 팔을 두르며 물었다.

"네, 그레이 씨." 지아가 밝게 미소를 지었다. 하지만 억지웃음 같았다. "이틀 후에 수정 도면 보여드릴게요."

오. 이젠 나더러 그레이 씨라네.

흥미로운데.

"잘됐네. 만족해?" 내가 아나에게 물었다. 아나가 지아에게 무슨 말을 했을지 궁금했다. 고개를 끄덕이는 모습이 흡족한 듯 보였다.

"전 이만 가볼게요." 지아가 말했다. 이번에도 지나치게 쾌활했다. 지아가 아나에게 먼저 손을 내민 다음 내게 손을 내밀었다.

"다음에 봐요, 지아." 아나가 매력적인 미소를 지었다.

"네, 그레이 부인. 그레이 씨."

테일러가 큰 방 입구 쪽에 나타났다.

"테일러가 배웅할 거예요." 아나가 말했다. 우리는 서로 팔짱을 끼고 지아가 복도에 서 있는 테일러에게 다가가는 모습을 지켜보았다.

지아가 우리 말이 들리지 않을 만큼 멀어졌을 때 나는 내 아내를 내려다보았다. "저 여자 눈에 띄게 냉정해졌는데."

"그래요? 난 모르겠는데요." 아나가 어깨를 추어올리며 어물쩍 넘어가려 했지만 내 눈을 속일 수는 없었다. 내 아내는 거짓말에 서툴렀다.

"테일러가 왜 보자고 했어요?" 그녀가 화제를 바꾸었다.

나는 그녀를 놓고 돌아서서 도안을 돌돌 말기 시작했다. "하이드 얘기였어."

"하이드 얘기 뭐요?" 그녀 얼굴이 하얗게 질렸다.

젠장. 아나의 악몽을 더 키우고 싶지 않았다.

"걱정할 것 없어, 아나." 나는 도안을 놔두고 아나를 품으로 끌어당겼다. "몇 주 동안 자기 아파트에 들어오지 않았대. 그게 다야." 나는 그녀의 머리에 키스하고 지아의 도안을 다시 챙겼다. "그래서 어떻게 하기로 했어?"

"당신과 의논한 대로. 그 여자가 당신 좋아하는 것 같아요." 아나가 조용히 말했다.

내 생각도 그래! "그 여자에게 뭐라고 했어?"

아나는 자기 손을 내려다보았다. 그리고 손깍지를 꼈다.

"들어올 때까지만 해도 크리스천, 아나라고 부르더니 갈 때는 그레이 부인, 그레이 씨라고 하던데."

"뭐라고 말한 것 같기도 하고." 아나가 인정했다.

오, 자기야, 나를 두고 결투라도 할 셈이야?

지아 같은 유형은 만난 적이 있다. 일터에 깔려 있다고 봐야지. "그 여자는 이 얼굴에 반응한 것뿐이야."

아나가 놀란 표정을 지었다.

"뭐야? 설마 질투하는 거야?" 아나가 이런 것까지 신경 쓴다니 놀랄 수밖에. 그녀의 뺨이 물들었다. 아나는 내 말에 대답하지 않고 다시 자기 손만 내려다보았다. 대답은 듣지 않아도 알고 있었다. 엘리엇이 지아의 본성에 대해 넌지시 암시했던 말이 기억났다. 생각은 엘레나에게로 흘러갔다. 거절을 용납하지 않는 여자. 원하는 건 손에 넣는 여자. "아나, 지아는 섹스 사냥꾼이야. 전혀 내 스타일이 아니야. 그런 여자를 질투해서 뭐해? 그게 누구든? 나는 그 여자에게 전혀 끌리지 않아." 나는 당황해서 한 손으로 머리를 쓸어 넘겼다. "내겐 너뿐이야, 아나. 언제나 너뿐일 거야."

나는 다시 도안을 놓아버리고 얼른 아나에게 다가가서 그녀의 턱을 쥐었다. "어떻게 그런 말도 안 되는 생각을 해? 내가 다른 사람에게 한눈판다는 낌새를 보인 적 있어?"

"아뇨." 그녀가 중얼거렸다. "내가 어리석었어요. 오늘만 그런 거예요. 당신이……." 그녀가 말을 흐렸다.

"내가 뭐?"

"오, 크리스천." 아나의 눈에 눈물이 차올랐다. "난 새로운 삶에 적응하는 중이에요. 한 번도 상상한 적 없는 삶. 모든 것이 하늘에서 뚝 떨어진 것만 같아요. 일자리, 당신, 내 아름다운 남편. 내가…… 이런 식으로 당신을 사랑할 거라고는 상상도 한 적이 없어요. 이렇게나 열렬하고, 이렇게나 빠르고, 이렇게나…… 영원한 사랑을 할 줄은."

나는 멍하니 아나를 바라보았고 그녀는 숨을 크게 들이마셨다. "하지만 당신은 화물열차 같아요. 난 거기에 휘둘리고 싶지 않은 거고요. 아니면 당신이 사랑에 빠진 여자는 부서지고 말 거예요. 그러면 뭐가 남겠어요? 남는 건 이 자선 행사에서 저 자선 행사로 불려 다니는 어리바리한 말라깽이뿐이겠죠."

와하! 아나!

"그런데 이제는 회사 운영자가 되라니요. 그건 한 번도 내 영역에 존재하지 않았던 거예요. 나는 이 모든 생각 사이에서 이리저리 치이면서 애쓰고 있어요. 당신은 내가 집에 있기를 바라죠. 회사를 운영하기도 바라고요. 너무 혼란스러워요." 그녀가 울음을 삼켰다. "내가 직접 결정할 수 있게 해줘요. 위험도 감수해보고 실수도 해보면서 배울 수 있게요. 뛰기 전에 걷는 법부터 배워야죠, 크리스천. 모르겠어요? 어느 정도는 자율성을 갖고 싶어요. 그래서 그토록 내 이름이 중요한 거예요."

그래서 자기 문제라고 했구나!

젠장.

"휘둘리는 기분이라고?" 내가 속삭였다.

그녀가 고개를 끄덕였다.

나는 눈을 감았다. "난 너에게 세상을 주고 싶은 거야, 아나. 네가 원하는 건 모두. 그게 뭐든. 그러면서도 너를 세상으로부터 구하고 싶어. 안전하게 지키고 싶어. 하지만 모든 사람에게 네가 내 여자는 걸 알리고도 싶어. 오늘 네 이메일을 받고 덜컥 겁이 났어. 이름 얘기는 왜 미리 하지 않았어?"

그녀가 얼굴을 붉혔다. "신혼여행 중에 한 번 생각하긴 했어요. 하지만 우리만의 세상을 무너뜨리고 싶지 않았어요. 그러다가 잊어버렸고요. 어제저녁에서야 생각이 났는데, 알다시피 잭 때문에 거기 정신이 팔려서. 미안해요. 당신한테 미리 말을 하든 의논을 하든 했어야 했는데, 적당한 때를 찾을 수 없었어요."

나는 그녀를 응시하면서 그녀의 말을 곱씹었다. 그래. 우리 신혼여행 때 말했으면 분명 말다툼이 벌어졌을 것이다.

"왜 겁이 났어요?" 그녀가 물었다.

네 남자로 대우받고 싶었는데 네 이메일이 딴지를 걸었어.

그만, 그레이. "네가 내 손가락 사이로 빠져나갈까 봐."

"맙소사, 나 아무 데도 안 가요. 언제쯤 그 단단한 머리로 알아듣겠어요? 내가. 당신을. 사랑. 한다는. 걸." 그녀가 생각을 떠올리려고 손을 허공에 휘저었다. 나처럼. "시력보다 더, 공간보다 더, 자유보다 더."

셰익스피어? "그건 아버지에 대한 딸의 사랑이잖아?" 제발 그건 아니기를!

"그게 아니라." 그녀가 웃음을 터뜨렸다. "떠오르는 인용구가 그것뿐이라서."

"미친 리어 왕 말이야?"

"소중하고 소중한, 미친 리어 왕." 아나가 손을 올려 내 뺨을 쓰다듬었다. 나는 그녀의 손에 뺨을 대고는 눈을 감고 그녀의 손길을 즐겼다. "당신은 이름을 크리스천 스틸이라고 바꿀 거예요? 모든 사람에게 당신이 내 소유라는 걸 알리겠다고?"

나는 눈을 뜨고 그녀를 물끄러미 보았다. "네 소유라고?"

"내 남자잖아요." 그녀가 말했다.

"네 남자지." 나는 되뇌었다. "응, 난 그렇게 할 거야. 그것이 너한테 그만큼 의미가 크다면." 우리가 결혼하기 전 그녀가 나를 떠났다고 생각하고 여기서 그녀에게 항복했던 일이 기억났다.

"그것이 당신한테 그만큼 의미가 크다는 거예요?"

"응."

"그렇구나."

"난 네가 이미 동의한 줄 알았어."

"했었죠. 하지만 지금 당신이랑 더 이야기를 나누고 나니까 내 결정에 더 만족하게 됐어요."

"아하."

플린의 말이 옳았다. 이것은 그녀의 문제이고 그녀가 느끼는 생각이었다.

하지만 나는 아나가 마음을 바꾼 것이 기뻤다. 기싸움이 끝나서 얼마나 다행인지.

나는 그녀에게 활짝 웃었고 그녀도 나를 따라 웃었다. 그래서 그녀의 허리를 잡아 그녀를 번쩍 들어 올려 빙 돌렸다.

고마워, 아나스타샤.

아나가 깔깔거렸다. 나는 그녀를 내려놓았다. "그레이 부인, 이게 나한테 어떤 의미인지 알겠어?"

"잘 알죠."

나는 그녀에게 키스했다. 그녀의 부드러운 머리카락 속에 손가락을 넣고 그녀의 입술에 속삭였다. "갖가지 다채로운 방식을 의미해." 나는 코로 그녀의 코를 쓱 쓸어내렸다.

"정말요?" 아나가 상체를 뒤로 젖혔다. 실눈을 떴지만 미소를 삼키고 있었다.

"누군가 약속을 했어. 덧붙여 제안을 했고. 그래서 거래가 성사되었지."

그래서 널 갖고 싶어.

오늘 말다툼을 했으니까 우리 사이를 확인해야겠어.

"음……." 아나가 이 사람이 제정신인가 하는 눈길로 나를 쳐다보았다.

젠장, 내빼려는 건가. "내게 한 약속을 깨겠다는 거야?" 머릿속에 한 가지 생각이 번쩍 떠올라 완전한 형태를 갖추었다. "이러면되겠다. 반드시 해결해야 하는 중대한 문제라고."

아나가 정말 미쳤네, 하는 표정을 더 노골적으로 드러냈다.

"정말이야, 그레이 부인. 중차대한 문제야." 내 눈에서 음탕한 눈빛이 반짝거린 게 분명했다. 이건 목적을 위한 수단일 뿐.

아나가 다시 실눈을 떴다. "뭔데요?" 그녀가 물었다.

"내 머리 좀 잘라줘. 내 머리가 너무 자랐는데 내 아내는 그게 싫대."

"내가 어떻게 당신 머리를 잘라요!" 아나가 말도 안 된다는 투로 상냥하게 소리쳤다.

"아니, 할 수 있어." 나는 고개를 저었다. 머리카락이 내 눈을 가렸다.

왜 이걸 몰랐지?

"음, 존스 부인한테 푸딩 그릇이 있으려나."

아나가 깔깔 웃었다.

나는 웃음을 터뜨렸다. "무슨 뜻인지 잘 알겠어. 그냥 프랑코에게 해달라고 할게."

그녀가 웃음기를 거두고 진지한 빛을 띠었다. 그리고 잠시 머뭇거리더니 박력 있게 내 손을 잡았다. "가요." 그녀는 나를 욕실로 데려가서 내 손을 놓았다.

내 머리를 자르려는 것 같았다.

나는 서서 아나가 욕실 의자를 끌어와 세면대 앞에 놓는 걸 보았다. 하이힐은 그녀의 다리를 강조했고 딱 붙는 펜슬 스커트는 그녀의 아름다운 엉덩이를 받쳐주었다. 훌륭한 구경거리였다.

아나가 돌아서서 의자를 가리켰다. "앉아요."

"내 머리 감겨주려고?"

그녀가 고개를 끄덕였다.

후아. 누가 내 머리를 감겨준 기억은 없는데. 한 번도.

"알았어." 나는 그녀의 눈에서 시선을 떼지 않고 천천히 셔츠 단추를 풀었다. 단추를 모두 풀고 나서 오른쪽 손목을 그녀에게 내주었다. 셔츠 소매에 커프스 링크가 끼워져 있었다.

이거 해줘, 자기야.

아나가 알 수 없는 표정으로 오른쪽 것을 풀고 나서 왼쪽 소매도 풀었다. 그녀의 손끝이 내 피부를 간지럽히고 양쪽 맥박 뛰는 곳을 한두 번 살짝 스쳤다. 그녀의 블라우스 단추 하나가 풀려 있었는데, 위치가 너무 아래쪽이라 예쁜 레이스에 싸인 그녀의 봉긋한 젖가슴이 얼핏 보였다.

무척이나 상상을 자극하는 풍경이었다. 아나가 더 가까이 다가왔다. 그녀의 사랑스러운 향기가 은은히 나를 감쌌다. 그녀가 내

214

셔츠를 어깨에서 벗겨 바닥에 떨구었다.

"준비됐어요?" 그녀가 속삭였다. 그 한 마디에 많은 약속이 담겨 있었다. 자극적이었다. 아주 자극적이었다.

"아나, 네 뜻대로."

그녀의 눈이 내 입술로 흘러왔다. 그녀가 키스하려고 몸을 숙였다.

"안 돼." 나는 자기희생이라는 기념비적 행동으로 그녀의 어깨를 잡았다. "하지 마. 그랬다간 내 머리 못 잘라."

그녀의 입이 완전한 동그라미를 그렸다.

"나 이거 하고 싶어." 내가 속삭였다. 내가 생각해도 놀라운 말이었다.

"왜요?"

아무도 내 머리를 감겨준 적 없으니까…… 한 번도. "사랑 받는 느낌이 들 테니까."

툭 튀어나온 나의 고백에 아나의 입이 살짝 벌어졌다. 눈 깜짝할 사이에 아나가 나를 꼭 껴안았다. 그리고 내 가슴에 보드랍고 다정한 키스를 퍼부었다. 두 달 전만 해도 누군가의 손길을 절대 허락하지 않았던 그곳에.

"아나. 나의 아나." 나는 눈을 감고 그녀를 품에 안았다. 가슴이 벅차올랐다.

그녀를 휘두르려던 건 용서받은 것 같군.

우리 사이 이상 무.

우리는 오랫동안 욕실 한가운데서 서로를 부둥켜안고 있었다. 그녀의 온기와 그녀의 사랑이 내 안으로 스며들었다.

아나가 몸을 뗐다. 그녀의 눈에서 사랑의 빛이 반짝거렸다. "정말 하고 싶은 거 맞죠?"

나는 고개를 끄덕였다. 그녀의 미소가 나의 미소를 만났다. 그녀가 내 팔에서 벗어나 다시 의자를 가리켰다. "그럼 앉아요." 나는 그녀가 시키는 대로 했고, 그사이 그녀는 신발을 벗고 샤워기에서 샴푸를 가져왔다. "고객님, 이거 어떠세요?" 그녀가 가식적인 쇼핑 채널의 출연자처럼 그것을 들어 올려 판매를 시도했다. "프랑스 남부에서 직접 가져왔습니다. 향기가 무척 좋아요." 그녀가 뚜껑을 열었다. "당신 향기가 나네요."

"그걸로 하자."

아나는 샴푸를 세면대 위에 놓고 작은 수건을 집었다. "앞으로 숙여봐요." 그녀는 수건을 내 어깨에 덮고 나서 내 뒤쪽의 수도꼭지를 틀었다.

"몸을 뒤로 젖혀요."

대장 같은걸.

마음에 쏙 들어.

나는 몸을 뒤로 젖히려 했지만 키가 너무 커서 잘 되지 않았다. 그래서 의자를 앞으로 끌어낸 다음 세면대에 기대어 세웠다.

성공. 나는 머리를 세면대 위로 젖히고 아나를 올려다보았다.

아나는 따뜻한 물을 천천히 손바닥에 떠서 내 위로 몸을 숙이고 내 머리에 끼얹었다. "냄새가 참 좋네, 그레이 부인." 그녀는 내 머리를 적셨고 나는 눈을 감고 내게 닿는 그녀의 손길을 즐겼다.

아나가 갑자기 내 이마에 물을 부어서 물이 내 눈에 들어갔다.

"미안해요!" 그녀가 소리쳤다.

나는 하하 웃으면서 수건 모서리로 물을 닦았다. "헤이, 내가 아무리 궁둥짝 같더라도 물에 빠뜨리진 마."

아나가 낄낄대고는 내 이마에 부드럽게 키스했다. "괜히 도발하지 마요." 그녀가 속삭였다. 나는 손을 올려 그녀의 목을 잡아 그녀의 입술을 내 입술로 끌어내렸다. 그녀의 숨결이 달콤했다. 그녀에게서 아나의 맛, 소비뇽 블랑의 맛이 났다. 매혹적인 조합이었다.

"음." 나는 그 맛을 음미하다가 아나를 놓아주고 그녀가 계속 하도록 고개를 뒤로 숙였다. 아나가 웃는 얼굴로 나를 내려다보았다. 그녀가 튜브 용기의 액체를 손에 짜는 소리가 들렸다. 아나가 샴푸를 내 두피에, 관자놀이에서부터 머리 전체로 살살 바르기 시작했다. 나는 눈을 감고 그녀의 손길을 즐겼다.

참 좋네.

내 아내의 손끝에 천국이 임할 줄이야.

프랑코는 내 머리를 잘라줄 때 늘 스프레이를 썼다. 거기서 머리를 감은 적은 없었다.

안 될 것 없잖아, 그레이? 긴장도 풀리고 좋지 뭐.

아니면 아나라서 그런 것일지도. 나는 아주 예민하게 그녀의 존재를 의식했다. 내 다리를 비비는 그녀의 다리, 내 뺨을 스치는 그녀의 팔, 그녀의 손길, 그녀의 향기……. "기분 좋다." 내가 중얼거렸다.

"네, 아무렴요." 그녀의 입술이 내 이마를 비볐다.

"손톱이 두피를 긁는 느낌이 좋아."

"고개 들어봐요." 아나의 말에 나는 고개를 들었다. 그녀가 뒤통수에 비누칠을 하면서 손톱으로 내 두피를 긁어주었다.

황홀해.

"머리 내려요."

나는 시키는 대로 했다. 아나가 다시 머리에 물을 부어 거품을 씻어냈다.

"한 번 더?" 그녀가 물었다.

"부탁해." 눈을 떠보니 그녀의 웃는 얼굴이 나를 내려다보았다.

"금방 해드리죠, 그레이 씨." 그녀는 나를 놓고 세면대에 물을 채웠다. "헹굴 물이에요." 그녀가 설명했다.

나는 눈을 감고 그녀의 보살핌에 나를 맡겼다. 그녀는 물을 더 많이 끼얹으며 내 머리를 다시 감겨주었다. 더 많은 샴푸를 내 두피에 문지를 때는 손톱을 썼다.

열반이라는 게 이런 걸까.

여기가 바로 천국이겠지.

그녀의 손가락이 내 뺨을 어루만졌다. 나는 무거운 눈꺼풀을 들어 올리고 그녀를 바라보았다. 그녀가 내게 키스했다. 그녀의 키스는 보드랍고 달콤하고 순수했다.

나는 한숨을 내쉬었다. 더 바랄 게 없었다.

아나가 내 위로 몸을 숙였다. 그러자 그녀의 젖가슴이 내 얼굴을 쓸었다.

후우.

안녕!

뒤쪽에서 물이 꼬르륵꼬르륵 하수구로 내려갔지만 나는 손을 올려 그녀의 엉덩이를 움켜쥐고 손가락으로 그녀의 근사한 엉덩이를 쓰다듬었다.

"만지는 건 방해만 돼요." 그녀가 경고했다.

"나 말 안 듣는 사람이라는 거 잊지 마." 내가 천천히 그녀의 치마를 올리기 시작하자 그녀가 내 팔을 찰싹 때렸다. 과자 단지 안에 손을 슬쩍 넣다가 걸린 것 같아서 피식 웃음이 났다. 못된 장난은 그만두었지만 두 손은 그녀의 멋진 엉덩이 위에 그대로 두었다. 그녀는 계속 내 머리를 헹구었다. 나는 머릿속으로 그녀의 엉덩이에서 〈월광 소나타〉를 연주하는 상상을 했다. 내 손가락이 음표를 따라 움직거렸다. 그녀는 내 손가락 밑에서 꼼지락거렸고, 나는 만족에 겨운 소리를 냈다.

"자, 다 헹궜어요."

"좋았어." 내 손가락이 그녀의 엉덩이를 더 꽉 쥐었다. 나는 사방으로 물방울을 뚝뚝 흘리면서 일어나 앉아 아나를 끌어내렸고, 그녀는 다리를 모으고 내 무릎에 앉았다. 한 손은 그녀의 목덜미에 감고 다른 손으로는 그녀의 턱을 쥐었다. 그녀가 놀라 숨을 들이켰다. 나는 그 틈을 파고들어 그녀의 입술에 키스했다. 내 혀가 더 많은 걸 요구했다.

뜨거운. 굶주림. 준비 완료.

나는 욕실 전체에 물을 뿌려대고 있었다. 아내가 흠뻑 젖게 됐지만 상관없었다. 아나의 손가락이 젖은 내 머리카락을 움켜쥐었다. 그녀는 격렬한 키스로 내 키스에 화답했다.

욕망이 내 혈관을 타고 질주했다.

취하러 나갔다.

그녀의 블라우스를 벗겨내고 싶었지만 맨 위 단추만 풀었다. "몸단장은 그만. 이제 갖가지 다채로운 방식으로 너를 가져야겠어. 여기서 하든가 침실에서 하든가. 네가 결정해."

아나의 표정이 멍해졌다.

"어떻게 할래, 아나스타샤?"

"당신 젖었잖아요." 그녀가 속삭였다.

나는 그녀의 골반을 잡고 머리를 들어 젖은 머리를 그녀의 블라우스 앞자락에 마구 비볐다. 그녀가 다시 비명을 지르고 꿈틀거렸지만 나는 붙잡은 손에 힘을 주었다. "오, 우리 자기는 안 젖었네."

나는 피부처럼 그녀의 몸에 딱 붙은 블라우스, 비쳐 보이는 레이스 브라, 레이스 밑에서 길어진 젖꼭지를 올려다보았다. 그녀는 아름다웠다. 화는 나는데 즐겁기도 하고 성적으로 흥분한 상태였다. "경치 좋은데." 내가 속삭였다. 몸을 내밀어 물에 젖어 기다리는 그녀의 젖꼭지를 코로 쓸었다. 그녀가 신음하며 내 위에서 꿈틀거렸다. "대답해, 아나. 여기인지, 침실인지."

"여기서." 그녀가 속삭였다.

"좋은 선택이야, 그레이 부인." 나는 그녀의 입에 대고 중얼거렸다. 손을 그녀의 턱에서 다리로 옮겼다. 스타킹에 덮인 허벅지로 내려가서 치맛자락을 위로 계속 끌어올리면서 그녀의 턱에 다정한 키스를 퍼부었다. "오, 널 어쩌면 좋을까?"

오. 내 손가락이 그녀의 탄탄한 허벅지 살에 닿았다.

스타킹을 신고 있네!

더 좋아.

"난 여기 좋더라." 한 손가락을 스타킹 밴드 안쪽에 넣어 허벅지 위쪽의 보드라운 살결을 훑었다. 아나가 쾌감에 꼼지락거렸다. "갖가지 다채로운 방식으로 널 가질 거니까 가만히 있어."

"당신이 그렇게 만들어봐요." 아나가 요구했다. 눈빛에 어린 도도함이 내 아랫도리로 곧장 전달되었다.

"오, 그레이 부인. 분부대로 하죠." 나는 손을 팬티 쪽으로 올렸다. 마침 그녀는 가터벨트 위에 팬티를 입고 있었다. "이건 없애버리자." 나는 팬티를 살짝 당겼다. 그녀가 일어선 내 아랫도리 위에서 꿈틀거렸다.

젠장. 숨이 잇새로 새어 나왔다.

"가만히 있어." 내가 투덜거렸다.

"도와주려고 그러는 건데." 아나가 입을 비쭉거렸다. 나는 이 사이로 그녀의 아랫입술을 빨았다.

"가만히." 나는 경고하고 나서 그녀의 입술을 놓아주고 그녀의 팬티를 다리 아래로 끌어내려 벗긴 뒤 돌돌 뭉쳤다. 그걸 써먹을 생각이었다. 아나의 치마를 끌어올렸다. 치마가 허리를 감싸며 뭉쳤다. 끝에 레이스가 달린 스타킹을 신은 다리가 하도 아름다워서 잠시 그것을 감상했다. 나는 그녀를 들어 올렸다. "앉아. 다리 벌리고 내 위에 걸터앉아."

아나가 더 끈적해진 눈을 내 눈에서 떼지 않고 시키는 대로 하면서, 어디 해보라는 표정으로 턱을 치켜들었다.

오, 아나.

"그레이 부인, 지금 도발하는 거야?"

이걸로 재밌게 놀아봐야지.

내 팬티가 두 사이즈는 작게 느껴졌다.

"그렇다면 어쩔 건데요?"

아, 도전이라면 얼마든지.

"두 손을 등 뒤로 돌려."

아나가 시키는 대로 했다. 나는 그녀의 팬티로 그녀의 손목을 단단히 묶었다. 이제 그녀는 무방비 상태였다. "내 팬티로? 그레이 씨, 정말 부끄러움을 모르시네요." 그녀가 숨을 몰아쉬며 나를 나무랐다.

"너한테만 그런 거야, 그레이 부인, 알잖아."

그녀의 연푸른색 눈에 어린 반항기가 마음에 들었다. 성욕이 분출했다. 나는 작업 공간을 확보하려고 그녀를 내 허벅지 저편으로 조금 밀어냈다. 그녀가 입술을 씹었다. 그녀의 눈이 내 눈을 떠나지 않았다. 두 손을 그녀의 무릎으로 내려 그녀의 다리를 더 넓게 벌렸다. 그러고는 내 다리를 벌려 아랫도리 놈에게 공간을 더 내주고 아나가 나를 더 쉽게 만질 여유를 주었다.

이러는 편이 그녀에게 더 강렬할 것이다.

내 손가락이 그녀의 젖은 블라우스 단추로 움직였다. "이제 이 건 필요 없잖아." 나는 천천히 단추를 하나하나 풀어 그녀의 젖가 슴을 드러냈다. 아직 물기가 남아 있어 미끄러웠다. 그녀의 거친 호흡에 가슴이 빠르게 오르내렸다. 벌어진 블라우스 자락은 그대 로 두었다.

아나의 눈에서 욕망이 반짝거렸다. 그녀의 눈이 내 눈을 떠나지 않았다.

나는 그녀의 얼굴을 쓰다듬었다. 엄지손가락으로 그녀의 아랫 입술을 쓸다가 갑자기 그것을 그녀의 입 안에 넣었다. "빨아." 그 녀는 입을 오므려 나를 감싸고 내가 하라는 대로 빨았다.

세게.

내 여자는 결코 빼는 법이 없다.

그건 내가 잘 알지.

그녀가 이로 내 피부를 긁고 살을 깨물었다. 나는 신음 소리를 내고 엄지손가락을 그녀의 입에서 빼낸 다음 그녀의 턱과 목, 흉 골에 그녀의 침을 발랐다. 그리고 엄지손가락을 브라 컵 안에 넣 어 브라를 아래로 끌어내려 젖가슴을 풀어주고, 브라 컵 아래쪽을 잡고 젖가슴을 밀어 올려 내 앞에 대령했다. 우리는 서로를 바라 보았다. 그녀의 입이 열렸다가 닫혔고 눈은 열망으로 가득 찼다. 그녀가 내 행동 하나하나에 반응하는 모습이 좋았다. 그녀가 입술 을 깨물 때 나는 다른 쪽 가슴도 똑같이 풀어주었다. 그것 역시 무 방비 상태로 내 앞에 대령했다. 그것들이 나를 유혹했다. 나는 그 것들을 모두 움켜쥐고 양쪽 엄지손가락으로 젖꼭지 바로 옆을 둥 글게 둥글게 문질러 애무했다. 그것들이 내 손길에 당당히 일어섰 다. 아나의 호흡이 거칠어지며 고개가 뒤로 넘어가기 시작했다. 그녀가 젖가슴을 내 손바닥으로 밀어붙였다. 내가 멈추지 않고 애무를 계속하자 아나가 고개를 뒤로 젖히고 쾌락에 젖은 길고 낮은 신음을 흘렸다.

"쉬잇." 나는 느리고 달콤한 리듬으로 움직이는 엄지손가락을 멈추지 않았다. "가만히 있어, 자기야. 가만히." 나는 한 손을 그녀의 머리 뒤쪽으로 내밀어 그녀의 머리채를 움켜쥐며 목덜미를 받쳤다.

가만히 있으라고.

고개를 숙여 입술로 그녀의 오른쪽 젖꼭지를 애무하다가 세게 빨고 손가락으로는 다른 쌍둥이를 살짝 당기고 비틀어 애무했다.

"아! 크리스천!" 그녀가 신음하며 골반을 내 허벅지 위에서 앞으로 내밀었다.

오, 안 돼, 자기야.

멈추지 않을 거야. 내 입술은 계속 맛보고 애무했고, 손가락은 비틀고 당겼다.

"크리스천, 제발." 그녀가 끙끙거렸다.

"흠. 이렇게 절정으로 가." 나는 내게 사로잡힌 봉우리에게 대고 속삭이고 하던 일로 돌아갔다. 이번에는 이로 부드럽게 조심조심 당겼다.

"아!" 아나가 소리치며 내 허벅지 위에서 몸을 비틀었지만 나는 그녀를 꽉 붙잡고 멈추지 않았다.

"제발." 그녀가 헐떡거렸다. 애원했다. 나는 그녀를 감상했다. 살짝 벌어진 입, 뒤로 젖힌 고개. 그녀는 모든 쾌락을 흡수할 수밖에 없었다.

그녀의 절정이 가까웠다. "가슴이 정말 아름다워, 아나. 언젠가는 여기에 해야겠어."

아나가 등을 완전히 젖히며 내게 항복했다. 호흡이 가빴다. 그

223

녀의 허벅지가 내 허벅지를 조였다.

그녀의 절정이 임박했다.

바로 앞으로.

"놓아버려." 내가 속삭이자 그녀가 놓아버렸다. 눈을 질끈 감고 울부짖었다. 그녀의 몸이 오르가슴으로 전율했다. 내가 그녀를 단단히 붙잡고 있는 동안 그녀는 쾌락의 정점에서 흘러내렸다.

그녀가 눈을 떴다. 몽롱하고 아름다운 눈이었다.

"아, 사정하는 널 보면 정말 좋아."

"그게……." 아나가 말을 잇지 못했다.

"알아." 나는 그녀의 얼굴을 내 쪽으로 기울여 그녀에게 키스했다. 혀로 넌 내게 전부야, 하고 말해주었다.

나는 몸을 뗐다. 아나가 눈을 뜨고 나를 올려다보았다.

"이제 너랑 섹스할 거야, 격렬하게." 나는 그녀의 허리를 잡아 그녀를 허벅지 저편으로 밀어냈다. 한 손은 그녀의 허벅지에 두고 바지 지퍼를 내려 다급한 아랫도리 놈을 풀어주었다. 아나의 눈이 어두워지고 동공이 팽창했다.

"마음에 들어?" 내가 속삭였다.

"흠." 그녀가 목구멍 깊은 곳에서 음미하는 소리를 냈다. 나는 손가락으로 일어선 놈을 감싸고 위아래로 문질렀고, 그녀는 그것을 지켜보았다.

"입술을 깨물고 있네, 그레이 부인."

"굶주렸거든요."

"굶주렸어?"

아나스타샤 그레이, 방금 내 하루가 비약적으로 개선됐어.

아나가 다시 그 소리를 냈다. 그녀가 목구멍 안쪽에서 흘러나오는 섹시한 소리를 내며 입술을 핥는 동안 나는 자위를 계속했다.

"알겠다. 저녁을 제대로 안 먹어서 그래."

그녀의 엉덩이를 때려주고 싶은 충동이 일었지만 긍정적인 반응을 얻을 수 있을지 확신이 들지 않았다. "이번 한 번만 봐줄게." 나는 그녀가 균형을 잡을 수 있게 두 손으로 그녀의 허리를 붙잡았다. "일어서." 내가 명령했다.

그녀가 재빨리 노골적인 자세로 일어섰다.

"무릎을 바닥에 대고 앉아." 나는 그녀를 보며 말했다. 내 눈을 쳐다보는 그녀의 눈에서 관능의 기쁨이 반짝거렸다. 아나가 놀랍도록 우아하게 일어선 내 몸을 잡았다. "키스해." 나는 명령하고 내 아랫도리를 그녀에게 내주었다. 아나가 내 아랫도리와 내 얼굴을 차례로 쳐다보았다. 나는 혀로 내 이를 훑었다.

어서, 자기야.

아나가 몸을 숙여 그 끝에 부드럽게 키스했다. 그녀의 눈이 내 눈에 와 닿았다.

미치도록 섹시했다. 당장 그녀의 얼굴에 사정할 것 같았다.

나는 손을 그녀의 뺨에 댔다. 그녀가 혀로 일어선 놈의 머리를 훑었다. 내가 숨을 들이켰을 때 갑자기 그녀가 그놈을 입에 넣고 아주 세게 빨았다.

"아!" 아나의 입은 천국이었다.

나는 골반을 앞으로 밀어 그녀의 목구멍을 향해 더 깊이 돌진했다. 그녀가 나를, 내 전부를 받아들였다.

후.

그녀는 머리를 앞뒤로 움직여 나를 취했다.

아. 정말 잘하는데.

하지만 그녀의 입에 사정하고 싶지는 않았다. 나는 두 손으로 그녀의 머리를 잡아 속도를 늦추고 통제했다.

천천히, 자기야.

나는 헐떡거리며 그녀의 입을 이끌었다. 밖으로. 안으로. 내 몸. 위로. 그녀의 혀가 마법을 부렸다. "아, 아나." 나는 간신히 눈을 뜨고 그녀의 리듬 속에 빠져들었다.

아나가 입술을 뒤로 당기자 그녀의 이가 느껴졌다.

젠장. 나는 멈추고 그녀를 잡아 내 허벅지 위로 끌어당겼다. "이제 그만!" 내가 소리쳤다. 나는 아나의 손목에서 팬티를 풀어버렸다. 아나는 아주 홀가분한 것 같았다. 그럴 만도 하지. 그녀는 여신이었다. 속눈썹 아래의 눈빛이 관능적이었다. 아나가 입술을 핥더니 내 아랫도리 놈을 손가락으로 감싸 쥐고 앞으로 다가와 애타게 아주 천천히 내 위에 앉았다.

오, 그녀의 느낌.

나는 신음하면서 그녀를 받드는 의미에서 블라우스를 벗겼다. 그녀의 블라우스가 바닥에 떨어졌다. 나는 두 손으로 그녀의 골반을 잡고 그녀를 멈추었다. "가만히." 내가 명령했다. "이걸 음미하게 해줘. 널 음미하게 해줘."

아나가 움직임을 멈추었다.

그녀의 끈적하고 끈적한 눈이 사랑과 타고난 관능미를 담고 반짝거렸다. 그녀의 입술이 살짝 벌어졌다. 그녀가 깨물었던 아랫입술의 옴폭한 부위가 촉촉했다.

내 아내.

나는 엉덩이를 움직여 그녀 안으로 더 깊이 들어갔다. 그녀가 신음하며 눈을 감았다. "내가 가장 좋아하는 곳은 여기야." 내가 중얼거렸다. "네 안. 내 아내의 안."

아나의 손가락이 젖은 내 머리카락을 움켜쥐었다. 그녀의 입술이 내 입술을 찾았고 그녀의 혀가 내 혀를 찾았다. 그녀가 움직이기 시작했다. 위아래로 오르내리며 나를 타고 달렸다.

나를 타고 달렸다. 빠르게. 미친 속도로.

나는 끙끙거렸다. 두 손으로 그녀의 머리카락을 쥐고 혀로 그녀의 혀를 맞이했다. 우리 혀가 너무나 잘 아는 춤을 추었다.

그녀는 탐욕스러웠다.

나처럼.

너무 빨라, 자기야.

내 손이 그녀의 엉덩이로 내려갔다. 나는 다시 그녀를 이끌었다. 빠르지만 일정한 박자로.

"아!" 그녀가 소리쳤다.

"그래. 그렇게, 아나." 나는 잇새로 중얼거리며 이 격렬한 쾌락을 오래오래 끌고 갔다. "자기야." 내 흥분이 점점 고조되었다. 나는 다시 그녀의 입을 취했다.

아나. 아나. 우리 언제까지나 이렇겠지?

이렇게. 뜨겁겠지.

이렇게. 원초적이고.

이렇게. 강렬하겠지.

"오, 크리스천, 사랑해요. 언제나 당신을 사랑할 거예요."

그녀의 말이 나를 무너뜨렸다. 더 이상 버틸 수가 없었다. 오늘 그녀와 벌인 신경전 때문에라도. 나는 그녀를 끌어안고 놓아버렸다. 내가 소리를 지르며 거세고 빠르게 사정하자 그것이 그녀의 사정을 끌어냈다. 그녀가 소리치며 내게 허물어졌다. 나를 감싸고 몸을 떨었다. 우리 둘 다 전율을 멈출 때까지.

우리는 함께 표면으로 떠올랐다.

그녀가 울고 있었다. "헤이." 나는 다시 그녀의 턱을 쥐었다. "왜 울어? 아파서 그래?"

"아뇨." 그녀가 숨을 몰아쉬며 얼른 말했다. 나는 그녀의 얼굴에서 머리카락을 쓸어 넘기고 나서 엄지손가락으로 뺨에 흘러내린 눈물을 닦아주고 그녀에게 키스했다. 그리고 몸을 움직여 그녀를 내게서 끌어내렸다. 그녀가 얼굴을 찡그렸다.

"왜 그래, 아나? 말해봐."

눈물에 젖은 눈이 내 눈을 응시했다. "그냥, 가끔 당신을 너무 사랑해서 그게 벅차요." 그녀가 속삭였다. 내 심장이 녹아 아름다운 단일체로 치유되었다. "너도 나를 그렇게 만들어." 나는 입술을 그녀의 입술에 대고 지극히 부드럽게 키스를 했다.

"내가요?"

아나. "그렇다는 거 알잖아."

"가끔은 알겠어요. 항상은 아니지만."

"동감이야, 그레이 부인."

우리 천생연분이야, 아나스타샤.

그녀의 미소가 한 줄기 빛처럼 어두운 내 영혼을 비추었다. 그녀가 내 가슴에 보드랍고 달콤한 키스 길을 만들고 나서 내 품을 파고들었다. 그녀의 뺨이 내 심장 위에 닿았다. 나는 그녀의 머리카락을 어루만지고 등을 쓰다듬었다. 그녀는 아직 브래지어를 차고 있었다. 편할 리가 없었다. 나는 그것의 고리를 풀고 양쪽 끈을 끌어내렸다. 브래지어가 바닥의 블라우스 위로 떨어졌다.

"흠. 피부와 피부가 닿았네." 나는 그녀를 품에 안고 입술로 그녀의 어깨를 쓸며 귓불로 올라갔다. "너에게서 천국의 냄새가 나, 그레이 부인."

"당신도 그래요, 그레이 씨." 아나가 다시 내 가슴에 키스하고는 내 품에서 긴장을 풀고 만족한 듯한 한숨을 내쉬었다.

그렇게 서로를 안고 얼마나 앉아 있었을까. 시간이 얼마나 흘렀는지 모르지만 내 영혼은 치유를 받았다. 우리는 하나였다. 우리 사이에 맴돌던 긴장감은 사라졌다. 나는 그녀의 머리에 키스하고 내 아내의 향기를 들이마셨다. 내 세상의 모든 것이 제자리를 찾았다.

"시간이 늦었어." 나는 그녀의 등을 어루만지고 있었다. 움직이고 싶지 않았다.

"당신 머리 잘라야죠."

나는 웃음을 터뜨렸다. "그렇지 참, 그레이 부인. 끝까지 마무리할 힘은 남아 있어?"

"당신을 위해서라면, 그레이 씨. 뭐든 할 거예요." 아나가 내 가슴에 키스를 하고 일어섰다.

"가지 마." 나는 옆구리를 붙잡아 그녀를 돌려세웠다. 재빨리 그녀의 치마 지퍼를 내리자 치마가 바닥으로 흘러내렸다. 나는 아나가 치마에서 발을 빼도록 그녀에게 손을 내밀었다. 그리고 스타킹과 가터벨트만 입은 내 아내의 모습을 잠시 감상했다. "그림 같은 풍경이다, 그레이 부인." 나는 의자에 다시 앉아서 가슴에 팔짱을 끼고 그녀를 쳐다보았다. 입이 헤 벌어졌다.

아나가 두 팔을 벌리더니 나를 위해 휙 돌았다.

"와, 난 정말 운이 좋은 놈이야." 내가 감탄했다.

"네, 맞아요."

"내 셔츠 걸치고 내 머리 잘라줘. 지금 그 모습으로는 내가 정신이 팔려서 침대로 영영 못 갈 거야."

아나가 섹시하게 짓궂은 미소를 지었다. 무얼 어쩌려는 거지? 내가 바지 지퍼를 올리는 사이 아나가 왈츠를 추며 바닥에 떨어진 셔츠 쪽으로 건너갔다. 그녀의 엉덩이가 관능적인 리듬을 타고 흔들렸다. 그녀는 《펜트하우스》 잡지에 실려도 손색없는 포즈로 허리를 숙였다. 그렇게 상상의 여지를 안 남기는 자세로 내 셔츠를 주워 냄새를 맡더니 내게 수줍은 미소를 날리고는 그것을 어깨에 걸쳤다.

엎드려 있어, 이놈아.

"멋진 공연이야, 그레이 부인."

"가위 있나요?"

아나가 내 셔츠를 입으면서 당돌한 미소를 던졌다.

"내 서재에." 허스키한 목소리가 나왔다.

"내가 가서 찾아볼게요." 그녀가 반쯤 발기한 나를 놔두고 욕실을 나갔다.

부인. 부인. 그레이 부인.

아나가 가위를 찾는 동안 나는 그녀의 옷가지를 주워서 접은 다음 세면대 선반에 올려두었다. 거울 속의 나를 쳐다보니 잘 모르는 남자가 나를 쳐다보고 있었다.

섹스에 관한 한 아나에게 조금 주도권을 넘겨주니 이렇게 만족스러울 수가 없었다.

미친 듯이 몰두하는 아나가 좋았다.

탐욕스러운 아나도.

내 아랫도리 놈을 사랑하는 그녀가 좋았다.

그래. 특히 그거.

게다가 그레이 부인을 이름으로 쓰겠다고 했다.

이 정도면 결과가 좋다고 봐야지.

우리에게 필요한 건 그저 더 나은 소통인지도 모른다.

소통하고 협상하기.

아나가 욕실로 불쑥 뛰어들었다.

"왜 그래?" 내가 물었다.

"방금 테일러랑 마주치는 바람에."

"아." 나는 인상을 썼다. "그 차림으로?"

내 표정에 아나의 눈이 놀라 커다래졌다. "테일러의 잘못이 아니에요." 그녀가 얼른 말했다.

"아니지. 그렇긴 하지만." 누가 거의 벌거벗은 내 아내를 보는 건 싫었다.

"나 옷 입었어요."

"벗은 거나 같아."

"누가 더 민망했는지 모르겠네요. 나인지 그 사람인지."

뻔하지. 불쌍한 테일러. 아님 복 받은 테일러인가. 어느 쪽으로 생각해야 할지 알 수 없었다. 비키니 상의 노출 사건이 떠올라 그 기억을 재빨리 털어버렸다.

"테일러랑 게일이, 음, 사귀는 거 알았어요?" 아나가 약간 충격 받은 목소리로 말했다.

나는 하하 웃었다. "응, 물론 알고 있었지."

"알면서 나한테 말 안 한 거예요?"

"난 너도 아는 줄 알았지."

"몰랐어요."

"아나, 그 사람들 성인이야. 같은 지붕 아래 살고 있고. 둘 다 홀 몸이고. 매력도 있고."

아나가 얼굴을 붉혔다. 아, 나도 모르겠다. 그래도 두 사람에게 서로가 있어서 잘됐다는 생각이었다.

"뭐, 당신이 그렇다면야." 아나가 중얼거렸다. "난 게일이 테일러보다 나이가 더 많은 줄 알았어요."

"그렇긴 한데, 아주 많지는 않아. 어떤 남자들은 연상의 여자를 좋아해……."

젠장.

"나도 알아요." 아나가 인상을 구기며 딱딱거렸다.

젠장. 왜 그런 말을 했을까? 엘레나는 항상 이렇게 옆에서 얼쩡거리다가 우리 사이에 끼어들려나?

"그러고 보니까 생각나." 나는 화제를 바꾸었다.

"뭐가요?" 아나가 시무룩하게 말하고는 의자를 잡아 세면대 쪽으로 돌려놓았다. "앉아요."

대장 같은 내 아내.

나는 즐거운 기색을 숨기고 하라는 대로 했다.

봤지. 나도 얌전할 수 있어.

"안 그래도 차고 위층 방을 두 사람이 살 집으로 꾸미면 어떨까 생각하던 참이야." 내가 말했다. "둘의 가정집으로. 그러면 테일러의 딸도 더 자주 아빠랑 같이 지낼 수 있을 거야." 아나가 내 머리를 빗으로 빗기는 동안 나는 거울로 아나의 반응을 살폈다.

그녀가 인상을 썼다. "그 사람 딸은 왜 여기서 살지 않아요?"

"테일러가 나한테 그런 부탁을 한 적은 없었어."

"당신이 먼저 말을 꺼내봐요. 그렇게 되면 우리는 행동거지를 조심해야 하겠지만."

"그 생각은 안 해봤어."

아이들이라. 아이들은 모든 재미를 파괴해.

"어쩌면 그래서 테일러가 부탁하지 않았을 거예요. 딸은 만난 적 있어요?"

"응. 귀여운 애였어. 수줍음을 타더라. 아주 많이. 내가 그 애 학비를 대고 있어."

아나가 빗질을 멈추었다. 우리의 시선이 거울 속에서 마주쳤다.

"그런 줄은 몰랐네요."

나는 어깨를 추어올렸다. "내가 그 정도는 해야 할 것 같았어. 그러면 테일러도 일을 그만두지 않을 테고."

"그 사람이 당신 밑에서 일하는 걸 좋아할 만하네요."

"난 모르겠어."

"테일러가 당신을 많이 좋아하는 것 같아요, 크리스천." 아나가 다시 내 머리를 빗어 내렸다. 기분이 좋았다.

"그런 것 같아?"

"그렇던데요."

아니, 그렇단 말이야? 테일러는 존경할 점이 많은 사람이다. 그가 나를 위해…… 우리를 위해 계속 일해주기를 바랐다. 무기한으로. 그를 믿으니까. "좋아. 그럼 지아에게 차고 위 방 이야기를 해볼래?"

"알았어요. 그럴게요." 그녀의 입술이 둥그렇게 휘며 은밀한 미소를 띠었다. 대체 무슨 속셈인지 궁금했다. "정말 괜찮겠어요? 무를 수 있는 마지막 기회예요."

"망치기만 해. 난 나를 볼 필요가 없지만 넌 나를 봐야 할걸."

그녀의 미소에 실내가 다 환해졌다. "크리스천, 난 온종일 당신을 보고 있으래도 볼 수 있어요."

나는 고개를 저었다. "그거야 잘생긴 얼굴이니까, 자기야."

"그 얼굴 뒤에도 아주 잘생긴 남자가 들어 있죠." 그녀가 내 관자놀이에 키스했다. "내 남자."

아나의 남자.

마음에 든다.

나는 가만히 앉아 그녀가 머리를 자르게 두었다. 그녀가 집중하는 동안 혀가 치아 사이로 비쭉 고개를 내밀었다. 그 모습이 귀엽고 성욕을 자극해서 눈을 질끈 감고 우리의 신혼여행을 떠올리며 함께 쌓은 많은 추억을 곱씹었다. 중간중간 한쪽 눈을 빠끔히 뜨고 그녀를 슬쩍 훔쳐보기도 하면서.

"끝났어요." 그녀가 선언했다. 나는 눈을 뜨고 그녀의 솜씨를 확인했다.

정말 머리를 잘랐다. 그럭저럭 봐줄 만했다.

"대단한데, 그레이 부인." 나는 그녀를 끌어당겨 코를 그녀의 배에 비볐다. "고마워."

"천만에요." 그녀가 내게 가볍게 키스했다.

"늦었어. 침대로 가자." 그녀가 내 앞에서 엉덩이를 흔들어대는 바람에 나는 유혹을 못 참고 그녀의 엉덩이를 찰싹 때렸다.

"아이 참! 여기 청소해야죠."

온 바닥에 내 머리카락이 뭉텅뭉텅 널려 있었다. "그래, 내가 빗자루 가져올게." 나는 일어섰다. "네가 옷도 제대로 안 입고 직원들 자꾸 민망하게 만드는 건 좀 그래."

"빗자루가 어디 있는지 알기나 해요?"

나는 아나를 물끄러미 보았다. "음, 아니."

아나가 웃음을 터뜨렸다. "내가 갈게요." 그녀가 빙그레 웃어 보이고는 뽐을 내며 욕실에서 나갔다.

어떻게 난 빗자루가 어디 있는지도 모르는 걸까?

세면대로 돌아서서 내 머리를 다시 살펴보았다. 아나의 솜씨가 대단했다. 잘 어울렸다. 치약을 집는데 그녀의 솜씨에 감동해서 웃음을 절로 나왔다.

침실로 올라가니 아나가 혼자 웃고 있었다.

"뭔데?" 내가 물었다.

"아무것도. 그냥 무슨 생각이 나서요."

"무슨 생각?" 나는 옆으로 돌아누워 그녀를 지켜보았다.

"크리스천, 나 회사 운영하고 싶지 않아요."

나는 팔꿈치를 받쳤다. "왜 그런 건데?"

"그러고 싶은 적이 한 번도 없었거든요."

"네 능력으론 하고도 남아, 아나스타샤."

"책을 읽는 건 좋아요, 크리스천. 회사를 운영하려면 책을 못 읽게 될 거예요."

"총괄 책임자가 되면 돼."

아나는 생각에 잠기는 듯했다. 싫어서 그러는 건지 아니면 고려하는 것인지 알 수 없었다. 나는 밀어붙였다. "회사를 성공적으로 경영하려면 운용하는 개개인의 재능을 포괄하는 것이 관건이야. 만약 자신의 재능과 흥미가 어떤 부분에 있다면, 그걸 활용하도록 회사를 구성하면 돼. 섣불리 안 된다고 마다하지 마, 아나스타샤. 넌 대단히 유능한 여성이야. 난 네가 열과 성을 다한다면 원하는 건 뭐든 할 수 있다고 봐."

아나는 확신이 없어 보였다. "내 시간을 너무 뺏길까 봐 걱정도 돼요."

그건 나도 미처 고려하지 않은 부분이었다.

"당신에게 쏟을 시간." 그녀가 중얼거렸다.

뻔한 수를 쓰는군, 그레이 부인. "무슨 속셈인지 다 알아."

"뭔데요?"

"지금 이 문제에서 내 관심을 돌리려는 거잖아. 항상 그러더라. 말도 안 되는 생각이라고 밀어내지 마. 한번 생각을 해보라는 말이야. 내 부탁은 그거야." 나는 그녀의 입술에 가볍게 키스하고 엄지손가락으로 그녀의 뺨을 쓰다듬었다.

넌 정말 사랑스러워.

그리고 유능해.

"뭐 하나 물어봐도 돼요?"

"물론."

"아까 나한테 그래도 화가 난다면 침대에서 반격하라고 했잖아요. 무슨 뜻으로 한 말이죠?"

"무슨 뜻이었을 것 같아?"

"나더러 당신을 묶으라는 말이구나 생각했죠."

뭐라고? "음…… 아니. 그런 뜻으로 한 말은 절대 아니었어." 그저…… 침대에서 약간의 저항을 기대한 것뿐이다.

"오." 아나는 실망한 듯 보였다.

"날 묶고 싶어?"

그렇게까지 할 자신은 없다……. 아직까지는.

아나가 얼굴을 붉혔다. "글쎄요."

"아나, 난……." 그것은 통제력의 완전한 상실과 철저한 복종을 의미한다. 예전에 한 번 아나에게 그걸 제안한 적이 있었는데, 그때 아나가 원하지 않았다. 또다시 아나의 거절을 감당할 자신이 없다. 그녀의 손길을 인내하는, 아니, 즐기는 걸 막 배운 나로서는, 안정된 궤도에서 벗어나고 싶지 않았다.

"크리스천." 그녀가 위쪽으로 올라와 내 얼굴을 마주했다. 그리고 손바닥으로 내 뺨을 감쌌다. "크리스천, 그만. 별거 아니에요. 그냥 내가 그런 뜻일 거라고 생각했을 뿐이에요."

나는 그녀의 손을 잡아 내 가슴에 댔다. 내 피부와 뼈 밑에서 심장이 걱정으로 고동치고 있었다. "아나, 묶인 상태에서 네가 날 만지면 어떤 느낌일지 모르겠어."

그녀의 눈이 점점 더 커졌다.

"아직은 이것도 너무나 새로워." 지금 나는 나의 가장 어두운 두려움을 또다시 그녀에게 고백하는 중이다.

아나가 내 쪽으로 몸을 기울였다. 무얼 하려나 싶었는데 그녀가 내 입가에 키스했다. "크리스천, 내가 오해했어요. 걱정하지 말아요. 생각하지도 말고요." 그녀가 다시 내게 키스했다. 나는 눈을 감고 굶주린 키스로 응답했다. 그녀의 뒤통수를 잡고 그녀를 꼭 안고는 매트리스로 밀어붙여 늘 그러듯 내 악마들을 몰아냈다.

새빨간 손톱들이 내 가슴을 긁어댄다. 나는 움직일 수가 없다. 앞이 보이지 않는다. 느낄 수만 있다. 너 이거 안 좋아하는구나, 응? 말할 수가 없다. 입에 재갈이 물려 있다. 몸속을 뱀처럼 기어다니는 어둠 때문에 나는 미친 듯이 고개를 흔든다. 몸속에선 어둠이 밖으로 나오려고 속을 긁어대고, 몸 밖에선 그녀의 뾰족한 손톱이 상처를 낸다. 쉿. 보상을 받게 될 거야. 플로거가 내 가슴을 친다. 작은 구슬들이 내 피부를 옥죄고, 그 욱신욱신한 질책이 고통으로 어둠을 잠재운다. 내 이마에 땀방울이 맺힌다. 정말 아름다운 피부네. 그녀가 다시 나를 때린다. 더 낮게. 플로거가 내 복부 위에서 노래를 부르는 동안 나는 묶인 몸을 뒤튼다. 망할. 그녀의 매질이 계속 아래로 내려간다. 감당하기 힘든 고통이다. 각오한다. 기다린다. 아나가 내 위에 서 있다. 털이 북슬북슬한 장갑을 끼고 내 얼굴을 어루만진다. 그녀의 손이 내 목 아래로 내려가 가슴을 가로지른다. 털이 내 피부 위를 미끄러진다. 그것이 나를 위로한다. 어둠을 잠재운다. 아나가 나를 바라본다. 머리는 헝클어지고 눈은 사랑으로 반짝인다. 아나. 그녀의 손이 내 복부로 내려와 지극히 부드러운 손길로 배를 어루만진다. 다음 순간 그녀의 손가락이 내 머리카락 속에 있다.

나는 눈을 떴다. 아나를 이불처럼 휘감고 머리를 그녀의 가슴에
얹고 있다. 나의 잿빛 눈이 여름날의 화창한 푸른빛과 마주쳤다.
"안녕." 내가 중얼거렸다. 그녀를 만나 기뻤다.

"안녕." 내 기쁨이 그녀의 얼굴에 비쳤다.

그녀의 새틴 가운은 가슴 사이의 특별한 계곡을 드러내는 완벽
한 디자인이다. 그녀의 그곳에 키스하자 내 몸의 다른 부위가 깨
어났다…… 완전히. 내 손이 그녀의 엉덩이를 쓸었다. "유혹의 화
신 같으니." 내가 속삭였다. "네 유혹이 아무리 강해도." 라디오 시
계가 7시 30분을 가리켰다. "그만 일어나야 해." 나는 마지못해 아
내에게서 몸을 풀고 침대에서 일어났다. 아나는 두 손으로 머리를
받치고 내가 옷을 벗는 걸 구경했다. 혀로 윗입술을 핥으면서.

"감탄하는 중인가, 그레이 부인?"

"훌륭한 볼거리네요, 그레이 씨." 그녀의 입이 휘어져 우쭐한 미
소를 그리길래 나는 그녀에게 내 파자마 바지를 던졌다.

아나가 깔깔 웃으며 그걸 받았다.

일은 무슨, 집어치워.

나는 아나에게서 이불을 홱 걷어내고는 침대로 기어 올라가 발
목을 잡고 그녀를 내 쪽으로 홱 끌어당겼다. 그녀의 가운이 허벅
지 위로 말려 올라갔다. 옷자락이 위로, 위로 올라가며 내가 가장
좋아하는 부위를 드러냈다.

아나가 꺅 비명을 질렀다. 자극적인 소리였다. 나는 몸을 숙여
키스 길을 놓기 시작했다. 그녀의 무릎에서 허벅지로, 내가 좋아
하는 부위로.

좋은 아침이야, 아나.

아! 그녀가 신음했다.

주방으로 들어가니 존스 부인이 바쁘게 부엌일을 하고 있었다. "좋은 아침이에요, 그레이 씨. 커피 드릴까요?"

"좋은 아침이에요, 게일. 주세요."

"아침 뭐 드실래요?"

오늘 아침과 어제저녁의 활동 때문에 배가 엄청 고팠다. "오믈렛. 그걸로 하죠."

"햄, 치즈, 버섯?"

"좋죠."

"그레이 부인이 사장님 머리를 잘 잘라주셨네요." 존스 부인이 미소를 지었다. 눈에서 장난스런 눈빛이 반짝거렸다.

나도 미소를 지었다. "그러게요." 나는 주방 카운터의 스툴에 걸터앉았다. 게일이 카운터 위에 두 사람분의 식기를 차려두었다. "아나는 곧 나올 거예요."

"잘됐네요." 게일이 내게 커피를 건넸다. 내가 먹을 오믈렛이 익는 동안 게일은 아나가 먹을 그래놀라, 요거트, 블루베리를 내왔다. 나는 휴대전화로 시황을 확인했다.

"좋은 아침이에요, 그레이 부인." 게일이 아나에게 인사하며 찻잔을 건넸다.

내 아내는 눈 색깔과 잘 어우러지는 예쁜 푸른색 셔츠 원피스 차림이었다. 지금은 내가 은밀히 자주 만나는 섹스 요부가 아니라 쿨한 출판사 임원으로 보였다. 그녀가 내 옆에 앉았다. "기분이 어떠신가, 그레이 부인?" 내가 물었다. 그녀의 기분이 어떤지는 잘 알고 있었다. 오늘 아침에 좋아 죽겠다고 소리 내어 말했으니까.

"잘 알 텐데요, 그레이 씨." 아나가 속눈썹 사이로 나를 올려다보며 내 리비도를 자극하는 표정을 지었다.

나는 큭큭 웃었다. "먹기나 해. 어제 아무것도 안 먹었잖아."

"그거야 당신이 엉덩짝처럼 굴어서 그랬죠."

존스 부인이 수전으로 헹구던 접시를 개수대 속으로 떨어뜨렸고, 그 소리에 아나가 깜짝 놀랐다.

"엉덩짝이든 아니든…… 일단 먹으라고."

먹는 거 가지고 나한테 요령 피우지 마, 아나.

아나가 눈을 위로 치켜떴다. "알았어요! 숟가락 들고 그래놀라 먹는다고요." 아나는 발끈하는 목소리였지만 요거트와 블루베리를 가져와 아침 식사를 하기 시작했다.

나는 그제야 마음이 놓였다. 그녀에게 하기로 한 말이 기억났다. "이번 주 후반에 뉴욕에 가야 할지도 몰라."

"아하."

"하룻밤 자고 올 건데, 너도 같이 갔으면 좋겠어."

"크리스천, 나 휴가 못 내요."

나는 그녀를 물끄러미 쳐다봤다. 오, 그거야 방법을 찾으면 돼.

그녀가 한숨을 쉬었다. "당신이 회사 주인인 건 알지만, 나 3주나 자리를 비웠잖아요. 부탁이에요. 출근도 안 하면서 어떻게 회사를 운영하라는 거예요? 난 여기 있어도 괜찮을 거예요. 테일러는 당신이 데려가겠지만 소여랑 라이언은 여기 남을 테니까……." 그녀가 말을 멈추었다.

내 아내는 늘 그렇듯 핵심을 찔렀다.

"왜요?" 그녀가 물었다.

"아무것도 아냐. 그냥 너 때문에."

그리고 너의 협상 기술 때문에.

아나가 나를 곁눈질했다. 그녀의 표정에서 즐거운 기색이 싹 사라졌다.

"뉴욕에는 어떻게 갈 건데요?"

"회사 전용기로. 왜?"

"혹시 찰리 탱고로 가나 해서요." 아나의 얼굴에서 핏기가 가시면서 그녀가 진저리를 쳤다.

"찰리 탱고로 뉴욕까지 가진 않아. 찰리 탱고는 그런 장거리 용도가 아니니까. 게다가 정비사들한테서 돌려받으려면 2주는 더 있어야 해."

아나가 안심하는 표정이었다. "거의 수리가 끝났다니 다행이네요. 하지만……." 그녀가 말을 멈추고 그래놀라를 내려다보았다.

"왜?"

그녀가 어깨를 추어올렸다.

꼭 이러더라. 그녀가 이럴 때마다 답답했다. "아나?" 말해.

"그냥 좀……. 알잖아요. 당신이 마지막으로 찰리 탱고를 조종했을 때…… 난, 우리는 당신이……." 그녀가 말을 더듬다가 말꼬리를 흐렸다.

오.

아나.

"헤이." 나는 손가락으로 그녀의 얼굴을 쓰다듬었다. "그건 고의 손상에 의한 사고였어."

그 용의자는 네 예전 상사이고.

"당신을 잃는다면 내가 어떻게 버틸 수 있겠어요."

그녀가 말했다.

"그 일로 다섯 명이 해고됐어, 아나. 다시는 그런 일 없을 거야."

"다섯 명?"

나는 고개를 끄덕였다.

아나가 인상을 썼다. "그러고 보니 생각나는데, 당신 책상에 총이 있던데요."

그건 어떻게 알았지?

가위.

젠장.

"레일라 거야."

"완전히 장전돼 있던데요."

"어떻게 알았어?"

"어제 확인해봤어요."

뭐! "네가 총 만지작거리는 거 싫어. 안전장치를 채웠나 모르겠네."

아나가 머리 두 개 달린 괴물을 보듯 나를 쳐다보았다. "크리스천, 그 리볼버는 안전장치가 없어요. 당신이야말로 총에 대해 알긴 알아요?"

"음, 아니."

테일러가 헛기침을 했다. 입구에서 우리를 기다리고 있었다. 나는 손목시계를 확인했다. 생각보다 시간이 지체됐다.

오늘 아침에 네 아내랑 사랑을 나눴으니까, 그레이.

"그만 나가야겠다." 나는 일어서서 재킷을 입었다. 아나가 나를 따라 복도로 나왔다. 우리 둘은 테일러와 인사를 나누었다.

"나 양치질하고 올게요." 아나가 말했다. 테일러와 나는 그녀가 욕실로 돌아가는 걸 지켜보았다.

나는 테일러에게 돌아섰다. "마침 생각나서 하는 말인데, 9월에 아나의 생일이 있어. 아나가 R8이 갖고 싶대. 흰색으로."

테일러가 양쪽 눈썹을 추켜올렸다.

나는 웃음을 터뜨렸다. "알아. 나도 놀랐다니까. 한 대 주문해줄 수 있지?"

테일러가 빙그레 웃었다. "물론이죠, 사장님. 사장님 차랑 같은 스파이더로 할까요?"

"응. 그게 좋겠어. 같은 스펙으로."

테일러가 신바람이 나는지 양손을 비볐다. "제가 알아보죠."

"늦어도 9월 9일까지는 필요해."

"한 대쯤은 제때 구할 수 있을 겁니다."

아나가 돌아왔고 우리는 엘리베이터로 향했다. "테일러에게 총 쏘는 법을 가르쳐달라고 해봐요." 아나가 말했다.

"이젠 그런 것까지 배우라고?" 씁쓸한 말투가 튀어나왔다.

"그럼요."

"아나스타샤, 난 총이라면 질색이야. 어머니는 총기 사고 피해자를 수없이 치료하셨고, 아버지는 총기 소지를 완강히 반대하셔. 난 두 분의 가치관 아래 성장했고. 워싱턴에서는 총기 규제와 관련된 법안을 두 개 이상 후원하고 있어."

"아하. 테일러는 총을 소지할 텐데요?"

나는 테일러를 흘끔거렸다. 총기에 대한 나의 극렬한 혐오감이 얼굴에 드러나지 않기를 바라면서. "가끔은."

"당신은 찬성하지 않나 보죠?" 내가 엘리베이터 밖으로 아나를 이끌 때 그녀가 물었다.

"찬성하지 않아. 총기 소지에 대해선 테일러와 내가 아주 다른 견해를 갖고 있다고 봐야지."

차 안에서 아나가 손을 내밀어 내 손을 잡았다. "부탁할게요." 그녀가 말했다.

"뭘 부탁해?"

"총 쏘는 법 배워요."

나는 눈을 위로 치켜떴다. "안 돼. 그 얘긴 그만해, 아나스타샤."

그녀는 입을 열었다가 다시 꾹 닫더니 팔짱을 끼고 차창 밖을 내다보았다. 전직 군인의 딸이니 총기에 대한 견해가 다를 수밖에. 나는 의사의 아들이니 견해가 다르고.

"레일라는 어디 있어요?" 아나가 물었다.

내 예전 서브는 왜 생각하는 거야?

"말했잖아. 코네티컷에 가족과 함께 있다고."

"확인했어요? 어쨌든 레일라도 머리가 길잖아요. 닷지를 운전한 건 레일라일 수도 있어요."

"그럼, 확인했지. 햄든에 있는 미술학교에 등록했어. 이번 주부터 시작해."

"직접 이야기도 했어요?" 그녀의 얼굴이 하얗게 질렸다. 충격을 받은 그녀의 목소리가 조용히 울려 퍼졌다.

"아니. 플린이 했어."

"그렇구나."

"왜?"

"아무것도 아니에요."

나는 한숨을 쉬었다. 오늘 아침에 이러는 거 벌써 두 번째다. "아나, 왜 그러는 거야?"

소통하고 협상하기.

아나가 어깻짓을 했다. 그녀가 무슨 생각을 하는지 도무지 알 수가 없었다. 레일라 생각을 하는 걸까? 지금 아나에게 필요한 건 확신일지도 모르겠다. "난 그저 그 여자의 상황을 지켜보고 있을 거야." 내가 말했다. "그 여자가 대륙 반대편에 그대로 있는지 확인하려고. 그 여자 훨씬 좋아졌어, 아나. 플린이 뉴헤이븐에 있는 정신과 의사를 소개해주었어. 보고서도 아주 긍정적이야. 그 여자는 늘 미술에 관심이 있었어. 그래서……" 나는 말을 멈추고 아나가 무슨 생각을 하는지 그녀의 얼굴을 읽으려고 애썼다. "사소한 일에 신경 쓰지 마, 아나스타샤." 나는 그녀의 손을 꼭 쥐었다. 그녀도 내 손을 꼭 쥐어서 마음이 놓였다.

"머리 자르셨네요. 보기 좋습니다, 사장님." 베리가 그레이 하우스의 유리문을 열어주며 호들갑을 떨었다.

"어, 고마워, 베리."

처음 자른 건데 이 정도야.

"아들은 잘 지내?" 내가 물었다.

"잘 있습니다, 사장님. 공부를 꽤 합니다." 베리가 활짝 웃으며 아버지의 자긍심을 드러냈다.

따라 웃지 않을 수 없었다. "잘됐군."

로스와 샘이 엘리베이터 안에 있었다.

"머리 자르셨어요?" 로스가 물었다.

"응. 고마워."

"보기 좋네요."

"그러게요." 샘이 말했다.

"고마워."

우리 직원들이 뭐에 씌었나?

바니에게 태블릿 시제품에 대한 보고를 받고 나서 아나에게 이메일을 보냈다. 아나의 이메일 계정의 이름이 바뀌었다는 데 과감히 베팅했다.

보낸 사람: 크리스천 그레이

제목: 아부

날짜: 2011년 8월 23일 09:54
받는 사람: 아나스타샤 그레이

그레이 부인,
새 헤어 스타일로 세 번이나 칭찬받았어. 이런 걸로 직원들한테 칭찬을 다 받아보네. 간밤의 일이 생각날 때마다 히죽히죽 웃어서 그런가봐. 넌 정말 훌륭하고 유능하고 아름다운 여성이야.
그리고 온전히 내 것이지.

크리스천 그레이
CEO, 그레이 엔터프라이즈 홀딩스 Inc.

즉시 답장은 받지 못했지만, 그래도 이메일이 되돌아오지 않아 기뻤다.
회의가 끝나고 다음 회의가 시작되기 전에 아나의 답장이 도착했다.

보낸 사람: 아나스타샤 그레이
제목: 일에 집중하려고 노력 중
날짜: 2011년 8월 23일 10:48
받는 사람: 크리스천 그레이

그레이 씨,
일하려고 애쓰는 중이라 달콤한 기억에 붙잡혀 정신을 딴 데 팔고 싶지 않아요.

사실 나 예전에 여러 번 레이 아빠의 머리를 잘라줬는데, 이제는 고백해도 되겠죠? 그때 연습한 걸 이렇게 써먹게 될 줄은 몰랐네요.

그리고, 네, 나 당신 거예요. 내 사랑 당신, 헌법 제2조에 의해 보장된 총기 소지 권리를 거부하는 우리 고압적인 남편님은 내 거랍니다. 하지만 걱정 말아요. 내가 당신을 보호해줄 테니까. 언제나.

아나스타샤 그레이

편집자, SIP

아나가 레이 아빠의 머리를 잘라준 적이 있었다니. 젠장, 그래서 그렇게 잘 잘랐구나. 게다가 나를 보호하겠다네.

어련하시겠어. 나는 컴퓨터로 돌아가 구글에서 '총기 공포증'을 검색했다.

보낸 사람: 크리스천 그레이

제목: 애니 오클리(19세기 후반에서 20세기 초반까지 미국과 유럽에서 유행한 서부극 공연에 출연했던 여성 사격수-옮긴이)

날짜: 2011년 8월 23일 10:53

받는 사람: 아나스타샤 그레이

그레이 부인,

전산실에 말해서 이름을 바꾼 걸 보니 흐뭇해. :D

이제부턴 총을 자유자재로 구사하는 아내가 옆에서 자고 있구나 생각하고 꿀잠 잘게.

크리스천 그레이

CEO 겸 호플로포브(무기 공포증이 있는 사람-옮긴이), 그레이 엔터프라이즈
홀딩스 Inc.

보낸 사람: 아나스타샤 그레이
제목: 어려운 단어
날짜: 2011년 8월 23일 10:58
받는 사람: 크리스천 그레이

그레이 씨,
당신의 언어 구사 능력에 또다시 말문이 막히네요.
사실 당신은 다재다능하죠. 특히 어떤 능력을 염두에 두고 말하는 건지
잘 알 거예요.

아나스타샤 그레이
편집자, SIP

그녀의 답장에 웃음이 났다.

보낸 사람: 크리스천 그레이
제목: 헛!
날짜: 2011년 8월 23일 11:01
받는 사람: 아나스타샤 그레이

그레이 부인,

지금 나한테 꼬리 치는 거야?

크리스천 그레이

놀란 CEO, 그레이 엔터프라이즈 홀딩스 Inc.

보낸 사람: 아나스타샤 그레이

제목: 그보다는……

날짜: 2011년 8월 23일 11:04

받는 사람: 크리스천 그레이

내가 언제 다른 사람한테 꼬리 친 적 있나요?

아나스타샤 그레이

용감한 편집자, SIP

보낸 사람: 크리스천 그레이

제목: 으르렁

날짜: 2011년 8월 23일 11:09

받는 사람: 아나스타샤 그레이

아니!

크리스천 그레이

소유욕 강한 CEO, 그레이 엔터프라이즈 홀딩스 Inc.

보낸 사람: 아나스타샤 그레이

제목: 와우……

날짜: 2011년 8월 23일 11:14

받는 사람: 크리스천 그레이

지금 나한테 으르렁대는 거예요? 조금 섹시한데요.

아나스타샤 그레이

(좋아서) 꼼지락거리는 편집자, SIP

이메일로 아나를 꼼지락거리게 만드니까 재밌다.

보낸 사람: 크리스천 그레이

제목: 조심해

날짜: 2011년 8월 23일 11:16

받는 사람: 아나스타샤 그레이

지금 나한테 꼬리 치고 나 가지고 노는 거야, 그레이 부인?
오늘 오후에 찾아갈까 보다.

크리스천 그레이

계속 불끈불끈하는 CEO, 그레이 엔터프라이즈 홀딩스 Inc.

보낸 사람: 아나스타샤 그레이
제목: 아, 그러지 마요!
날짜: 2011년 8월 23일 11:20
받는 사람: 크리스천 그레이

얌전히 굴게요. 직장에서 내 상사의 상사의 상사가 날 쥐고 흔드는 건 바라지 않는다고요. ;)
이제 일 좀 할게요. 상사의 상사의 상사가 엉덩이를 뻥 걷어차면서 날 내쫓을지도 몰라요.

아나스타샤 그레이
편집자, SIP

보낸 사람: 크리스천 그레이
제목: &*%$&*&*
날짜: 2011년 8월 23일 11:23
받는 사람: 아나스타샤 그레이

믿을지 모르지만 그 상사의 상사의 상사는 지금 네 엉덩이에 하고 싶은 게 무궁무진해. 널 쫓아내는 건 거기 포함되어 있지 않아.

크리스천 그레이
CEO 겸 엉덩이에 약한 남자, 그레이 엔터프라이즈 홀딩스 Inc.

보낸 사람: 아나스타샤 그레이

제목: 저리 가요!

날짜: 2011년 8월 23일 11:26

받는 사람: 크리스천 그레이

제국을 운영하는 사람 아니었나요?

나 좀 그만 괴롭혀요.

다음 약속은 여기로 해요.

가슴에 약한 남자인 줄 알았더니만.

내 엉덩이 생각해요. 나도 당신 거 생각할게요…….

ㅅㄹㅎㅇ X

아나스타샤 그레이

촉촉해진 편집자, SIP

촉촉? 또 그 단어를 쓰네. 나는 고개를 절레절레 흔들었다. 내가 좋아하는 건 그녀가 '젖는' 것이다. '촉촉'은 아무런 감흥이 없다. 하지만 안타깝게도 여기서 멈춰야 한다. 4분 후에 마르코와 그의 팀하고 회의가 시작된다.

회의는 순조롭게 진행됐다. 마르코는 지오루마라에 다녀온 이후 공격적으로 일을 추진하고 있고 우리의 제안은 받아들여졌다. 우리는 이 합병을 기점으로 더 저렴하고 제조가 쉬운 태양광 패널을 통해 그린 에너지 분야에 새로이 진출할 것이다.

그리고 아무래도 내가 대만으로 건너가거나 거기 조선소 소유주가 우리 쪽으로 와야 할 것 같다. 하지만 그들이 전화 회담을 먼저 제의했다. 로스가 시간 약속을 잡기로 했다.

회의가 끝났을 때 로스가 내게 면담을 요청했다. 우리는 다른 사람들이 나갈 때까지 기다렸다.

"하산이 사장님께서 뉴욕에 오셨으면 합니다." 로스가 말했다. "우즈가 그렇게 회사를 그만두는 바람에 기강이 해이하다고 하네요. 우즈는 사내에서 인기가 바닥이었어요. 그 작자가 언론에 워낙 난리를 치기도 했고, 기술 팀도 마음을 못 잡고 갈팡질팡하고 있어서요. 인재를 잃어선 안 되잖아요. 모두 유능한 사람들이에요."

"하산이 그들을 달래줄 순 없나?"

"하산만으로는 한계가 있어요, 크리스천. 사장님이 방문하시면 다들 든든해할 거예요. 결속을 다지는 건 사장님이 잘하시잖아요."

"알았어."

"사장님이 목요일에 가신다고 하산에게 말해둘게요."

"고마워."

"오, 그웬이 임신했어요."

"와우. 축하해!"

나는 어떻게 그게 가능한지 궁금했지만 캐묻지 않았다.

"네. 이제 임신 12주차라 사람들에게 알리고 있어요."

"아이가 셋이라니! 와!"

"네. 이제 그만 가질까 봐요."

나는 미소를 지었다. "다시 한번 축하해."

나는 내 책상으로 돌아와서 웰치에게 보고를 받으러 전화를 걸었다. 그는 에스칼라 외부 CCTV 녹화 영상을 확인했다. "사장님, 하이드의 예전 비서들과 다시 이야기를 해봐야겠어요. 이번에는 입을 열지 두고 보죠."

"손해 볼 건 없겠지."

"제 생각도 그렇습니다."

"진행 상황 보고해."

"알겠습니다."

나는 전화를 끊고 아나에게 뉴욕에 가게 됐다고 알려주었다.

보낸 사람: 크리스천 그레이

제목: 뉴욕

날짜: 2011년 8월 23일 12:59

받는 사람: 아나스타샤 그레이

친애하는 아내에게

내 제국의 요청으로 이번 목요일에 뉴욕에 가게 됐어.

금요일 저녁에 돌아올 거야.

너랑 같이 가고 싶은데 아무래도 안 되겠지?

네 상사의 상사의 상사에겐 네가 필요해.

크리스천 그레이

CEO, 가슴과 엉덩이에 약한 남자, 그레이 엔터프라이즈 홀딩스 Inc.

보낸 사람: 아나스타샤 그레이

제목: 뉴욕은 사양할게요

날짜: 2011년 8월 23일 13:02

받는 사람: 크리스천 그레이

내 상사의 상사의 상사는 하룻밤쯤 나랑 내 가슴이랑 엉덩이 없이 잘 수
있을 거라고 생각해요!
그런 말도 있잖아요, 떨어져 있으면…… 더 애틋해진다고.
나 얌전히 있을게요. 약속해요.

아나스타샤 그레이
편집자, SIP

아직 동이 트기 전. 내 아내는 웅크린 채 이불 속에 있었다. 그녀 쪽 바닥에 케이블 타이 조각들이 떨어져 있었다. 어젯밤 일이 기억나 큭큭 웃으면서 그것들을 주워 바지 주머니 안에 넣었다.

즐거운 나날들.

나는 아나 위로 몸을 기울여 그녀의 은은한 향기를 맡았다. 아나와 섹스의 향기. 세상에서 가장 매혹적인 향수. 나는 그녀의 이마에 살짝 입을 맞추었다.

"너무 이르잖아요." 그녀가 웅얼거렸다.

젠장. 아나를 깨우고 말았다. 그간 경험한 바로 볼 때 아나는 아침형 인간은 아니었다. "내일 밤에 봐." 내가 속삭였다.

"가지 말아요." 나른하게 말하는 그녀의 모습이 내 마음을 흔들었다.

"가야 해." 나는 그녀의 뺨을 쓰다듬었다. "내 생각해."

"그럴게요." 그녀는 내게 나른한 미소를 짓더니 입술을 쭉 내밀었다.

나는 피식 웃었다. 이른 아침 내 여자의 작별 키스. "간다." 나는 그녀의 입술에 대고 소곤거린 뒤 마지못해 그녀를 자게 두고 나왔다.

라이언이 운전해 나와 테일러를 보잉 필드로 데려다주었다. 나는 뒷좌석에서 아나에게 이메일을 보냈다.

보낸 사람: 크리스천 그레이

제목: 벌써 보고 싶어

날짜: 2011년 8월 25일 04: 32

받는 사람: 아나스타샤 그레이

그레이 부인,

오늘 아침 무척 예쁘더라.

내가 없는 동안 얌전히 있어.

사랑해.

크리스천 그레이

CEO, 그레이 엔터프라이즈 홀딩스 Inc.

기장 스테판과 부기장 베일리가 이륙 준비를 마쳤다. 어느새 우리는 뉴욕 시티를 향해 하늘을 날았다. 나는 한 시간 정도 눈을 붙일까 해서 작은 침실에서 옷을 벗었다. 자리에 누워 그녀와 함께 보내는 저녁 시간을 떠올렸다. 아나와 같이 참석했던 시애틀 어시스턴스 유니언 행사. 연분홍색 드레스에 내게 두 번째 기회였던 귀걸이를 건 아나의 모습은 정말 우아해 보였다. 어젯밤 내가 옷을 벗겼을 때가 더 우아해 보이기는 했지만.

오늘 아나도 같이 왔어야 했는데. 눈을 감으니 이 걸프스트림을 타고 떠났던 신혼여행 밤으로 마음이 흘러갔다.

흠……. 꿈에 내 아내가 나오길.

잠에서 깨보니 뉴욕까지 한 시간 정도 남아 있었다. 상쾌한 기분으로 재빨리 옷을 입었다. 테일러는 주 선실에서 무얼 먹고 있었는데 햄과 치즈를 넣은 크루아상 같았다.

"좋은 아침입니다, 사장님."

"안녕. 아침 먹나 봐. 잘했네. 잠은 잤어?"

테일러가 고개를 끄덕였다. 평소처럼 티 하나 없이 말끔한 모습이었다. "그럼요. 고맙습니다."

내가 자리에 앉았을 때 기장이 우리에게 왔다.

"푹 주무셨습니까?" 스테판이 물었다.

"네. 고마워요. 별 문제 없죠?" 내가 물었다.

"JFK로 항로를 수정했습니다. 티터버러 공항에서 사고가 나서요."

"사고?"

"제가 알기로는 큰 사고는 아닙니다. 우리 착륙 시간이 미뤄지긴 했습니다만."

"GEH 파이버옵틱스에 있을 시간이 줄어들겠군." 내가 테일러에게 말했다.

"쉘테어의 지상 근무 직원들과 연락을 취하고 있습니다. 이용하실 차량은 티터버러에서 가져올 겁니다." 스테판이 말했다.

"잘했군요. 착륙 후에 걸프스트림은 티터버러로 이동시켜놓죠? 갈 때 거기서 출발하는 게 더 편할 겁니다."

"조치하겠습니다." 스테판이 미소를 짓고는 조종실로 돌아갔다.

40분 뒤 우리는 JFK에 착륙했다. 터미널로 이동할 때 이메일을 확인했다. 아나에게서 한 통이 들어와 있었다.

보낸 사람: 아나스타샤 그레이
제목: 당신도 얌전히 다녀와요!
날짜: 2011년 8월 25일 09:03
받는 사람: 크리스천 그레이

착륙하면 연락해요. 연락받을 때까지 걱정될 거예요.

그리고 난 얌전히 있을 거예요. 케이트랑 있을 건데 막 나가봤자 얼마나 막 나가겠어요?

아나스타샤 그레이
편집자, SIP

케이트? 케이트랑 같이 있다면 얼마든지 막 나갈 수 있지. 내가 캐버너 양을 두 번째로 만난 날 아나는 만취했다. 그래서 우리가 첫날밤을 같이 보냈던 거고. 젠장! 나는 통화 버튼을 눌렀다.

"아나 스…… 그레이."

그녀의 목소리를 들으니 기분이 너무나 좋았다. "안녕."

"안녕! 비행 어땠어요?"

"오래 걸렸어. 케이트랑 뭐 할 거야?"

"나가서 조용히 한잔하려고요."

나간다고? 하이드가 활개를 치는 이 상황에? 제기랄!

"소여랑 새로운 여자…… 프레스콧이 따라와서 우리를 지켜줄 거잖아요." 아나가 상냥하게 말했다.

아 그렇지 참. "케이트가 아파트로 올 줄 알았는데."

"간단하게 한잔한 후에 같이 가려고요."

나는 한숨을 쉬었다. "왜 나한테 말 안 했어?" 지금 나는 시애틀에 있지 않다. 그들에게…… 그녀에게 무슨 일이라도 생기면 어떡하려고. 내가 거기 없는데. 그런 일이 생기면 나 자신을 용서할 수 없을 것이다.

"크리스천, 괜찮을 거예요. 라이언, 소여, 프레스콧까지 여기 있잖아요. 간단히 한잔하는 건데요, 뭐. 당신을 만난 후로 케이트를 몇 번 못 봤어요. 제발. 케이트는 나랑 가장 친한 친구란 말이에요."

"아나, 널 친구들에게서 떼어내려는 아니야. 그냥 케이트가 아파트로 올 줄 알았다는 얘기야."

아나가 한숨을 쉬었다. "알았어요. 집에 있을게요."

"그 미친놈이 돌아다니고 있는 동안만. 부탁할게."

"알았다고요." 아나가 투덜거렸다. 발끈하는 말투였다.

나는 이런 게 아니지 하는 생각에 마음이 놓여서 큭큭 웃었다. "네가 나한테 눈을 흘기는 건 딱 알아."

"미안해요. 걱정시키려던 건 아니었어요. 케이트한테 말할게요."

"그래." 나는 숨을 훅 내쉬었다. 아나에 대한 걱정을 내려놓고 오늘 하루를 마음 놓고 보낼 수 있을 것 같았다.

"어디예요?"

"JFK 활주로."

"아, 막 착륙한 거예요?"

"응. 착륙하면 연락하라며."

"그레이 씨, 우리 둘 중 하나는 꼼꼼해서 참 좋네요."

"그레이 부인, 과장하는 재능은 끝이 없군. 널 어쩌면 좋을까?"

"당신이라면 창의성을 발휘할 거라 믿어요. 대개는 그러잖아

261

요." 그녀가 소곤거렸다.

"지금 나한테 꼬리 치는 거야?"

"맞아요." 그녀가 소리 없이 웃는 것 같았다. 이렇게 멀리 떨어져 있는데도, 전화를 통해 듣는 건데도 그녀의 목소리는 성욕을 자극했다.

나는 빙긋 웃었다. "그만 끊어야겠다. 하라는 대로 해, 아나. 보안 팀이 알아서 잘할 거야."

"알았어요, 크리스천, 그럴게요."

눈 흘기는 소리가 들리는 듯했다.

"내일 저녁에 봐. 나중에 전화할게."

"나 감시하려고?"

"응."

"아이 참, 크리스천!" 그녀가 쏘아붙였다.

"오 르부아(나중에 봐), 그레이 부인."

"오 르부아, 크리스천. 사랑해요."

그녀의 그 한 마디 말은 아무리 들어도 질리지 않았다. "나도, 아나."

둘 다 전화를 안 끊었다.

"전화 끊어요, 크리스천."

"너 대장처럼 구는 거 알지, 아나?"

"난 대장처럼 구는, 당신의 여자."

"내 여자." 내가 속삭였다. "하라는 대로 해. 먼저 끊어."

"그러죠, 주인님." 아나가 살살거리는 투로 말하고는 전화를 끊었다.

진한 아쉬움이 남았다.

아나.

나는 재빨리 이메일을 썼다.

보낸 사람: 크리스천 그레이

제목: 근질거리는 손바닥

날짜: 2011년 8월 25일 13: 42 EDT

받는 사람: 아나스타샤 그레이

그레이 부인.

너와 전화 통화를 하면 언제나 즐거워.

진심이야. 하라는 대로 해.

난 네가 안전한지 꼭 알아야 하니까.

사랑해.

크리스천 그레이

CEO, 그레이 엔터프라이즈 홀딩스 Inc.

비행기가 터미널 바깥에 정차했다. 우리가 탈 자동차가 활주로 위에 대기하고 있었다. 플랫아이언 구역으로 가서 직원들의 결속력을 다질 시간이었다.

자동차로 JFK에서 맨해튼으로 가는 길은 지루하기 짝이 없다. 길이 항상 막히는 데다 앞으로 나아가도 느릿느릿 서행이다. 그래서 나는 티터버러를 통해 가는 걸 선호한다. 이메일을 살펴보다가 차창 밖을 내다보았다. 퀸스 지역을 가로지르는 고속도로를 달리며 미드타운 터널을 향해 나아가는 중이었다. 거기만 지나면……

맨해튼이다. 맨해튼의 스카이라인에는 마법 같은 면이 있다. 뉴욕에는 몇 달 만에 오는 것인데, 아나를 만난 후로는 처음이었다. 아나는 뉴욕에 온 적이 없으니 조만간 그녀를 데리고 와야 할 것이다. 이곳의 상징적인 경관을 보는 것만으로도 의미가 있다.

우리는 GEH 파이버옵틱스 지부로 곧장 향했다. 지부는 이스트 22번가에 위치한 오래된 건물에 자리를 잡고 있었다. 우리는 건물 밖에 차를 세웠다. 도시의 활기찬 에너지가 느껴졌다. 기운이 솟았다. 나는 차에서 내려 맨해튼의 인파 속으로 들어갔다. 오늘의 첫 미팅에 대한 기대가 솟구쳤다.

나는 엔지니어 팀에 그야말로 반해버렸다. 그들은 젊고 창의적이고 활력이 넘쳤다. 나는 본진에 있는 것처럼 마음이 편했다. 샌드위치와 맥주를 먹고 마시면서 그들의 기술력이 어떻게 캐버너 미디어의 기업 활동을 혁신하게 될 것인지, 그들이 지금 하고 있는 일이 미래를 지향하는 캐버너의 확장 계획에 얼마나 중요한지 이야기했다. 그 계획이란 기술력을 바탕으로 일등 매스컴이 되는 것이었다. 내가 그들의 전문 기술을 다른 분야에 어떻게 적용할지 설명하자 모두 흥분을 감추지 못했다.

내가 나서야 한다는 로스의 말이 옳았다. 이번에 부사장이 된 하산은 똑똑하고 젊고 추진력이 좋았다. 나를 보는 것 같았다. 우즈보다 훨씬 유능한 데다 의욕을 고취시키고 비전과 추진력을 겸비한 뛰어난 후임자였다. 누구라도 우즈가 그간 직원에게 제시한 제안들이 얼마나 근시안적이고 편협한 것이었는지 알 수밖에 없었다. 그 작자 대체 무슨 생각이었던 걸까? 안내 데스크 구역은 휘황찬란하고 가식적으로 느껴지는데 반해, 정작 사무실은 비좁고 허름해서 대대적인 개선이 필요해 보였다. 사무실을 이전해야 했다. 나는 관리부장 레이철 모리스에 당장 실행하라고 지시했다. 그녀가 의욕을 보여서 다행이었지만, 직원들의 사기는 낮고 사옥은 음침했다. 나는 로스에게 이메일을 보내 임대 계약이 아직 2년이나 남았지만 계약 만료 전에 이전이 가능한지 임대차 계약을 확인하라고 지시했다.

나는 오후 6시가 넘어서 그곳을 떠났다. 예정보다 늦은 시각이었다. 시간 여유가 없어서 트라이베카의 내 아파트에 가서 턱시도로 갈아입고 바로 유니언 스퀘어 근처에서 열리는 통신연맹협회 모금 행사로 다시 출발해야 했다.

차 안에서 아나에게 전화를 하려 했지만 통신 신호가 잡히지 않았다.

젠장.

어이가 없네. 나중에 다시 하기로 했다.

행사는 예상한 대로 활기찼고 같은 분야의 임원들이나 기업가들과 교류하는 기회가 되었다. 하지만 어제 아나와 함께 참석한 시애틀의 자선 행사가 아나와 함께 갔다는 이유만으로 훨씬 더 즐거운 시간처럼 느껴졌다.

행사장에 모인 손님들이 카나페와 칵테일을 즐기는 동안 나는 다시 아나에게 전화를 걸었지만 음성 사서함으로 넘어갔다. 메시지를 남기려는데 행사를 주최한 앨런 마이클스 박사가 나를 보고 반가워 말을 걸었다.

오후 9시 30분, 주요리 식사 중에 테일러가 내게 다가왔다.

"사장님. 사모님께서 지금 케이트 캐버너와 지그재그 카페에서 술을 마시고 계십니다."

"그래?" 아나가 아파트에서 놀겠다고 했는데. 나는 손목시계를 확인했다. 지금 시애틀은 오후 6시 30분이었다. "누가 같이 있지?"

"소여와 프레스콧입니다."

"그럼 됐어." 한 잔만 하겠지. "아나가 거길 나오면 알려줘."

자기 입으로 집에 있겠다고 해놓고.

대체 왜 이러는 거지?

내가 그녀의 안전을 얼마나 걱정하는지 알면서.

하이드가 활보하고 있다. 그 미친 작자가 무슨 짓을 할지 알 수가 없다.

기분이 상해 주위에서 오가는 대화에 집중하기가 어려웠다. 내가 앉은 테이블에는 우리 업계의 거물 몇 명이 아내를 동반해 참석해 있었다. 혼자 온 유부남은 딱 하나였다. 우리가 여기 모인 목적은 혜택이 부족한 전국의 학교와 열악한 지역 사회에 기계 장비를 제공할 자금을 모금하기 위해서였다. 우리 테이블에는 우리 아홉 명과 빈자리가 하나 있었다. 내 아내는 여기 없는 것으로 존재감을 뽐냈다.

여기에도 없고, 우리 집에도 없고.

"아내분은 어디 계시죠?" 칼리스타 마이클스가 내게 물었다. 내 왼쪽에 앉은 그녀는 이 행사의 주최자로 마이클스 박사의 아내였다. 50대 후반 정도로 나이가 지긋했는데 다이아몬드를 온몸에 감고 있었다.

"시애틀에 있습니다."

빌어먹을 술집에.

"오늘 밤 오셨으면 좋았을 텐데 안타깝네요."

"일 때문에요. 본인 일을 좋아해서요."

"어머. 특이하네요. 무슨 일을 하는데요?"

나는 이를 악물었다. "출판업에 종사합니다."

아나가 여기 있으면 좋았을걸.

내가 시애틀에 있거나.

266

기분이 점점 더 나빠졌다. 베어네이즈 소스를 뿌린 등심이 평소보다 맛이 덜했다. 별일이네. 하긴, 파트너 없이 이런 행사에 참석한 적은 없었지. 아나 없이 이번 초대를 받아들이다니 뭐에 홀린 거야.

아나가 같이 올 줄 알고 그랬지.

생각해보니 아나는 어제 참석한 자선 행사에서도 조금 지루한 듯 보였다.

그런데 오늘 밤엔 술을 마시러 나갔다. 케이트랑 같이.

재밌게 놀고 있다.

젠장.

내가 알기로 둘이 같이 놀러 나갈 때마다 아나는 술을 너무 많이 마셨다. 포틀랜드에서 처음 같이 잤을 때는 너무 취해서 내 품에서 정신까지 잃었지. 처녀 파티를 마치고 집에 왔을 때도 완전히 고주망태였고. 벌거벗은 채 침대에 누운 그녀의 모습, 나를 부르던 그녀의 두 팔, 그녀의 달콤하고 유혹적인 목소리가 내게 손짓했다. '당신은 하고 싶은 건 뭐든 나한테 할 수 있으니까.'

젠장!

캐버너랑 같이 외출만 하면 그 지경이다.

안달하지 마, 그레이. 경호원들이 아나랑 같이 있다.

설마 무슨 일을 당할라고.

하이드. 놈이 돌아다니고 있다. 어딘가에. 놈이 복수를 하려 한다면? 그건 모르는 일이다.

놈은 정신병자다.

나는 고개를 들어 테일러를 쳐다보았다. 테일러는 반대편에 서 있었다. 그가 고개를 저었다.

아직 밖에 있구만. 아직 술을 마시고 있어. 캐버너랑 같이.

나는 진행 중인 대화로 끌려 들어갔다. 분쟁의 대상인 광물과 윤리적으로 광물을 채굴하는 믿을 만한 공급자들에 대한 이야기였다.

나는 그나마 마음의 위안이 되는 맛있는 초콜릿 토르테를 먹고 나서 테일러를 다시 쳐다보았다.

그가 고개를 저었다.

젠장.

그동안 몇 잔이나 마셨을까?

요기가 될 만한 게 있으면 좋을 텐데.

"실례합니다. 전화할 데가 있어서." 나는 테이블을 벗어나 로비에서 아나에게 전화를 걸었다. 그녀가 전화를 받지 않았다. 다시 전화를 걸었다. 전화를 받지 않았다. 다시 전화를 걸었다. 여전히 전화를 받지 않았다.

망할.

나는 아나에게 문자 메시지를 보냈다.

대체 어딜 싸돌아다니는 거야!

집에 있어야지. 아니면 여기 있든가.

지금 내가 심술을 부리고 있다는 건 알지만 아나가 내 전화를 받지 않는데 어쩌라고.

나는 씩씩거리며 행사장으로 들어갔다. 자선 경매가 곧 시작될 참이었다. 초반부 경매 두 건은 잠자코 듣고만 있었다. 두 건 모두 골프와 관련된 것이었다.

염병.

나는 10만 달러짜리 수표를 써서 마이클스 부인에게 건넸다.

"죄송합니다만, 칼리스타, 전 이만 가봐야겠습니다. 멋진 자리를 만들어주셔서 감사합니다. 내년에도 기대하고 있겠습니다. 뜻깊은 자리였습니다."

"크리스천, 정말 후하시네요. 고맙습니다." 내가 가려고 일어서자 그녀가 따라 일어서서 내 양쪽 뺨에 입을 맞추었다. 예상하지 못한 일이었다.

"안녕히 계세요." 나는 칼리스타에게 말하고 그녀의 남편과 악수했다.

반대편 테일러 쪽을 보았다. 그는 차를 대기시키려고 벌써 전화를 거는 것 같았다.

천장이 높고 도시가 훤히 내려다보이는데도 별안간 실내가 답답하게 느껴졌다. 밖으로 나와 뉴욕의 온화한 저녁 공기를 쐬니 상쾌했다.

"사장님, 차는 이삼 분 후에 나올 겁니다."

"그래. 아나는 아직 거기 있나? 지그재그?"

"네, 사장님."

"집에 가자고."

테일러가 고개를 갸웃거렸다. "트라이베카 말입니까?"

"아니, 시애틀."

테일러가 물끄러미 나를 쳐다보았다. 무표정한 얼굴이었지만 내가 미쳤다고 생각하는 게 분명했다.

나는 한숨을 쉬었다. "응. 진심이야. 집에 가고 싶어." 나는 테일러가 던진 무언의 질문에 대답했다.

"스테판에게 전화하죠." 테일러가 말했다.

테일러가 큰 출입구 옆쪽으로 건너가서 전화를 걸었다. 나는 다시 아나에게 전화를 걸었다. 그녀의 전화가 음성 사서함으로 넘어갔다. 제대로 메시지를 남길 수 있을지 자신이 없었다. 소여에게 전화를 걸어도 되지만 분노를 통제할 자제력이 한 줌밖에 남아 있지 않았다.

테일러를 시켜 소여에게 전화를 걸 수도 있었다. 하지만 그런다고 달라지는 게 뭐가 있지? 소여가 아나를 강제로 술집에서 끌고 나올 수도 없는 노릇이다.

그래도 되는 거 아냐?

그레이! 예의 지켜.

테일러가 전화 통화를 끝내고 내게 돌아왔다. 표정이 어두웠다.

무슨 일 있나?

"사장님, 걸프스트림이 티터버러에 있습니다. 한 시간 뒤에 이륙할 수 있습니다."

"됐네. 가자고."

"아파트에 들렀다가 가실 겁니까?"

"아니, 거긴 갈 필요가 없어. 거기 갈 필요가 있을까?"

"아뇨, 사장님."

"공항으로 곧장 갑시다."

나는 차 안에서 곰곰이 생각에 잠겼다. 지나친 행동을 하고 있다는 생각에 찜찜했지만 내 아내에 비하면 막 나가는 것도 아니었다. 어째서 아나는 말한 대로 행동하지 않는 걸까? 아님 나한테 말을 하든가.

하이드가 저기 어딘가에서 복수를 벼르고 있다. 두렵다.

아나가 다칠까 봐.

만약 그녀를 잃으면 나는 어떡하라고.

비행기에 오르자마자 나비넥타이를 빼서 접은 뒤 턱시도 상의 주머니에 쑤셔 넣었다. 테일러가 내 재킷을 자기 재킷과 함께 작은 옷장 안에 걸었다. 나는 우리 둘의 담요를 가져와서 주 선실 안에 자리를 잡았다.

어둠이 내린 뉴저지를 내다보는데 긴장감이 근육에서부터 뼛속까지 스며들었다. 아까 터미널에서 걸프스트림을 기다릴 때도 아나에게 다시 전화하기를 꾹 참았는데 더는 참을 수가 없었다. 스테판과 베일리가 마지막 확인 작업을 할 때 나는 소여에게 전화를 걸었다.

"사장님." 소여가 응답했다. 뒤쪽에서 술집의 떠들썩한 소음이 들려왔다. 사람들이 외출해 한껏 즐기는 중이었다. 아나처럼.

"소여, 잘 있지? 아직 그레이 부인과 같이 있나?"

"네, 사장님."

아나 좀 바꿔달라고 하고 싶었지만 그랬다간 분통을 터뜨려 잘 놀고 있는 아나의 흥을 깰 게 분명했다. 그래서 아나가 소여의 보호 아래 있다는 사실을 위안으로 삼았다.

"사모님과 통화하시겠어요?" 소여가 물었다.

"아니. 옆에 꼭 붙어 있어. 안전하게 지켜줘."

하이드가 어디 있을지 몰라.

"알겠습니다, 사장님. 프레스콧과 제가 잘 지키고 있습니다." 소여가 대답했다. 나는 전화를 끊고 테일러를 흘끔 보았다. 그는 대각선 자리에 앉아 차분히 나를 지켜보고 있었다.

나는 내 전화기를 내려다보았다. 아내에게 하도 화가 나서 소여에게 우리가 집에 가는 중이라는 말도 하지 못했다. 테일러는 내가 미쳤다고 생각하는 것 같았다.

미치긴 했지…… 마누라에게. 말한 대로 행동하지 않는 믿을 수 없는 아내에게. 테일러는 아나가 나를 떠난 후 현관 바닥에 주저앉아 엘리베이터를 멍하니 바라보던 나를 본 적이 있다. 모형 글라이더를 붙이는 풀도 가져다주었고.

"사장님, 사모님은 괜찮으실 겁니다." 그가 나긋하게 말했다.

나는 다시 테일러를 쳐다보고 혀를 깨물었다.

이건 테일러가 끼어들 일이 아니다.

나와 내 아내 사이의 문제지.

그녀가 괜찮을 거라는 걸 누가 모르냐고.

하지만 혹시 모르는 거잖아.

대체 왜 내가 하라는 대로 못 하는 걸까?

단 한 번만이라도.

지금만이라도.

나는 열불이 나서 아나에게 득달같이 이메일을 날렸다.

보낸 사람: 크리스천 그레이

제목: 화났어. 네가 상상도 못할 만큼.

날짜: 2011년 8월 26일 00: 42 EST

받는 사람: 아나스타샤 그레이

아나스타샤,

소여 말로는 술집에서 칵테일을 마신다면서. 안 그러기로 했잖아.

지금 내가 얼마나 화가 났는지 알기나 해?

내일 봐.

크리스천 그레이

CEO, 그레이 엔터프라이즈 홀딩스 Inc.

베일리가 곧 이륙한다고 알려주었다. 나는 안전벨트를 맺고 테일러도 안전벨트를 맺다. "잠을 자고 싶으면 침대를 써도 돼." 내가 권했다. "난 잠이 안 올 것 같아서."

"괜찮습니다, 사장님."

그러든가. 나는 등을 기대고 눈을 감았다.

베일리가 낮잠을 좋아해서 오후 내내 잠을 잔 것이 다행이었다. 그녀가 우리를 집으로 데려다줄 것이다.

깜빡 잠이 들어 지배와 복종이 어지럽게 얽힌 꿈을 꾸었다. 손에 윈드를 쥐고 아나 위에 서 있는가 하면, 엘레나가 윈드를 들고 내 위에 서 있기도 했다.

혼란스럽고 불안했다.

다시 잠을 청했다.

잠이 안 와서 서성거렸다. 우리에 갇힌 짐승이 된 기분이었는데, 걸프스트림이 서성거리기 좋게 설계된 것이 아니라서 기분이 점점 악화되었다.

젠장. 달을 향해 울부짖고 싶었다.

집에 가고 싶었다.

아나와 꼭 붙어 있고 싶었다.

비행기가 보잉 필드에 착륙해 선잠에 든 나를 깨웠다. 수면 부족과 에어컨 바람으로 뻑뻑해진 눈을 뜨고 휴대전화를 집었다.

테일러는 깨어 있었다. 그는 잠을 좀 잤을까! "몇 시지?" 베일리가 비행기를 활주로 끝에 세웠을 때 내가 물었다.

"4시 10분입니다."

"이른 시각이네. 마중은?"

"라이언에게 이메일 보냈습니다. 확인했기를 바라야죠." 우리는 동시에 각자의 휴대전화를 켰다.

젠장. 문자가 주르륵 들어왔다. 뻑뻑 성마른 소리가 연발하는 걸 보면 테일러도 마찬가지인 듯했다. 아나의 문자와 부재중 전화도 한 통씩 있었다. 문자부터 읽었다.

아나

나 멀쩡히 잘 있어요.

재밌게 놀았어요.

보고 싶어요. 화내지 마요.

이미 늦었어, 아나.

그래도 내가 보고 싶긴 했네.

아나가 음성 메시지도 남겨서 그걸 들었다. 숨이 차고 불안한 목소리였다. "안녕. 나예요. 화내지 말아요. 아파트에 사고가 생겼어요. 하지만 해결됐으니까 걱정하지 말아요. 다친 사람은 없어요. 전화해요."

이게 무슨?

레일라가 다시 침입했나? 그렇다면 닷지를 운전한 건 레일라였을 것이다. 테일러를 쳐다보니 그의 얼굴이 납빛이었다. "하이드가 아파트에서 잡혔습니다. 라이언이 놈을 제압했어요. 놈이 경찰에 체포됐습니다."

세상이 끼익 하고 괴성을 내며 급정거했다.

"아나는?" 나는 중얼거렸다. 몸에서 숨이 빨려나가는 것만 같았다.

"무사하십니다."

"게일은?"

"무사합니다."

"이게 다 무슨 일이지?"

"그러게요." 테일러도 나만큼이나 충격을 받은 것 같았다. 비행기가 천천히 이동하다가 완전히 멈추었다. 나는 얼른 아나에게 전화했지만 아나의 전화는 음성 사서함으로 넘어갔다.

젠장.

하이드가. 아파트 안에? 어떻게? 왜? 뭐지?

두 손으로 머리를 감쌌지만 너무 피곤해 생각을 할 수 없었다. 아나는 전화를 받지 않았다. 잠이 든 것 같았다. 제발 그렇기를. 아나가 무사하다니 다행이긴 하지만 그녀를 내 눈으로 확인해야 했다. 스테판이 비행기 문을 열었다. 쌀쌀한 새벽 공기가 주 선실로 들어와 뼛속에 스몄다. 나는 진저리를 치며 일어서서 테일러에게서 내 재킷을 받았다. 테일러가 가장 먼저 비행기에서 내렸다.

"고마워요, 베일리. 스테판." 나는 동이 트기 전의 차가운 공기를 막으려고 턱시도 재킷을 걸쳤다.

"천만에요." 그녀가 말했다.

"아닙니다. 진심이에요. 고마워요. 마지막에 급하게 서둘렀는데."

"괜찮습니다."

"좀 쉬세요." 나는 두 사람과 악수를 나눈 뒤 테일러를 따라 비행기에서 내려 아우디를 가지고 대기 중인 소여에게 갔다.

소여가 운전대를 잡고 에스칼라로 가는 도중에 어찌된 일인지 간단히 보고했다. 아나와 케이트가 지그재그 카페에서 흥청거리고 노는 동안, 하이드가 점프슈트 차림으로 에스칼라에 도착해 직원용 출입구의 초인종을 눌렀다. 라이언이 놈을 알아보고 안으로 들인 뒤 놈을 제압했다. 그런 일들이 일어난 직후에 아나와 소여, 프레스콧이 집으로 돌아왔다. 경찰과 구급대가 도착했고 하이드는 체포됐다. 모두 조사를 받았다.

난리가 났었네!

"놈이 무장했었나?" 테일러가 물었다.

"네." 소여가 대답했다.

"라이언은 괜찮아?" 내가 물었다.

"네. 하지만 실랑이가 있었어요. 문 하나도 수리가 필요합니다."

"실랑이?" 믿을 수가 없네.

"둘이 몸싸움을 했습니다."

망할. "라이언 괜찮지?"

"네, 사장님."

"게일도 있었는데. 게일도 거기 있었어?" 테일러가 물었다.

"대피실에 있었어요."

고마워, 로스 베일리! 테일러를 쳐다보니 그가 눈을 질끈 감고 이마를 문질렀다.

젠장. 우리 여자들이 그 막돼먹은 개새끼 하이드에게 위협을 당하다니.

"누가 경찰에 신고했어?" 테일러가 물었다.

276

"제가요. 사모님이 하라고 하셔서."

"아나가 잘 생각했군." 내가 중얼거렸다. "그놈 대체 무얼 노린 거지?"

"모르겠습니다." 소여가 대답했다. "하나 더 있습니다. 어젯밤 기자들이 집 밖에 왔습니다."

제기랄. 겨우 그들의 관심이 식었나 했더니. 갈수록 점입가경인데 손목시계를 보니 시간은 이제 겨우 오전 4시 40분이었다.

"라이언은 경찰에 알릴 때쯤에야 사장님의 이메일을 확인했습니다." 소여가 말했다. "너무 늦은 시각이라 사장님이 돌아오신다는 걸 모두에게 알리지 못했습니다."

"그래서 아나랑 게일이 모르고 있군."

"네, 사장님."

"괜찮아."

얼마 후 집에 도착할 때까지 우리는 침묵을 지켰다. 각자 생각에 잠겨 있었다. 사건 당시 아나가 집에 있었다면 아나는 게일과 같이 대피실에 있었을 것이다. 그랬다면 라이언은 지원을 받았을 테니 혼자 하이드를 상대하지 않았을 것이다.

아나, 왜 하라는 대로 하지 않는 거지?

소여가 아우디를 주차장에 주차했다. 테일러와 나는 차에서 튀어나와 엘리베이터로 날아갔다.

"그래도 일을 마치고 집에 와서 다행이야." 내가 테일러에게 말했다.

"그러게요." 테일러가 고개를 끄덕여 동의했다.

"아주 엉망진창이야."

"네." 그가 입술을 꾹 다물었다.

"모두 자는 동안 자세한 보고를 들어야겠어."

"그래야죠."

엘리베이터 문이 열리고 우리는 현관으로 들어갔다. 둘 다 목적은 하나였다. 자기 여자를 확인하는 것. 나는 곧장 우리 침실로 향했다. 테일러가 무얼 하고 있을지는 안 봐도 훤했다. 나는 쏜살같이 복도를 통과해 방으로 들어갔다. 두툼한 카펫에 내 발소리가 흡수되어 다행이었다.

아나는 침대 위 내가 눕는 쪽에서 곤히 잠들어 있었다. 내 티셔츠를 입고 잔뜩 웅크린 몸이 작은 공 같았다.

아나가 여기 있다.

무사하다.

안도감이 들면서 무릎이 후들거렸지만 그대로 서서 아나를 바라보았다. 그녀를 만질 수도 없었다. 만지면 그녀가 깰 테니까.

그녀를 깨워 그녀 안에 나를 묻을까.

어젯밤 얼마나 마셨을까 궁금했다.

아나. 아나. 아나.

기껏 돌아왔더니 하이드라니 충격이다.

각오하고 집게손가락으로 아나의 뺨을 어루만졌다. 아나가 웅얼웅얼 잠꼬대를 해서 손길을 멈추었다. 그녀를 깨우고 싶지 않았다. 그녀가 다시 잠잠해졌을 때 나는 살금살금 방을 나와 거실로 돌아갔다. 술 생각이 간절했다.

중문을 지나칠 때 보니까 경첩이 떨어져 있었다. 벽에 긁힌 자국도 있었다. 그나마 핏자국은 보이지 않았다.

천만다행이다. 실랑이라고? 격렬한 몸싸움의 흔적 같은데.

게다가 하이드는 총을 소지하고 있었다. 바로 여기서, 내 집에서 라이언을 죽였을 수도 있다.

그 생각에 속이 울렁거렸다.

거실의 술 탁자로 가서 라프로잉 위스키를 한 잔 가득 따랐다. 유리잔에 담긴 것을 단번에 쭉 삼켰다. 목구멍이 뜨겁게 타는 느낌이 들면서 열기가 아래로 쭉 퍼져나가 배 속의 소용돌이와 섞였다. 심호흡을 한 번 하고 나서 잔을 더 가득 채워 들고 침실로 돌아갔다.

어떻게든 잠을 자야 하는데 너무 피곤해 잠이 안 왔다.

그리고 너무 화가 났다.

아니. 화가 나는 정도가 아니었다. 속에서 천불이 났다.

성스러운 내 가정이 그 버러지 같은 후레자식에게 침범당했다.

나는 창가에 있는 침실 의자를 침대 옆으로 조용히 끌어왔다. 거기 앉아서 잠든 아나를 바라보며 스카치위스키를 천천히 홀짝거렸다. 몸속에서 몰아치는 격렬한 폭풍을 잠재우려고 콧등을 꼬집었다.

소용이 없었다.

놈이 내 아내를 해치려 했다.

그렇게 결론을 내릴 수밖에 없다.

아나를 납치하려 했을까? 죽이려 했을까?

나한테 앙갚음하려고.

그런데 아나는…… 여기 없었다.

내가 여기 있으라고 부탁했는데.

여기 있으라고 말했는데.

화가 부글부글 끓어올라 지독한 분노로 응고되었다.

그런데 그걸 분출할 데가 없었다.

이 술밖에는. 한 모금 마실 때마다 술이 몸 안에서 불길을 만들며 흘러갔다.

나는 다리를 바꿔 꼬고 나서 손가락으로 입술을 톡톡 두드리며 하이드를 어떻게 끝장낼까 다각도로 궁리했다.

목을 졸라 죽일까. 질식사시킬까. 때려 죽일까. 총으로 쏴 죽일까. 내겐 레일라의 총이 있었다.

하라는 대로 하지 않은 아나에게도 벌을 줘야 했다.

패들. 플로거. 원드…… 벨트.

그건 안 된다. 아나가 용납하지 않을 것이다.

젠장.

동이 트면서 방 안이 점차 밝아졌다.

아나가 뒤척이다가 눈을 끔뻑끔뻑 떴다. 그녀의 입술이 벌어졌다. 그녀는 내가 앉아 자기를 보고 있다는 걸 알고 놀라 숨을 들이켰다. "안녕." 그녀가 말했다. 나는 술잔을 비우고 잔을 침대 옆 탁자에 놓으면서 그녀에게 무슨 말을 해야 할지 고민했다. "안녕." 그냥 그렇게 중얼거렸다. 다른 사람이 말하는 것 같았다. 로봇 같은 사람. 감정이 없는 사람.

"돌아왔네요."

"보시다시피."

아나가 일어나 앉았다. 그녀의 연푸른색 눈이 사랑스러웠다. "언제부터 거기 앉아서 나 자는 거 보고 있었어요?"

"아까부터."

"아직도 화가 났군요." 그녀가 속삭였다.

하, 그냥 화가 난 정도면 얼마나 좋겠어. 내 안의 로봇이 '화'라는 말을 크게 냈지만, 그걸로는 부족했다. "아니, 아나. 화가 난 정도가 아니라 아주 엄청 열 받았어."

"엄청 열 받은 거면 보통 일이 아니네요."

응. 큰일 난 거야.

우리는 서로를 쳐다보았다. 일어서서 소리치고 고함도 지르면서 내 기분이 어떤지 그녀에게 말하고 싶었다. 내가 얼마나 실망했고 얼마나 안도했는지.

얼마나 두려운지.

얼마나 분통이 터지는지.

지금처럼 심한 갈등에 휩싸인 적이 있었나. 하지만 내 안의 로봇은 어찌할 바를 몰랐다. 분노를 잠재우기 위해 모든 시스템이 멈추었다.

아나가 유리잔을 집어 물을 한 모금 마셨다. "라이언이 잭을 잡았어요." 그녀가 유리잔을 내려놓으며 말했다.

"알아."

그녀가 이맛살을 찌푸렸다. "계속 그렇게 단답형으로만 대답할 거예요?"

지금 농담을 하려는 거야? "응." 내가 대꾸했다. 이 말도 간신히 짜낸 말이었다.

아나의 이마 주름이 깊어졌다. "외출한 거 미안해요."

"진심이야?"

"아뇨."

"그럼 왜 그렇게 말해?"

"당신이 나한테 화내는 게 싫으니까요."

그런 말 해봐야 너무 늦었어, 아나. 나는 한숨을 내쉬고 한 손으로 머리를 쓸어 넘겼다.

"클라크 형사가 당신과 이야기를 하자고 할 거예요."

"물론 그러겠지."

"크리스천, 제발……."

"제발, 뭐?"

"그렇게 차갑게 굴지 마요."

차가워? "아나스타샤, 지금의 내 감정은 전혀 차갑지 않아. 부글부글 끓고 있으니까. 분노로 부글부글 끓는다고. 이런 감정, 어떻게 해야 할지……." 나는 적당한 말을 찾아 손을 획 내저었다. "모르겠어."

아나의 눈이 더 커다래졌다. 내가 밀어낼 틈도 없이 아나가 침대에서 내려와 내 무릎에 앉았다. 그 기분 좋은 반전이 나를 무장해제시키고 분노를 몰아냈다. 나는 조심스럽게 그녀가 다칠세라 두 팔을 그녀에게 감았다. 코를 그녀의 머리에 묻고 아나의 독특한 향기를 들이마셨다.

그녀가 여기 있다.

무사하다.

분출되지 않은 감사의 눈물 때문에 목구멍이 뜨거웠다.

그녀가 안전해서 얼마나 다행인지.

아나가 나를 끌어안고 내 목에 키스했다.

"오, 그레이 부인. 널 어쩌면 좋을까?" 내 목소리가 갈라졌다. 나는 그녀의 정수리에 키스했다.

"술을 얼마나 마신 거예요?"

"왜?"

"독한 술은 잘 마시지 않잖아요."

"두 번째 잔이야. 어젯밤에 힘들었어, 아나스타샤. 남자에겐 휴식이 필요해."

나는 그녀의 미소를 감지했다. "정 그러시다면, 그레이 씨." 그녀가 내 목에 다시 코를 비볐다. "당신한테서 천국의 냄새가 나요. 당신 베개에서 당신 냄새가 나서 당신 쪽에 누워 잤어요."

오, 아나.

나는 그녀의 머리에 키스했다. "그래서 그런 거야? 네가 왜 그쪽에 누워 있나 생각했어. 그런데 나 아직 화 안 풀렸어."

"알아요." 그녀가 속삭였다. 내 손이 율동적으로 그녀의 등 아래로 내려갔다. 그녀를 만지니 위안이 되었다. 지금 이 순간에 머물 수 있었다. "나도 당신한테 화났어요." 그녀가 말했다.

나는 그녀의 등을 쓰다듬던 손길을 멈추었다. "아니, 내가 무슨 짓을 했길래 화가 났을까?"

"당신의 분노가 잠잠해지면 그때 말해줄게요." 그녀가 내 목에 키스했고 나는 눈을 감고 그녀를 끌어안았다.

꽉.

그녀를 다시는 놓고 싶지 않았다.

하마터면 그녀를 잃을 뻔했다. 그녀가 그 개자식에게 살해당했을 수도 있었다. "너에게 생겼을지 모르는 일을 생각하면……." 나는 목구멍에 아직 걸려 있는 분노의 응어리 때문에 말을 간신히 짜냈다.

"나 괜찮아요."

"오, 아나." 목이 메었다. 울고 싶었다.

"나 괜찮다고요. 우리 모두 괜찮아요. 조금 놀라긴 했지만. 게일도 괜찮아요. 라이언도 괜찮고. 잭은 꺼졌고요."

"네 덕분은 아니야." 내가 내뱉었다.

아나가 몸을 떼고 나를 흘겨보았다. "무슨 뜻이에요?"

"지금은 그걸 가지고 너랑 언쟁하고 싶지 않아, 아나."

그녀는 내 말을 가늠하는 것 같더니 무슨 이유에서인지 다시 내 품을 파고들었다. 진실을 알았다면 그러지 않았을 것이다.

아니, 알고 있다.

나를 안다.

내가 나쁜 종자라는 걸.

아나는 그 괴물을 보았다. "널 벌주고 싶어." 나는 은밀하고 어두운 고백을 하듯 속삭였다. "실컷 두들겨 패고 싶어."

아나가 멈칫했다. "알아요." 그녀가 속삭였다.

아나가 그렇게 말할 줄은 몰랐다. "정말 그럴지도 몰라."

"아니었으면 좋겠어요." 그녀의 목소리는 조용하면서도 흔들림이 없었다.

나는 한숨을 쉬었다. 내가 설마 그러겠어. 이것이 그녀가 나를 떠났다가 돌아온 이후 내가 알고 타협하는 방식이다.

하지만 마음 같아선.

정말 마음 같아선.

지난번 그녀가 떠났을 땐 정말 그랬지만.

이제 그녀는 내 아내이고 우리는 여기 있다.

나는 그녀를 더 꼭 안았다. "아나, 아나, 아나. 성자의 인내심도 널 견디지 못할 거야."

"당신을 비난하자면 이유야 많지만, 그레이 씨, 성자처럼 굴라고는 못하겠네요."

그래, 이게 아나지.

역시 내 여자야.

나는 큭큭 웃었다. 내가 듣기에도 공허하게 들리는 웃음이었지만 그래도 속이 좀 풀렸다. "역시나 정곡을 찌르네, 그레이 부인." 나는 그녀의 이마에 키스했다. "침대로 돌아가. 어제 늦게 잤잖아." 나는 그녀를 안아 침대에 다시 눕혔다.

"같이 안 누워요?" 그녀의 눈이 같이 있자고 애원했다.

"안 돼. 할 일이 있어." 나는 빈 유리잔을 집었다. "다시 자. 두 시간 후에 깨워줄게."

"아직도 나한테 화났어요?"

"응."

"그럼 나 다시 잘래요."

"그래." 나는 그녀에게 이불을 덮어주며 이마에 키스했다. "자."

나는 마음이 바뀌기 전에 방을 나왔다.

아나에게서 도망치는 중이었다. 다른 사람과 달리 아나는 나를 꼼짝 못하게 하는 힘이 있다는 걸 알기에. 만약 하이드가 그녀에게 손을 댔다면……. 젠장. 그녀가 없는 세상은 내게 이제까지 경험하지 못한 큰 타격을 줄 것이다.

주방으로 들어가서 유리잔을 개수대에 놓고 서재로 향했다. 대응책을 세워야 했다. 해야 할 일들을 모두 적어놓고 안드레아에게 워싱턴에서 하기로 한 미팅들을 모두 취소하라는 이메일을 보냈다. 시애틀로 돌아와야 했지만 웹엑스나 전화로 하는 회의는 가능하다고 말해두었다. 하이드가 체포되었다는 소식이 돌면 이유가 저절로 설명되겠지 생각하며 전송 버튼을 눌렀다.

하이드의 파일을 꺼냈다. 웰치가 준 정보를 다시 훑어보면서 하이드가 왜 미친 짓을 벌이는지 단서를 찾아보고 싶었다.

한 가지 마음에 걸리는 사실이 있었다. 처음 놈의 파일을 읽었을 때부터 계속 찜찜하던 부분이었다. 우연의 일치일 수도 있지만, 이 골치 아픈 상황의 원인일 수도 있었다.

잭슨 "잭" 대니얼 하이드.

출생: 1979년 2월 26일, 미시건주, 디트로이트, 브라이트무어

젠장. 너무 피곤해서 머리에 쥐가 날 지경인데 잠이 확 달아났다. 몸에서 두려움과 불안을 씻어내리려면 바깥바람을 쐬어야 했다.

조용히 옷방으로 들어가서 러닝복으로 갈아입고 나가기 전에

아나를 확인했다. 아나는 곤히 잠들어 있었다. 아이팟을 팔에 차고 엘리베이터를 통해 로비로 나갔다.

문을 여는데 밖에 사진 기자 둘이 눈에 띄었다. 뒷문을 통해 전기 설비 구역으로 살그머니 나가서 복도 몇 개를 통과해 건물 뒤쪽에 난 골목으로 나갔다. 이른 아침을 맞은 시애틀의 거리를 달렸다. 이어폰에서 버브의 〈비터스윗 심포니〉가 우렁차고 당당하게 울려 퍼졌다.

나는 달리고 달리고 달려 피프스 애비뉴를 내려가 바인으로 갔다. 아나의 예전 아파트를 지났다. 지금 거기에는 케이트 캐버너가 숙취에 시달리며 잠들어 있을 것이다. 웨스턴을 따라 달리다가 파이크 플레이스 마켓을 질러가려고 방향을 틀었다. 거기는 달리기가 힘들었다. 하지만 멈추지 않고 달려 에스칼라 밖으로 돌아온 다음 같은 경로를 반복해 달렸다.

땀투성이가 되어 마리너스 모자를 얼굴에 푹 눌러쓰고 돌아왔다. 건물 밖에 진을 친 기자들의 눈을 피해 무사히 엘리베이터를 탔다.

존스 부인이 주방에 있었다.

"게일! 괜찮아요?" 나는 그녀를 보자마자 물었다.

"그럼요, 그레이 씨. 사장님과 테일러가 돌아와서 기뻐요."

"어떻게 된 건지 말 좀 해봐요."

내가 유리잔에 물을 따라 마시는 동안 게일이 간밤의 사건을 대충 이야기해주었다. 라이언이 게일을 대피실로 들여보냈다고 한다. 이후 하이드가 잡히고 나서 경찰과 구조대가 도착해 벌어진 일도 말해주었다. "그 방을 쓸 일이 생길 줄은 정말 몰랐어요."

"거길 만들길 잘했어요."

"그러게요. 잘하셨어요. 커피 드실래요?"

"이따가요. 아나 주게 오렌지 주스 좀 주세요."

게일이 미소를 지었다. "금방 돼요."

"테일러 깼어요?"

"아뇨."

"그렇군요. 쉬게 둬요."

게일이 내게 주스를 건넸다. 나는 게일을 두고 아나를 깨우러 갔다.

아나는 아직 잠들어 있었다.

"오렌지 주스 가져왔어." 아나가 누운 쪽 침대 탁자에 주스를 내려놓았다. 아나가 움직거리다가 눈을 뜨고 나를 보았다. 그녀의 이가 아랫입술을 깨물었다. "샤워하고 올게." 나는 중얼거리고 방을 나왔다.

재빨리 옷을 벗었다. 옷은 욕실 바닥에 두었다. 달리고 왔는데도 분노가 잘 가라앉지를 않았다. 머리를 격렬히 감기 시작했다. 머릿속으로 오늘 할 일을 점검했다. 아나가 소리를 내지 않았지만 나는 아나를 감지했다. 아나가 샤워 부스 문을 닫고 내 뒤로 다가와서 팔을 내게 감았다. 그녀의 손길에 내 몸이 굳었다.

온몸이.

나 건드리지 마.

아나는 내 반응에 아랑곳하지 않고 나를 더 끌어당겼다. 그녀의 따스하고 벌거벗은 몸이 내 몸에 달라 붙었다. 그녀가 뺨을 내 등에 댔다.

서로의 피부와 피부가 맞닿았다.

견디기 힘들었다.

너한테 너무 화가 나.

나 자신한테 너무 화가 나.

내가 위치를 바꾸자 우리 둘 다 물줄기 아래로 들어갔다. 나는 머리의 비누 거품을 계속 씻어냈다. 아나의 입술이 내 몸에 짧고 보드라운 키스를 퍼부었다.

하지 마. "아나." 나는 그녀에게 경고했다.

"흠."

그만해.

그녀에 대한 욕망이 타올랐다.

하지만 머릿속의 생각들은 너무 어두웠다.

너무 화가 났다.

그녀의 손이 내 복부로 내려왔다. 그녀의 생각이 훤히 보였다. 하지만 나는 전혀 내키지 않았다.

난 모두 갖고 싶어.

그녀의 전부를 갖고 싶어.

안 돼!

나는 양손으로 그녀의 손을 붙잡고 고개를 저었다. "하지 마." 내가 속삭였다.

아나가 즉시 뒤로 물러섰다. 내가 따귀라도 때린 것처럼. 나는 돌아섰다. 그녀의 시선이 일어선 나의 아랫도리로 날아왔다.

그냥 생리 현상일 뿐이야.

나는 그녀의 턱을 쥐었다. "너한테 화가 나서 미치겠단 말이야." 나는 속삭이고 나서 이마를 그녀의 이마에 대고 눈을 감았다.

나 자신한테도 화가 나 미치겠어.

내가 시애틀에 남아 있었어야 했어.

아나가 손을 올려 내 뺨을 어루만졌다. 그녀의 다정한 손길에 항복하고 싶은 마음이 간절했다.

"화 풀어요, 제발. 지금 이러는 거 과잉 반응이에요."

뭐라고!

나는 몸을 일으키고 그녀를 쏘아보았다. 그녀의 손이 옆으로 떨어졌다. "과잉 반응? 어떤 미친 새끼가 내 아파트에 침입해서 내 아내를 납치하려고 했어. 그런데도 내가 과잉 반응하는 거야!"

아나가 나를 올려다보며 물러서지 않았다. "아니, 내 말은 그런 뜻이 아니었어요. 내가 외출한 걸 두고 한 말이었어요."

이런. 나는 눈을 감았다. 내가 딱 하룻밤 집을 비운 사이에 그녀는 납치를 당할 뻔했다. 그보다 더한 일을 당했을지도. 그 개자식에게 죽었을 수도 있다.

"크리스천, 그때 난 여기 없었어요." 그녀가 지극히 상냥한 어조로 속삭였다.

"알아." 나는 눈을 떴다. 무기력하고 무가치한 존재가 된 것만 같았다. "네가 단순하기 짝이 없는 요청 하나를 따르지 않았기 때문에. 샤워하면서 얘기할 문제가 아니야. 너한테 화가 나 미치겠어, 아나스타샤. 너 때문에 내 판단력을 재고하게 됐어."

나는 그녀를 두고 수건을 집어 욕실을 나왔다. 분노에 매달리고 싶었다. 분노가 나를 보호하고 그녀를 막아주었다.

나를 안전하게 지켜주었다.

더 복잡하고 난해한 감정들로부터 나를 지켜주었다.

나는 수건으로 몸을 닦았다. 아직 축축했지만 옷을 입었다. 알게 뭐람.

옷방을 성큼성큼 나가서 주방으로 난 복도를 지났다.

"커피 드실래요?" 서재로 가는데 게일이 내 뒤에 대고 소리쳤다.

"주세요."

책상에 앉아 하이드의 신상 조사서를 다시 읽었다. 여기 뭔가가 있다. 직감으로 알 수 있었다. 게일이 들어와서 책상에 블랙커피를 놓았다.

"고마워요."

커피를 한 모금 맛보았다. 아, 맛 좋다.

나는 웰치에게 전화를 걸었다.

"좋은 아침입니다, 그레이. 시애틀에서 돌아오셨다는 말 들었습니다." 웰치가 말했다.

"맞아. 누구한테 들었어?"

"방금 테일러에게 소식 들었어요."

"그럼 하이드 이야기도 들었겠군."

"네. 방금 킹 카운티 경찰 쪽의 지인과 통화했습니다. 어떻게 되어가는지 알아보려고요."

"잘했어."

"FBI의 연락도 받았습니다."

문을 두드리는 소리가 났다. 아나가 여성의 곡선미를 한껏 부각시키는 보라색 원피스 차림으로 문간에 서 있었다. 머리는 틀어 올렸고 귀에는 다이아몬드 귀걸이를 걸었다. 내면의 야성을 숨긴 얌전한 모습이 성욕을 지독히 자극했다. 나는 나가라는 뜻으로 고개를 저었다. 돌아서는 그녀의 입꼬리가 처지는 것이 보였다.

"미안, 웰치…… 무슨 얘기 했었지?"

"FBI요. 일치한다는 결과가 나왔어요. EC135에서 나온 쪽지문하고."

"하이드 거구나?"

"네, 사장님. FBI가 디트로이트에서 놈이 저지른 경범죄 기록을 발견했습니다."

또 디트로이트로군.

"그 지문과 일치합니다." 웰치가 말했다. "유출이 금지된 문서라

입수하는 데 며칠 걸렸어요."

"그게 무슨 소리야?"

"법정에서 증거로 인정받을 수 없을 거예요."

"젠장, 정말? 이번 주 초에 프레스콧이 찾아낸 영상도 있잖아. 하이드가 찍힌 에스칼라 외부 CCTV 녹화 영상. 그건 놈이 여기를 염탐했다는 명백한 증거야. 게다가 GEH의 서버실 CCTV에도 찍혔고."

"안 그래도 경찰은 GEH의 사건으로 놈을 조사하려고 했는데 놈의 행방을 파악하지 못했었죠."

"이젠 잡았잖아."

"그러니까요." 웰치가 쾌재를 불렀다. "두 사건 모두 하이드의 지문과 일치하는지 분석할 예정입니다."

"시간문제로군. 놈의 예전 비서들한테서 뭐 알아낸 거 없어?"

"없습니다. 선뜻 입을 열지 않아요. 모두 놈이 훌륭한 상사였다는 말만 합니다."

"그 말은 못 믿겠는데."

"저도요. 입을 다물라는 협박을 받았을 거예요." 웰치가 말했다. "연락된 사람이 아직은 네 명뿐입니다. 더 캐봐야죠."

"알았어."

"사장님 가족에게 내린 보안 강화 조치는 어떻게 하실 겁니까?"

"당분간 유지하면서 하이드 사건이 어떻게 흘러가는지 두고 보자고. 놈이 혼자 움직인 건지, 아니면 공범이 있는지 아직 모르니까."

"알겠습니다. 지인에게 연락을 받는 대로 보고드리죠."

"그래. 고마워."

나는 이메일을 확인했다. 간밤의 일을 묻는 기자들의 질문이 쇄

도한다는 샘의 이메일 한 통뿐이었다. 나는 모든 문의를 킹 카운티 경찰서 쪽으로 돌리라는 답장을 보냈다.

테일러가 들어왔다. "좋은 아침입니다, 사장님."

"좀 잤어?"

테일러가 숨을 훅 내쉬었다. "몇 시간쯤. 충분합니다."

"그렇군. 처리해야 할 일이 산더미야."

테일러가 의자를 하나 끌어왔다.

우리는 해야 할 일들을 훑었다.

"……마지막으로 문을 수리할 목수를 수배해야 해."

"알겠습니다. 저는 10시에 모든 팀원들과 회의가 있습니다. 그때 팀원들에게 전달하겠습니다." 테일러가 말했다.

"그렇게 해."

"소여와 라이언은 지금 침대에 있습니다. 아직 자고 있을 거예요. 프레스콧은 하이드가 어떻게 건물에 침입했는지 알아보려고 CCTV 영상을 뒤지고 있고요."

"그래."

"사장님." 테일러가 말했다. 그의 말투가 즉시 내 관심을 끌었다.

"왜?"

"어젯밤 돌아오길 정말 잘했습니다. 사장님은 육감이 발달하신 것 같아요."

나는 어안이 벙벙했다. "테일러, 그냥 아내한테 화가 나서 온 거야."

테일러가 느닷없이 씁쓸하고 지친 미소를 지었다. "누구나 겪는 일입니다, 사장님."

나는 고개를 끄덕였지만 그의 말도 위로가 되지 못했다. 그는 이혼남이었다.

더 이상 가지 마, 그레이.

"아나랑 게일이 무사해서 천만다행이야." 나는 일어나면서 덧붙였다. 배가 고파서 아침을 먹어야 했다.

"그러니까요." 그가 나를 따라 서재를 나섰다.

"오믈렛을 만들었어요." 게일이 내게 말했다. 그리고 우리 둘을 향해 활짝 웃었다.

아무래도 테일러와 게일은 결혼까지 갈 것 같았다.

누가 알겠어?

나는 그들을 모른 체하고 주방 카운터 의자에 앉았다. 테일러가 주방을 나간 뒤 나는 아나가 아침을 먹었느냐고 게일에게 물었다. "드셨어요. 오믈렛."

"됐군."

내가 이름을 말하면 나타나는 마법을 부린 것처럼 아나가 재킷을 걸친 차림으로 문간에 나타났다.

"나가려고?" 내가 믿을 수가 없어 물었다.

"일하러요? 그럼요, 당연하죠." 아나가 더 가까이 다가왔다. "크리스천, 우리 돌아온 지 일주일도 안 됐어요. 나 일하러 가야 해요."

"하지만……." 나는 불안해서 손으로 머리를 쓸어 넘겼다.

어제 일은? 하이드는 어쩌고! 납치당할 뻔했잖아!

곁눈질을 하니 게일이 주방을 나가고 있었다. "할 얘기가 많다는 거 알아요." 아나가 말을 이었다. "마음 좀 가라앉히고 오늘 저녁에 얘기해요."

"마음을 가라앉히라고?" 내가 중얼거렸다. 다시 열불이 솟구쳤다. 오늘 아침 아나는 눈엣가시처럼 거슬렸다.

아나가 당황해서 얼굴을 붉혔다. "무슨 뜻인지 알잖아요."

"아니, 아나스타샤, 난 무슨 뜻인지 모르겠는데."

"싸우고 싶지 않아요. 차를 가져가도 되는지 물어보러 온 거예요."

"아니, 안 돼." 내가 딱 잘랐다.

"알았어요." 아나가 조용히 말했다.

그 순간 돛에 불던 바람이 갑자기 멈춘 것처럼 분노가 누그러졌다. 그저 피곤하기만 했다. 싸우려고 덤빌 줄 알았더니. "프레스콧이 동행할 거야." 말이 한결 부드럽게 나갔다.

"알았어요." 아나가 나를 향해 다시 걸음을 옮겼다.

아나. 뭐 하려는 거야? 그녀가 고개를 올려 내 입가에 사랑스럽게 키스했다. 그녀의 입술이 내 피부를 누르는 순간, 나는 눈을 감고 그녀와의 접촉을 즐겼다. 난 이런 대접 받을 자격이 없는데.

그녀에게 난 모자란 사람이다.

"나 미워하지 마요." 그녀가 속삭였다.

나는 그녀의 손을 잡았다. "내가 왜 널 미워해." 아나, 난 널 미워할 수가 없어.

"나한테 아직 키스 안 해줬어요." 그녀가 속삭였다.

"알아." 하지만 하고 싶었다.

젠장, 그레이. 현재를 즐겨.

나는 벌떡 일어서서 두 손으로 아나의 얼굴을 잡고 그녀의 입술을 내 입술로 끌어올렸다. 그녀의 입술이 놀라 벌어졌다. 혀를 그녀의 입 속에 밀어 넣고 그녀를 맛보고 시험했다.

아나에게서 천국의 맛이 났다.

더 나은 시간, 민트향 치약의 맛도.

아나. 사랑해.

너. 때문에. 아주. 돌겠어.

나는 아나가 반응하기 전에 그녀를 놓아버렸다. 내가 물러서지 않으면 아나는 출근하지 못할 것이다. 나는 숨을 몰아쉬었다. "테일러가 너랑 프레스콧을 SIP로 데려다줄 거야." 힘겹게 흥분을 가라앉히고 욕망을 잠재웠다.

아나가 눈을 깜빡거리며 나를 쳐다보았다. 나처럼 숨이 가빴다.

"테일러!" 내가 소리쳤다.

"사장님." 테일러가 문간에 서 있었다.

"프레스콧에게 그레이 부인이 출근한다고 전해. 두 사람 태워다 줄 수 있지?"

"그럼요." 테일러가 돌아서서 사라졌다.

나는 조금 더 나다워진 기분으로 아나에게 고개를 돌렸다. "오늘 하루 얌전히 넘겨주면 고맙겠어." 내가 중얼거렸다.

"그건 생각 좀 해볼게요." 그녀의 눈이 즐거움으로 반짝거려서 나는 반응하지 않을 수 없었다.

"그럼 나중에 봐." 내가 대답했다.

"나중에." 그녀가 속삭인 뒤 테일러와 함께 나갔다. 프레스콧이 뒤를 따랐다.

나는 아침을 먹고 나서 서재로 돌아가 안드레아에게 전화했다. 어차피 오늘은 출근하지 않을 예정이었으니 집에서 일하겠다고 말했다. 안드레아가 전화를 샘에게 연결했다. 우리는 하이드 침입 사건에 대한 공식 입장을 두고 지루한 토론을 벌였다.

"아니, 안 돼, 샘. 이번 일은 그렇겐 안 돼."

"하지만……." 그가 항의했다.

"'하지만' 하지 마. 이건 경찰이 알아서 할 문제야. 이 사건에 대한 언론사 문의는 모두 경찰에 넘겨. 얘기 끝났어."

샘이 한숨을 쉬었다. 샘은 나대지 못해 안달이 난 인간이다. "알겠습니다, 사장님." 뚱한 말투였지만 상관없었다. 나는 전화를 끊고 나서 하이드의 일을 이야기하려고 아버지에게 전화했다. 만일의 경우를 대비해 다음 주까지 경호를 강화하기로 했다.

"어머니한테 말씀해주실래요?"

"그래, 아들. 몸조심하고."

"그럴게요."

전화를 끊었을 때, 휴대전화가 진동하며 엘리엇의 문자가 들어왔다.

엘리엇

동생아! 괜찮냐? 하이드라고! 맙소사!

엘리엇은 늘 그렇듯 핵심만 간단히 말했다. 엘리엇이 뉴스를 봤거나, 아나가 케이트에게 말을 했거나. 나는 무슨 일이 있었는지 말하러 형에게 전화를 걸었다. 형과 주말에 만나기로 했다. 형은 할 말이 있는데 전화로는 할 이야기가 아니라고 했다.

"그러든가." 내가 말했다. "그나저나 형 여친이 내 아내를 꾀어냈어. 그래서 여기 대피실에 있어야 했는데…… 캐서린과 같이 밖에서 술을 마시고 있었지."

"캐서린?"

"케이트." 내가 눈을 위로 치켜떴다. "뭐든 간에."

"그런데 그 이야기를 왜 나한테 해?"

"모르겠어. 그냥 그렇다고."

엘리엇이 한숨을 쉬었다. "아나랑 잘 이야기해봐."

오. 둘이 헤어졌나? 무슨 뜻이지?

내가 묻기 전에 형이 먼저 말했다. "나를 따라다니는 남자 말이야. 그 사람 계속 필요한 거야?"

"앞으로 며칠 동안 하이드 사건이 어떻게 진행되는지 보고 결정하자고."

"알았어, 슈퍼스타. 어차피 네 돈이니까 뭐."

"나중에 봐, 엘리엇."

라이언과 소여가 테일러와 나에게 자초지종을 보고했다. 하이드를 아파트 안으로 들인 라이언이 영웅인지 머저리인지 아리송했다. 라이언은 얼굴이 많이 상하고 한쪽 눈 위가 찢어졌다. 두 사람이 '실랑이'를 벌인 결과였다. 얼굴의 멍 자국으로 보아 침입자와 상당한 몸싸움을 벌인 것 같았다. 라이언은 아나가 집에 없었기 때문에 하이드를 집 안에 들였다고 했다. 테일러를 쳐다보니 그의 입이 엄격한 일자를 그렸다. 아무리 대피실이 있다고 해도 라이언은 게일을 위험에 빠뜨렸다.

좋은 소식도 있었다. 프레스콧이 오늘 아침 나가기 전에 하이드가 지하 주차장 안으로 들어오는 CCTV 영상을 찾아낸 것이다. 놈의 밴은 아직 주차장에 있었다.

나는 소여에게 그것을 클라크 형사에게 알려주라고 지시했다.

"알겠습니다."

"그게 다야?" 테일러가 라이언과 소여에게 물었다.

"네." 두 사람이 동시에 대답했다.

"고마워. 모두." 내가 그들에게 말했다. "그 개자식을 잡다니 잘했어, 라이언."

"그놈을 제압했을 때 속이 정말 후련했어요."

"경찰이 놈을 기소하기를 바라야지." 내가 덧붙였다.

라이언과 소여가 나갔다.

"30분 뒤에 부서진 문을 수리하라고 부른 목수가 올 겁니다." 테일러가 내게 보고했다.

"그래. 난 이 사건의 배후를 밝혀낼 만한 단서가 더 없는지 하이드의 컴퓨터를 뒤져봐야겠어."

"사장님, 논란의 여지가 있습니다." 테일러가 말했다.

"뭐라고?"

"엄밀히 보면 라이언이 하이드에게 아파트 출입을 허락한 거라서요."

나는 하얗게 질렸다. "이건 특수한 경우잖아. 게다가 하이드는 무장까지 했었어."

"그렇긴 하죠. 하지만 경찰과 면담할 때 그걸 염두에 두고 말씀하셔야 합니다."

"알았어. 내 생각도 같아. 라이언에게도 말해둬."

"알겠습니다."

"테일러, 오늘 밤엔 쉬어. 게일도 쉬라고 하고. 팀 전체가 쉬도록 해."

"사장님……."

"밤을 새다시피 잠을 거의 못 잤잖아. 소여와 프레스콧도 간밤에 내 아내를 경호하느라 그랬고."

테일러의 표정이 굳었다. "근무는 라이언더러 서라고 하겠습니다. 어차피 밖을 돌아다닐 몸 상태가 아니니까요."

"그래."

"고맙습니다, 사장님." 테일러가 고개를 숙이고 나가고 나는 컴퓨터로 주의를 돌렸다. 특히 바니가 복구한 하이드의 하드디스크 파일에 집중했다.

나는 놈의 소름 끼치는 집착의 결과물, '그레이의 모든 것'을 훑어보다가 10시 45분에 웹엑스에 로그인 했다. 버네사도 접속해 있길래 증권거래위원회와 회의를 시작했다. 짧고 유쾌한 대화였다. GEH는 태스크포스 팀에 선임되어 첨단기술 분야의 분쟁 건을 조사하기로 했다.

증권거래위원회와 회의를 마쳤을 때 버네사가 세배스천 밀러라는 남자를 찾았다고 보고했다. 그는 찰리 탱고가 추락했을 때 로스와 나를 도와준 트럭 운전사였다. 버네사는 그를 우리 물류 팀에 소개시켰고, 그는 곧 GEH와 거래하는 화물 수송업체의 협력업자로 일할 예정이었다.

"잘됐네."

"사장님, 그 사람 전화를 받고 많이 놀라던데요."

"놀랐겠지. 찾아줘서 고마워."

버네사와 용건을 마치고 브랜디노 상원의원에게 전화했다.

대화는 길지 않았다. 다음에 그녀가 시애틀을 방문하면 오찬을 함께하기로 했다.

전화 통화를 마쳤을 때 테일러가 문간에 서 있었다.

"무슨 일?"

"클라크 형사가 왔습니다."

"안으로 안내해."

클라크 형사는 악수할 때 보니 손힘이 좋고 괴팍하고 뚱한 인상이었다. "그레이 씨, 시간 내주셔서 감사합니다."

"앉으시죠." 나는 책상 앞에 놓인 의자를 가리켰다.

"고맙습니다. 잭슨 하이드와 어떤 사연이 있으신지 간단히 들어보려고 왔습니다."

"말씀드리죠." 나는 내가 SIP의 소유주라는 것과 그놈이 해고되기 전 아나가 그놈 밑에서 일했다는 것을 설명했다. 놈과 SIP에서 한판 붙은 것을 포함해 관련된 상황까지 모두 이야기했다.

"그자를 폭행하셨네요?" 클라크의 눈썹이 올라갔다.

"예의를 가르친 것뿐입니다. 내 아내를 공격했거든요."

"그렇군요."

"그자의 이력을 살펴보면 그자가 줄곧 여성 동료들을 폭행해 해고된 사실을 알 수 있을 겁니다."

"흠……. 하이드가 GEH 방화 기도 사건의 배후라고 생각하십니까?"

"그렇습니다. 그레이 하우스의 CCTV 영상을 가지고 있습니다."

"네. 저도 봤습니다. 주차장 CCTV 영상도 잘 받았습니다. 감식반이 밴을 조사하는 중입니다."

"뭐 나온 게 있나요?"

"이거요." 그가 증거물 비닐봉지를 꺼냈다. 안에 쪽지가 들어 있었다. 그가 봉지 안에 든 쪽지를 읽어보라고 내게 봉지째 내밀었다. 검은색 유성펜으로 휘갈겨 쓴 글이었다.

그레이, 내가 누군지 알겠나?
나는 네가 누군지 아는데, 아기 새.

나는 멍하니 그 글을 쳐다보았다.

이상한 쪽지도 다 있군.

"이게 무슨 의미인지 아시겠어요?" 클라크가 물었다.

나는 고개를 저었다. "전혀요."

그가 그것을 재킷 안주머니에 도로 넣었다.

"그레이 부인에 대해 몇 가지 묻겠습니다. 부인은 좀 어떠십까?"

"괜찮아요. 원래 대단히 강인한 여자거든요."

"흠……. 집에 계십니까?"

"출근했습니다. 전화하셔도 됩니다."

"그렇군요. 저는 면담을 선호해서요. 나중에 얼굴 뵙고 이야기 나누고 싶습니다만." 클라크가 말했다.

"그러시죠. 저와 제 아내에 대한 언론의 관심이 지대하니 아내의 사무실로 가셨으면 합니다."

"그렇게 하죠." 클라크가 고개를 끄덕였다. 그가 조용히 앉아 있는 동안 나는 아나가 짬이 나는지 한나에게 이메일 보내 물었다.

"하이드는 총을 가지고 있었습니다. 그자가 총기 면허를 가지고 있나요?"

"확인 중입니다."

"내 헬기의 고의 손상 사건을 조사 중인 FBI 팀과 말씀 나눠보셨습니까?"

"협조 중입니다."

"그렇군요. 저는 그 사건의 배후에도 이 사람이 있지 않나 의심하고 있습니다."

"흠……. 좀 집착이 있는 것 같긴 합니다."

"조금일까요." 나는 하이드의 컴퓨터 하드디스크와 놈이 내 가족에 대해 수집한 모든 정보에 대해 이야기했다.

클라크가 인상을 썼다. "흥미롭네요. 우리에게 넘겨주실 수 있습니까?"

"뭐든요. 전산실 직원에게 보내드리라고 말해두죠."

컴퓨터에서 핑 하는 소리가 울리며 한나의 답장이 도착했음을 알렸다.

"아내가 오늘 오후 3시 사무실에서 시간이 난다네요."

"됐네요. 그럼 저는 이만 가보죠, 그레이 씨."

그가 일어섰고 나도 일어섰다. "그자가 체포되어서 다행입니다. 감옥에서 아주 푹 썩었으면 좋겠어요."

클라크의 미소가 위협적으로 다가왔다. 그도 나랑 생각이 같은 것 같았다. "여기 위에서 보는 경치가 참 좋군요." 그가 말했다.

"고맙습니다."

테일러가 그를 밖으로 안내했다. 나는 이메일을 썼다.

보낸 사람: 크리스천 그레이

제목: 진술

날짜: 2011년 8월 26일 13:04

받는 사람: 아나스타샤 그레이

아나스타샤,

클라크 형사가 오늘 3시쯤 진술을 받으러 네 사무실을 방문할 거야.

그 사람에게 너를 찾아가라고 권했어. 네가 경찰서에 나가는 게 싫어서.

크리스천 그레이

CEO, 그레이 엔터프라이즈 홀딩스 Inc.

나는 하이드의 컴퓨터 내용물을 마저 살펴보았다. 아나에게서 이메일이 들어왔다.

보낸 사람: 아나스타샤 그레이

제목: 진술

날짜: 2011년 8월 26일 13:12

받는 사람: 크리스천 그레이

알겠어요.

A x

아나스타샤 그레이

편집자, SIP

그래도 키스는 보냈군.

나는 하이드의 파일을 다시 열었다. 놈은 한 폴더에 캐릭에 관한 정보를 엄청나게 모아두었다. 아버지에게 왜 이렇게 관심이 많지? 이해가 안 가네.

컴퓨터 화면에 아나의 이메일이 도착했다는 알림이 떴다.

보낸 사람: 아나스타샤 그레이

제목: 당신의 비행

날짜: 2011년 8월 26일 13:24

받는 사람: 크리스천 그레이

어제 시애틀로 돌아오기로 결정한 게 몇 시죠?

303

아나스타샤 그레이

편집자, SIP

키스가 빠졌다. 나는 답장을 보냈다.

보낸 사람: 크리스천 그레이

제목: 당신의 비행

날짜: 2011년 8월 26일 13:26

받는 사람: 아나스타샤 그레이

왜?

크리스천 그레이

CEO, 그레이 엔터프라이즈 홀딩스 Inc.

보낸 사람: 아나스타샤 그레이

제목: 당신의 비행

날짜: 2011년 8월 26일 13:29

받는 사람: 크리스천 그레이

호기심이라고 해두죠.

아나스타샤 그레이

편집자, SIP

뭐가 알고 싶어서 이러지? 나는 능치는 답장을 보냈다.

보낸 사람: 크리스천 그레이
제목: 당신의 비행
날짜: 2011년 8월 26일 13:32
받는 사람: 아나스타샤 그레이

호기심이 고양이를 죽이는 법.

크리스천 그레이
CEO, 그레이 엔터프라이즈 홀딩스 Inc.

보낸 사람: 아나스타샤 그레이
제목: 에?
날짜: 2011년 8월 26일 13:35
받는 사람: 크리스천 그레이

이 알쏭달쏭한 말은 뭐죠? 또 다른 협박인가요?
내가 이 얘기를 왜 꺼내는지 알죠?
당신이 나가지 말라고 했는데도 내가 친구랑 술 마시러 나가서 돌아온
거예요, 아니면 미친놈이 당신 아파트에 침입했다고 돌아온 거예요?

아나스타샤 그레이
편집자, SIP

젠장. 나는 무슨 말을 해야 할지 몰라서 화면을 물끄러미 쳐다보았다. 협박은 아니었다.

이런.

내가 하이드 일을 알기 전에 돌아왔다는 걸 아나가 안다. 몰랐다면 시간을 따지지도 않았을 것이다.

뭐라고 말하지?

창밖을 멍하니 바라보고 있었다. 그때 존스 부인이 서재 문을 두드렸다.

"점심 드시겠어요?"

"네, 좋죠. 고마워요, 게일."

"준비할게요, 그레이 씨." 그녀는 정중한 미소를 지으며 나를 고민과 함께 버려두고 나갔다. 아나에게 대답할 말을 고심하고 있는데 아이맥에서 핑 하고 새 메시지가 들어왔다.

보낸 사람: 아나스타샤 그레이

제목: 한마디 할게요……

날짜: 2011년 8월 26일 13:56

받는 사람: 크리스천 그레이

그렇게 침묵한다면 인정하는 것으로 받아들일게요. 당신은 **내가 마음을 바꿔서** 시애틀로 돌아온 거라고. 나는 성인 여성이고 얼마든지 친구랑 술 마시러 나갈 수 있어요. 내가 마음을 바꾸는 것이 경호에 어떤 영향을 미치는지 난 몰랐어요. **당신이 통 말을 안 해주니까** 그럴 수밖에요. 우리뿐만 아니라 모든 그레이 집안 사람들까지 경호가 강화되었다는 말을 케이트한테 들었어요. 당신은 내 안전에 관해서라면 대체로 과잉 반응을 보여요. 왜 그러는지 이유는 알지만, 늑대가 온다고 소리치는 양치기 소년과 다른 게 뭔가요.

진짜 걱정해야 할 문제가 있는 건지, 아니면 당신의 머릿속에 존재하는 걱정거리인 건지 난 갈피를 못 잡겠어요. 나를 경호하는 사람이 둘이나 있었어요. 케이트도 나도 모두 안전했을 거예요. 사실, 아파트보다 술집이 오히려 더 안전했죠. 어떤 상황인지 **충분히 듣고 파악하고 있었더라면** 다르게 행동했을 거예요.

당신이 잭의 컴퓨터에서 발견된 것 때문에 걱정하고 있는 건 알아요. 적어도 케이트는 그렇게 믿고 있어요. 당신에게 무슨 일이 있는지 내 친한 친구가 나보다 더 많이 알고 있다는 게 얼마나 기분 상하는 일인지 알기나 해요? 난 당신 **아내**예요. 그러니 나한테 말을 하라고요. 아니면 계속 나를 아이 취급해서 내가 계속 아이처럼 굴게 만들 건가요?

당신만 눈 돌아가게 열 받은 게 아니에요. 알아요?

아나

아나스타샤 그레이
편집자, SIP

굵은 글씨는 욕설과 사자후를 뜻하겠군. 게임은 혼자 하는 게 아니지.

보낸 사람: 크리스천 그레이
제목: 한마디 할게요……
날짜: 2011년 8월 26일 13:59

받는 사람: 아나스타샤 그레이

그레이 부인, 늘 그렇듯 이메일이 참 직설적이고 도전적이야.

이 문제는 네가 **우리** 아파트로 돌아온 후에 의논하는 게 좋겠어.

그리고 말조심해야 할 거야. 나도 아직 엄청 열 받아 있으니까.

크리스천 그레이

CEO, 그레이 엔터프라이즈 홀딩스 Inc.

제기랄. 아나와 이메일로 싸우고 싶지 않았다. 나는 서재를 나와 거실로 들어갔다. 존스 부인이 점심으로 준비한 콜드 치킨 샐러드를 보자 화가 조금 누그러졌다.

배가 고파서 그렇게 화가 났었나.

"고마워요." 내가 나지막이 말했다.

"저는 그레이 부인이 좋아하시는 그리스 식품점에 가서 제일 좋아하시는 걸로 몇 가지 사 올게요. 오늘 저녁에 드시게. 오븐이나 전자레인지에 넣어 데워 드시면 돼요."

"그러세요." 나는 건성으로 말했다. 요즘은 아나랑 왜 싸우기만 하는 걸까?

"그레이 씨……." 존스 부인이 내 주의를 끌었다.

"네."

"오늘 저녁 휴가 주신 거 감사해요. 그나저나 피곤해 보이세요. 잠깐 낮잠을 자는 게 어떠세요?"

나는 인상을 썼다. 낮잠? 나는 어린아이가 아니다. "아뇨."

"그냥 그런 생각이 들었어요."

"생각해볼게요." 나는 중얼거리며 샐러드를 들고 서재로 갔다.

샐러드를 먹고 있는데 웰치에게 전화가 왔다.

"웰치."

"하이드 사건을 조사한 결과 흥미로운 것들이 발견됐습니다."
그가 굵은 목소리로 운을 뗐다. "주차장에 있는 하이드의 밴에서
매트리스 하나와 텍사스 황소도 쓰러뜨릴 분량의 마취제 케타민
이 나왔어요."

"케타민. 젠장." 내 생각이 맞았어!

"네, 사장님. 주사기도요."

나는 인상을 썼다. 주사기라면 질색이다.

웰치가 말을 이었다. "아무래도 이 작자 1급 납치 미수 혐의로
기소될 것 같습니다. 무단 침입, 강도, 불법 무기 소지죄까지 추가
될지도 몰라요. 게다가 쪽지까지 있었으니까요."

"클라크가 그 쪽지 보여줬어."

"뭐 짚이는 거 없으세요?"

"없어. 하이드는 그걸 밴 안에 남겨 두었어. 아무 뜻이 없는 거
라 마음을 바꾼 건지도 모르지."

"그럴지도요. 그놈은 아파트 건물 내의 새 입주민에게 조명을
배달하는 중이었습니다." 웰치가 으르렁거렸다.

"조명 배달? 그게 무슨 소리야?"

"놈은 택배 회사에서 일하고 있었어요. 물건 주인은 이 아파트
16호에 삽니다."

"아하, 알아. 그 남자 만난 적 있어. 젊은 남자야. 그래서 하이드
가 들어올 수 있었군. 교활한 개자식 같으니."

"맞습니다." 웰치가 동의했다. "한 가지 더요. 킹 카운티 경찰과
FBI에게서 연락을 받았는데, 지문이 서로 일치한답니다."

"잡았네!"

"그런 것 같아요."

"분명히 디트로이트와 무슨 관련이 있는데, 그게 뭔지 모르겠단 말이야." 내가 중얼거렸다.

"제가 계속 파보겠습니다." 웰치가 대꾸했다.

"지금은 이게 답니다."

"소식 고마워."

웰치가 전화를 끊었다. 나는 남은 점심을 쳐다보았다. 입맛이 싹 달아났다. 그 사악한 개자식이 내 아내한테 무슨 짓을 하려고 했을까? 납치. 살인. 놈은 주사기를 가지고 있었다. 추악하고 더러운 주사기를 내 아내에게 쓰려고 했던 거라면. 구역질이 목구멍까지 솟구쳤지만 나는 그것을 삼켰다.

젠장.

여기를 벗어나 신선한 공기를 마셔야 했다. 나는 점심을 놔두고 거실을 지나 밖으로 나갔다. 게일의 걱정스런 표정은 모른 체하고 엘리베이터를 타고 로비로 내려갔다. 사진 기자들은 가고 없어서 앞문을 통해 밖으로 나가 걸었다. 걷고 또 걸었다.

에메랄드 시티(시애틀의 별명 – 옮긴이)의 삶이 눈앞에 펼쳐졌다. 사람들이 각자 할 일을 하며 돌아다녔다. 거리는 부산했지만 군중을 요리조리 헤치며 내 길을 걸어갔다.

가엾은 내 아내.

아내가 놈의 손에 죽을 뻔했다.

사악한 변태 새끼, 내 손에 걸리기만 해봐라. 넌 끝장이다.

젠장.

그레이, 정신 바짝 차려.

나는 노드스트롬 매장 밖에 있었다. 아나에게 무얼 좀 사 줄까. 뭐라도. 뒷주머니에서 지갑을 꺼내 확인한 뒤 매장 안으로 들어갔다. 스카프 진열대로 갔다.

실크 스카프……. 그래. 이거면 되겠어.

마음이 차분해져서 아파트로 돌아왔다.

"점심이 마음에 안 드셨나요? 다른 거 드실래요?"

게일이 물었다.

"아뇨, 괜찮아요. 게일이 하라는 대로 할게요. 좀 누워야겠어요. 피곤하네요."

게일이 안쓰러운 미소를 지었다.

나는 침대로 들어가서 신발을 벗고 누워 눈을 감았다.

아나가 내 앞에 벌거벗고 누워 있다. 내게 두 팔을 쭉 내민다. 당신은 하고 싶은 건 뭐든 나한테 할 수 있어요. 처벌 섹스. 그녀는 하니스를 차고 있다. 오락실이다. 나를 어떻게 할 거예요? 나는 윈드를 손에 들고 그녀 뒤에 서 있다. 뭐든, 내가 원하는 거. 그녀가 탁자에 엎드려 있다. 움직일 수 없다. 묶여 있다. 나는 패들로 내 손바닥을 탁 두드린다. 그녀의 엉덩이가 기대감으로 꿈틀거린다. 그녀가 이마를 바닥에 대고 엎드려 있다. 두 손은 등 뒤에 묶여 있다. 네 입을 원해. 네 질. 네 항문. 네 몸. 네 영혼. 그녀가 내 앞에 엎드린다. 난 당신 거예요. 언제나 당신 거예요, 내 남편님.

내 거.

당신 거.

잠에서 깼다. 혼란스러웠다.

여긴 집이다. 빛이 드는 모양으로 봐서는 늦은 오후 같았다. 시간을 확인하니 5시 30분이었다. 아나는 아직 귀가하지 않았다. 얼굴을 문지르며 욕실로 들어가는데 한 가지 계획이 머릿속에서 움텄다. 나는 지독한 싸움을 앞두고 있었다. 아나가 나한테 열 받았다고 했으니. 나는 옷방에서 셔츠를 벗고 티셔츠로 갈아입은 다음 오락실 청바지를 입어 그녀의 귀가에 대비했다. 새로 산 스카프는 주머니 안에 넣었다.

우리 둘 다 원하는 걸 얻을 수 있을지도 모른다.

서재에서 그녀의 이메일을 인쇄했다. 이 이메일을 끝으로 그녀는 내게 아무런 연락을 취하지 않았다. 내 아내는 한번 도전장을 내밀면 결코 물러서지 않는다. 오늘 저녁은 흥미로운 시간이 될 것이다.

게일은 집에 없다. 테일러도. 나는 그들이 무얼 하고 있을까 궁금했다.

라이언이 테일러의 사무실에 있다가 내가 들어가자 일어섰다. "오셨습니까, 사장님."

"위층에 올라가 쉬어도 돼. 오늘 밤은 다들 쉬었으면 좋겠어. 필요하면 우리가 전화할게."

그가 주저하다가 동의했다. "알겠습니다."

나는 슬렁슬렁 거실로 돌아가 피아노 쪽으로 건너가서 아내의 귀가를 기다렸다.

등 뒤로 늦은 오후의 태양이 지평선으로 떨어졌다. 나는 링 위 내 자리에서 경기가 시작되기를 기다렸다. 글러브를 끼고. 마우스피스를 끼고.

그레이 부인과 몇 라운드까지 뛰게 될까?

현관 저편에서 핑 하는 엘리베이터 소리가 희미하게 들려왔다.

그녀가 왔다.

시작해, 그레이.

아나의 서류 가방이 바닥을 치는 소리가 나고 거실로 향하는 그녀의 발소리가 들렸다. 그녀가 나를 보고 멈춰 섰다.

"어서 와, 그레이 부인." 나는 맨발로 그녀에게 다가갔다. 오래된 흑백영화의 총잡이처럼. 눈을 그녀의 눈에 고정하고. "네가 집에 오니 좋네. 하루 종일 기다렸어."

"기다렸어요?" 그녀가 중얼거렸다. 오늘 아침과 다를 바 없이 아름다운 모습이었지만 커다래진 눈에 경계심이 가득했다. 그녀가 가드를 올렸다.

게임을 시작해볼까, 아나.

"그랬지." 내가 대답했다.

"청바지 멋지네요." 그녀가 나를 머리부터 발끝까지 쓱 훑어보았다.

널 위해 준비했지. 나는 그녀에게 늑대의 미소를 날리며 그녀 앞에 섰다. 그녀가 입술을 핥더니 마른침을 삼켰다. 고개를 돌리지는 않았다.

"할 말이 있는 것 같던데, 그레이 부인." 나는 뒷주머니에서 굵은 글씨로 사자후를 날린 그녀의 이메일을 뽑아 그녀 앞에서 펼쳐 들고 표정으로 그녀를 압도하려 했다.

실패.

"그래요, 있어요." 그녀 역시 나를 응시했다. 태도는 당돌했지만 호흡이 거칠고 섹시한 그녀의 목소리가 속마음을 폭로했다.

나는 고개를 숙여 코로 그녀의 코를 쓸면서 그 촉감을 즐겼다. 그녀가 눈을 감고 지극히 가녀린 한숨을 쉬었다.

"나도 있는데." 나는 그녀의 향긋한 피부에 대고 중얼거렸다.

그녀가 눈을 파닥거리며 떴다. 나는 몸을 똑바로 폈다.

"당신의 할 말은 왠지 알 것 같은데요, 크리스천." 그녀가 한쪽

313

눈썹을 추켜올렸다. 그녀의 눈에 웃음기가 어른거렸다.

나는 눈을 가늘게 떴다.

나 웃기려 하지 마, 아나.

얼마 전에 아나도 내게 그런 말을 한 것이 기억났다.

그녀가 한 걸음 물러났다. "뉴욕에서 왜 돌아왔어요?" 그녀가 물었다. 새끼 고양이처럼 상냥하지만 내가 익히 아는 사자의 기세가 도사린 목소리였다.

"이유를 알잖아."

"내가 케이트랑 외출해서?"

"네가 스스로 한 약속을 깼으니까. 내 말을 안 듣고 불필요한 위험을 자초했으니까."

"내가 약속을 어겼다고요? 정말 그렇게 생각해요?"

"응."

아나가 하늘을 향해 시선을 올렸다가 찌푸린 내 얼굴을 보고는 고개를 내렸다. 하지만 나는 벌을 주는 게 좋을지 아직은 확신이 서지 않았다. "크리스천." 그녀가 여전히 다정한 목소리로 말했다. "난 마음을 바꾼 거예요. 난 여자예요. 그건 우리 여자들의 특기잖아요. 우리 여자들은 원래 그래요." 내가 반응하지 않자 그녀가 말을 이었다. "단 1분이라도 당신이 출장을 취소할 수 있다는 생각을 했더라면……." 그녀가 말을 멈추었다. 할 말을 잃은 듯했다.

"마음을 바꿨겠지?"

"그랬겠죠."

"내게 전화할 생각을 안 들었나?"

사람이 어쩜 그렇게 무심할 수가 있어?

"네가 나가면서 여기 보안 인력이 빠지는 바람에 라이언이 위험에 처했어."

그녀의 뺨이 붉어졌다. "전화를 했어야 했지만 당신이 걱정하는 게 싫었어요. 못 나가게 할 게 뻔한데, 케이트가 그리웠어요. 그 애를 만나고 싶었어요. 게다가 그 덕분에 잭이 여기 왔을 때 위험을 피할 수 있었잖아요. 라이언이 애초에 그 사람을 들이지 말았어야 해요."

하지만 들였잖아.

너도 여기 있어야 했고…….

젠장. 그만해, 그레이.

나는 손을 내밀어 그녀를 품으로 끌어당겼다. "오, 아나." 그녀를 꼭 끌어안았다. "너한테 무슨 일이 생겼다면……."

놈이 총을 가지고 있었어.

주사기를 가지고 있었어.

"아무 일 없었잖아요."

"하지만 생길 수도 있었어. 무슨 일이 생겼을 수도 있다는 생각에 오늘 백번은 죽었다가 살아났어. 너무 화가 났어, 아나. 너한테 화가 났어. 나한테도 화가 났고. 모든 사람한테 화가 났어. 이렇게 화가 난 적이 있었나 기억나지 않을 정도로……. 다만……."

"다만?" 그녀가 물었다.

"네 옛날 아파트에서. 레일라가 거기 있었을 때도 그랬긴 했지."

그때도 망할 놈의 총을 가진 사람이 있었지.

"오늘 아침에 당신 정말 냉정했어요." 마지막 말에서 그녀가 울먹였다.

안 돼. 아나. 울지 마. 나는 포옹을 풀고 그녀의 고개를 위로 올렸다.

"이…… 분노를 어떻게 해야 할지 모르겠어." 내가 중얼거렸다.

예전에는 나아갈 길이 보이곤 했다. 그런데 지금은 길을 잃은 것 같았다.

젠장. 그런 생각은 하지 마, 그레이.

나는 곤혹스러워 하는 푸른색 눈을 내려다보았다. 그 눈이 내게서 진실을 끌어냈다. "너에게 상처 주고 싶지 않아." 그래서 너에게 냉정했던 거야. 화가 나서. "오늘 아침엔 널 벌주고 싶었어, 심하게. 그리고……"

이걸 어떻게 설명해야 하지?

세상을 향해 분노하고 싶은데, 내 세상은 너야.

"나한테 상처 줄까 봐 걱정한 거예요?" 그녀가 물었다.

"나 자신을 믿을 수가 없었어."

"크리스천, 당신은 한 번도 나한테 상처 준 적이 없어요. 신체적으로는." 그녀가 내 얼굴을 감싸 쥐었다.

"그래?"

"그럼요. 당신이 말은 그렇게 해도 빈말이라는 거 알고 있어요. 거짓 협박. 당신이 날 실컷 두들겨 팰 리가 없잖아요."

"그러고 싶긴 했어."

"아뇨, 아니에요. 생각만 그렇게 한 거죠."

"그런가, 잘 모르겠어."

"생각해봐요." 그녀가 나를 끌어안고 코를 내 가슴에 비볐다. "내가 떠났을 때 기분이 어땠는지. 그 일로 당신이 어떻게 됐는지 자주 말했잖아요. 그로 인해 세상을 바라보는 관점, 나를 바라보는 관점이 어떻게 바뀌었는지. 당신이 나를 위해 무얼 포기했는지 알아요. 신혼여행 중에 수갑 자국을 보았을 때 기분이 어땠는지 생각해봐요."

일리가 있는 말이다. 그때 일을 돌이켜보면 내가 등신 같다는 기분만 들었다. 그녀가 다시 나를 떠나는 건 원치 않았다. 그녀가 두 팔로 나를 꼭 감싸고 내 등을 살살 쓰다듬었다. 천천히, 아주 천천히 긴장감이 풀렸다. 그녀가 뺨을 내 가슴에 댔다. 더 이상 그녀를 거부할 수 없었다. 나는 고개를 숙여 그녀의 머리에 키스했다. 그녀가 얼굴을 들어 입을 내 입에 댔다. 나는 그녀에게 키스했다. 내 입술이 그녀에게 제발 시키는 대로 하라고 애원했다. 가지 말라고, 내 옆에 있으라고 애원했다. 그녀도 내게 키스했다.

"나한테 그런 믿음을 가지고 있었구나." 내가 중얼거렸다.

"그럼요."

나는 그녀의 얼굴을 어루만지며 아름다운 눈을 들여다보았다. 그녀의 연민, 그녀의 사랑, 그녀의 욕망이 보였다.

내가 무얼 했다고 아나를 가진단 말인가?

그녀가 미소 지었다. "게다가." 속삭이는 그녀의 얼굴에 장난스런 표정이 떠올랐다. "계약서는 쓰지도 않았는데 말이에요."

나는 웃음을 터뜨리며 그녀를 내 가슴에 품었다. "맞아. 그렇긴 하지." 우리는 서로를 꼭 끌어안았다. 조용한 평화가 우리 사이에 내려앉았다. 뉴욕 출장 이후 처음으로 느껴보는 평온이었다. 이것으로 반목은 끝인가?

"침대로 가자." 내가 속삭였다.

"크리스천, 얘기부터 하고요."

"나중에."

"크리스천, 제발. 이야기 좀 해줘요."

젠장. 영혼이 침잠하는 기분이라 한숨이 나왔다. 어쩌면 우리는 폭풍의 눈에 있는지도 모른다. "무슨 얘기?" 내가 들어도 부루퉁한 목소리였다.

"알잖아요. 나한테 계속 쉬쉬하는 얘기."

"난 널 보호하려는 거야."

"난 어린애가 아니에요."

"그건 잘 알고 있어, 그레이 부인." 나는 두 손으로 그녀의 몸을 쓰다듬었다. 그녀의 엉덩이를 만지작거리며 일어선 아랫도리로 그녀를 압박했다.

"크리스천!" 그녀가 나무랐다. "말하라고요."

아나는 역시나 물러서지 않았다. "알고 싶은 게 뭔데?" 나는 그녀를 놓았다. 바닥에 떨어진 그녀의 이메일을 줍고 나서 그녀의 손을 잡았다.

"이것저것." 그녀가 말했다. 나는 소파로 그녀를 이끌었다.

"앉아봐." 그녀가 시키는 대로 했다. 나는 그녀 옆에 앉아 두 손으로 머리를 감싸고 그녀의 질문 공세에 대비해 마음을 다잡았다. 고개를 돌려 그녀를 마주했다. "물어봐."

"어째서 가족들에게도 경호원을 붙인 거예요?"

"하이드가 가족들에게 위협이 되니까."

"그걸 어떻게 알아요?"

"그놈 컴퓨터. 거기에 나하고 가족들에 대한 인적 사항이 들어 있었어. 특히 캐릭에 대해서."

"캐릭? 대체 왜?"

"아직 몰라." 종교 재판을 받는 기분이다. 나는 전술을 바꿨다. "침대로 가자."

"크리스천, 말하라고요!"

"뭘 말하라는 거야?"

"정말 화를 돋우네요." 그녀가 두 손을 치켜들며 말했다.

"너도 마찬가지야."

그녀가 한숨을 쉬었다. "그 컴퓨터에 가족들에 대한 정보가 있다는 걸 처음 알았을 때 보안을 강화한 건 아니었잖아요. 무슨 일이 있었던 거죠? 왜 지금이냐고요?"

"그땐 놈이 내 건물을 불태우려 할 줄 몰랐으니까. 게다가……." 나는 말을 멈추었다. 아나에게 찰리 탱고 얘기는 하고 싶지 않았다. 걱정할 것이다. 나는 다시 전술을 바꿨다. "그저 달갑지 않은 집착 정도로 생각하고 말았어. 알다시피……." 나는 어깨를 추어올렸다. "대중의 시선에 노출되면 사람들의 관심을 받기 마련이니까. 이것저것 잡다한 것들이었어. 하버드에 다닐 때부터 나온 내 기사들. 내 조정 경기, 내 사업. 캐릭에 대한 기사도 있었어. 아버지가 하는 일들과 어머니가 하는 일들을 다룬. 엘리엇과 미아에 대한 것도 조금."

아나가 인상을 썼다. "'게다가'라고 했잖아요."

"무슨 게다가?"

"'내 건물을 불태우려 들 줄 몰랐으니까. 게다가…….' 뭐가 또 있는 것처럼 말했잖아요."

그냥 지나가는 법이 없군.

"배 안 고파?" 나는 교란술을 폈다. 마침 그녀의 배에서 꼬르륵 소리가 났다. "오늘 밥은 먹은 거야?" 그녀가 얼굴을 붉혔고 나는 대답을 얻었다. "생각한 대로네. 네가 굶으면 내 기분이 어떤지 알잖아. 가자." 나는 일어서서 손을 내밀었다. 기분이 풀렸다. "밥부터 먹여야지 안 되겠어."

"밥을 먹인다고요?"

나는 아나를 부엌으로 데려갔다. 스툴 하나를 아일랜드 식탁 반대편으로 끌어다 놓았다. "앉아."

"존스 부인은 어디 있어요?" 아나가 스툴에 앉았다.

"게일하고 테일러에게 오늘 저녁은 쉬라고 했어."

"왜요?" 그녀가 의심스러운 표정을 지었다.

그들도 어젯밤에 수고했으니 하루 저녁은 쉬어야지. "내가 그럴 수 있으니까." 간단하잖아.

"그럼 당신이 요리하려고요?" 아나가 못 믿겠다는 투로 말했다.

"이런, 믿음을 좀 가져봐, 그레이 부인. 눈 감아."

그녀가 나를 곁눈질했다. 아직도 미심쩍은 눈치였다.

"눈 감으라고!"

그녀가 어이가 없다는 표정으로 눈을 감았다.

"흠. 이대로는 부족해." 나는 뒷주머니에서 아까 산 스카프를 꺼냈다. 그녀의 원피스와 잘 어울리는 것 같아 뿌듯했다. 그녀가 한쪽 눈썹을 추켜올렸다. "눈 감고 있어. 훔쳐보기 없어."

"내 눈을 가리려고요?" 그녀의 목소리가 부드럽고 높았다.

"응."

"크리스천……." 그녀가 반대하려고 했지만 나는 한 손가락을 그녀의 입술에 살짝 댔다.

"얘기는 나중에. 우선 네가 뭘 좀 먹었으면 좋겠어. 배고프다면서." 나는 입술로 그녀의 입술을 쓸고 나서 스카프를 그녀의 눈에 덮고 뒤통수에 고정했다. "보여?"

"아뇨." 그녀가 투덜대면서 눈을 위로 치켜뜰 때처럼 고개를 치켜들었다. 나는 큭큭 웃지 않을 수 없었다. 가끔 아나는 속이 훤히 보였다.

"눈 치켜뜨는 거 다 보여. 그러면 내 기분이 어떨지 잘 알 거야."

그녀가 흥 하더니 입을 꾹 다물었다. "그냥 이거나 마저 끝내시죠?"

"참을성이 없군, 그레이 부인. 얘기하고 싶어 안달이 났어."

"맞아요!"

"난 널 먹여야겠어." 나는 그녀의 관자놀이에 가볍게 키스했다.

말총머리를 하고 눈을 가린 채 스툴에 얌전히 앉아 있는 자기 모습이 얼마나 섹시한지 그녀는 알까. 카메라를 들고 싶은 충동마저 들었다.

하지만 그녀의 식사부터 챙겨야 한다.

나는 냉장고에서 상세르 한 병과 게일이 그리스 식품점에서 사다 놓은 음식을 이것저것 꺼냈다. 파이렉스 그릇에 양고기가 들어 있었다.

젠장. 이거 얼마나 데워야 하지?

나는 그것을 전자레인지에 넣고 가장 높은 열로 5분간 데워지게 설정했다. 이 정도면 되겠지. 토스터에는 식빵을 두 쪽 넣었다.

"맞아요, 나 얘기하고 싶어 안달 났어요." 아나가 말했다. 머리를 한쪽으로 기울인 것으로 보아 내가 무얼 하는지 소리를 듣고 있는 게 분명했다. 내가 와인 병과 코르크 따개를 집어 들었을 때 아나가 의자에서 움직거렸다.

"가만히 있어, 아나스타샤……. 얌전히 있어야지." 나는 그녀의 귀에 속삭였다. "입술도 깨물지 마." 내가 이에 눌린 그녀의 아랫입술을 당겨 빼자 그녀가 미소를 지었다.

드디어!

웃었다.

나는 와인 병을 땄다. 코르크 마개를 손쉽게 빼내고 유리잔에 와인을 따랐다.

이쯤에서 음악이 빠질 순 없지. 서라운드 스피커를 켜고 아이팟에서 크리스 아이작의 〈위키드 게임〉을 골랐다. 기타를 통기는 소리가 실내에 울려 퍼졌다.

그래. 이 노래가 딱이다.

나는 소리를 줄이고 와인 잔을 들었다. "일단 마시자." 나는 혼잣 말을 하듯 말했다. "고개 젖혀봐." 그녀가 턱을 들었다. "더." 아나가 내 말을 따랐다. 나는 시원하고 알싸한 와인을 한 모금 마시고 그녀에게 키스했다. 그리고 와인을 그녀의 입 속에 흘려 넣었다.

"음." 그녀가 와인을 삼켰다.

"이 와인 마음에 들어?"

"좋네요." 그녀가 나직이 말했다.

"더?"

"난 늘 더 원하죠. 당신과 함께라면."

나는 활짝 웃었다. 더. 우리의 단어. 그녀도 활짝 웃었다.

"그레이 부인, 지금 나한테 꼬리 치는 거야?"

"맞아요."

좋았어. 그녀가 나한테 꼬리 치는 건 언제나 환영이다.

나는 입 안에 와인을 한껏 머금고 나서 스카프 매듭을 잡아 그녀의 고개를 살짝 뒤로 젖혔다. 그녀에게 키스해 와인을 그녀의 입 속으로 흘렸다. 그녀가 맛있게 받아 마셨다. "배고파?" 내가 그녀의 입술에 대고 물었다.

"그건 기정사실 아니었나요, 그레이 씨." 비꼬는 기색이 역력한 목소리였다.

아, 역시 아나야…… 내 여자다워.

전자레인지가 핑 소리로 양고기가 다 됐다고 알렸다. 먹음직한 냄새가 주방을 가득 채웠다. 나는 행주를 집은 뒤 전자레인지 문을 열고 그릇을 꺼냈다. "어이쿠! 이런!" 그릇이 엄청 뜨거워 행주 밖으로 빠져나온 손가락을 데고 말았다. 나는 그릇을 떨어뜨렸다. 그릇이 카운터 위에 달그락 부딪혔다.

"괜찮아요?" 아나가 물었다.

"응!"

아니.

아윽!

음식 생각이 싹 달아났다. 따뜻한 보살핌이 필요했다. "좀 됐어.
여기." 나는 가엾은 손가락을 그녀의 입 속에 살짝 넣었다. "네가
빨아주면 나을 것 같아."

아나가 내 손을 잡고 입에서 내 손가락을 천천히 뺐냈다.

"아유, 참." 그녀가 중얼거리더니 입술을 예쁘게 내밀어 쓰라린
내 피부에 바람을 후후 불었다.

오.

내 아랫도리 놈도 후후 불어주었으면.

아나가 내 손가락 관절에 두 번 키스했다. 그러고는 내 손가락
을 입 안에 천천히 넣었다. 그녀의 혀가 나를 감싸고 빨았다.

내 아랫도리 놈도 이렇게 빨아주었으면.

남쪽에서 욕정이 파도처럼 일어났다.

아나.

내 손가락을 빠는 동안 그녀의 이마에 주름이 졌다.

"무슨 생각하는 거야?" 내가 속삭였다. 나는 그녀의 입에서 손
가락을 빼내며 몸을 단속했다.

"당신이 얼마나 변덕스러운지 생각했죠."

뭘 새삼스럽게. "내 왜 50가지 빛깔이겠어." 나는 그녀의 입가에
키스했다.

"나의 50가지 빛깔." 그녀가 내 티셔츠를 잡고 나를 가까이 끌어
당겼다.

"아, 이러면 안 되지, 그레이 부인. 만지지 마. 아직은 아니야."
나는 내 셔츠에서 그녀의 손을 떼어내 손가락마다 키스했다. "똑
바로 앉아." 아나가 입술을 비쭉거렸다. "비쭉거리면 엉덩이 때려

준다."

나는 양고기를 포크로 찍은 다음 요거트와 민트 소스를 찍었다. "입 크게 벌려." 그녀가 입을 벌렸다. 나는 그녀의 입술 사이로 포크에 찍힌 고기를 넣었다.

"흐음." 그녀가 맛있다는 소리를 냈다.

"맛있어?"

"네."

나도 조금 맛보았다. 입 안에서 훌륭한 맛의 향연이 펼쳐졌다. 나도 배가 고팠다. "더 줄까?" 내가 묻자 아나가 고개를 끄덕였다. 나는 한 점 더 먹었다. 그녀가 씹는 동안 식빵을 조금 뜯어서 후무스(삶은 병아리콩과 소스, 올리브오일, 마늘 등을 버무린 요리 - 옮긴이)에 담갔다. "입 벌려." 아나가 시키는 대로 입을 벌리고 이 조각도 맛있게 받아먹었다.

나도 먹어보았다.

시애틀에서 가장 맛있는 후무스였다.

"더?" 내가 물었다.

그녀가 고개를 끄덕였다. "전부 더 줘요. 제발. 배고파 죽겠어요."

그녀의 말이 내 영혼에 음악처럼 와닿았다. 나는 빵과 후무스와 양고기를 번갈아 그녀에게 먹이고 나도 먹었다. 아나는 주는 것을 넙죽넙죽 받아먹으며 성찬을 즐겼다. 그녀가 음식을 맛있게 먹는 걸 보는 것도, 그녀에게 먹여주는 것도 좋았다. 가끔씩 '경험으로 입증된 입에서 입으로' 기술을 써서 와인도 먹여주었다.

양고기가 끝나고 돌마(쌀과 양념, 다진 고기를 넣고 포도 잎으로 싸서 찐 음식 - 옮긴이) 차례였다. "입 크게 벌리고 씹어."

아나가 시키는 대로 했다. "내가 좋아하는 거네." 그녀가 입 속에 한가득 넣고 웅얼거렸다.

"나도 좋아해. 맛있는 거거든."

그녀가 그걸 다 받아먹고 나서 내 손가락을 깨끗이 핥았다. 하나씩 하나씩. "더?" 내 목소리가 허스키했다.

아나가 고개를 저었다.

"잘했어." 나는 그녀의 귀에 소곤거렸다. "왜냐하면 이제 내가 제일 좋아하는 코스 요리 차례거든. 너." 나는 그녀를 번쩍 들어 올렸다. 그녀가 놀라 꺅 소리쳤다.

"눈 가린 거 벗어도 되죠?"

"아니. 오락실에서." 아나는 내 품에 얌전히 안겼고 나는 그녀를 안아 들었다. "도전에 응할 준비 됐지?" 내가 물었다.

"덤벼요." 그녀가 말했다. 내 그럴 줄 알았지. 그녀를 안고 위층으로 가는데 그녀가 조금 가볍게 느껴졌다. "살 빠졌나 본데." 내가 중얼거렸다. 아나가 기분이 좋은지 미소를 지었다. 오락실 밖에서 그녀가 내 몸을 타고 내려가 서게 한 다음 그녀의 허리에 팔을 감고 잠긴 문을 열었다. 그녀를 먼저 들여보내고 따라 들어가 전등을 켰다.

방 한가운데에서 그녀를 놓고 스카프를 벗긴 다음 그녀의 틀어올린 머리에서 머리핀들을 천천히 빼냈다. 많은 머리채가 흘러내렸다. 내가 어깨뼈 사이에 흔들거리는 머리채를 잡아 살짝 당기자 그녀가 뒷걸음질을 쳐 내게 부딪혔다. "내게 다 생각이 있어." 나는 그녀의 귀에 속삭였다.

"그럴 줄 알았어요." 아나가 대답했다. 나는 그녀의 귀 뒤 맥박이 뛰는 곳에 키스했다.

"오, 그레이 부인, 있고말고." 나는 많은 머리채를 잡고 아나의 머리를 기울여 목덜미를 드러냈다. 입술로 그녀의 목선을 쓸었다.

"우선 널 벌거벗길 거야." 내가 그녀를 돌려세웠을 때 그녀의 시선이 위 단추가 풀린 내 청바지 쪽으로 내려왔다. 내가 막을 틈도 없이 그녀가 손가락을 내 허리춤 밑에 넣어 내 아래쪽 배털을 만지작거렸다.

아흐!

그녀가 기다란 속눈썹 사이로 나를 올려다보았다. "이거 계속 입고 있어요."

"나도 그럴 생각이야, 아나스타샤." 나는 두 팔로 그녀를 안았다. 한 팔은 그녀의 목에 감고 다른 팔은 그녀의 엉덩이를 받쳤다. 그녀에게 키스했다. 내 혀가 그녀를 시험하고 그녀의 맛을 보았다. 우리가 키스하는 동안 나는 그녀를 밀어붙였다. 그녀가 뒷걸음치다가 오락실 십자가에 몸을 기댔다. 내 몸이 그녀의 몸을 눌렀다. 그녀의 입술이 탐욕을 부렸다. 혀는 내 혀만큼이나 열렬했다. 내가 몸을 뗐다. "이 원피스 벗어버리자." 나는 원피스 자락을 잡고 천천히 그녀에게서 원피스를 벗겨내기 시작했다. 내가 조금씩 조금씩 옷을 벗겨내자 그녀의 몸이 차츰 드러났다. "몸을 앞으로 숙여." 그녀가 시키는 대로 했다. 원피스가 바닥에 떨어졌다. 내 아내는 유혹적인 속옷과 샌들 차림으로 내 앞에 서 있었다. 나는 그녀의 손가락 사이에 내 손가락을 넣어 손깍지를 꼈다. 그녀의 두 손을 머리 위로 들어 올리고 고개를 숙여 눈으로 물었다.

결박 어때, 아나?

그녀의 강렬한 시선은 아무것도 놓치지 않았다. 나는 그 안에서 헤엄쳤다. 그 느낌이 사타구니로 전해졌다. 아나가 침을 삼키고 고개를 끄덕였다.

사랑스러운 내 여자. 그녀는 나를 실망시키는 법이 없다.

나는 머리 위의 가죽 수갑을 그녀의 손목에 채운 다음 뒷주머니에서 스카프를 다시 꺼냈다. "이제 그만 봐도 돼." 나는 그녀의 눈을 다시 가렸다. 코로 그녀의 코를 쓸어내리고 약속했다. "뜨겁게 만들어줄게."

그녀의 골반을 잡고 몸을 쓸어내리다가 팬티를 벗겼다. "다리 들어. 한 번에 하나씩." 아나가 그대로 했고 나는 팬티를 벗겨냈다. 샌들도 하나씩 벗겼다. 그녀의 발목을 감싸 쥐고 그녀의 오른 다리를 오른쪽으로 당겼다. "발 옮겨." 내가 명령했다. 그녀가 시키는 대로 했다. 나는 그녀의 오른 발목에 십자가와 연결된 족쇄를 채웠다. 왼쪽 발목에도 같은 과정을 반복해 그녀를 완전히 결박했다. 일어서서 그녀 곁으로 다가가서 그녀의 온기와 점차 고조되는 흥분감에 취했다. 그녀의 턱을 잡고 입술에 가볍게 톡 하고 입을 맞추었다. "음악과 장난감이 있어야겠다. 지금 이대로도 아름다워, 그레이 부인. 잠깐 이 모습을 감상해야겠어." 나는 물러서서 그녀를 감상했다. 내가 그녀를 바라보며 아무것도 하지 않을수록 그녀는 더 흥건히 젖을 테고…… 나는 더 강렬한 것을 얻을 것이다.

아나는 대단히 멋진 광경을 선사했다.

이번에는 그녀에게 오르가슴을 거부하는 법을 가르치고 싶었다.

나는 서랍장으로 건너가서 윈드와 아이팟을 꺼냈다. 윈드 옆에 작은 양철통에 담긴 호랑이 연고가 있었다. 그걸 그녀의 클리토리스에 조금 발라보면 어떨까.

그녀를 더 달아오르게 만들 것이다.

안 돼. 지금은 안 돼. 그건 너무 고난도야.

나는 오디오를 켜고 지금의 내 기분에 맞는 불안정한 음악을 골랐다.

그래. 바흐. 〈골드베르크 변주곡〉 중 아리아. 완벽해.

재생 버튼을 누르자 낭랑하고 밝고 청량한 선율이 내 오락실 전체에 울려 퍼졌다.

우리의 오락실에.

나는 원드를 뒷주머니에 꽂고 티셔츠를 벗어버린 다음 아내에게 돌아갔다. 아내는 입술을 깨물고 있었다. 내 손가락이 그녀의 턱을 쥐는 순간 그녀가 흠칫 놀랐다. 내가 턱을 당기자 그녀가 아랫입술을 놓고 수줍고 달콤한 미소를 지었다. 무얼 하게 될지 까맣게 모르면서.

오, 아나. 널 위해 준비했어.

널 사정하게 할 수도 있고.

못 하게 할 수도 있어.

나는 손가락 등으로 흉골까지 그녀의 목을 쓸어내린 다음 엄지손가락으로 브래지어 컵을 끌어내려 젖가슴을 풀어주었다. 그녀의 젖가슴은 너무나 아름다웠다. 그녀의 목에 키스하면서 다른 젖가슴도 브래지어 컵에서 풀어준 뒤 젖꼭지를 만지작거렸다. 내 입술과 손가락이 양쪽 젖꼭지를 빨고 잡아당기자 그것들이 똑바로 일어서서 더 해달라고 애걸했다.

"아." 아나가 묶인 몸을 비틀고 신음했다. 하지만 나는 멈추지 않았다. 내 입과 손가락이 느릿느릿 관능적인 고문을 계속했다. 이렇게만 하면 아주 쉽게 그녀를 흥분시켜 오르가슴으로 이끌 수 있다.

그녀가 숨을 거세게 몰아쉬었다. "크리스천." 그녀가 애원했다.

"알아." 내 목소리가 욕망에 젖어 허스키했다. "나도 너처럼 느끼고 있어."

그녀가 헐떡거렸다.

나는 계속했다.

그녀의 골반이 앞으로 돌진하고 두 다리는 덜덜 떨리기 시작했다. "제발." 그녀가 애걸했다.

오, 자기야. 느껴봐.

내 아랫도리 놈이 풀려나고 싶어 부드러운 데님을 밀어댔다. 때가 올 거야, 그레이.

나는 동작을 멈추고 일어서서 그녀의 얼굴을 내려다보았다. 그녀가 입을 벌리고 공기를 폐 안으로 끌어들이면서 가죽 수갑에 매달려 몸을 비틀었다. 나는 두 손으로 그녀의 옆 몸을 쓸어내렸다. 한 손이 옆구리를 배회하는 동안 다른 손가락은 그녀의 배 아래쪽으로 건너갔다. 그녀가 다시 골반을 앞으로 밀어대며 자신을 내게 바쳤다. "네가 어떻게 될지 좀 볼까." 나는 손가락으로 그녀의 음부를 어루만졌다. 그녀가 내 손가락을 적셨다.

내 청바지가 더 팽팽해졌다.

나는 그녀의 허벅지가 교차하는 지점, 흥분한 작은 중심부를 엄지손가락으로 문질렀다. 그녀가 소리치며 몸을 내 손으로 밀었다.

오, 아냐. 몸이 달았군. 나를 위해 젖었어.

그런데 사정하려면 한참 멀었어.

만약에, 만에 하나 내가 사정하게 허락해야 가능해.

나는 천천히 가운뎃손가락과 집게손가락을 차례로 그녀 안에 밀어 넣었다. 아나는 신음하며 계속 몸을 내 손으로 밀어대면서 탈출구를 찾았다. "오, 아나스타샤, 준비가 참 잘됐네." 나는 그녀 안에서 손가락을 빙빙 돌렸다. 그녀를 치대고 간지럽히며 엄지손가락으로 클리토리스를 계속 자극했다. 그녀가 두 다리를 덜덜 떨기 시작했고 나를 압박했다. 그녀의 몸에서 내 손길이 닿은 곳은 거기뿐이었다. 그녀가 머리를 뒤로 젖히고 쾌락을 흡수했다. 절정이 임박했다.

나는 다른 손으로 뒷주머니에서 원드를 꺼내 전원을 켰다.

"뭐예요?" 그녀가 소리를 듣고 물었다.

"쉿." 내 입술이 그녀의 입술을 덮쳤다. 그녀가 내게 탐욕스럽게 키스했다. 나는 몸을 떼고 그녀의 몸속에 넣은 손가락을 계속 움직였다. "이건 원드야. 진동해." 나는 원드를 그녀의 흉골에 댔다. 원드가 그녀의 피부 위에서 진동하며 그녀의 몸 위를 기어갔다. 내 엄지손가락과 다른 손가락들은 계속 그녀의 성을 괴롭혔다. 나는 진동하는 원드를 젖가슴 사이로 내려 두 젖꼭지를 번갈아 건드렸다.

"아!" 그녀가 크게 신음했다. 두 다리가 뻣뻣해지면서 고개를 뒤로 젖히고 다시 크게 신음했다. 나는 손가락의 움직임을 멈추고 원드를 그녀의 피부에서 뗐다.

"안 돼! 크리스천." 그녀가 소리치고는 부질없이 골반을 내게 밀어댔다.

코앞이다. 하지만 아직 멀었어.

"가만히 있어, 자기야." 나는 속삭이고 그녀에게 키스했다. "애가 타 죽겠지, 응?"

아나가 헐떡거렸다. "크리스천, 제발."

"쉿." 나는 그녀에게 키스하고 그녀 안에 넣은 손가락을 천천히 움직이기 시작했다. 두 젖가슴의 꼭대기 사이로 원드를 쓸어내렸다. 내 몸이 그녀에게 닿았고 준비를 마친 단단한 내 아랫도리가 그녀를 압박했다.

그녀가 다시 상승하기 시작했다. 나는 그녀를 정상 가까이로 이끌었다.

절정이 임박했다.

내가 다시 멈추었다.

"안 돼." 그녀가 흐느꼈다.

나는 그녀의 어깨에 키스를 하면서 그녀 안에서 손가락을 빼고 엄지손가락으로 클리토리스를 문지르던 동작도 멈추었다. 원드의 진동 속도를 높인 다음 그것을 그녀의 윗배로, 아랫배로, 허벅지 사이의 부풀어 오른 봉오리로 내렸다.

"아!" 그녀가 울부짖고 결박된 몸을 당겼다.

원드를 다시 떼고 동작을 멈추었다.

"크리스천!" 그녀가 소리쳤다.

"애가 타 죽겠지, 그치?" 나는 그녀의 목에 대고 속삭였다. "너도 나한테 그랬어. 약속을 해놓고 그걸……."

"크리스천, 제발!"

나는 다시 원드로 그녀를 건드렸다.

멈추었다.

건드렸다.

멈추었다.

아나가 심하게 헐떡거렸다.

"매번 멈추었다가 다시 시작하면 느낌이 더 강렬해져. 그렇지?"

"제발." 그녀가 애원했다. 나는 원드를 끈 다음 십자가 옆의 작은 선반에 올려두고 그녀에게 키스했다. 그녀의 입술이 내 손길을 열렬히, 아니, 애타게 찾았다. 나는 코로 그녀의 코를 쓸어내리고 속삭였다. "너처럼 애를 태우는 여자는 처음이야."

아나가 고개를 흔들었다. "크리스천, 난 당신에게 복종하겠다고 약속한 적 없어요. 제발, 제발……." 나는 그녀의 엉덩이를 움켜쥐고 아직 옷에 싸인 아랫도리를 그녀에게 들이밀었다. 온몸을 그녀의 몸에 비볐다. 그녀가 신음했다. 나는 눈가리개를 벗겨내고 그녀의 턱을 쥐었다. 거칠어진 푸른색 눈이 내 눈을 마주했다.

"너 때문에 아주 미치겠어." 목소리가 갈라졌다. 나는 골반을 그녀의 골반에 대고 움직였다. 한 번, 두 번, 세 번. 그녀가 고개를 뒤로 젖혔다. 사정하려 했다······.

"제발." 그녀가 속삭이고 나를 올려다보았다.

오, 자기야, 더 참을 수 있잖아. 넌 할 수 있어.

내 손가락이 그녀의 젖가슴을 쓸고 몸 아래로 내려갔다. 내 손길에 그녀가 뻣뻣하게 굳더니 고개를 돌려 나를 외면했다. "적색." 그녀가 흐느꼈다. "적색. 적색." 눈물이 그녀의 얼굴을 타고 흘러내렸다.

나는 얼어붙었다.

젠장.

안 돼. 안 돼.

"안 돼!" 내가 중얼거렸다. "제발 그러지 마." 나는 그녀의 손을 풀고 그녀를 끌어안았다. 몸을 숙여 족쇄도 풀었다. 그녀가 손으로 얼굴을 가리고 흐느껴 울기 시작했다.

"안 돼, 안 돼, 안 돼. 아나, 제발. 안 돼." 내가 도를 넘었다. 나는 아나를 안고 침대에 앉아 그녀를 무릎에 앉혔다. 그녀가 흐느껴 울었다. 나는 뒤쪽의 새틴 이불을 침대에서 벗겨내 그녀를 감쌌다. 그녀를 꼭 끌어안고 앞뒤로 흔들었다. "미안해, 미안해." 내가 개자식이구나 싶었다. 그녀의 머리에 키스를 퍼부었다. "아나, 용서해줘, 제발."

그녀는 아무 말도 하지 않았다. 계속 울기만 했다. 그녀의 눈물이 칼날처럼 어둡고 어두운 내 영혼을 매번 난도질했다.

내가 무슨 생각을 한 거지?

아나. 미안해.

내가 진짜 죽일 놈이야.

그녀가 내 목에 얼굴을 묻었다. 그녀의 눈물이 쓰라리게 와닿았다. "음악 좀 꺼줘요."

"그래, 알았어." 나는 그녀를 무릎 위에서 조금 옮기고 뒷주머니에서 리모컨을 꺼내 음악을 껐다. 떨리는 숨소리 사이사이로 조용히 훌쩍거리는 그녀의 울음소리만이 들려왔다.

큰일 났네.

"좀 괜찮아?" 내가 물었다.

그녀가 고개를 끄덕여서 나는 엄지손가락으로 그녀의 눈물을 살살 닦았다. "바흐의 〈골드베르크 변주곡〉 별로야?" 나는 간절한 마음으로 농담을 던졌다.

"이 곡은 아니에요." 그녀가 나를 올려다보았다. 심적 고통 때문에 눈빛이 흐렸다. 부끄러움이 폭풍처럼 나를 휘감았다.

"미안해." 내가 속삭였다.

"왜, 왜 그, 그랬어요?" 그녀가 몸을 떠는 사이사이에 말을 더듬었다.

나는 고개를 젓고 눈을 감았다. "순간 제정신이 아니었나 봐."

그녀가 미간을 찌푸렸다.

나는 한숨을 쉬었다. 설명을 해야 했다. "아나, 오르가슴 빼앗기는 전형적인 수법이야……. 네가 자꾸……."

말한다고 뭐가 달라져?

나는 말을 멈추었고 그녀는 자세를 바꾸었다. 그녀의 몸이 반쯤 발기한 내 아랫도리를 때려서 나는 인상을 썼다.

"미안해요." 그녀가 웅얼거렸다. 창백한 뺨이 붉어졌다. 이런 상황에서도 내게 사과를 하다니. 나를 부끄럽게 만드는 여자다. 나는 나 자신이 역겨워 그녀를 데리고 뒤로 벌렁 누웠다. 그렇게 우리는 침대에 누웠고 내 팔은 그녀를 감싸고 있었다.

그녀가 꼼지락거리며 브래지어를 고쳐 입기 시작했다.

"도와줄까?" 내가 물었다.

그녀가 고개를 흔들었다. 내 손이 닿는 게 싫은가 보다.

젠장.

아나. 미. 안. 해.

더는 참을 수가 없어서 마주 보게끔 몸을 움직였다. 손을 올리고 그녀가 피하려나 싶어 멈칫했지만 그녀는 피하지 않았다. 그래서 손가락 등으로 눈물로 얼룩진 그녀의 얼굴을 살살 어루만졌다. 그녀의 눈에 눈물이 다시 차올랐다.

"제발 울지 마." 내가 속삭였다. 우리는 서로를 바라보았다.

그녀가 상처를 크게 받은 것 같아서 가슴이 미어졌다.

"내가 자꾸 뭐요?" 그녀가 물었다. 순간 나는 그녀가 무슨 말을 하는지 몰라 멈칫했다. 방금 내가 하려다 만 얘기를 묻고 있었다.

"하라는 대로 하지 않는다고. 멋대로 마음을 바꾸고, 어디 있는지 말도 안 하고. 아나, 난 뉴욕에 있었어. 거기서는 내 힘이 닿지 않으니까 너무 화가 났어. 시애틀에 있었더라면 널 집에 데려왔을 거야."

"그래서 나를 벌주려는 거예요?"

그래. 아니야. 맞아. 나는 눈을 감았다. 그녀를 마주할 수가 없었다.

"이런 거 그만해요."

나는 시무룩해졌다.

"이래 봤자 자기 자신이 더욱 혐오스러워질 뿐이에요."

나는 콧바람을 냈다. "맞아. 나도 너의 이런 모습 보고 싶지 않아."

"그리고 나 이런 기분 싫어요. 당신이 페어레이디호에서 그랬잖아요. 서브미시브와 결혼한 게 아니라고."

"그랬지. 그랬어."

"그럼 나를 서브미시브처럼 대하지 말아야죠. 전화 안 한 건 미안해요. 다시는 그렇게 이기적으로 행동하지 않을게요. 당신이 나 걱정하는 거 알아요."

우리는 서로를 바라보았다. 나는 그녀의 말을 곱씹었다. "그래. 알았어." 나는 그녀에게 키스하려고 고개를 내밀었다. 하지만 입술이 닿기 전에 동작을 멈추고 허락을 구했다. 용서해달라고 애원했다. 아나가 입술을 내 입술로 올렸고, 나는 부드럽게 그녀에게 키스했다.

"넌 울고 나면 항상 입술이 정말 부드러워."

"나 당신에게 복종하겠다고 약속한 적 없어요, 크리스천."

"알아."

"받아들여요, 제발. 우리 둘을 위해서. 나도 당신의 통제적 성향을 이해하고 더 배려할게요."

나는 말문이 막혀서 "노력해볼게"라는 말만 했다.

그녀가 한숨을 쉬었다. "부탁해요. 게다가 만약 그때 내가 여기 있었더라면……." 그녀의 눈이 동그래졌다.

"알아." 내가 속삭였다. 얼굴에서 핏기가 가시는 것이 느껴졌다. 나는 똑바로 누워서 두 팔을 머리 위로 벌렁 치켜들고 만약 그랬다면 벌어졌을 일을 상상했다. 수천 번도 더 한 상상이었다.

놈이 아나를 죽였을지도 모른다.

그녀가 몸을 내 몸에 감고 머리를 내 가슴에 얹었다. 나는 그녀를 감싸 안았다. 손가락에 그녀의 땋은 머리채를 돌돌 감았다가 풀고 나서 땋은 머리를 천천히 풀기 시작했다. 그녀의 부드러운 머리카락이 손가락 사이로 흘러내리는 느낌이 위안이 되었다.

아나, 정말 미안해.

그렇게 같이 몇 분간 누워 있었다. 아나가 상념에서 나를 깨웠다. "아까 하려던 말 뭐예요? '게다가' 어쩌고 했잖아요?"

"'게다가'라니?" 내가 물었다.

"잭에 관한 말이었어요."

나는 그녀를 물끄러미 쳐다보았다. "넌 포기를 모르구나, 응?"

그녀가 턱을 내 흉골에 댔다. "포기하다뇨? 천만에요. 말해요. 나만 모르고 있는 거 싫어요. 당신은 내가 보호받아야 한다는 생각에 집착하는 것 같아요. 총 쏘는 법도 모르면서. 나는 아는데." 아주 말문이 트였군. "내가 감당 못할 거라고 생각해 말하지 않는 거예요, 크리스천? 당신을 스토킹하던 예전 서브가 내게 총을 겨눈 적도 있었고, 당신의 옛 소아성애 연인이 나를 괴롭힌 적도 있는데……."

아나!

"그런 눈으로 쳐다보지 말아요. 어머님도 나랑 같은 심정이세요."

뭐라고?

"어머니와 엘레나 얘기를 했단 말이야?" 믿을 수가 없다.

"그럼요. 그레이스랑 엘레나 얘기했어요."

나는 아나에게 입을 딱 벌렸다. 그녀가 말을 이었다. "어머님은 그 일로 엄청 화가 나셨어요. 본인 탓이라고 여기세요."

"어머니랑 그 얘기를 하다니 믿을 수가 없네. 제기랄!" 나는 팔로 다시 얼굴을 감쌌다. 아까보다 더한 수치심이 밀려왔다.

"자세한 얘기는 하지 않았어요."

"하지 마. 그레이스가 그런 지저분한 걸 일일이 알아서 뭐해. 맙소사, 아나. 아버지도 아셔?"

"아뇨!" 그녀가 말했다. 놀란 것 같았다. "당신 왜 자꾸 딴소리예요. 잭. 그 사람이 뭘 어쨌는데요?"

나는 그녀를 살피려고 팔을 들었다. 그녀는 '당장 말해요, 허튼소리 하면 가만 안 둬요' 하는 표정을 짓고 있었다. 나는 팔을 내려 다시 눈을 가리고 말을 한꺼번에 쏟아냈다. "하이드가 찰리 탱고의 고의 손상 사건에 연루된 것 같아. 수사관들이 지문을 발견했는데 쪽지문이라 일치하는 지문을 가려낼 수가 없었어. 그런데 네가 서버실에 들어온 하이드의 얼굴을 알아본 거지. 놈이 미성년자일 때 디트로이트에서 경범죄를 저지른 적이 있는데, 그때 지문이 이것과 일치해. 오늘 아침 여기 주차장에서 화물차가 한 대 발견되었어. 하이드가 몰고 온 차. 어제 놈은 무슨 개똥 같은 걸 새로 이사 온 남자에게 배달하겠다고 왔던 거야. 우리가 엘리베이터에서 만났던 남자."

"그 남자 이름이 기억 안 나요." 아나가 중얼거렸다.

"나도 그래. 하지만 하이드는 그걸 구실로 건물 안에 들어올 수 있었어. 놈은 택배 회사 직원이었어……."

"그래서요? 그 화물차가 뭐가 중요한데요?"

젠장.

"크리스천, 말해요." 아나가 재촉했다.

"경찰이 화물차 안에서 뭔가를 발견했어." 나는 말을 멈추었다. 아나에게 악몽을 선사하고 싶지 않았다. 그녀를 꼭 끌어안았다.

"뭔데 그래요?" 그녀가 다그쳤다.

나는 입을 다물었다. 하지만 아나가 이대로 물러설 리 없었다. "매트리스 하나, 말 열 마리도 재울 만한 말 마취제, 그리고 쪽지." 나는 두려움을 감추고 주사기 얘기는 하지 않았다.

"쪽지?"

"나한테 보낸 거였어."

"뭐라고 쓰어 있었는데요?"

나는 고개를 저었다. 개소리였지 뭐.

"어젯밤 하이드는 널 납치할 생각으로 여기 온 거야."

그녀가 진저리를 쳤다. "젠장."

"맞아."

"이유를 모르겠네요." 그녀가 말했다. "말이 안 돼요."

"그러니까. 경찰이 계속 수사할 거고 웰치도 그래. 하지만 우리는 디트로이트가 연결점이라고 생각하고 있어."

"디트로이트?" 아나는 혼란스러운 목소리였다.

"응. 거기 뭔가 있어."

"난 여전히 이해가 안 돼요."

나는 팔을 들고 그녀를 바라보았다. 그녀는 모르는 눈치였다. "아나, 나 디트로이트에서 태어났어."

"난 당신이 여기 시애틀에서 태어난 줄 알았어요."

아니. 나는 손을 뒤로 뻗어 베개 하나를 잡아 머리 밑에 받쳤다. 다른 손으로는 그녀의 머리카락을 계속 쓰다듬었다. "아니. 엘리 엇과 나 둘 다 디트로이트에서 입양됐어. 내가 입양된 직후에 우린 여기로 이사했어. 그레이스가 도시 개발 지역에서 멀리 떨어진 서부 해안에서 살고 싶어 했거든. 그래서 노스웨스트 병원에서 일자리를 얻었지. 그 당시 기억은 거의 없어. 미아는 여기서 입양됐고."

"그럼 잭이 디트로이트 출신이란 거예요?"

"응."

"그걸 어떻게 알아요?"

"네가 그놈 밑에서 일할 때 내가 놈의 뒤를 좀 캐봤지."

그녀가 나를 곁눈질했다. "그 사람의 신상 파일도 가지고 있는 거예요?" 그녀가 킥킥 웃었다.

나는 웃음을 참았다. "연파란색이지, 아마."

"그 파일에 뭐라고 적혀 있는데요?"

나는 그녀의 뺨을 쓰다듬었다. "정말 알고 싶어?"

"많이 심해요?"

나는 어깻짓을 했다. "더한 것도 봤어." 슬프고 안타까운 내 사연이 머릿속에 떠올랐다. 아나가 내 품을 파고들더니 우리 둘 위로 빨간 새틴 이불을 끌어당겨 덮고는 뺨을 내 가슴에 얹었다. 그리고 생각에 잠기는 듯했다.

"왜?" 내가 물었다. 무슨 생각을 하는 거야?

"아무것도 아니에요." 그녀가 중얼거렸다.

"아니긴 뭐가 아니야. 너도 피할 수 없어, 아나. 뭔데 그래?"

아나가 미간을 잔뜩 찌푸린 채 나를 흘끔거렸다. 그러고는 뺨을 다시 내 가슴에 얹었다. "가끔 그레이가 사람들과 같이 살기 전 아이였을 때 당신 모습을 그려보곤 해요."

나는 그녀 밑에서 긴장했다. 그 이야기는 하고 싶지 않았다. "내 이야기를 하려던 게 아니야. 네 동정은 원하지 않아, 아나스타샤. 내 생애의 그 부분은 끝났어. 지난 일이야."

"동정이 아니에요. 공감이고 슬픔이죠. 한 아이에게 누구든 느낄 수 있는 슬픔." 그녀가 말을 멈추고 침을 삼키더니 부드럽고 낮은 목소리로 말을 이었다. "당신 생애의 그 부분은 끝나지 않았어요, 크리스천. 그런 말이 어디 있어요? 당신은 매일 당신의 과거와 함께 살고 있는데. 당신 스스로 당신이 50가지 빛깔이라고 했잖아요. 기억나요?"

나는 한숨을 쉬고 나서 머리를 쓸어 넘겼다. 그만해, 아나.

"그래서 나를 통제해야 한다고 느끼는 거 알아요. 나를 안전하게 지켜야 한다고."

"그런데도 넌 나를 거스르는 선택을 하는구나." 당혹스러웠다. 이것이 가장 혼란스러운 그녀의 일면이었다. 내가 싫어한다는 걸 알면서도 나를 거역한다는 것이.

"플린 박사는 나더러 당신의 선의를 믿어보라고 했어요. 그러려고 노력하는데 잘 모르겠어요. 어쩌면 난 내 방식대로 당신을 당신의 과거로부터 지금 여기로 데려오려는 건지도 몰라요." 그녀가 나직이 말했다. "모르겠어요. 다만 당신이 얼마나 과민 반응을 보일지 가늠할 수가 없어요."

"빌어먹을 플린." 내가 중얼거렸다.

"박사님이 나더러 당신한테 항상 해온 대로 계속 행동하라고 했어요."

"그랬단 말이야?" 나는 씁쓸하게 말했다.

이제 보니 플린 탓이었군.

아나가 숨을 크게 들이마셨다. "크리스천, 당신이 당신 엄마를 사랑했다는 거 알아요. 구하지 못했다는 것도. 그건 당신 책임이 아니었어요. 그리고 나는 그분이 아니에요."

망할. 뭐야? 그만해. 당장.

나는 그녀 밑에 누워 얼어붙었다. "하지 마." 내가 중얼거렸다.

빌어먹을 약쟁이 창녀 얘기는 하고 싶지 않아.

나는 인정하고 싶지도 않고 절대 느끼고 싶지도 않은 끔찍한 감정들의 깊은 우물 위를 표류하는 중이었다.

"아뇨, 들어봐요. 제발." 아나가 고개를 들었다. 그녀의 연파란 색 눈이 내 방패를 뚫고 들어왔다. 숨이 턱 막혔다. "나는 그분이 아니에요." 아나가 말했다. "나는 그분보다 훨씬 강해요. 내겐 당

신이 있고 당신은 그때보다 훨씬 더 강해졌어요. 당신이 날 사랑
한다는 거 알아요. 나도 당신을 사랑하고요."

"그래도 나를 사랑해?" 내가 속삭였다.

"당연하죠. 크리스천, 언제까지나 당신을 사랑할 거예요. 당신
이 내게 무얼 어떻게 하든."

아냐, 미쳤구나.

나는 눈을 감고 두 팔로 다시 눈을 가리며 그녀를 더 꼭 끌어안
았다.

"내게서 숨지 말아요." 그녀가 내 얼굴에서 팔을 떼어냈다. "평
생 숨었잖아요. 제발 그러지 마요. 내게서 숨지 마요."

내가?

나는 당황해서 그녀를 물끄러미 보았다. "숨는다고?"

"그래요."

나는 옆으로 돌아누워 그녀의 얼굴에서 머리카락을 귀 뒤로 넘
겼다. "오늘 네가 나에게 널 미워하냐고 물었지. 그 이유를 알 수
없었는데 이제 보니까……."

"아직도 내가 당신을 미워한다고 생각해요?" 그녀가 물었다.

"아니." 나는 고개를 저었다. "지금은 아니야. 하지만 알아야겠
어. 어째서 안전신호를 말했지, 아나?"

그녀가 침을 삼켰다. 그녀의 얼굴에 여러 가지 감정들이 교차했
다. "왜냐하면…… 왜냐하면 당신이 너무 화가 났으니까요. 너무
멀고 너무 냉정했으니까요. 당신이 얼마나 멀리 갈지 알 수 없었
어요."

그녀는 사정하게 해달라고 내게 애원하고 애원하고 애원했다.
그런데 나는 들어주지 않았다.

그녀의 믿음을 저버렸다.

안전신호가 있어서 천만다행이야.

"나 사정하게 할 생각이었어요?" 그녀는 얼굴은 붉혔지만 시선은 흔들리지 않았다.

응. 아니. 모르겠어.

"너무 가혹했어요."

나는 손가락 관절로 그녀의 뺨을 어루만졌다. 아까 덴 손가락으로. "효과는 만점이야." 내가 소곤거렸다.

그래서 네가 못하게 막았잖아.

우리에겐 항상 안전신호가 있을 거야. 내가 도를 넘는다면.

내가 필요 없다고 말한다고 해도.

"신호한 거 잘한 거야." 내가 중얼거렸다.

"정말요?" 그녀는 내 말을 못 믿는 눈치였다.

나는 그녀에게 힘겹게 미소를 지었다. "그래. 너에게 상처 주고 싶지 않아. 내가 너무 멀리 갔어." 나는 그녀에게 키스했다. "순간 제정신이 아니었어." 나는 다시 그녀에게 키스했다. "너랑 있으면 자주 그래."

그녀의 얼굴에 함박웃음이 번졌다.

나도 덩달아 웃었다. "왜 웃는지 모르겠네, 그레이 부인."

"나도 모르겠네요."

나는 그녀를 꼭 끌어안고 머리를 그녀의 가슴에 댔다. 그녀가 한 손으로 내 벌거벗은 등을 쓰다듬었다. 다른 손가락은 내 머리카락을 파고들었다. 그녀의 손길이 얼마나 그리웠는지.

"너만은 믿을 수가 있거든. 넌 날 멈출 수 있어. 절대 너에게 상처 주고 싶지 않아." 내가 고백했다. "내게 필요한 건……."

그녀에게 말해, 그레이.

"뭐가 필요한데요?"

"내게 필요한 건 통제야, 아나. 나에게 네가 필요하듯이. 그래야만 난 온전히 기능할 수가 있어. 통제권을 놓을 수가 없어. 못해. 노력해봤지만. 그런데 너랑 있으면……." 나는 답답해 고개를 흔들었다.

"나도 당신이 필요해요." 그녀가 나를 더 꼭 끌어안았다. "내가 노력할게요, 크리스천. 더 배려할게요."

"나도 너에게 필요한 존재가 되었으면 좋겠어."

"이미 그런 걸요!" 그녀가 강하게 말했다.

"널 보살펴주고 싶어."

"그러고 있잖아요. 항상. 당신이랑 떨어져 있는 동안 당신이 너무나 그리웠어요."

"그랬어?"

"그럼요, 당연하죠. 당신이 멀리 가는 거 싫어요."

나는 미소를 지었다. "나랑 같이 갔으면 좋았잖아."

"크리스천, 부탁이에요. 그 문제로 옥신각신하지 않기로 해요. 나 일하고 싶어요."

나는 한숨을 쉬었다. 그녀가 손가락으로 내 머리카락을 쓸어 넘겨 긴장감을 몰아냈다. 덕분에 조금 마음이 풀렸다. "사랑해, 아나."

"나도 사랑해요, 크리스천. 언제나 당신을 사랑할 거예요."

우리는 빨간 새틴 이불 밑에서 서로 뒤엉켜 누워 있었다. 나는 청바지, 아나는 브래지어 차림으로 거의 벌거벗은 몸이었다.

우리 정말 부부가 맞나 봐…….

그녀가 숨을 규칙적으로 쉬었다. 잠이 들었다. 나는 눈을 감았다.

엄마가 소파에 앉아 있다. 조용하다. 가끔씩 벽을 쳐다보며 눈을 깜빡거린다. 내가 장난감 자동차를 가지고 엄마 앞에 서도 엄마는 나를 보지 않는다. 내가 손을 흔들자 엄마가 나를 쳐다본다. 하지만 저리 가라고 손을 내젓는다. 안 돼, 애벌레, 지금은 안 돼. 아저씨가 있어서. 아저씨는 엄마를 아프게 한다. 일어나, 이 멍청한 년. 아저씨가 내 마음을 아프게 한다. 아저씨가 싫다. 아저씨에게 너무 화가 난다. 나는 부엌으로 달려가 탁자 밑에 숨는다. 일어나라고, 이 멍청한 년. 아저씨가 소리친다. 목소리가 크다. 엄마가 고함을 지른다. 싫어. 나는 두 손으로 귀를 틀어막는다. 아저씨가 부츠를 신은 발로 부엌으로 들어온다. 냄새가 난다. 어디 있냐, 이 똥덩어리 새끼? 여기 있구나. 거기 딱 붙어 있어, 이 쥐방울. 네 어미년이랑 재미 좀 볼 거니까. 오늘 저녁 내내 네 못생긴 면상 안 보고 싶다. 알겠냐? 내가 대답하지 않자 아저씨가 내 뺨을 때린다. 세게. 뺨이 얼얼하다. 아니면 불로 지져버릴 거야, 이 쥐방울 같은 놈. 안 돼. 안 돼. 그건 싫다. 불로 지져지는 건 싫다. 아프다. 아저씨가 담배를 피우면서 그걸 내 앞에서 흔든다. 지져줄까, 똥덩어리 새끼야? 그래? 아저씨가 껄껄 웃는다. 이가 몇 개 빠졌다. 아저씨가 껄껄 웃는다. 그년을 위해 요리를 해야지. 숟가락이 있어야겠네. 이걸 넣어줄 거거든. 아저씨가 주사기 같은 걸 들고 내게 보여준다. 그년이 이거라면 사족을 못 써요. 너나 나보다 이걸 더 좋아할 거다. 아저씨가 돌아선다. 아저씨의 모습이 변한다. 그는 잭 하이드다. 아나가 그놈 옆의 바닥에 누워 있다. 놈이 주사기로 아나의 허벅지를 찌른다.

"안 돼!" 나는 세상에 대고 소리쳤다.

"크리스천, 제발. 일어나요!"

눈을 뜨니 아나가 옆에 있었다. 그녀가 나를 흔들었다. "크리스천, 악몽을 꾼 거예요. 여기는 집이에요. 안전하다고요." 나는 주위를 둘러보았다. 우리는 오락실 침대에 누워 있었다.

"아나!" 그녀가 여기 있다. 무사하다. 나는 그녀의 얼굴을 잡았다. 그녀의 입술을 내 입술로 끌어당겨 그녀의 입에서 평온과 위안을 구했다. 그녀는 내 삶 그 자체다. 내 사랑. 내 빛이다.

아나.

욕망이 번개처럼 내 몸을 관통해 아랫도리를 일으켰다. 나는 우리 둘의 몸을 굴려 그녀를 매트리스에 찍어 눌렀다.

그녀를 원했다. 그녀가 필요했다.

그녀의 턱을 잡아 머리를 움직이지 못하게 하고 무릎으로 그녀의 두 다리를 벌려 청바지 안에서 터질 것 같은 아랫도리를 그녀의 음부에 밀어붙였다. "아나." 나는 그녀의 놀란 푸른 눈을 내려다보았다. 그녀의 동공이 더 커지고 끈적해졌다.

그녀도 그걸 느낀다.

그녀도 그걸 원한다.

내 입술이 다시 그녀의 입을 장악하고 그녀를 맛보고 그녀를 취했다. 내 아랫도리가 그녀의 몸 위에서 춤을 추었다. 나는 그녀의 얼굴에, 눈꺼풀에, 뺨에, 턱선을 따라 키스했다. 그녀를 원했다.

지금.

"나 여기 있어요." 그녀가 속삭이며 두 팔로 내 어깨를 끌어안고 나를 쓰다듬었다.

"오, 아나. 네가 필요해." 그녀에 대한 열망으로 숨이 턱까지 차올랐다.

"나도요." 그녀가 내 등을 움켜쥐었다.

나는 바지 단추를 풀고 아랫도리 놈을 풀어주었다. 그녀를 취할 자세를 취했다.

할까? 안 돼? 아나? 나는 짙고 짙은 그녀의 눈을 들여다보았다.

그 눈에 내 간절함과 욕망의 그림자가 어른거렸다.

"해요. 제발." 그녀가 말했다.

나는 단번에 그녀 안으로 들어갔다.

"아!" 그녀가 소리쳤다. 나는 신음하며 그녀의 느낌을 음미했다.

아나. 다시 그녀의 입을 경배했다. 내 혀가 계속 움직이는 동안 나는 그녀 안을 파고들었다. 내 두려움과 악몽을 몰아냈다. 그녀의 사랑과 성욕 안에서 나를 잊었다. 그녀도 미친 듯이 몰두했다. 간절했다. 굶주려 있었다. 나와 함께 찔리고 찔렸다. 끊임없이.

"아나!" 나는 소리치며 놓아버렸다. 그녀 안에서 몇 번이고 사정했다. 자의식을 잊고 그녀의 강력한 마법 아래로 떨어졌다. 그녀로 인해 완전해졌다.

그녀는 나를 치유했다. 그녀는 나의 빛이다.

그녀가 나를 거세게 꼭 끌어안았다. 나는 공기를 폐 안으로 끌어들였다.

나는 천천히 그녀에게서 빠져나와 두 팔로 그녀를 끌어안았다. 그제야 지구가 제대로 중심을 잡고 회전했다.

와우.

빨리도…….

끝났네!

나는 고개를 흔들고 나서 팔꿈치로 몸을 받치고 그녀의 아름다운 얼굴을 내려다보았다. "오, 아나. 맙소사." 나는 그녀에게 키스했다.

"괜찮아요?" 그녀가 손바닥으로 내 뺨을 감쌌다.

나는 고개를 끄덕였다. 그제야 정신이 들었다. "넌?"

"음……." 그녀가 내 밑에서 꼼지락거리며 한풀 꺾인 내 아랫도리에 몸을 밀어붙였다. 나는 짓궂고 음탕한 미소를 지었다. 그녀가 무슨 말을 하려는지 알고 있었다. 이건 내가 잘 아는 언어였다.

"그레이 부인, 요구 사항이 있으시군요." 내가 속삭였다. 나는 그녀의 입술에 가볍게 입을 맞추었다. 그녀가 아무 말도 하지 않아서 나는 몸을 일으켰다. 침대 발치 바닥에 무릎을 대고 앉아 아나의 다리를 잡고 그녀의 엉덩이가 침대 가장자리에 놓이도록 내 쪽으로 끌어당겼다. "일어나 앉아봐." 그녀가 시키는 대로 했다. 머리카락이 그녀의 젖가슴 아래로 흘러내렸다. 나는 눈을 그녀의 눈에 고정하고 그녀의 두 다리를 살짝 밀어 벌렸다. 그녀가 두 손을 짚고 상체를 뒤로 젖혔다. 호흡이 가빠지면서 젖가슴이 위아래로 오르내렸다. 그녀의 입술이 벌어졌다. 이제부터 아나가 상상도 못 한 걸 할 생각이었다.

"넌 정말 미치게 아름다워, 아나." 나는 그녀의 허벅지 안쪽을 따라 위쪽으로 부드럽게 키스했다. 속눈썹 사이로 그녀를 올려다보니 그녀도 속눈썹 사이로 나를 바라보았다.

"잘 봐." 나는 혀로 클리토리스를 건드렸다.

"아!" 그녀가 소리쳤다. 그녀에게서 아나와 섹스와 내 맛이 났다. 나는 멈추지 않았다. 방금 치른 작업 때문에 그녀는 구식 태엽 시계보다 더 바짝 조일 것이다. 활짝 펼쳐진 그녀의 두 다리를 붙잡아 누르고 입으로 마법을 부렸다. 불굴의 관심을 쏟아부었다.

그녀의 몸이 덜덜 떨리기 시작했다.

"그만…… 아!" 그녀가 말했다. 신호가 떨어졌다. 나는 천천히 한 손가락을 그녀 안에 넣었다. 그녀가 끙끙대며 침대로 풀썩 쓰러졌다. 나는 민감한 지점을 자극하고 혀로 클리토리스를 계속 핥아서 그녀의 몸속에 불을 지폈다.

절정이 가까웠다. 그녀의 다리가 뻣뻣해졌다.

아나. 놓아버려.

그녀가 내 이름을 크게 불렀고, 그녀의 등이 둥그렇게 침대에서 떨어졌다. 그녀가 사정하고 사정하고 사정했다. 나는 손가락을 빼고 청바지를 벗었다. 고개를 들어 코를 그녀의 배에 비볐다. 그녀의 손가락이 내 머리카락을 쓸었다. "난 아직 안 끝났어." 나는 다시 바닥에 무릎을 대면서 그녀를 침대 밖으로 끌어내 내 무릎 위에 앉혔다. 일어서서 기다리는 내 아랫도리 위에.

그녀가 숨을 들이켤 때 나는 그녀를 채웠다. "오, 자기야." 나는 두 팔로 그녀를 감싸 안고 그녀의 머리를 받친 뒤 얼굴에 부드러운 키스를 퍼부었다. 내가 골반을 움직이자 그녀가 내 팔뚝을 움켜잡고 커다래진 눈으로 나를 쳐다보았다. 나는 그녀의 엉덩이를 잡아 들어 올리고 내 엉덩이를 움직여 그녀 안으로 다시 밀고 들어갔다.

"아." 그녀가 신음했다. 우리가 키스를 나누는 동안 나는 천천히 그녀 안으로 들어갔다가 나왔다. 그녀가 허벅지로 나를 조였다. 우리는 함께 달렸다.

천천히. 달콤하게.

그녀가 얼굴을 천장을 향해 들어 올렸다. 입이 크게 벌어지며 소리 없는 쾌락의 외침을 터뜨렸다.

"아나." 나는 속삭이며 그녀의 목에 키스했다.

우리는 움직였다.

함께.

환희 속에서.

"사랑해, 아나."

그녀가 두 손을 내 목에 감고 포갰다. "나도 사랑해요, 크리스천." 그녀가 눈을 떴다. 우리는 서로를 바라보았다.

흥분이 고조되었다.

올라갔다.

더 높이.

그녀가 정상에 도달했다.

"느껴봐, 자기야. 나를 위해서." 내가 속삭였다. 그녀가 눈을 꽉 감고 소리를 지르며 사정했다.

아!

나는 그녀와 이마를 맞대고 그녀의 이름을 불렀다. 그녀의 몸이 내 몸을 달콤하고 느린 오르가슴으로 이끌었다.

나는 절정에서 내려와 그녀를 들어 침대에 눕혔다. 우리는 서로를 안고 누웠다. "이제 좀 나아?" 나는 그녀의 목에 코를 비비며 물었다.

"흠."

"침대로 갈까, 아니면 여기서 잘래?"

"흠."

나는 씩 웃었다. "그레이 부인, 말 좀 해봐."

"흠."

"할 수 있는 말이 그뿐이야?"

"흠."

"가자. 침대에 눕혀줄게. 난 여기서 자는 거 별로야."

그녀가 움직였다. "잠깐만요."

또 뭐?

"당신 괜찮아요?" 그녀가 물었다.

나는 우쭐한 미소를 참을 수 없었다. "끄떡없어."

"오, 크리스천." 그녀가 나를 나무라고는 손을 올려 내 얼굴을 어루만졌다. "난 당신이 악몽 꾼 거 말한 건데."

악몽?

젠장.

꿈에서 본 두려운 환영들이 머릿속을 스쳤다. 나는 그녀를 꼭 끌어안았다. 그녀의 목에 얼굴을 묻고 그것들을 피해 숨었다. "하지 마." 내가 중얼거렸다.

아냐. 그 얘긴 꺼내지 마.

"미안해요." 그녀가 나를 안고 두 손으로 내 머리와 등을 쓰다듬었다. "이제 괜찮아요. 괜찮아요." 그녀가 소곤거렸다.

"침대로 가자." 내가 말했다. 나는 일어서서 청바지를 바닥에서 주워 입었다. 아냐가 몸을 가리려고 이불을 몸에 감고 나를 따라왔다. "그냥 둬." 그녀가 자기 옷을 주우려고 허리를 숙이길래 내가 말했다. 나는 그녀를 내 허리 높이까지 안아 들었다. "이불에 발이 걸려 넘어지면 목이 부러질 수도 있어." 나는 그녀를 아래층 침실로 데려가 눕혔다. 그녀가 잠옷을 걸쳐 입는 동안 나는 청바지를 벗고 파자마 바지를 입었다. 우리는 함께 침대로 들어갔다. "이제 자자." 내가 나직이 말했다. 그녀는 내게 나른한 미소를 짓고는 내 품에 자리를 잡았다.

나는 누워 천장을 바라보았다. 머릿속에서 우울한 생각들을 몰아내려고 애썼다. 이제 하이드는 우리 수중에 있다. 그만 자야 했다. 아냐는 내 옆에서 잠이 들었다. 그녀는 금세 잠이 든다. 그럴 수 있다는 게 부러웠다.

나는 눈을 감았다. 그녀가 무사히 아직 여기 우리 침대에 있다는 것이 고마웠다.

아나가 엎드려 있다. 고개를 조아리고. 알몸으로. 내 앞에. 이마를 오락실 바닥에 대고. 목제 마룻바닥 위에 놓인 머리카락이 윤이 나는 왕관 같다. 손을 쭉 내밀고 있다. 손바닥을 펼치고. 내게 애걸한다. 나는 손에 채찍을 들고 서 있다. 더 원한다. 나는 항상 더 원한다. 하지만 그녀는 받아들이지 못한다. 적색. 적색. 안 돼! 쾅하고 뭔가가 충돌한다. 문이 벌컥 열린다. 그자의 체구가 문간을 꽉 채운다. 그가 고함을 지르고 그 소름 끼치는 소리가 실내에 울려 퍼진다. 젠장. 안 돼. 안 돼. 안 돼. 놈이 여기 있다. 놈이 안다. 아나가 비명을 지른다. 적색. 적색. 적색. 놈이 나를 때린다. 라이트 훅이 내 턱에 꽂힌다. 나는 쓰러진다. 쓰러진다. 머리가 빙빙 돈다. 어지럽다. 그만. 비명 지르지 마. 적색. 적색. 적색. 그만. 소리가 계속된다. 계속된다. 소리가 뚝 끊긴다. 나는 눈을 뜬다. 하이드가 아나의 몸을 굽어보고 있다. 손에 주사기를 들고. 놈이 킬킬거린다. 아나가 꼼짝하지 않는다. 창백하다. 차갑다. 나는 그녀를 흔든다. 그녀가 움직이지 않는다. 아나! 그녀는 내 품에서 아무런 반응이 없다. 나는 다시 그녀를 흔든다. 일어나. 그녀가 죽었다. 죽었어! 죽었어! 안 돼. 나는 끈적거리는 초록빛 깔개 위에 엎드려 그녀를 부둥켜안는다. 고개를 뒤로 젖히고 울부짖는다. 아나. 아나. 아나!

나는 화들짝 잠에서 깼다. 공기를 폐 안으로 끌어들였다.

아나!

고개를 얼른 돌려 보니 그녀는 내 옆에서 편히 잠들어 있었다.

하느님 감사합니다.

나는 두 손으로 머리를 감싸고 천장을 올려다보았다.

이게 무슨 일이지?

어째서 그 개자식을 내 의식 안에 들였을까?

놈은 체포되었다. 우리가 놈을 잡았다.

안도의 한숨을 길게 내쉬며 생각에 잠겼다.

아기 새? 대체 무슨 뜻일까? 두뇌 안쪽에서 뭔가가 꿈틀거리다
가 금세 사라졌다. 생각이 빙빙 회전하며 그림자들을 뚫고 그것을
추적했지만 놓치고 말았다. 잊으려 애쓰는 기억들이 저장된 의식
의 일부로부터 나온 게 아닐까. 진저리가 났다.

거긴 가지 마.

금방 다시 잠들기는 틀려버렸다. 나는 한숨을 쉬며 일어나 휴
대전화를 들고 물을 마시러 주방으로 들어갔다. 개수대 앞에 서서
손으로 머리를 쓸어 넘겼다.

정신 차려, 그레이.

내일은 둘이 특별한 걸 해볼까. 하이드는 머릿속에서 지우자.

항해? 비행?

뉴욕? 아니, 거긴 너무 먼 데다 얼마 전 다녀왔기 때문에(더구나
돌아온 이후 한바탕 난리를 치른 걸 생각하면) 좋은 생각이 아니다.

아스펜.

아나를 아스펜으로 데려갈까. 그녀는 거기 집을 본 적이 없다.
거기라면 기자들이 우리를 찾지 못할 것이다. 엘리엇과 미아도 같
이 가자고 해볼까. 아나는 케이트를 더 자주 보고 싶다고 했다.

그러자.

나는 서재에서 스테판과 테일러, 아스펜의 집을 관리하는 벤틀리 부부에게 아침에 거기를 방문하고 싶다는 이메일을 보냈다. 미아와 엘리엇에게도 이메일을 보냈다.

보낸 사람: 크리스천 그레이

제목: 오늘 아스펜 갈까!

날짜: 2011년 8월 27일 02:48

받는 사람: 엘리엇 그레이; 미아 G. 탁월한 셰프

미아. 엘리엇.

아나를 위한 깜짝 선물로 27일 토요일 하룻밤 제트기로 아스펜에 갈까 해. 우리랑 같이 가자. 케이트와 이든도 오면 좋고. 일요일 저녁에 돌아올 거야.

갈 건지 알려줘.

크리스천 그레이

CEO, 그레이 엔터프라이즈 홀딩스 Inc.

전송 버튼을 누르고 몇 초나 지났을까 휴대전화가 부르르 진동했다.

엘리엇

나야 좋지, 슈퍼스타.

깨어 있네.

이 시간에 왜 깨어 있지? 평소에는 시체처럼 쿨쿨 잘 자면서.

잠이 안 와?

엘리엇

어. 넌?

나는 눈을 위로 치켜떴다.

보면 모르시나!

엘리엇

하이드 그놈 문제로?

응.

휴대전화가 부르르 진동했다. 엘리엇의 전화였다.

뭐야?

"형, 시간이 늦었어." 내가 전화를 받았다.

"나도 내가 이럴 줄 몰랐다." 엘리엇이 중얼거렸다.

"이러다니, 뭘?"

"처음 사귄 여자랑 결혼한 인간한테 조언을 구할 줄 몰랐다고. 대체 넌 어떻게 알았냐?"

"어떻게 알았냐니, 뭘?"

"아나가 운명이라는 거."

뭐? 이런 건 왜 묻는데?

어떻게 알았냐고?

"바로 알았어." 내가 대꾸했다.

"무슨 소리야?"

나는 인터뷰를 하던 날 아나가 내 사무실로 들어오던 모습을 떠올렸다.

까마득한 옛날 같네.

"그녀를 만난 날, 그녀가 그 크고 파란 눈으로 나를 쳐다보는데 딱 알겠더라. 아나는 허튼소리를 전부 꿰뚫어 보았어. 나를 제대로 보더라고. 두려웠어."

"응. 뭔지 알겠다."

"그건 왜 묻는데?" 설마 캐버너 얘기는 아니겠지.

"케이트 때문에."

젠장.

엘리엇이 말을 이었다. "그녀를 처음 봤을 때가 기억나. 섹시했지. 그건 논쟁의 여지가 없어. 그러고 나서 포틀랜드의 그 술집에서 같이 춤을 췄는데, 그때……. 너무 알려고 들지 마. 나도 모르니까. 게다가 그 후로 쭉 그녀뿐이었어."

나는 숨을 훅 뱉었다. 이건 평소 엘리엇의 행동 방식이 아니었다. 형은 내가 아는 사람 중에 가장 난잡한 인간이다. "그래서, 문제가 뭐야?"

"모르겠어. 그 여자가 내 운명일까? 모르겠어."

우리 사이에 이런 대화가 오간 적은 한 번도 없었다. 엘리엇의 인생에는 여자가 많아도 너무 많았다. 나는 무슨 말을 해야 할지 알 수 없었다. "글쎄, 알다시피 어젯밤 케이트가 아나를 데리고 나갔어. 아나랑 뭘 했는지 모르지만 아나는 술에 취해 돌아왔고." 나

는 투덜거렸다. 나한테 케이트는 성가신 존재였지만 엘리엇에게
도 그렇다고 말할 수는 없었다.

"케이트는 쾌락을 좇는 여자인가 봐. 그게 전부인지도 모르지.
그녀의 진심을 모르겠어."

"형, 난 조언을 구할 만한 사람이 못 돼. 정말이야. 답은 스스로
알아낼 수밖에."

"그렇겠지."

"아스펜에서 한번 알아보든가."

"그래. 케이트한테 문자 보내야겠다."

"지금 같이 안 있어?"

"응. 그런데 같이 있고 싶어. 쿨한 척하고 있지만."

"그러시든가. 아침에 어디로 갈 건지 정보 보내줄게."

"이미 아침이야."

"그러네. 이번 여행은 아나의 깜짝 선물이야. 케이트한테 귀띔
해줘. 케이트가 초 치면 곤란해."

"알았어."

"잘 자, 엘리엇."

"그래." 엘리엇이 전화를 끊었다.

나는 일어서서 휴대전화를 빤히 쳐다보았다. 방금 나눈 대화를
믿을 수가 없었다. 엘리엇은 연애 문제로 나에게 조언을 구한 적
이 없었다. 한 번도. 역시나 짐작한 대로 캐버너에게 단단히 빠진
게 분명했다. 정말 이해가 안 갔다. 전 지구를 통틀어 가장 짜증
나는 여자인데.

늦은 시각이었다. 침대로 돌아가야 했다. 하지만 나는 이끌리
듯 피아노로 갔다. 약간의 음악은 마음을 가라앉혀줄 것이다. 뚜
껑을 열고 피아노 앞에 앉아 집중했다. 손가락 밑으로 서늘하고

익숙한 건반들이 와 닿았다. 나는 쇼팽을 연주하기 시작했다. 구슬픈 피아노 소리가 아늑한 담요처럼 나를 감싸고 머릿속 생각들을 제압했다. 애처롭고 우수 어린 선율이 지금의 내 마음에 꼭 들어맞았다. 그 곡을 한 번, 두 번, 세 번 연주하면서 멜로디 속에 빠져들어 모든 걸 잊었다. 오직 나와 음악뿐이었다. 그 곡을 네 번째로 연주하고 있는데 시야 한구석에 가운 차림의 아나가 나타났다. 나는 연주를 멈추지 않고 피아노 의자에 자리를 내주었다. 그녀가 내 옆에 앉아 머리를 내 어깨에 기댔다. 나는 계속 연주하면서 그녀의 머리에 입을 맞추었다.

연주를 마치고 그녀에게 나 때문에 깼냐고 물었다.

"당신이 없어서 깼어요. 이거 무슨 곡이에요?"

"쇼팽이야. 〈E 마이너 전주곡〉 중 일부. 흔히 '질식'이라고들 하지." 아이러니하다는 생각에 웃을 뻔했다. 내가 자신을 질식시킨다고 그녀가 나를 비난한 적이 있다.

아나가 내 손을 잡았다. "이 모든 일 때문에 마음이 심란한 거예요?"

"정신병자 놈이 내 아파트에 들어와 내 아내를 납치하려고 하질 않나. 아내는 하라는 대로 하지를 않고. 아주 돌아버릴 지경이지 뭐. 게다가 내게 안전신호까지 쓰고 말이지." 나는 눈을 감았다. "내가 어떻게 심란하지 않겠어."

그녀가 내 손을 꼭 쥐었다. "미안해요."

나는 이마를 그녀의 이마에 댔다. 그리고 나의 가장 지독한 두려움을 조용히 고백했다. "네가 죽는 꿈을 꾸었어. 네가 바닥에 누워 있었어……. 싸늘하게 식어서……. 깨어나지 않았어." 나는 그 악몽의 잔상을 삼켜버렸다.

"헤이." 아나의 목소리가 나를 달래주었다. "그냥 나쁜 꿈을 꾼 거예요." 그녀가 내 머리를 감쌌다. 그녀의 손바닥이 내 뺨에 닿았다. "나 여기 있잖아요. 당신이 침대에 없으니까 추워요. 침대로 돌아가요, 제발." 그녀가 일어서서 내 손을 잡았다. 나는 한 박자 뜸을 들이다가 그녀를 따라갔다.

그녀가 가운을 벗어버렸다. 우리는 침대로 기어 올라갔다. 나는 그녀를 끌어안았다. "어서 자요." 그녀가 속삭이고 내 머리에 키스했다. 나는 눈을 감았다.

온기가 가장 먼저 내 의식을 파고들었다. 그녀의 체온과 머리카락의 향기. 나는 눈을 뜨고 내 아내를 감싸 안았다. 그녀의 가슴에서 고개를 들었다.

"좋은 아침, 그레이 씨." 그녀가 상냥한 미소를 지었다.

"좋은 아침, 그레이 부인. 잘 잤어?" 나는 그녀 옆에서 기지개를 켰다. 몹시 혼란스러운 밤을 보낸 것치고 기분이 놀라울 정도로 상쾌했다.

"내 남편이 피아노에서 뚱땅거리는 걸 멈춘 후에는, 네, 잘 잤어요."

"뚱땅거렸다고? 캐시 양에게 이메일을 보내서 알려줘야 안 되겠네." 나도 아나에게 미소를 지었다.

"캐시 양?"

"내 피아노 선생님."

아나가 깔깔 웃었다.

"듣기 좋네. 우리 오늘은 더 즐겁게 보내볼까?"

"좋죠." 그녀가 맞장구를 쳤다. "뭐 하고 싶어요?"

"일단 아내랑 사랑을 나누고 아내가 내게 아침밥을 만들어준 후에 내가 아내를 아스펜으로 데려가는 거야."

아나가 어리둥절한 표정을 지었다. "아스펜?"

"응."

"콜로라도 아스펜?"

"바로 거기. 어디 다른 데로 가버린 게 아니라면. 어차피 네가 거기를 쓰기로 하고 2만4000달러를 내기도 했고."

아나가 지극히 의기양양한 미소를 지었다. "그거 당신 돈이었어요."

"우리 돈." 내가 바로잡았다.

"내가 입찰할 땐 당신 돈이었어요." 그녀가 눈을 위로 치켜떴다.

"오, 그레이 부인. 또 눈을 치켜뜨시네요." 나는 손으로 그녀의 허벅지를 쓸어 올렸다.

"콜로라도까지 한참 걸리지 않아요?" 그녀가 물었다.

"제트기로는 금방이야." 내 손이 내가 가장 좋아하는 부위를 감싸 쥐었다.

여행 계획은 의외로 순조롭게 실현되었다. 승무원들과 손님들 모두 탑승해 우리를 기다리고 있었다. 아나의 반응을 보니 나까지 신이 났다. 우리 차가 걸프스트림 옆에 정차했을 때 나는 그녀의 손을 꼭 쥐었다. "깜짝 선물이 있어." 나는 그녀의 손가락 관절에 키스했다.

"좋은 거죠?"

"그랬으면 해."

아나가 고개를 갸웃거리며 즐거움과 호기심을 드러냈을 때 소여와 테일러가 우리 문을 열어주려고 동시에 차에서 내렸다.

아나가 나를 따랐다. 나는 비행기 계단 꼭대기에서 스테판과 인사를 나누었다. "급하게 연락했는데 고마워요." 나는 웃는 그에게 미소를 지었다. "우리 손님들은 오셨죠?"

"네, 사장님."

아나가 주위를 두리번거렸다. 케이트와 엘리엇, 미아, 이든 모두 주 선실에 앉아 있었다. 그녀는 내게 입을 딱 벌렸다.

"깜짝 선물!"

"어떻게? 언제? 누가?" 그녀가 숨 가쁘게 말을 쏟아냈다.

"친구들을 자주 못 만난다면서." 내가 어깨를 추어올렸다.

그래서 네 친구들이 이렇게 왔지.

"오, 크리스천, 고마워요." 그녀가 두 팔로 나를 감고 입술을 내 입술에 눌렀다. 우와. 그녀의 갑작스런 애정 표현에 당황스러웠지만 곧 그녀의 열정에 취해 그녀가 내주는 것들을 모두 받아들였다. 내 손이 그녀의 골반을 찾아내 그녀를 내게 끌어당겼다. "계속 이러면 널 침실로 끌고 갈 거야." 내가 속삭였다.

"어디 그러기만 해요." 보드랍고 달콤한 그녀의 숨결이 내 입술에 와 닿았다.

"오, 아나스타샤."

결투 신청이다.

우리 둘 다 도전 앞에서 물러서지 않는다는 걸 언제쯤 깨달을 거야? 나는 재빨리 몸을 숙였다. 그녀의 허벅지를 잡고 그녀를 조심스럽게 들어 올려 내 어깨에 둘러맸다. "크리스천, 내려놔요!" 그녀는 내 엉덩이를 철썩 때렸고 나는 손님들에게 손을 흔들어 환영 인사를 한 다음 선실을 통과해 들어갔다.

"실례 좀 할게요. 난 내 아내랑 긴히 할 말이 있어서." 미아랑 케이트, 이든은 놀라는 것 같았고 엘리엇은 마리너스가 홈런이라도 친 것처럼 환호성을 올렸다. 하! 정말 홈런을 쳐볼까.

"크리스천!" 아나가 소리쳤다. "내려놔요!"

"때가 되면 내려줄게."

나는 그녀를 데리고 뒤쪽 선실로 들어가서 문을 닫았다. 그녀의
몸이 내 몸을 타고 내려와 똑바로 서게 했다. 그녀는 별로 감동한
표정이 아니었다. "대단한 공연이었어요, 그레이 씨." 그녀가 팔짱
을 꼈다. 화난 척 연기하는 것 같았다.

"재밌었어, 그레이 부인."

"어떻게 마무리할 거죠?" 어디 해볼 테면 해봐라 하는 목소리였
지만 진심인지는 알 수 없었다. 그녀가 침대를 흘끔 보더니 얼굴
을 붉혔다. 결혼식 날 밤을 떠올린 것 같았다. 그녀의 시선이 내
눈으로 돌아왔다. 느릿느릿한 미소가 그녀의 얼굴에 번져나갔다.
우리는 바보들처럼 서로에게 헤벌쭉 웃고 있었다. 그녀도 그때를
생각하고 있는 게 분명했다.

"손님들을 기다리게 하는 건 무례겠지." 내가 중얼거렸다.

네가 아무리 유혹을 해도.

나는 그녀를 향해 걸음을 옮겼다. 코로 그녀의 코를 쓸어내렸
다. "선물 마음에 들어?" 알아야 했다.

아나는 기쁜 표정이었다. "오, 크리스천. 근사한 선물이에요."
그녀가 다시 내게 키스했다. "언제 이걸 다 준비했어요?" 그녀의
손가락이 내 머리카락 속에서 꼬물거렸다.

"어젯밤에 잠이 안 와서. 엘리엇이랑 미아에게 이메일을 보냈더
니 이렇게들 와주었어."

"생각이 깊네요. 고마워요. 재밌는 시간이 될 것 같아요."

"그래야 할 텐데. 집보다는 아스펜에 있는 게 기자들 피하기가
한결 수월할 것 같아서. 가자. 자리에 앉는 게 좋겠어…… 곧 스
테판이 이륙할 거야." 나는 그녀에게 손을 내밀었다. 우리는 함께
주 선실로 돌아갔다.

우리가 들어가자 엘리엇이 환호성을 올렸다. "기내 서비스 한번 빠르네!"

형! 제발 진정 좀 해.

나는 엘리엇은 모른 체하고 미아와 이든에게 고개를 끄덕였다. 스테판이 곧 이륙하겠다고 알렸다. 테일러가 뒤쪽 자리에 앉았다.

"좋은 아침입니다, 그레이 씨, 그레이 부인." 승무원 나탈리아가 말했다. 나는 환영하는 그녀의 미소에 미소로 답하고 엘리엇의 맞은편 자리에 앉았다. 아나는 케이트와 포옹을 하고 내 옆에 앉았다. 나는 아나에게 등산화를 가져왔냐고 물었다.

"스키 타는 거 아니에요?"

"8월에는 좀 힘들지."

아나가 눈을 위로 치켜떴다. 비꼬는 거야?

"아나, 스키 좀 탑니까?" 엘리엇이 물었다.

"아뇨."

아나가 스키를 처음 타는 상상을 하자 마음이 불편했다. 나는 그녀의 손을 잡았다.

"내 남동생이 가르쳐줄 거예요." 엘리엇이 아나에게 윙크를 했다. "이놈은 언덕에서도 상당히 빨라요." 나는 엘리엇의 말을 못 들은 체했다. 나탈리아가 돌아다니면서 안전벨트 착용을 확인했다. 우리 비행기가 활주로로 서서히 나아갔다.

"괜찮겠어?" 케이트가 아나에게 묻는 소리가 들렸다. "하이드 사건 직후잖아?"

아나가 고개를 끄덕였다.

"그 인간 왜 그렇게 미쳐 날뛴 거야?" 케이트가 물었다.

"내가 그놈을 잘랐거든요." 내가 끼어들었다. 이제 그만 입 좀 다물어주면 좋으련만.

"그래요? 왜요?" 케이트가 열띤 눈으로 우리 둘을 쳐다보았다.

젠장. 질문이 점점 더 많아지네.

"그 인간이 나한테 추근거렸어." 아나가 단호하게 말했다.

"언제?" 케이트의 눈이 동그래졌다. 놀란 얼굴이었다.

"한참 됐어."

"그놈이 추근댔다는 말은 안 했잖아!"

아나가 어깻짓을 했다.

"아무리 앙심을 품었다고 해도 그렇지." 케이트가 말했다. "그 인간 반응이 너무 극단적이잖아." 케이트가 주의를 내게 돌렸다. "정신적으로 불안정한 사람이죠? 그레이 집안에 대한 정보는 왜 모으고 있었을까요?"

물러설 기미가 없네. 나는 한숨을 쉬었다. "디트로이트에 어떤 접점이 있을 거라는 게 우리 생각이에요."

"하이드도 디트로이트 출신이에요?"

나는 고개를 끄덕였다. 케이트가 대체 이걸 다 어떻게 알고 있지?

아나가 내 손을 잡았을 때 비행기가 가속을 시작했다. 두려움을 모르는 내 여자도 이륙과 착륙은 반기지 않았다. 나는 엄지손가락으로 그녀의 손가락 관절을 쓰다듬었다.

괜찮아, 자기야.

"놈에 대해 뭐 좀 알아냈어?" 엘리엇이 이번에는 진지하게 나왔다. 이러면 나는 아는 대로 말할 수밖에 없다. 나는 경고의 의미로 케이트에게 눈총을 주었다.

"이거 대외비예요." 케이트에게 당부한 뒤 알아낸 놈의 신상 정보를 말했다. "알아낸 게 많지는 않아. 아버지는 술집에서 싸움을 벌이다가 죽었어. 어머니는 그걸 잊으려고 술을 퍼마셨고. 어릴 때 양육 가정 여러 곳을 전전했어. 이런저런 말썽도 부렸고. 주로 차를 훔치다가. 소년원에도 갔었고. 모친이 봉사 프로그램을 통해 정상 생활을 회복해서 하이드도 정신을 차렸어. 장학금을 받고 프린스턴에 진학했지."

"프린스턴?" 케이트가 놀라 소리쳤다.

"응. 똑똑하긴 했어." 내가 어깨를 추어올렸다.

"똑똑하긴. 붙잡혔는데." 엘리엇이 냉소적으로 말했다.

"하지만 이 묘기를 혼자 부렸을 리 없잖아요?" 케이트가 물었다.

아, 정말 짜증 나는 여자다. 자기가 무슨 상관인데 자꾸 나대는 거야. "그건 아직 몰라요." 내가 툴툴거렸다. 성질이 나서 자제력을 동원해야 했다. 아나가 놀란 눈으로 나를 쳐다보았다. 우리가 하늘로 날아오르는 동안 나는 그녀의 손을 꼭 쥐어 안심시켰다. 그녀가 내게 몸을 기울였다.

"그 사람 몇 살이에요?" 아나가 케이트나 엘리엇에게 안 들리게 속삭였다.

"서른둘. 왜?"

"그냥 궁금해서."

"하이드에게 관심 갖지 마. 난 그 자식이 감옥에 있는 게 기쁠 뿐이야."

"공범이 있을까요?" 아나가 불안한 목소리로 물었다.

"모르겠어."

"당신한테 원한을 가진 사람? 엘레나 같은?"

맙소사, 아나. 나는 케이트와 엘리엇이 듣고 있는지 확인했다. 그들은 자기들끼리 이야기에 열중하고 있었다. "그 여자를 악마처럼 만들고 싶어, 응?" 내가 중얼거렸다. "엘레나가 원한을 품을 수는 있어도 이런 짓은 안 해. 엘레나 얘긴 하지 말자. 너도 그 여자 얘기 하는 거 별로잖아."

"그 여자랑 연락한 적 있어요?"

"아냐, 생일 파티 이후 그 여자랑 말한 적 없어." 얼굴 보고 직접 말한 적은 없어. "제발, 그만하자. 그 여자 얘긴 하고 싶지 않아." 나는 그녀의 손가락 관절에 키스했다.

"둘이 방을 따로 잡지 그래." 엘리엇이 내 생각을 방해했다. "오, 맞다······. 이미 잡아놨지. 근데 오래 쓰지를 않던데."

"시끄러, 엘리엇."

"야, 사실을 말하는 것뿐이야." 엘리엇은 좋아 죽는 표정이었다.

"잘 알지도 못하면서!" 내가 받아쳤다.

"첫 여자 친구랑 결혼한 놈." 엘리엇이 아나를 가리켰다.

"날 비난할 처지신가 지금?" 나는 아나의 손에 다시 키스하고 그녀에게 미소를 지었다.

"아니." 엘리엇이 하하 웃으며 고개를 흔들었다.

"여자 친구 말이나 귀담아들어." 어쩌면 캐버너라서 엘리엇을 통제하는 건지도 모르겠다. 케이트가 엘리엇에게 인상을 썼다. 그 사이 스테판이 현재 고도와 비행시간을 알리고 선실을 돌아다녀도 좋다고 말했다.

나탈리아가 복도에서 나타났다. "커피 드실 분 계신가요?"

걸프스트림이 아스펜 피트킨 공항에 멈추었을 때 테일러가 가장 먼저 비행기에서 내렸다.

"착륙 좋았어요." 다른 손님들이 내릴 준비를 하는 동안 나는 스테판과 악수를 나누었다.

"밀도 고도가 가장 중요합니다. 베일리가 수학을 잘해요."

"훌륭해요, 베일리. 매끄러운 착륙이었어요."

"고맙습니다." 그녀가 뿌듯한 미소를 지었다.

"즐거운 주말 보내세요, 그레이 씨, 그레이 부인. 내일 뵙죠." 스테판이 우리가 내리도록 옆으로 비켜섰다. 우리는 비행기 계단을 내려가 테일러가 자동차를 가지고 대기 중인 곳으로 갔다.

"미니밴?" 나는 한쪽 눈썹을 추켜올렸다. 테일러가 겸연쩍게 웃으며 차 문을 밀어 열었다. "시간이 없었겠지. 이해해." 내가 말했다. 나는 아나에게 돌아섰다. "우리 밴 뒷자리에서 껴안고 키스할까?"

아나가 깔깔 웃었다.

"얼른 타, 두 사람." 미아가 뒤에서 재촉했다. 우리는 차에 올라 뒷자리로 들어가서 앉았다. 나는 팔로 아나를 감쌌고 아나는 내 품에 안겼다.

"편안해?"

"네." 아나가 미소를 지었다. 나는 그녀의 이마에 키스했다. 우리가 여기 함께 왔다는 것만으로도 기뻤다. 예전에 부모님과 몬타나에 있는 부모님의 집을 방문하거나 친구들을 데려온 미아, 엘리엇과 함께 여행한 적이 있었는데, 나는 번번이 혼자였다.

이것도 처음이네.

10대 때는 친구가 없었고 성인이 되어서는 이런 식의 외출을 즐기기에는 너무 바쁘고 너무 독립적인 성격이었다.

친구는 지금도 많지 않지.

엘리엇과 테일러가 짐을 다 실었을 때 우리는 시내를 향해 출발했다. 풍경을 감상하자니 생각이 레드 마운틴에 있는 우리 집으로 흘러갔다. 아나가 거길 마음에 들어 할런지.

좋아해야 할 텐데. 나는 이곳을 좋아한다.

아스펜은 늦여름에도 시애틀 못지않게 초록빛인데 올해 이맘때는 유난히 초록이 진하다. 내가 여기를 좋아하는 이유다. 목초지의 풀은 무성하고 길며, 산은 이파리를 있는 대로 틔운 숲으로 질식할 지경이다. 오늘 태양은 하늘에 높이 떠 있다. 서쪽 지평선에 먹구름이 걸려 있긴 하지만. 부디 불길한 징조가 아니기를.

이든이 앉은 자리에서 우리를 향해 몸을 돌렸다. "아스펜에 와본 적 있어요, 아나?"

"아뇨, 처음이에요. 이든은?"

"케이트랑 난 10대 때 자주 왔었어요. 아버지가 스키광이셔서. 어머니는 그 정도는 아닌데."

"스키 타는 법이야 우리 남편이 가르쳐주겠죠." 아나가 나를 쳐다보았다.

"장담은 못해." 내가 중얼거렸다.

"나 그렇게 형편없진 않아요!"

"자칫 목이 부러질 수도 있어." 등에 소름이 돋았다.

"여기 집은 언제 샀어요?" 아나가 물었다.

"2년 다 되어가. 이제 네 집이기도 해, 그레이 부인."

"알아요." 그녀가 속삭이고는 내 턱에 키스를 하더니 다시 내 옆에 붙었다.

이든이 내게 즐겨 찾는 슬로프가 어디냐고 물어서 나는 그곳들을 읊어주었다. 담력이라면 나도 엘리엇 못지않다. 엘리엇은 언덕 위아래로 눈을 감고도 스키를 탄다.

"나도 스키는 좀 타지." 미아가 재잘거리며 이든을 쳐다보았다. 이든이 미아에게 환한 미소를 지었다. 나는 이든의 마음을(혹은 아랫도리를) 사로잡으려는 미아의 공세가 어떻게 되어가고 있는지 궁금했다. 이든은 미아가 자기 스타일이 아니라고 했지만 일단 미아가 눈독을 들인 이상 이든은 미아의 것이 될 수밖에 없었다.

"왜 아스펜을 선택했어요?" 큰길을 따라 달려가고 있을 때 아나가 물었다.

"뭐?"

"왜 여기 집을 샀냐고요."

"우리가 어릴 때 어머니와 아버지가 우릴 여기로 데려오곤 했었어. 난 여기서 스키 타는 법을 배웠고 여기를 좋아해. 너도 좋아했으면 좋겠어……. 아니면 집을 팔아버리고 다른 곳을 고르면 돼." 나는 그녀의 흘러내린 머리카락을 귀 뒤로 넘겨주었다. "오늘 참 예쁘네." 아나가 예쁘게 얼굴을 붉혀서 나는 그녀에게 키스하지 않을 수 없었다.

길은 거의 막히지 않았다. 테일러는 제때 도심에 도착했다. 그가 밀 스트리트에서 북쪽으로 방향을 꺾었다. 우리는 로어링 포크강을 건너 레드 마운틴으로 올라갔다. 테일러가 산등성이의 굽잇길에서 차를 돌렸다. 나는 숨을 들이켰다.

"왜 그래요?" 아나가 물었다.

"네 마음에 들었으면 해서." 내가 대답했다. "다 왔어." 테일러가 진입로에 차를 세우고 아나가 고개를 돌려 집을 쳐다보는 동안 다른 손님들은 우르르 밴에서 내렸다. 아나가 다시 내게 고개를 돌렸다. 그녀의 눈이 설렘으로 반짝거렸다. "집." 내가 입 모양으로 말했다.

"좋아 보이는데요."

"가자. 둘러봐." 나는 그녀의 손을 잡았다. 그녀에게 집을 구경시켜주고 싶었다.

미아가 앞으로 달려 나가 카멜라 벤틀리에게 안겼다.

"누구예요?" 아나가 문간에 서서 손님들을 반기는 가녀린 형체에 대해 물었다.

"벤틀리 부인. 여기서 남편과 함께 살아. 이 집을 관리하고 있어."

미아가 벤틀리 부인에게 이든과 케이트를 소개했다. 그사이 엘리엇은 카멜라를 포옹했다.

"어서 오세요, 그레이 씨." 카멜라가 미소를 지었다.

"카멜라, 이쪽은 내 아내, 아나스타샤예요."

"그레이 부인."

아나가 활짝 웃으며 카멜라와 악수했다.

"즐거운 비행 하셨기를 바랍니다. 주말 동안 날씨는 화창할 거예요. 장담은 못하지만." 카멜라가 우리 뒤에 걸린 먹구름을 눈여겨보았다. "점심은 준비해 놓았으니 언제든 원하실 때 드시면 됩니다." 카멜라는 따스하게 우리를 맞이했다.

카멜라는 내 아내를 마음에 들어 하는 것 같았다.

"이리로." 나는 아나를 잡아 번쩍 안아 들었다.

"뭐 하는 거예요?" 그녀가 소리쳤다.

"널 안고 다시 문턱을 넘으려고."

모두 옆으로 비켜섰다. 나는 아내를 안고 널찍한 복도로 들어가서 그녀에게 얼른 키스를 하고는 경재 마룻바닥에 그녀를 내려놓았다.

뒤쪽에서 미아가 이든의 손을 잡고 그를 계단 쪽으로 이끌었다.

쟤가 뭘 어쩌려고 저러지?

케이트가 크게 휘파람을 불었다. "멋진 곳이네."

"구경시켜줄까?" 내가 아나에게 물었다.

"좋아요." 아나가 내게 슬쩍 미소를 지었다.

나는 그녀의 손을 잡고 신이 나서 그녀에게 여기저기 보여주었다. 그녀를 데리고 그녀의 별장 안을 돌아다녔다. 부엌, 응접실,

식당, 아늑한 공간, 바와 당구대로 꾸며진 아래층 휴게실. 아나가 당구대를 보고는 얼굴을 붉혔다. "한 게임 할까?" 나는 목소리에 허스키한 음색을 실어 물었다.

우리의 마지막 게임은 아주 짜릿했지.

아나가 고개를 저었다.

"저기로 나가면 사무실과 벤틀리 부부의 방이 있어."

아나가 건성으로 고개를 끄덕였다.

집이 별로 마음에 안 드나.

그 생각에 기분이 우울해졌다.

나는 조금 풀이 죽어서 아나를 데리고 2층으로 올라갔다. 2층에는 침실 네 개와 큰 방이 하나 있다. 큰 침실의 전망 창으로 보이는 경치가 기가 막혔다. 내가 이것 때문에 이 집을 샀지. 아나가 안으로 들어와 창밖의 풍광을 내다보았다. "저기가 에이잭스산. 아스펜산이라고 부르기도 해." 나는 문간에서 설명해주었다.

그녀가 고개를 끄덕였다.

"말이 별로 없네." 내가 망설이는 목소리로 말했다.

"참 예쁜 집이에요, 크리스천." 그녀의 커다래진 눈에 신중한 빛이 감돌았다. 나는 그녀에게 성큼성큼 건너가 그녀의 턱을 잡았다. 이에 눌린 그녀의 입술이 풀려났다.

"왜 그래?" 나는 단서를 찾으려고 그녀의 눈을 들여다보았다.

"당신 정말 부자네요."

그래서 그런 거야?

마음이 놓였다. "맞아." 처음 에스칼라에 데려갔을 때도 아나가 얼마나 조용했는지 기억이 났다. 그때도 아나는 지금처럼 굴었다.

"가끔씩 당신이 얼마나 부자인지 새삼 놀라게 돼요."

"우리가 부자인 거야." 나는 또다시 그녀에게 그것을 일깨웠다.

"우리가 부자인 거죠." 아나의 눈이 더 커다래졌다.

"대단하게 생각할 것 없어, 아나, 부탁이야. 그냥 집일 뿐이야."

"지아가 여기서 무얼 한 거죠, 정확히?"

"지아?"

"그래요. 그 여자가 이 집을 리모델링했어요?"

"그랬지. 아래층 휴게실을 디자인했어. 엘리엇이 시공했고." 나는 손으로 머리를 쓸어 넘겼다. 아나가 무슨 얘기를 하려고 이러나 궁금했다. "지아 얘긴 왜 하는 거야?"

"지아가 엘리엇과 잠깐 사귄 거 알았어요?"

나는 잠시 뜸을 들이며 무슨 말을 해야 하나 궁리했다. 아나는 엘리엇의 무절제한 습관에 대해 아무것도 몰랐다. 나는 한숨을 쉬었다.

"시애틀 주민 치고 엘리엇과 잠자리 안 한 사람 드물걸."

아나가 헉 숨을 들이켰다.

"주로 여자일 테고, 내가 알기로는." 나는 어깻짓을 했다. 아나의 충격 받은 표정이 재밌었지만 내색하지는 않았다.

"안 돼!"

"내가 상관할 일은 아니잖아." 나는 손바닥을 들어보였다. 이런 이야기는 정말 하고 싶지 않았다.

"케이트는 모르고 있을 거예요." 아나가 사색이 되어 말했다.

"형이 그걸 광고하진 않았겠지. 케이트가 잘 방어하고 있는 것 같긴 해." 형이 조심하는 것도 한몫하고 있을 테고. 아나의 눈이 내 눈과 마주쳤다. 나는 그녀의 생각을 헤아려보았다. "지금 지아나 엘리엇의 바람기 때문에 그러는 게 아니구나." 내가 속삭였다.

"맞아요. 미안해요. 이번 주에 그런 일을 겪고 나니까……." 그녀가 어깨를 추어올릴 때 그녀의 눈에 눈물이 차올랐다.

안 돼. 아나. 울지 마. 나는 그녀를 품에 안았다. "그럴 만도 해." 나는 그녀의 머리에 대고 소곤거렸다. "나도 미안해. 이제 긴장 풀고 즐기자, 알았지? 여기 있는 동안 책도 읽고, 어이없는 텔레비전 프로도 보고, 쇼핑도 하고, 등산도 해. 낚시도 할 수 있어. 하고 싶은 건 뭐든 해. 엘리엇 얘기는 잊어. 내가 경솔하게 뱉은 말이니까."

"어째서 엘리엇이 늘 당신을 놀리는지 조금은 설명이 되네요." 그녀가 뺨을 내 가슴에 댔다.

"엘리엇은 내 과거에 대해 아무것도 몰라. 말했잖아, 가족들은 나를 게이라고 생각했어. 금욕주의자 겸 게이라고."

아나가 깔깔 웃었다. "나도 당신이 금욕주의자인 줄 알았어요. 큰 착각이었죠." 아나가 나를 더 바짝 끌어안았다. 보이지는 않지만 아나가 웃고 있다는 걸 알 수 있었다.

"그레이 부인, 지금 나 놀리는 거지?"

"조금은요. 그래도 당신이 이 집을 산 이유가 뭔지 이해가 안 가요."

"무슨 소리야?" 나는 그녀의 머리에 키스했다.

"당신 배에는 나를 데려가잖아요. 뉴욕의 집은 출장 때 쓰고요. 하지만 여기는 왜요? 누구랑 집을 같이 쓰는 것 같지도 않은데요."

"난 널 기다린 거야."

"하여간…… 말은 참 예쁘게 한단 말이죠." 그녀가 속삭였다. 그녀의 연파란색 눈이 내 눈과 마주쳤다.

"진짜야. 그때는 몰랐지만."

"당신이 기다렸다니까 좋은데요."

"넌 기다릴 가치가 있었어, 그레이 부인." 나는 손가락으로 그녀의 턱 밑을 쓸다가 그녀의 입술을 내 입술을 향해 치켜들고 그녀에게 키스했다.

"당신도 그래요." 그녀가 미소를 지었다. "내가 속임수를 쓴 것 같은 기분이 들긴 하지만. 난 당신을 오래 기다릴 필요가 없었잖아요."

나는 믿을 수가 없어 환한 웃음을 지었다. "내가 그렇게 큰 횡재인 거야?"

"크리스천, 당신은 복권 당첨, 암 치료제, 알라딘 요술 램프의 세 가지 소원을 모두 합친 것과 같아요."

뭐? 어제 그런 일이 있었는데도?

나는 꼼짝하지 않았다. 그녀의 칭찬을 어떻게 받아들여야 할지 난감했다.

"대체 언제쯤 깨달을 거예요?" 그녀가 내게 조금 인상을 썼다. "당신은 아주 인기 있는 독신남이었어요. 꼭 이런 것들이 아니라도." 그녀가 팔을 내저어 주변을 가리켰다. "난 여기, 이걸 말하는 거예요." 그녀가 손을 내 가슴에 댔다. 나는 말문이 막혔다. "내 말 믿어요, 크리스천, 제발." 나는 그녀의 얼굴을 감싸 쥐었다. 그녀가 입술을 내 입술로 가져왔다. 우리는 금세 치유제와 같은 열띤 키스에 빠져들었다. 그녀의 혀가 내 혀와 엉켰다.

당장 저 침대를 개시하고 싶다.

하지만 안 된다. 아직은.

나는 몸을 뗐다. 내 눈이 그녀의 눈을 파고들었다. 그녀가 얼마나 강력한 존재인지 새삼 알 것 같았다. 그녀는 마음만 먹으면…… 나를 떠나는 것으로 얼마든지 나를 쥐고 흔들 수 있다.

그런 생각은 하지 마, 그레이.

"대체 언제쯤 그 남달리 고집스런 머리로 내가 당신을 사랑한다는 걸 인정할 건가요?"

나는 침을 삼켰다. "언젠가는."

그녀의 미소가 훈훈하게 내 마음을 환히 비춰주었다. "가자." 이런 대화는 어색하다. "점심 먹으러. 다른 사람들이 우리 어디 갔냐고 찾을 거야. 뭘 할지 의논해보자."

다 같이 벤틀리 부인이 차려놓은 맛있는 음식을 먹는 동안 오후에 산책을 나가기로 했다. 하지만 식사를 마쳤을 때 실내가 어두워졌다. "어머, 안 돼!" 케이트가 별안간 말했다. "저기 봐." 밖에 위협적인 먹구름이 성큼 다가와 있었다.

"등산은 날아갔네."

엘리엇이 그렇게 말했지만 안심한 목소리였다.

"시내로 나가면 돼." 미아가 말했다.

"낚시하기에 딱 좋은 날씨야." 내가 제안했다.

"난 낚시." 이든이 말했다.

"나눠서 움직이죠." 미아가 손뼉을 쳤다. "여자들은 쇼핑 가고…… 남자들은 지루한 야외 활동을 하는 걸로."

"아나, 뭐 하고 싶어?" 내가 물었다.

"난 상관없어요." 그녀가 말했다. "하지만 쇼핑이 조금 더 끌리긴 해요." 그녀가 케이트와 미아에게 미소를 지었다.

아나는 쇼핑 싫어하는데.

"원하면 나랑 같이 집에 있어도 돼." 내가 제안했다. 둘이 침대를 개시해도 좋지 않을까 하는 생각이 다시 들었다.

"아뇨, 당신은 낚시 가요." 아나는 그렇게 말하면서도 내게 뜨거운 표정을 지었다. 그녀의 탁해진 눈빛에 그녀가 집에 남고 싶어하는구나 하는 생각이 들었다.

374

나랑 같이. 세상을 다 얻은 것 같았다.

"그럼 정해진 거네." 케이트가 탁자에서 일어섰다.

"테일러가 따라갈 거야." 내가 선언했다. 테일러가 아나를 안전하게 지켜줄 것이다.

"우리가 뭐 애들인가요." 케이트가 눈에 띄게 발끈했다.

아나가 손을 케이트의 팔에 얹었다. "케이트, 테일러도 같이 가야 해."

내 아내 말 들으시지. 이건 타협의 여지가 없어. 저 여자 때문에 아주 부아가 치민다. 형은 대체 저 여자 어딜 보고 좋다는 건지.

엘리엇이 인상을 썼다. "나 시내에서 시계 배터리 사야 해."

오늘? 그런 건 집에서 해도 되잖아?

"아우디 가져가, 엘리엇. 형이 돌아오면 같이 낚시 가자."

"알았어." 엘리엇의 목소리가 흔들렸다. "그럼 되겠네."

뭘 잘못 먹었나?

테일러가 아나 일행을 태운 미니밴을 진입로에서 빼내 시내를 향해 출발했다. 나는 벤틀리 부인의 아우디 키를 엘리엇에게 내밀었다. 엘리엇이 나와 이든더러 먼저 가 있으라고 했다. "우린 로어링 포크에 있을게. 항상 가는 데." 내가 말했다.

내게서 키를 받을 때 엘리엇이 묘한 표정을 지었다. 마치 총살 집행대 앞에 선 사람 같았다. "고맙다, 동생아." 엘리엇이 중얼거렸다.

나는 미간을 찌푸렸다. "괜찮아?"

엘리엇이 마른침을 삼켰다. "나 그거 하려고."

"뭘?"

"반지."

"반지?"

"반지 사려고. 때가 온 거 같다."

젠장. "케이트에게 청혼하겠다고?"

형이 고개를 끄덕였다.

"정말이야?"

"응. 그 여자가 내 운명 같아."

내 입이 딱 벌어졌다. 캐버너가?

"헤이, 슈퍼스타, 행복한 결혼이 너한테는 통하는 거 같아." 엘리엇이 씩 웃었다. 형이 평소 취하는 '될 대로 되라지' 하는 태도가 즉시 돌아왔다. "입을 딱 벌렸네, 파리 잡으려고. 그러지 말고 가서 물고기나 잡아." 형이 껄껄 웃어서 나는 입을 다물었다. 기가 막혀서 형이 A4 왜건에 타는 걸 멍하니 쳐다보았다.

어이가 없네. 엘리엇이 캐버너랑 결혼을 하겠다니. 그 여자가 내 눈엣가시로 영원히 자리 잡게 생겼다. 여자가 거절할지도 모르지만. 하지만 형이 후진해 진입로를 빠져나가는 걸 지켜보자니 거절하지 않을 거라는 예감이 들었다. 형은 손을 한 번 흔들어 보이고 사라졌다. 나는 고개를 저었다. 엘리엇 그레이. 부디 잘 알고 하는 짓이기를 진심으로 바란다.

이든은 머드룸에서 낚싯대를 살펴보고 있었다. "찌로 할래요? 아님 플라이?" 내가 그에게 물었다.

"물속에 들어갑시다. 어차피 비가 와서 젖을 거예요." 이든이 웃으며 대답했다.

"그 장비는 저기 있어요." 나는 선반 한 곳을 가리켰다. "난 옷 갈아입을 거예요. 저기 안에 있는 걸로 아무거나 갈아입어요."

"그러죠." 이든이 선반 문을 열고 장화가 붙은 낚시복을 꺼냈다.

우리는 내 픽업트럭에 배낭과 낚시 장비를 실었다. 나는 차고 밖으로 차를 후진시켜 빼낸 다음 산 쪽으로 내려갔다. 비는 내려도 경치는 근사했다. 중간에 동네 낚시점에 들러 우리가 쓸 낚시 허가증을 구입했다. 거기서 차를 몰고 로어링 포크강의 내가 잘 가는 낚시 포인트로 갔다.

"전에 이 근방에서 낚시해본 적 있어요?" 같이 강둑으로 걸어가면서 내가 이든에게 물었다.

"이쪽에선, 아뇨. 야키마 근처에선 해봤지만. 아버지가 낚시를 많이 좋아하세요."

"그래요?" 에이먼 캐버너를 좋아할 만한 이유가 하나 더 생겼군.

"네. 제 아버지와 같이 일하신다고 아버지에게 들었어요." 이든이 말했다.

"GEH는 파이버옵틱 네트워크를 업데이트하는 중이에요."

"아버지가 좋아하시더라고요."

나는 빙긋 웃었다. "아버님과 즐겁게 일하고 있어요. 실무 감각이 좋으시던데요."

이든이 고개를 끄덕였다. "아버지도 당신에 대해 그렇게 말씀하셨어요."

"그 말 들으니 기분 좋네요." 나는 배낭에서 플라이 미끼 상자를 꺼냈다. 상자 안에 각양각색의 근사한 플라이가 가득했다. "이거 카멜라의 남편이 만든 겁니다. 송어 낚시에 그만이에요."

"멋진데요." 그가 하나를 골라 자세히 들여다보았다.

"멋지죠." 나도 하나 골랐다. "지금은 하루살이들이 알을 까는 철이에요."

"그렇겠죠. 몇 마리 낚아보세요. 저는 좀 떨어져서 할게요." 그가 말했다. 우리는 바위들이 드문드문 널린 강둑을 넘어 반대 방향으로 나아갔다.

내 낚싯대에 릴이 붙어 있었다. 나는 낚싯대의 다른 부분들을 재빨리 모아 가이드에 낚싯줄을 꿰고 플라이 미끼를 티펫에 달았다. 준비 완료. 이든 쪽을 쳐다보았다. 그가 7~8미터 떨어진 곳에서 준비가 됐다고 내게 말했다. 그가 첫 낚싯줄을 던졌다. 매끄럽고 우아한 동작이었다. 플라이가 물속 좋은 지점으로 낙하했다. 낚시를 좀 하는 것 같았다.

로어링 포크강이 내 발을 지나 서쪽으로 흘러갔다. 양옆으로 바위와 은빛 자작나무들이 이어졌다. 이렇게 자연 풍광을 보는 것만으로도 숨통이 트였다. 나는 나를 지나 흘러가는 물을 가만 쳐다보다가 천천히 얕은 물속으로 걸어 들어갔다.

아버지와 내가 같이 물속에 서 있다.

우리는 낚시복을 입고 있다. 아버지가 물을 살펴본다.

이렇게, 아들, 책을 읽듯 물을 읽는 법을 배우거라.

송어 선생의 흔적을 찾아.

강물 속 바위 밑에 숨어 있기도 해.

경계선에 있기도 하고.

경계선을 봐. 느린 물살과 빠른 물살이 만나는 곳.

그리고 거품을 찾아.

송어가 거기서 먹이를 먹고 있을 수 있거든.

송어는 먹이로 하루살이를 좋아해. 특히 이맘때는.

이놈으로. 아버지가 플라이 하나를 들어 올린다. 이걸로 송어를 속일 거야.

네 플라이 받아. 그걸 티펫에 고정해. 여기 있다. 이렇게. 아버지가 플라이를 묶는다.

이제 네가 해봐. 나는 몇 번의 시도 끝에 그것을 묶는다. 아버지
가 시범을 보인 덕분에 잘 묶었다.

잘했다, 크리스천. 기억하렴, 낚싯줄은 붓에서 물감을 털듯이 던
지는 거야. 손목 힘으로.

하루살이 플라이가 내려앉는다. 나는 아버지가 시킨 대로 플라
이가 수면에 둥둥 떠다니게 둔다. 물었다. 송어다.

잘했다, 크리스천!

우리는 함께 릴을 감는다.

아버지는 훌륭한 스승이다. 나는 두어 번 상류 쪽으로 멀리 강둑
까지 낚싯줄을 던지고 플라이가 내 쪽으로 흘러오도록 둔다. 곧 나
는 몰두하고 집중한다. 모든 것이 머릿속을 빠져나가고 나는 강을
정복하기 시작한다.

왜가리 한 마리가 상류 쪽에 내려앉았다.

빗발이 약해졌다.

아주 고요하다. 날씨는 궂지만 여기 밖에 나와 있으니 좋다.

물었다.

송어다.

큰 놈이다.

좋았어.

송어가 몸부림을 쳐 낚시줄을 끊는다.

젠장. 놓쳤네. 플라이도.

운은 나보다 이든의 편이었다. 내가 놓친 물고기를 이든이 낚은
것 같았다.

"내가 놓친 놈을 잡았네." 내가 투덜거렸다.

이든은 싱글벙글했다. "이놈은 엄연히 내가 잡은 겁니다."

나는 시간을 확인했다. 그만 가야 했다.

"이놈은 먹어도 될 만큼 큰데요. 가져가도 되죠?"
이든이 말했다.

"안 되는데요."

그가 시무룩해졌다. "이번만 어떻게 안 될까요?"

내가 피식 웃었다. "차에 실어요. 돌아갑시다."

"엘리엇은 안 왔군요." 차에 올랐을 때 이든이 말했다.

"시내에서 볼일을 보느라고 생각보다 시간이 오래 걸리나 봅니다."

이든이 고개를 끄덕이고 생각에 잠겼다. "엘리엇은 좋은 남자예요. 제 여동생이 엘리엇에게 푹 빠진 것 같아요."

"엘리엇도 푹 빠진 것 같던데요. 여동생 얘기가 나와서 말인데, 미아랑은 어떻게 되어갑니까?" 내 말이 자연스럽게 들리길 바랐다.

"여동생분은 정말 에너지의 화신이에요." 그는 즐거운 기색으로 고개를 절레절레 흔들었다. "하지만 우린 그냥 친구예요."

"미아는 친구 이상을 원하는 것 같던데요."

"네. 내 생각에도 그런 것 같아요." 그가 숨을 훅 내쉬었다.

우리는 진입로로 들어갔다. 나는 차고 문을 작동시켰다. 둘 다 짐을 내리려고 트럭에서 내렸을 때, 차고 문이 천천히 올라가면서 아나와 케이트가 서 있는 것이 보였다. 그들 옆에는 엘리엇이 내 KTM 비포장도로용 오토바이에 올라타고 있었다. 세 사람이 동시에 우리를 쳐다보았다. "차고 밴드라도 결성했어?" 나는 그렇게 물으며 아나에게 다가갔다. 아나는 술을 마셨는지 얼굴이 조금 붉었다. 그녀가 활짝 웃으며 눈으로 내 몸을 훑어 내렸다. 내 복장이 마음에 쏙 드나본데. 낚시 옷이야, 자기야. 클레이튼 공구점에서 내게 팔았던 멜빵바지가 생각났다. "안녕." 모두 차고에서 무얼 하고 있었을까 궁금했다.

"안녕. 멜빵바지 멋지네요." 아나가 상냥하게 말했다.

"주머니가 많아. 낚시할 때 아주 유용해." 내가 그 공구점을 찾아갔을 때 아나가 얼마나 매력적이고 어색해했는지 기억났다. 그녀의 뺨이 더 진한 장밋빛이 되었다.

오, 자기야, 그때 이후로 참 많은 일들이 있었네.

나는 곁눈질로 케이트가 눈을 위로 치켜뜨는 걸 보았지만 무시했다.

"젖었네요." 아나가 소곤거렸다.

"비가 왔거든. 차고에서 다들 뭐 하고 있어?"

"아나는 장작을 가지러 온 거야." 엘리엇이 큭큭 웃었다.

형!

"내가 태워주겠다고 꼬시는 중이었어." 엘리엇이 오토바이를 톡톡 두드렸다.

망할. 안 돼. 이 날씨에? 주책 좀 그만 떨어, 형!

"그런데 싫다네. 네가 싫어할 거라면서." 엘리엇이 얼른 말했다.

나는 아나 쪽을 슬쩍 쳐다보았다. "그랬단 말이야?"

아나의 뺨이 더 진한 분홍빛을 띠었다.

"저기요, 여기 서서 아나가 무얼 하려 했는지 의논하는 것도 좋지만 그만 안으로 들어가는 게 어때요?" 케이트가 딱딱거렸다. 그러고는 장작을 두 개 집더니 저벅저벅 차고 밖으로 나갔다. 엘리엇이 한숨을 쉬고는 다리를 오토바이에서 휙 내려 케이트를 따라갔다.

나는 아나에게 돌아섰다. "오토바이 탈 줄 알아?"

"잘은 못 타요. 이든이 가르쳐주긴 했는데."

이든이 그랬다고? 내 여동생에 내 아내까지······.

"결정 잘했어. 지금은 땅이 아주 단단한데 비가 내려서 위험하고 미끄러워질 거야."

"낚시 장비는 어디 둘까요?" 이든이 물었다.

"그냥 놔둬요, 이든······. 테일러가 치울 테니까."

"물고기는요?" 이든이 말했다. 어쩐지 웃음기가 어린 말투였다.

"물고기 잡았어요?" 아나가 물었다.

아니. "나 말고. 캐버너가 잡았어." 내가 툴툴거렸다.

아나가 웃기 시작했다.

"벤틀리 부인이 처리할 거야." 내가 소리쳤다. 이든은 싱글벙글 우쭐해서는 그걸 들고 안으로 들어갔다. "내가 재밌나 봐, 그레이 부인?"

"엄청 재밌어요. 흠뻑 젖었네요. 내가 목욕물 받아줄게요."

"너도 같이 한다면." 나는 그녀의 입술에 쪽 하고 키스했다. "위층 침실에서 봐. 나 멜빵바지부터 벗어야겠어."

아나가 고개를 한쪽으로 기울였다.

"구경하고 싶어?" 내가 그녀에게 씩 웃었다.

"늘 그렇죠. 지금은 말고. 저는 가서 목욕물 받겠습니다, 나리."

나는 큭큭 웃으며 그녀가 가는 걸 보다가 머드룸으로 들어갔다.

"정말 재밌었어요." 이든이 낚시복을 벗으며 말했다.

"네. 거기 포인트거든요."

"장비는 내가 정리할게요." 이든이 열띤 어조로 말했다.

"그러든가요. 나도 도울게요."

"아뇨. 아내분이 기다리잖아요. 장비는 내가 들여놓을게요." 이든이 내게 손을 휙 저으며 밖의 트럭으로 나갔다. 나는 반대하지 않고 낚시 장비를 벗고 낚시복은 머드룸 옷걸이에 걸었다.

아나에게 가는 길에 계단 밑에서 미아와 마주쳤다.

"어머, 오빠." 미아가 느닷없이 나를 부둥켜안았다.

"미아." 조금 취한 것 같았다.

"이든은 어디 있어?"

"밖에. 트럭에서 짐을 내리고 있어."

미아가 두 손으로 옆구리를 짚었다. "크리스천 그레이, 이든 혼자 짐을 내리게 했단 말이야?"

"본인이 하겠다고 했어."

"결혼한 후로 어쩜 나한테 한 번도 연락을 안 하냐. 날 없는 사람 취급하네." 미아는 섭섭한 듯했다.

"헤이." 나는 미아의 이마에 뽀뽀했다. "없긴. 이렇게 버젓이 있는데. 다음 주에 같이 점심 먹을까?"

미아가 좋아서 두 손을 부여잡았다.

"무슨 술을 마신 거야?" 내가 미아의 뒤에 대고 소리쳤다.

"딸기 칵테일." 미아가 이든을 찾으러 달려 나갔다. 나는 고개를 절레절레 흔들었다.

계단을 한 번에 두 칸씩 올라가서 아내를 찾으러 나섰다.

아나는 옷방에서 은빛이 나는 옷을 걸고 있었다. 시내에서 옷을 산 것 같았다.

"재밌게 놀았어?" 나는 안으로 들어가서 문을 닫았다.

"그럼요." 그녀가 나를 물끄러미 쳐다보았다.

"왜 그래?"

"내가 당신을 얼마나 그리워하는지 생각하고 있었어요."

그녀의 따스한 목소리에 내 심장박동이 한 박자를 건너뛰었다. "나한테 너무 반한 거 같네, 그레이 부인."

"맞아요, 그레이 씨."

나는 건너가서 그녀 앞에 섰다. 그녀의 몸이 발산하는 열기가 느껴졌다. "뭐 샀어?" 나는 그녀의 온기를 쬐며 속삭였다.

"드레스, 구두, 목걸이. 당신 돈 펑펑 썼어요." 아나는 큰 죄를 저질러 양심에 찔린 사람처럼 나를 올려다보았다.

오, 이걸 못 고치네.

"잘했어." 나는 흘러내린 그녀의 머리카락을 귀 뒤로 넘겨주며 조용히 힘주어 말했다. "수억 번쯤 말한 것 같은데, 우리 돈이라고." 방에 딸린 욕실 쪽에서 재스민 향기와 욕조에 물이 떨어지는 소리가 이쪽으로 흘러왔다. 나는 이에 눌린 그녀의 아랫입술을 살짝 당겨 풀어주었다. 그리고 집게손가락으로 그녀의 티셔츠 앞쪽을 쓸어내렸다. 젖가슴 사이로, 윗배로, 아랫배로, 밑단까지. "욕조에서 이건 필요 없겠지." 나는 두 손으로 그녀의 티셔츠를 잡고 위로 천천히 끌어올렸다. "팔 들어." 아나가 협조했다. 그녀의 반짝이는 눈이 내 눈을 마주했다. 나는 그녀의 상의를 벗겨 바닥에 떨구었다.

"우리 목욕만 하는 줄 알았는데요." 숨소리와 욕망이 실린 목소리였다.

"우선 네 몸이 더러워져야겠지. 나도 네가 그리웠어." 나는 고개를 숙여 그녀에게 키스했다. 그녀의 두 손이 내 머리카락을 파고들어 내 입술의 접촉을 반겼다. 우리는 곧 서로에게 빠져들었다.

아나의 머리가 침대 가장자리 너머로 떨어졌다. 그녀가 고개를 뒤로 젖히며 오르가슴을 외쳤다. 그녀의 반응이 내 반응을 끌어냈다. 나는 그녀 안에서 빠르고 거세게 사정했다. 숨을 몰아쉬면서 그녀를 내 가슴으로 끌어당겼다. 우리는 몽롱한 상태로 포만감에 취해 누워 있었고 나는 천장을 올려다보았다.

"어머, 물!" 아나가 소리치며 일어나려고 했다. 나는 그녀를 붙잡았다.

가지 마.

"크리스천, 욕조 물이요!"

아나가 기겁을 하며 나를 내려다보았다.

나는 웃었다. "진정해……. 습식 욕실이니까." 나는 몸을 굴려 그녀 위로 올라갔다. 그녀를 매트리스에 다시 찍어 누르며 재빨리 그녀에게 키스했다. "내가 수돗물 잠그고 올게." 나는 간만에 느긋한 기분으로 일어나서 욕실로 들어가 물을 잠갔다. 역시나 욕조에서 물이 넘쳐흘렀다. 이 정도면 내 아내와 재밌는 시간을 보내기에 충분했다. 아나가 따라 들어와 바닥을 보고 입을 딱 벌렸다.

"봤지?" 나는 물이 휘돌아 빠져나가는 배수구를 가리켰다. 아나가 미소를 지었다. 우리는 함께 욕조 안으로 들어갔다. 물방울이 우리 주위로 튀어 웃음이 터졌다. 아나는 머리채를 한데 뭉쳐 정수리에 용케 틀어 올렸는데, 빠져나온 터럭들이 고불고불 얼굴을 감쌌다.

그 모습이 사랑스러웠다.

그리고 오롯이 내 여자였다.

우리는 물이 넘쳐흐르는 욕조의 양 끝에 앉았다. "발." 내가 명령했다. 그녀가 왼발을 내 손에 얹었다. 나는 엄지손가락으로 그녀의 발바닥을 마사지하기 시작했다. 그녀가 눈을 감더니 아까처럼 고개를 젖히고 신음을 흘렸다. "기분 좋아?" 내가 속삭였다.

"좋네요." 그녀가 말했다.

나는 그녀의 발가락을 하나씩 당기며 그녀를 바라보았다. 그녀가 입술을 오므리며 쾌락을 흡수했다. 나는 각각의 발가락에 입을 맞추고 이로 새끼발가락을 긁었다.

"아아!" 그녀가 다시 신음 소리를 내더니 눈을 떴다.

"그렇게 좋아?"

"흠." 나는 다시 마사지를 시작했고 그녀는 눈을 감았다. "시내에서 지아를 봤어요." 그녀가 아무렇지 않게 말했다.

"그래? 여기 집이 있는 것 같더라."

"엘리엇과 같이 있었어요."

내 손이 동작을 멈추었다. 아나가 눈을 떴다.

"엘리엇과 같이 있었다는 게 무슨 소리야?"

"우린 보석 상점 맞은편 옷가게에 있었어요. 엘리엇이 혼자 보석 상점 안으로 들어가는 게 보여서 시계 배터리를 사려나 생각했죠. 그런데 엘리엇이 지아랑 같이 밖으로 나오는 거예요. 엘리엇이 무슨 말을 하니까 지아가 깔깔 웃어댔고, 엘리엇이 그 여자의 뺨에 입을 맞춘 다음 가버렸어요."

지아가 반지 고르는 걸 도와줬나?

"아냐, 두 사람은 그냥 친구야. 내 생각에 엘리엇은 케이트에게 푹 빠져 있어." 안타깝게도. "내가 알기로 푹 빠진 게 확실해." 나로서는 도대체 그 이유를 알 수는 없지만.

"케이트는 정말 멋진 애니까요." 아나가 고개를 들었다. 이번에도 내 마음을 읽었나.

"난 그날 내 사무실에 들어온 게 너여서 얼마나 다행인지 몰라." 나는 그녀의 엄지발가락에 키스하고는 왼발을 들어 마사지를 반복했다. 아나가 다시 몸을 젖혔다. 나는 그녀의 발바닥에 정성을 쏟았다. 우리는 엘리엇과 지아와 케이트 얘기를 멈추었다.

형이 언제쯤 청혼을 하려나?

아나가 저녁 시간을 위해 몸치장을 하는 동안 나는 이메일을 확인하러 서재로 갔다. 책상 앞에 앉아 노트북 컴퓨터를 켰다. 받은 편지함을 훑어보니 해결해야 할 골칫거리 두 건이 있었지만 일단 미뤄두었다. 레일라의 이메일을 보고 얼어붙었다. 두려워 모골이 송연해졌다. 용건이 뭐야?

보낸 사람: 레일라 윌리엄스

제목: 고맙습니다

날짜: 2011년 8월 27일 14:00 EST

받는 사람: 크리스천 그레이

사장님. 그냥 그레이 씨라고 불러도 될까요?

이젠 모르겠네요.

그냥 고맙다는 인사를 하고 싶었습니다.

전부 다요.

직접 만나서.

부탁합니다.

레일라.

나는 화면을 향해, 레일라의 뻔뻔함을 향해 인상을 썼다. 플린을 통해 직접 연락하지 말라고 부탁했건만 이렇게 이메일을 보내다니. 나는 그것을 플린에게 전달하면서 내가 그녀의 치료비와 학비를 대는 대신 내건 전제 조건을 그녀에게 다시 일깨워달라고 부탁했다. 이것으로 다시는 그녀가 연락하는 일이 없기를 바랐다.

안 그래도 성질이 나는데 로스의 이메일까지 화를 돋웠다. 대만

쪽 사람들이 거기 시간으로 내일 오후 2시 30분에 회의를 원한다고 했다. 일요일에? 여기 시간으로는 몇 시지?

나는 구글에 검색을 했다. 젠장. 오늘 밤 자정을 30분 넘긴 시각이었다.

무슨 짓이람?

나는 로스에게 전화했다.

"안녕하세요, 크리스천. 잘 계시죠?" 그녀의 들뜬 목소리가 내 화를 더 돋웠다.

"나 열 받았어. 회의 시간 좀 변경할 수 있을까?"

"저도 알아요. 말도 안 되죠. 그런데 안 돼요. 거기 이사 한 명이 그 시간에만 시간이 된대요."

"일요일에 말이야?"

"그 시간에 현장에 나가서 회의를 해야 한대요."

나는 한숨을 쉬었다. "알았어."

"화상 통화로 진행될 거예요." 로스는 나를 어떻게든 달래려는 것 같았다. "통역도 있을 거고요."

"알았어. 그때 다시 통화하자고." 나는 화가 나서 전화를 끊었다.

다 때려치울까.

나는 지하실로 내려갔다. 엘리엇과 이든이 당구를 치면서 맥주를 마시고 있었다. 나는 그들과 어울려 맥주를 마셨다. 테일러가 식당 한 곳에 우리 여섯 명분의 예약을 해두었지만 아직 시간이 있어서 게임을 하는 중이었다.

"미아랑은 어떻게 되어갑니까?" 엘리엇이 이든에게 물었다.

이든이 큭큭 웃었다. "동생분만큼이나 고약하시네요." 그가 나를 쳐다보았다. "크리스천에게도 말했지만 우린 그냥 친구 사이예요."

388

엘리엇이 한쪽 눈썹을 추켜올리더니 나를 슬쩍 쳐다보았다.

나는 시원하고 청량한 맥주를 쭉 들이켰다.

"시내에서 필요하다는 그거는 샀어?" 내가 엘리엇에게 물었다. 그동안 이든이 두 번 연속 깔끔하게 득점했다.

"샀지." 형이 씩 웃었다.

"도움은 받았고?"

엘리엇이 고개를 한쪽으로 기울였다. "그건 왜 물어?"

"작은 새한테 들은 게 있어서."

엘리엇이 인상을 썼다. 이든이 흰 공 파울을 범해서 엘리엇이 칠 차례가 되었다.

내 뒷주머니에서 휴대전화가 부르르 진동했다. 아내의 이메일이 도착했다.

보낸 사람: 아나스타샤 그레이

제목: 나 이거 입으면 엉덩이가 커 보이지 않을까요?

날짜: 2011년 8월 27일 18:53 MST

받는 사람: 크리스천 그레이

그레이 씨, 의상에 대한 당신의 조언이 필요해요.

그럼.

G 부인 x

이런 건 직접 봐줘야지. 나는 빠르게 답장을 쳤다.

보낸 사람: 크리스천 그레이

제목: 탐스럽겠지

날짜: 2011년 8월 27일 18:55 MST

받는 사람: 아나스타샤 그레이

그레이 부인,

그렇진 않을걸.

하지만 혹시 모르니까 내가 가서 엉덩이를 정밀 검사해볼게.

G x

크리스천 그레이

CEO, 그레이 엔터프라이즈 홀딩스 엉덩이 사찰단 Inc.

나는 맥주를 버려두고 계단을 두 칸씩 올라가 우리 침실 문을 열었다.

와.

아나스타샤 그레이. 와.

나는 문턱에 서서 그대로 얼어붙었다. 아나는 짧은 은빛 드레스와 킬힐 차림으로 전신 거울 앞에 있었다. 머리카락이 매끄러운 베일처럼 그녀의 아름다운 얼굴을 감쌌다. 눈에는 스모키 화장을 했고 입술에는 검붉은 립스틱을 발랐다.

그녀의 관능적인 모습에 내 몸이 살아났다.

아나가 머리를 옆으로 넘겼다. "어때요?" 그녀가 속삭였다.

"아나, 너……. 와."

"마음에 들어요?"

"응, 그런 것 같아." 허스키한 목소리가 욕망을 드러냈다. 그녀의 머리를 헝클고 입술의 립스틱이 번지게 하고 싶었다. 이런 모습보다는 나의 아나이기를 바랐다. 솔직히 이렇게 드세고 유혹적인 여자는 조금 거북했다.

그런데 섹시해.

엄청 꼴리게 섹시해.

나는 내 아내에게 홀려 방 안으로 들어가서 문을 닫았다. 재킷을 다시 입길 잘했지. 그녀의 길고 맵시 있는 다리가 돋보였다. 저 신발을 신고 내 어깨에 걸쳐진 그녀의 발이 눈앞에 아른거렸다.

죽이네.

나는 맨살이 드러난 그녀의 어깨에 손을 올려 그녀를 돌려세웠다. 우리는 둘 다 거울을 바라보았다.

맙소사!

이 드레스는 등판이 거의 없잖아.

그래도 엉덩이는 가렸네. 딱 거기만.

우리의 시선이 거울 속에서 마주쳤다. 연푸른색 눈이 짙은 잿빛이 되었다.

그녀는 머리부터 발끝까지 여신 자체였다. 그리고 키가 컸다. 정말 컸다!

나는 그녀의 벌거벗은 등을 아래로 훑어보았다. 그녀를 밀어낼 수가 없었다. 손가락 관절로 그녀의 등뼈를 훑어 내렸다. 내 손길에 그녀의 등이 활 모양으로 천천히 휘었다.

오, 아나.

나는 드레스의 시작점, 허리의 잘록한 부분에서 손을 멈추었다. "노출이 심한데." 내가 속삭였다. 내 손이 더 아래로, 꼭 맞는 옷감에 의해 도드라지게 강조된 그녀의 불룩한 엉덩이를 지나 치맛단으로 내려갔다. 내 손가락이 그녀의 허벅지 위를 맴돌았다. 나는 천천히 그녀를 어루만졌다. 손가락으로 그녀의 허벅지 위를 움직이며 그녀의 살을 간지럽혔다. 그녀의 시선이 내 손길을 따라 움직였다. 그녀가 숨을 들이켰다. 그녀의 입이 섹시한 동그라미를 그렸다.

"여기서 멀지 않네." 손가락으로 치맛단을 쓸다가 허벅지 위쪽으로 올라갔다. "여기까지." 나는 팬티를 만지작거리며 얇은 옷감 위로 그녀를 애무했다. 내 손가락이 그녀를 어루만지자 그녀가 숨을 들이켰다. 내 손길에 팬티가 촉촉해지는 것이 느껴졌다.

오, 자기야.

"그래서 요점이 뭐죠?" 그녀의 목소리가 허스키했다.

"내 요점은…… 여기서 멀지 않다는 거야." 나는 손가락을 팬티 가장자리로 옮겨 집게손가락을 안쪽으로 넣었다. 우리의 피부가 맞닿았다. "여기까지. 또…… 여기까지도." 우리가 서로를 쳐다보았을 때 나는 손가락을 그녀 안에 넣었다.

나를 감싼 그녀는 따스하고 촉촉했다.

그녀가 눈을 감고 신음했다.

"이거 내 거야." 나는 그녀의 귀에 그 말을 투하하고 눈을 감았다. 천천히 손가락을 그녀 안에 넣고 빼기를 반복했다. "다른 사람이 이걸 보는 건 싫어."

아나가 헐떡거리기 시작했다. 나는 쾌락을 즐기는 그녀를 보려고 눈을 떴다. "그러니까 얌전히 행동하고 몸 숙이지 마. 그럼 괜찮을 거야."

"그럼 찬성하는 거죠?" 그녀가 소곤거렸다.

"아니. 하지만 입지 말라고 하진 않을게. 이대로 황홀하니까, 아나스타샤."

그만.

그녀와 섹스하고 싶었지만 시간이 없었다. 내가 그녀의 화장을 지울수록 그녀에게 좋은 반응이 나올 리 없었다. 나는 천천히 손을 빼고 그녀 앞에 섰다. 미끈거리는 집게손가락 끝으로 그녀의 아랫입술을 쓸었다. 그녀가 키스를 하려고 붉은 입술을 오므렸다.

그 접촉이 내 사타구니로 메아리쳤다.

나는 미소를 지었다. 욕망하는 미소를.

내가 내 여자를 사랑할 수밖에 없는 이유.

그녀는 도전 앞에서 결코 물러서지 않는다.

나는 손가락을 내 입에 넣었다.

그녀의 맛. 황홀한 맛.

나는 입술을 핥았고 아나는 얼굴을 붉혔다.

그래. 그래야지. 역시 내 여자야.

나는 환히 웃으며 그녀의 손을 잡았다. "가자."

우리는 손을 맞잡고 손님들과 함께하기 위해 아래층으로 내려갔다. 모두 감탄하며 내 아내를 바라보는 시선이 새삼스럽게 느껴졌다.

"아나! 정말 환상적이네요." 미아가 아나를 껴안았다.

나는 아나를 놓아주고 옷장 문을 열었다. "이 외투 누구 거야?" 내가 트렌치코트를 들고 물었다.

"내 거." 미아가 말했다.

"이거 입을 거야?"

"오늘 밤엔 안 입어."

"됐다. 이거 빌려도 되지?"

"오빠한텐 조금 작을 텐데." 미아가 재치를 부렸다.

나는 그 말을 무시하고 아나에게 외투를 들어 올렸다. 아나가 눈을 위로 치켜떴지만, 순순히 내 손에 의해 그 옷을 걸쳤다.

됐다.

나중에 추울지도 몰라.

게다가 이러면 아무도 그녀의 엉덩이를 볼 수 없잖아.

몬타나의 음식은 훌륭했다. 우리의 대화 역시 신기하게도 화기애애하게 흘러갔다. 이런 게 진정한 사교로구나 싶었다. 아내가 사람들과 어울리는 걸 보고 있으니 즐거웠다. 아나는 매력적이고 재미있고 똑똑했다. 그거야 결혼하기 전부터 알고 있었지만, 오늘은 유달리 수줍은 기색 없이 사교적으로 보였다. 술이 들어가서 더 스스럼없나 싶었지만 지금은 아무래도 좋았다. 온종일 봐도 좋을 것 같았다. 그녀는 매혹적이었고 둘이 함께하는 미래라는 희망을 내게 제시했다. 이런 자리를 자주 가지면 좋을 것 같았다. 친구들을 여기 데려와서 대접하고 함께 즐거운 시간을 보낸다면. 내 삶에 그런 시간이 있으리라고는 기대하지 않았는데 이제는 가능할 것도 같았다.

이든은 볼수록 괜찮았다. 자신의 학문에 열의를 가지고 있었고 시애틀 대학에서 대학원 심리학 과정을 밟고 싶어 했다. "와, 이쪽 분야에 대해 많이 아는군요." 디저트가 나오기를 기다릴 때 그가 말했다.

나는 큭큭 웃었다. "그럴 수밖에요. 정신과의사를 숱하게 만났거든요."

이든이 내 말을 못 믿겠다는 듯 인상을 썼다. "정말이요?"

당신은 상상도 못할 만큼.

갑자기 엘리엇이 벌떡 일어섰다. 의자가 바닥을 긁으며 뒤로 쭉 밀려나는 소리가 울려 퍼져 식기들이 달그락거리는 소리를 삼켜버렸다. 모두 고개를 돌려 엘리엇을 쳐다보았다. 엘리엇이 케이트를 내려다보았고, 케이트는 머리 둘 달린 사람을 보듯 엘리엇을 올려다보았다. 엘리엇이 한쪽 무릎을 바닥에 댔다.

후, 제기랄.

형.

여기서?

엘리엇이 케이트의 손을 잡았다. 식당에 있는 모든 사람의 시선을 사로잡은 것 같았다. "나의 아름다운 케이트, 사랑해. 너의 우아함, 아름다움, 불같은 성격은 누구도 대신하지 못해. 네가 내 마음을 가져갔어. 남은 생을 나와 함께해줘. 나와 결혼해줘."

일제히 숨을 들이켜는 소리가 났다. 아나가 내 손을 잡았다. 모든 시선이 캐버너에게 쏠렸다. 캐버너는 깜짝 놀라 엘리엇에게 입을 딱 벌렸다. 한 줄기 눈물이 그녀의 뺨을 따라 흘러내렸다. 그녀가 울컥한 마음을 다스리려는 것처럼 손으로 가슴을 부여잡더니 마지막엔 미소를 짓고 속삭였다. "그럴게요."

식당 안의 손님들이 환호성을 올리고 휘파람을 불었다. 붐비는 식당 안, 모두가 보는 앞에서. 엘리엇다웠다. 두려움을 모르는 남자라니까. 형에 대한 감탄 지수가 치솟았다. 엘리엇이 주머니에서 반지 상자를 꺼내 열고 케이트에게 반지를 보여주었다. 케이트가 두 팔을 엘리엇에게 감았고 두 사람은 키스했다.

나는 웃음을 터뜨렸고 관중은 열광했다. 엘리엇이 일어서서 고개를 숙이며 마땅한 인사를 올린 다음 약혼녀 옆에 앉았다. 얼굴에서 싱글벙글한 웃음이 떠나지 않았다.

아나가 울면서 내 손을 꼭 쥐었다.

젠장.

아나에게 처음 청혼했을 때가 기억났다. 아나는 그때도 울었다.

같이 에스칼라의 거실 바닥에 앉아 있었는데, 내가 나의 가장 어두운 비밀을 고백한 직후였다. 이든 캐버너가 미리 이걸 알았더라면 어떻게 받아들였을지 궁금했다.

거기까진 가지 마, 그레이.

엘리엇이 케이트의 손가락에 반지를 끼웠다. 그러고 보니 내 손가락에 감각이 없었다. 내가 아나의 손을 꼭 쥐자 아나가 내 손을 놓았다. 피가 손끝으로 다시 통하는 느낌이 들었다. 아나가 민망한 표정을 지었다. "아야." 내가 입 모양으로 말했다.

"미안해요. 알고 있었어요?" 그녀가 속삭였다.

나는 그녀에게 최대한 애매모호한 미소를 짓고 나서 웨이터를 불렀다. "크리스털 두 병 부탁해요. 가급적이면 2002년산으로." 웨이터가 내게 환한 미소를 짓고 급히 물러갔다.

아나가 킥킥 웃었다.

"왜?" 내가 물었다.

"2003년산보단 2002년산이 훨씬 낫죠." 그녀가 나를 놀렸다.

나는 웃음을 터뜨렸다. 옳으신 말씀. 하지만 굳이 그걸 말할 필요는 없겠지. "감별력이 뛰어난 미각의 소유자라면 그렇겠지, 아나스타샤."

"당신은 감별력이 뛰어난 미각의 소유자잖아요, 그레이 씨. 뛰어난 미식가."

"그렇긴 하지, 그레이 부인." 나는 몸을 더 가까이 기울여 그녀의 향기를 맡았다. "네가 제일 맛있어." 나는 그녀의 귀밑 맥박이 뛰는 지점에 키스했다.

미아가 일어서서 케이트와 엘리엇을 얼싸안았다. 아나도 동참했다.

"케이트, 정말 잘됐어. 축하해." 아나가 케이트를 안고 말했다.

나는 엘리엇에게 손을 내밀었다. 엘리엇이 활짝 웃었다. 안도한 표정이었다. 어찌나 행복해 보이는지 형을 끌어안지 않을 수 없었다. 우리 둘 다 놀랄 일이었다. "잘했어, 엘리엇."

엘리엇이 순간 멈칫했다. 느닷없는 내 애정 표현에 놀란 모양이었다. 형이 나를 끌어안았다. "고맙다, 크리스천." 내 이름을 부르는데 목소리가 갈라졌다.

나는 짧게 케이트를 포옹했다. "나처럼 행복한 결혼 생활을 하시길."

"고마워요, 크리스천. 나도 그랬으면 좋겠어요." 케이트가 상냥하게 말했다.

이 여자도 상냥할 수가 있네!

생각만큼 그리 짜증 나는 여자는 아닐지도 몰라.

웨이터가 샴페인을 따고 우리의 길쭉한 샴페인 잔을 채웠다. 나는 내 잔을 들어 올려 행복한 커플을 위해 건배를 제안했다. "케이트와 사랑하는 형, 엘리엇을 위해…… 축하합니다."

"케이트와 엘리엇을 위해." 모두 합창했다.

아나가 미소를 지었다.

"무슨 생각해?" 내가 물었다.

"이 샴페인을 처음 마셨을 때."

나는 당시 아나와 얽힌 무수한 기억들이 속속 떠올라 인상을 썼다.

"그때 우리 당신 클럽에 있었죠." 그녀가 말했다.

그 엘리베이터. 웃음이 났다. 아나는 팬티를 입지 않고 있었어. "아, 그래. 기억나." 나는 그녀에게 윙크를 했다.

"엘리엇 오빠, 날짜는 잡았어?" 미아가 재잘거렸다.

엘리엇이 고개를 젓더니 짜증스럽게 말했다. "나 방금 케이트에게 청혼했거든? 그건 다시 알려줄게, 됐지?"

"아, 크리스마스에 결혼하면 어때? 너무 낭만적이잖아. 기념일을 잊어버릴 일도 없고." 미아가 두 손을 맞잡았다.

"고려는 해볼게." 엘리엇이 크큭 웃었다.

"샴페인 마신 다음에 클럽 가는 거 어때?" 미아가 돌아보며 간절히 원하는 표정을 지었다.

"무얼 할지는 엘리엇과 케이트에게 묻는 게 좋겠지."

엘리엇은 어깨를 추어올렸고 케이트는 얼굴을 붉혔다. 케이트는 집으로 돌아가서 자기들의 방에 틀어박히고 싶은 것 같았다.

나는 손님들과 함께 줄 맨 앞으로 걸어갔다. 우리는 잭스 안으로 안내되었다. 잭스는 미아가 오고 싶어 안달한 나이트클럽이었다. 벌써부터 광광거리는 음악 소리가 작은 로비를 흔들었다. 어기서 얼마나 버틸 수 있을지 의문이었다.

"그레이 씨, 다시 찾아주셨네요." 안내원이 말했다. "맥스가 외투 받아드릴 겁니다." 그녀가 아나에게 말했다. 검은색 복장의 젊은 남자가 아나 옆에 나타났다. 그는 내 아내의 외모가 마음에 드는 눈치였다. 너무 대놓고 좋아하는 것 같아 눈에 거슬렸다.

"외투가 예쁘네요." 그가 아나의…… 몸매에 감탄하며 말했다.

나는 그 애송이를 쏘아보았다. 꺼져, 자식아.

그가 내게 얼른 외투 보관증을 건넸다.

"자리로 안내하죠." 여자 지배인이 내게 속눈썹을 파닥거렸다. 아나가 힘주어 내 팔을 잡았다. 우리는 그녀를 따라 클럽 안으로 들어갔다. 댄스 플로어 옆 VIP 좌석이었다. "곧 주문을 받도록 하겠습니다." 지배인은 살랑살랑 사라졌고 그동안 우리는 자리에 앉았다.

"샴페인?" 이든과 미아가 손을 잡고 댄스 플로어로 나갈 때 내가 물었다. 이든이 내게 엄지손가락을 들어 보였다.

"반지 좀 보여줘." 아나가 케이트에게 말했다. 그사이 나는 댄스 플로어에 나간 내 여동생과 이든에게 주의를 돌렸다. 미아는 평소처럼 접근을 시도했지만 이든은 관심이 없는 듯 미아의 리드를 따라갔다.

여종업원이 주문을 받으러 왔다.

엘리엇이 자기가 쏠 거라고 말했지만 나는 그 말을 무시하고 말했다. "크리스털 샴페인 하나, 페로니 맥주 셋, 얼음 넣은 생수 한 병, 유리잔 여섯 개."

"감사합니다, 손님. 곧 가져다드리죠."

아나가 고개를 저었다.

"왜?" 내가 물었다.

"방금 그 여자는 당신한테 속눈썹 파닥거리지 않던데요."

내 실력 많이 죽었네. 나는 웃음을 꾹 참았다. "글쎄. 꼭 그래야 돼?"

"여자들은 대부분 그러잖아요."

나는 미소를 지었다. "그레이 부인, 지금 질투하는 거야?" 술기운인가?

"눈곱만큼도." 그녀가 입술을 비쭉거렸다. 나는 그녀의 손을 잡아 내 입술로 가져와서 손가락 관절마다 키스했다.

"질투할 거 없어, 그레이 부인."

"알아요."

"됐네, 그럼."

여종업원이 우리가 마실 것을 가지고 돌아와서 손쉽게 샴페인을 땄다. 그녀가 샴페인을 따라주었다. 아나가 한 모금 맛보았다.

"이거." 나는 아나에게 물 잔을 건넸다. "이거 마셔."

아나가 인상을 썼다. 나는 한숨을 쉬었다. "저녁 먹을 때 화이트 와인 세 잔에 샴페인 두 잔 마셨어. 점심 때는 딸기 칵테일 한 잔에 프라스카티 두 잔 마셨고. 마셔, 당장, 아나."

아나가 내게 인상을 썼다. 틀린 말은 아니잖아. 그녀는 시키는 대로 했다. 나는 그녀가 내일 숙취에 시달릴까 봐 그러는 건데. 그녀가 점잖지 못한 몸짓으로 손으로 입을 쓱 닦았다. 내 전횡에 대한 나름의 항의 표시 같았다. "착하지. 나한테 토한 적도 한 번 있었어. 얼마 되지도 않아서 그걸 또다시 겪고 싶진 않아."

"뭐가 불만인지 모르겠네요. 그 덕분에 나랑 같이 자게 됐으면서."

그렇긴 해. "그래, 그랬지."

"이든은 그만 추겠대." 같이 댄스 플로어에서 돌아왔을 때 미아가 소리쳤다. "나가요, 언니들. 바닥 좀 비벼보자고요. 포즈 취하고, 신나게 흔들고, 초콜릿 무스 칼로리를 털어내요."

케이트가 일어섰다. "나갈래요?" 엘리엇에게 물었다.

"난 너 구경할게." 엘리엇이 말했다.

"난 칼로리 좀 태울게요." 아나가 그렇게 말하더니 몸을 숙여 내게 가슴골을 슬쩍 보여주며 속삭였다. "당신은 나 구경해요."

"몸 숙이지 마." 내가 경고했다.

"알았어요." 그녀가 얼른 똑바로 서려다가 내 어깨를 붙잡았다.

젠장. 나는 휘청거리는 그녀를 잡아주려고 손을 올렸지만 그녀는 나를 못 본 것 같았다. 어지럽거나, 술에 취했거나, 둘 다거나. "제발 물 좀 더 마셔." 내가 말했다.

그녀를 데리고 집에 갈까.

"나 괜찮아요. 여기 좌석이 낮고 내 힐이 높아서 그래요." 그녀가 미소를 지었다. 케이트가 아나의 손을 잡았다. 그들은 댄스 플로어로 나갔다.

이걸 어떻게 받아들여야 할지 모르겠네.

케이트가 아나를 껴안았다.

두 사람은 슬슬 움직이기 시작했다.

미아는…… 뭐, 미아였다. 자기만의 세상에 취해 춤을 추며 실내를 휘젓는 미아는 익히 보던 모습이었다. 미아는 잠시도 가만있지를 않았다.

캐버너도 춤을 꽤 추었다.

내 아내도 그에 못지않았다. 일명 드레스라는 천 조각을 감고 댄스 플로어를 환히 밝혔다. 다리, 등, 엉덩이, 머리채를 대단히 자극적인 방식으로 풀어놓았다.

그녀가 눈을 감고 광광거리는 비트에 몸을 맡겼다.

젠장. 그녀가 움직이는 걸 보고 있으니 입이 바짝 탔다. 예전에는 이렇게 춤추는 걸 즐겨 보았지만, 그건 어디까지나 내 아파트에서 내 지시에 따라 은밀히 이루어진 거고. 나는 엄지손가락으로 아랫입술을 쓸다가 내 몸이 내 아내에게 반응하는 바람에 의자에서 자세를 바꾸었다. 나중에 집에서 아나에게 이걸 시켜볼까. 나 혼자만 보게. 노랫말이 귀에 쏙쏙 들어왔다.

젠장. 넌 섹시한 마녀야.

음악이 클럽 안을 광광 울려대는 동안 사람들이 점점 더 나와 댄스 플로어를 채웠다. 내가 엘리엇을 슬쩍 쳐다보자 엘리엇이 내게 씩 웃었고 우리 둘 다 웃음이 터졌다. "그렇게 좋냐." 내가 중얼거렸다.

"그럼." 엘리엇이 음탕하게 웃었다. 형이 무슨 생각을 하는지 훤히 보였다.

난잡한 인간.

"해냈네." 내가 쿵쿵 울리는 음악 소리 속에서 말했다.

"뭘?"

"청혼. 다들 보는 데서."

"어. 지금 아니면 못할 것 같아서."

"행복해?"

형이 고개를 끄덕이며 환히 웃었다. "많이."

마침 아나 쪽을 돌아보니 덩치 큰 남자가 아나를 굽어보는 것이 눈에 들어왔다. 아나가 놈의 얼굴을 철썩 때렸다.

씨발 뭐야?

아드레날린이 혈관을 질주하고 피에 굶주린 분노가 그 뒤를 바짝 따랐다. 나는 자리를 박차고 일어났다. 내 맥주잔이 넘어졌지만 상관없었다.

놈이 내 아내에게 손댄 거야?

저 개새끼 죽여버린다.

아나가 겁에 질려 주위를 두리번거리는 사이 나는 빛의 속도로 사람들을 헤치고 나아갔다. 나 여기 있어, 자기야. 팔을 그녀의 허리에 감아 내 쪽으로 끌어당겼다. 아나 앞에 선 그 개자식은 스테로이드를 과용했는지 나보다 머리 하나가 더 크고 몸이 딱 바라졌다. 젊은 놈이다. 그리고 멍청하다. "내 아내한테서 그 더러운 손 치워라."

"이 여자도 제 앞가림은 할 수 있어." 놈이 소리쳤다.

나는 놈을 쳤다. 세게. 어퍼컷이 놈의 턱에 꽂혔다.

놈이 바닥에 풀썩 쓰러졌다.

거기 계속 누워 있어, 등신아.

나는 모든 힘줄과 근육을 바짝 움츠리고 잔뜩 긴장했다.

나 준비됐어. 덤벼.

"크리스천, 안 돼요!" 아나가 내 앞을 막아섰다. 그녀의 목소리
에 어린 두려움이 희미하게 느껴졌다. "내가 벌써 때렸어요." 그녀
가 소리쳤다. 그녀의 두 손이 내 가슴을 밀었다. 하지만 나는 바닥
에 누운 그 등신에게서 눈을 떼지 않았다. 놈이 허둥지둥 일어섰
다. 누군가의 손이 내 팔을 꽉 움켜쥐는 것이 느껴졌다. 나는 긴장
하며 그 사람도 칠 태세를 갖추었다.

엘리엇이었다.

그 덩치가 손바닥을 들어 보여 패배를 인정했다. "살살 합시다,
응? 나쁜 뜻은 없었어요." 놈이 꼬랑지를 내리고 물러갔다. 나는
놈을 따라가서 따끔하게 예의범절을 가르쳐 주고 싶은 충동을 느
꼈지만 간신히 억제했다. 심장이 실내를 흔드는 비트 못지않게 쿵
쿵 뛰었다. 혈류가 고막을 두드리는 쿵쿵 소리가 났다.

아니면 음악 소리인가? 모르겠다.

엘리엇이 나를 잡은 손을 풀었다.

나는 그대로 굳었다. 심연으로 가라앉지 않고 위에 떠 있으려고
몸부림쳤다.

숨을 크게 들이켜고 아나를 내려다보았다. 그녀의 두 팔이 내
목에 감겨 있었다. 그녀의 동그래진 눈에 두려움이 가득했다.

젠장. "괜찮아?" 내가 물었다.

"괜찮아요." 그녀가 두 손을 내 목에서 가슴으로 내렸다. 그녀의
눈이 내 영혼을 태웠다. 그녀가 겁에 질렸다.

내가 걱정돼서?

자기가 걱정돼서?

그 덩치 때문에?

"좀 앉을까?" 내가 물었다.

아나가 고개를 저었다. "아뇨. 나랑 춤춰요."

춤을 추겠다고? 지금?

나는 무덤덤한 표정을 유지하며 분노와 싸워 그것을 진압했다. 머릿속에서 방금 전 15초가 반복 재생되었다.

"나랑 춤춰요." 그녀가 다시 말했다. 간절하게. "춤춰요. 크리스천, 제발." 그녀가 내 손을 잡았다. 그 등신 자식이 출구 쪽으로 가는 것이 보였다. 아나가 내게 붙어 움직이기 시작했다. 그녀의 온기, 그녀의 열기가 나를 휩쓸며 혈관으로 스며들었다.

내 생각이…… 방향을 틀었다.

"그놈을 때렸어?" 상상도 못한 일이라 확인하고 싶었다.

"당연히 때렸죠." 나는 그놈을 다시 후려치고 싶어 주먹을 꽉 쥐었다. 아나가 말을 이었다. "처음엔 당신인 줄 알았는데, 그 인간이 손에 털이 더 많더라고요. 이제 나랑 같이 춤춰요." 그녀의 손가락이 주먹을 쥔 내 손을 감싸 쥐었다. 그녀가 더 바짝 붙었고 나는 그녀의 향기를 맡을 수 있었다.

아나. 나는 그녀의 손목을 잡아 그녀를 내 몸에 끌어 붙인 뒤 그녀의 손을 꼭 쥐었다. "춤추고 싶어? 춤추자." 나는 그녀의 귀에 거칠게 속삭인 뒤 골반을 그녀의 골반에 비비며 사타구니에 와 닿는 그녀의 느낌을 즐겼다. 그대로 즐기다가 그녀가 미소를 지을 때 그녀를 놓아주었다. 그녀의 두 손이 내 팔을 따라 어깨로 올라왔다.

우리는 움직였다.

함께.

이마와 이마를 마주대고.

눈과 눈을 마주하고.

몸과 몸을 마주하고.

영혼과 영혼을 마주하고.

나는 그녀에게서 떨어지지 않았다.

그녀가 긴장을 풀면서 고개를 뒤로 젖혔다.

오, 섹시해. 난 행운아야.

나는 댄스 플로어 저쪽으로 그녀를 빙글빙글 돌렸다. 머리카락이 그녀를 감싸며 붕 날아오르는 것이 보였다.

다시 그녀를 내게로 끌어당겼다. 쿵쿵거리는 리듬이 우리 둘에게 전염되었다.

이러기는 처음이다.

클럽에서.

결혼식 때 같이 춤을 추긴 했지만…… 이런 식은 아니었지.

이번엔 자유로웠다.

음악이 바뀌었다. 아나가 숨을 몰아쉬었다. 눈이 반짝반짝했다.

내 평정심이 돌아왔다. 이 노래를 아이팟에 다운로드하기로 했다. 제목이 〈터치 미〉인가 그랬지.

딱이다. 전에 들어본 적 없는 곡인데.

"우리 앉을까요?" 그녀가 숨을 몰아쉬었다.

"그러자." 우리는 테이블로 돌아갔다.

"당신 때문에 후끈하고 땀이 나요." 그녀가 속삭였다.

나는 두 팔로 그녀를 감쌌다. "네가 후끈하게 땀나니까 좋은걸. 단둘이 있을 때 나 때문에 후끈하고 땀나는 게 더 좋지만." 우리는 신이 나서 자리에 앉았다. 다행히 누군가 쏟은 맥주를 깨끗이 치우고 새 맥주를 따라놓았다.

다른 사람들은 아직 댄스 플로어에 있었다. 아나가 샴페인을 한 모금 마셨다.

"이거." 나는 그녀 앞에 거품이 보글보글 이는 탄산수 잔을 놓았다. 그녀가 물을 모두 마시는 걸 보니 안심이 됐다. 나는 얼음통에서 맥주를 한 병 집어 길게 쭉 들이켰다.

엄청난 밤이다.

"혹시 여기 기자가 와 있으면 어떡해요?" 아나가 물었다.

나는 어깻짓을 했다. "비싼 변호사 쓰면 돼."

그녀가 인상을 썼다. "당신이 법 위에 있는 건 아니잖아요, 크리스천. 내가 알아서 정리할 수 있었다고요."

정말? "아무도 내 거에 손 못 대." 나는 독기를 적절히 섞어 툭내뱉었다. 아나가 샴페인을 한 모금 더 들이켜더니 눈을 감았다. 갑자기 그녀가 지쳐 보였다. 나는 그녀의 손을 잡았다. "그만 가자. 널 집으로 데려가고 싶어."

"가려고요?" 케이트가 물었다. 케이트와 엘리엇이 우리 테이블로 막 돌아온 참이었다.

"그래요."

"잘됐네요. 우리도 같이 가요."

아나는 돌아가는 미니밴의 뒷좌석에서 잠이 들었다. 그녀의 머리는 내 어깨 위에 있었다. 완전히 뻗었군. 테일러가 집 밖에 차를 세웠을 때 나는 아나를 살짝 흔들었다. "일어나, 아나."

그녀가 휘청대면서 시원한 바깥 공기 속으로 나갔다. 테일러가 밖에서 참을성 있게 기다렸다.

"내가 안아서 들어갈까?" 나는 그녀에게 물었다.

그녀가 고개를 저었다.

"저는 그레이 양과 캐버너 씨를 모셔 오겠습니다." 테일러가 말했다.

아나는 내게 매달려 돌계단을 올라가서 오크 현관문으로 갔다.

나는 그녀가 안쓰러워 몸을 굽혀서 그녀의 구두끈을 풀고 구두를 모두 벗겼다. "좀 낫지?"

그녀가 고개를 끄덕이더니 내게 게슴츠레하게 웃었다. 취했네.

"이게 내 귓가에 걸쳐진 재미난 상상을 했었어." 나는 그녀의 '나랑 섹스해' 하이힐을 기대하는 눈으로 내려다보았다. 하지만 그러기엔 그녀가 너무 지쳐 있었다. 나는 문을 열었다. 우리는 위층 우리 침실로 올라갔다. 그녀가 우리 침대 옆에 서서 휘청거렸다. 눈은 감고, 두 손은 옆에 축 늘어뜨리고. "완전 취했네?" 나는 그녀의 나른한 얼굴을 내려다보았다.

그녀가 고개를 끄덕였다.

나는 그녀의 외투 버클을 풀기 시작했다.

"내가 할게요." 그녀가 웅얼거리며 나를 밀쳐내려 했다.

"내가 할게."

그녀가 한숨을 쉬고는 운명에게 자신을 맡겼다.

"신발이 높아서 그래. 익숙하지 않아서. 물론 술도 먹었고." 큭큭 웃음이 났다. 나는 그녀를 내려다보다가 그녀의 외투를 벗겨서 옆의 의자 위로 던졌다. 그녀의 손을 잡아 욕실로 이끌었다.

그녀가 인상을 썼다.

"앉아." 내가 명령했다.

그녀가 의자에 털썩 주저앉아 눈을 감았다. 후딱 해치우지 않으면 그냥 잠들지도 몰랐다. 나는 선반장에서 벤틀리 부인이 챙겨둔 진통제와 화장 솜, 로션을 꺼내고 작은 유리잔에 물을 채웠다. 아나에게 돌아가서 그녀의 머리를 살짝 뒤로 젖혔다. 그녀가 화장이 번진 눈을 떴다. "눈 감아." 내가 명령했다.

그녀가 시키는 대로 했다. 내가 살살 화장을 지우자 번진 부분이 사라졌다. "아. 내가 이런 여자랑 결혼을 했다니."

"화장 안 좋아해요?"

"좋아하긴 하지만 그 밑에 있는 걸 더 좋아해." 나는 그녀의 이마에 키스했다. "여기. 이거 먹어." 나는 그녀의 손바닥에 알약을 놓고 그녀에게 물 잔을 건넸다.

그녀가 입을 비쭉 내밀고 나를 올려다보았다.

뭐?

"먹어." 안 먹으면 내일 더 괴로울걸.

아나가 눈을 위로 치켜떴지만 시키는 대로 했다.

"잘했어. 자리 비켜줄까?"

그녀가 큭 웃었다. "부끄럼을 다 타시네요, 그레이 씨. 그래줘요, 나 소변 봐야 하니까."

나는 웃음을 터뜨렸다. "정말 나가라고?"

그녀가 깔깔 웃었다. "있고 싶어요?"

나는 고개를 한쪽으로 기울였다. 구미가 당기긴 하는데.

"변태 아저씨 같으니. 나가요. 오줌 누는 거 당신한테 보여주기 싫어요. 그건 도를 넘은 거예요." 그녀가 일어서서 나를 욕실 밖으로 몰아냈다.

나는 웃음을 참고 그녀를 혼자 두었다. 욕실에서 옷을 벗고 파자마 바지를 입었다. 재킷은 옷장에 걸었다. 돌아섰을 때 아나가 나를 쳐다보고 있었다. 나는 티셔츠 하나를 집어 들고 그녀에게 다가갔다. 그녀가 내 몸을 아주 노골적으로 음탕하게 감상하는 것이 느껴졌다. "경치 좋아?"

"하-앙-상." 그녀가 혀 꼬부라진 소리를 했다.

"좀 취하신 것 같네요, 그레이 부인."

"이번엔, 맞는 말씀이세요, 그레이 씨."

"내가 도와줄 테니까 명색이 드레스라는 이 쪼가리는 벗어버려.

이런 건 건강에 해롭다는 경고문과 함께 내버려야 해." 나는 그녀를 돌려세우고 머리채를 옆으로 치운 다음 홀터넥에 달랑 하나 달린 단추를 풀었다.

"당신 아까 화 많이 났었죠." 그녀가 말했다.

"응. 그랬어."

"나한테?"

"아니. 너 말고." 나는 그녀의 어깨에 키스했다. "이번엔 아니야."

"좋은 변화네요."

"응. 그러네." 나는 다른 쪽 어깨에 키스한 다음 드레스를 당겨 엉덩이 위로 내렸다. 양쪽 엄지손가락을 그녀의 팬티에 걸고 몸을 숙여 드레스와 팬티를 한꺼번에 벗겨냈다. 그리고 그녀의 손을 잡았다. "발 빼." 그녀가 발을 빼다가 휘청거리면서 손깍지를 낀 손에 힘을 주었다. 나는 그녀의 옷을 외투 위로 던졌다. "팔 들어." 티셔츠를 그녀의 머리 위에 씌워 입힌 다음 그녀를 품에 안고 키스했다. 그녀에게서 샴페인과 치약 맛이 났다. 내가 가장 좋아하는 맛, 아나의 맛도. "네 안에 나를 묻고 싶지만, 그레이 부인…… 너 너무 취했어. 여기가 해발 2500미터이기도 하고. 게다가 너 어젯밤에 잠을 푹 못 잤잖아. 가자. 침대로 들어가." 나는 이불을 벗기고 그녀를 침대로 올려 보냈다. 아나가 몸을 웅크릴 때 나는 이불을 덮어주고 그녀의 이마에 키스했다.

"눈 감아. 내가 침대로 돌아왔을 때 쿨쿨 잠들어 있어야 해."

"가지 마요."

"몇 군데 전화할 데가 있어, 아나."

"오늘 토요일인데요. 늦었고. 제발." 그녀가 양심을 자극하는 눈으로 나를 올려다보았다.

나는 손으로 머리를 쓸어 넘겼다. "아니, 내가 지금 침대로 들어가면, 너 한잠도 못 잘 거야. 그냥 자." 그녀가 다시 입을 비쭉거렸지만 간절함은 없었다. 너무 지쳐 보였다. 나는 입술로 그녀의 이마를 다시 쓸었다.

"잘 자, 자기야." 나는 돌아서서 그녀를 두고 나왔다. 대만 쪽과 전화 통화를 해야 했다.

침대로 돌아가 보니 아나는 곯아떨어져 있었다. 나는 이불 밑으로 살그머니 들어가서 몸을 숙여 그녀의 머리에 키스했다. 그녀는 알아들을 수 없는 말을 웅얼거리다가 금세 다시 잠이 들었다. 나는 눈을 감았다. 대만 조선소 소유주들과의 대화는 성공적이었다. 남매가 공동 소유주였는데 나와 직접 만나 계약 조건을 논의하고 싶어 했다. 날짜를 정하는 일만 남았다. 그렇게 멋진 하루가 멋지게 마무리되었다. 나이트클럽에서 욱해서 그 머저리를 때려눕히지만 않았어도. 나는 어둠을 향해 씩 미소를 지었다. 아니, 그 일조차도 꽤나 통쾌하게 느껴졌다. 나는 얼굴에 만족스런 웃음을 띠고 잠에 빠져들었다.

옆에서 아나가 꼼지락거리는 바람에 나는 잠에서 깼다. 평소처럼 내 팔다리는 아니의 팔다리와 엉켜 있었다. "왜 그래?" 내가 물었다.

"아무것도 아니에요." 아른 아침 햇살이 아나를 환히 드러냈다. "좋은 아침이에요." 그녀가 손가락으로 내 머리카락을 쓸었다.

"그레이 부인, 오늘 아침 참 예쁘네." 나는 입술을 그녀의 뺨에 댔다.

그녀의 눈이 내 눈을 찾았다. "어젯밤에 나 챙겨준 거 고마워요."

"내가 좋아서 챙기는 거야. 하고 싶어서." 항상 그래.

"당신 덕분에 내가 소중한 사람처럼 느껴져요." 그녀의 미소에 내 가슴이 따스해졌다.

"넌 소중한 사람이니까." 네가 상상하는 것 이상으로. 나는 그녀의 손을 잡았다. 그녀가 인상을 썼다. 나는 얼른 그녀를 놓았다. 이런! "주먹 쓴 것 때문에?" 내가 물었다.

그 개자식을 더 패줬어야 했는데.

"따귀 때렸어요. 주먹은 쓰지 않고."

"그 새끼! 그놈이 널 만졌다는 게 참을 수가 없어." 부아가 치밀었다.

"날 다치게 하진 않았잖아요……. 못된 짓을 하긴 했지만, 크리스천. 나 괜찮아요. 손이 좀 빨개진 것뿐이에요. 그 손맛은 당신이 더 잘 알잖아요?" 그녀가 큭큭 웃었다. 또 나를 놀리고 있네. 순간 치솟은 분노가 사그라들었다.

"이런, 그레이 부인, 그거야 아주 잘 알고 있지. 그 느낌을 당장 맛보면 어떨까. 너만 좋다면."

"아, 그 움직거리는 손바닥은 넣어두시죠, 그레이 씨." 그녀가 손끝으로 내 뺨을 어루만지다가 내 구레나룻을 조금 당겼다. 좋은 건지 나쁜 건지 애매한 느낌이었다. 나는 그녀의 손을 잡고 손바닥에 키스했다.

"어젯밤에 손 아프다는 말 왜 안 했어?"

"음, 어젯밤엔 몰랐으니까요. 지금은 괜찮아요."

아, 그렇지. 알코올은 고통을 무디게 하니까. "기분 어때?"

"이렇게 좋아도 되는지 모르겠어요."

"오른팔 힘이 꽤나 세던데, 그레이 부인."

"잘 기억해둬요, 그레이 씨." 상당히 도전적인 말투네.

"아, 그래?" 나는 몸을 굴려 그녀 위로 올라갔다. 그녀의 손목을 잡아 머리 위로 올렸다. "싸움은 언제든 받아줄게. 너를 침대에서 제압하는 건 내 판타지 중 하나야." 나는 그녀의 목에 키스했다. 그러면 어떤 기분일까 궁금했다. 그 생각에 아랫도리가 꿈틀했다.

"항상 나를 제압하고 있는 줄 알았는데요."

"음, 그래도 약간의 저항은 있는 게 좋아." 나는 코로 그녀의 턱을 쓸었다. 아나가 그것에 동의할까 의문이지만. 그녀는 아직 내 밑에 있었다. 지금 그녀의 시선은 내 것이었다. 어쩌면 그녀의 관심까지도. 나는 그녀의 손을 놓고 양쪽 팔꿈치를 괴었다.

"내가 당신이랑 싸웠으면 좋겠어요? 여기서?" 그녀가 놀란 기색을 숨기려 하면서 속삭였다.

나는 고개를 끄덕였다. 안 될 거 없잖아? 항상 하고 싶었던 건데 할 수가 없었지……. 누군가 나를 만지는 걸 참을 수가 없어서.

"지금?" 그녀가 물었다.

나는 어깨를 추어올렸다. 그녀가 흥미를 보인다는 게 믿기지 않으면서도 허락할지 모른다는 가능성에 짜릿한 전율이 일었다. 나는 다시 고개를 끄덕였다. 아랫도리 놈이 점점 단단해지면서 그녀의 말랑한 살을 밀어댔다. 아나가 아랫입술을 깨물고 나를 빤히 쳐다보았다. 해볼까 고려하는 게 분명했다.

"화가 나서 침대로 가자고 할 때 이런 거였어요?"

응. 맞아. 나는 고개를 끄덕였다. "입술 깨물지 마."

아나는 실눈을 떴지만 즐거운 눈빛이 반짝거렸다. 확장된 동공 안쪽 깊은 곳에서 욕망이 어른거리는 것 같기도 했다. "내가 너무 불리한 입장 아닌가요, 그레이 씨." 그녀가 내 밑에서 꼼지락거리며 속눈썹을 파닥거렸다. 그녀를 원하는 욕망이 더욱 커졌다.

"불리하다고?"

"이미 원하는 위치로 나를 몰아넣었잖아요?" 그녀의 능청스런 미소에 내 열렬한 아랫도리가 그녀를 밀어댔다.

"좋은 지적이야, 그레이 부인." 나는 그녀에게 얼른 키스한 다음 몸을 굴려 그녀를 내 위로 올렸다. 그녀가 내 배에 올라타고 내 양손을 잡아 머리 위로 올리고 찍어 눌렀다. 그녀의 눈이 음탕한 장난기로 반짝거렸다. 머리카락이 흘러내려 그녀의 얼굴을 뒤덮었다. 그녀가 머리카락 끝이 내 얼굴을 간지럽히게 머리를 흔들어 장난을 쳤다.

"거친 플레이를 원한다 이거죠?" 그녀가 나를 간지럽히며 물었다. 그녀의 사타구니가 내 사타구니를 문질렀다.

나는 숨을 들이켰다. "그래."

아나가 상체를 똑바로 일으키며 내 손을 놓았다. "기다려봐요." 그녀는 내가 침대 옆 탁자 위에 놓아둔 물 잔을 집어 쭉 들이켰다. 그동안 내 손가락이 그녀의 허벅지 위에 동그라미를 그리며 엉덩이로 올라가서 그것을 꽉 움켜쥐었다. 그녀가 몸을 숙여 내게 키스했다. 차가운 물이 내 입 속으로 쏟아졌다.

"진짜 맛있다, 그레이 부인." 나는 우리의 새로운 게임이 불러낸 흥분을 감추었다. 그녀가 유리잔을 탁자에 내려놓고 밑에 있는 내 손을 잡아 다시 내 머리 위로 올리고 찍어 눌렀다.

"하기 싫은 척하라는 거죠?" 그녀가 즐겁게 말했다.

"그래."

"난 여배우가 아닌데."

내가 씩 웃었다. "한번 해봐."

그녀가 몸을 숙여 다시 내게 키스했다. "알았어요. 해볼게요." 나는 눈을 감았다. 그녀가 이로 내 턱을 긁는 순간 속으로 쾌재를 불렀다. 목구멍 깊은 곳에서 올라온 신음을 토해내고는 재빨리 움직여 그녀를 내 밑에 찍어 눌렀다. 아나가 놀라 소리를 질렀다. 나는 그녀의 손을 잡으려 했지만 그녀는 너무 빨랐다. 그녀가 손으로 내 가슴을 밀어내는 동안 나는 무릎으로 그녀의 다리를 벌리려 했다. 하지만 그녀의 허벅지는 서로 딱 붙어 떨어지지 않았다. 내가 그녀의 손목을 잡았지만 그녀가 다른 손으로 내 머리카락을 잡아당겼다. 세게.

이야. 이거. 화끈. 한데.

"아윽!" 나는 고개를 틀어 손을 뿌리치고 그녀를 내려다보았다.

그녀의 눈은 동그랗고 맹렬했다. 호흡은 날뛰었다.

달아올랐다. 그녀도.

그것이 내 리비도에 불을 댕겼다. "야만적이네." 내가 속삭였다. 음절 하나하나에 욕정을 담아서. 아나가 폭주했다. 내 손을 뿌리치려고 손목을 비틀면서 나를 떨쳐내려고 몸부림쳤다. 나는 왼손으로 그녀의 나머지 손도 붙잡았다. 그녀의 양쪽 손목을 한 손으로 잡아 머리 위로 올려 찍어 누르고 오른손으로 그녀의 몸을 더듬었다. 내 손가락이 아래로 내려갔다. 그녀의 티셔츠 밑단을 들어 올리는 것이 목표였지만, 보드라운 옷감 밑에 있는 살결의 느낌이 좋았다. 그녀의 젖꼭지가 단단했다. 나를 맞이할 준비가 되었다. 나는 그것을 한 번 비틀어 인사를 했다.

아나가 소리를 지르며 다시 나를 떨쳐내려고 용을 썼지만 허사였다.

나는 몸을 숙여 그녀에게 키스했다. 그녀가 얼굴을 돌려 내 얼굴을 피했다.

안 돼.

나는 그녀의 턱을 잡아 돌려놓고 이로 그녀의 턱을 긁었다. 아까 그녀가 내게 했던 그대로. "오, 자기야, 나랑 싸워야지." 내 목소리가 욕구로 허스키했다.

그녀가 풀려나려고 다시 몸을 비틀고 버둥거렸지만 나는 그녀를 놓지 않았다. 쾌감이 폭발했다. 내가 지배한다는 짜릿한 행복감. 이로 그녀의 아랫입술을 깨물거리면서 그녀의 입술로 침투하려는 순간 그녀가 갑자기 내 밑에서 말랑해졌다. 내 혀를 받아들이고 내게 키스했다. 그녀의 열정이 나를 기습했다. 나는 그녀의 손목을 놓았다. 그녀의 손이 내 머리카락을 파고들고 두 다리가 나를 감았다. 그녀의 발뒤꿈치가 내 엉덩이에서 파자마를 아래로 끌어내렸다. 그녀가 골반을 내 쪽으로 치켜들었다. 우리는 키스했다. "아나." 그녀의 이름은 부적이었다. 그녀가 나를 홀렸으니까. 우리는 더 이상 싸우지 않았다. 서로에게 항복했다. 그녀를 아무리 가져도 질리지 않았다. 그녀는 내 것이었고 나는 그녀의 것이었다. 우리는 입술이고 혀고 입이고 손이었다.

젠장. 그녀를 원해.

"벗자." 나는 숨을 몰아쉬며 말했다. 그녀를 일으켜 재빨리 단번에 그녀의 티셔츠를 벗겨내 바닥에 던졌다.

"당신도." 그녀가 속삭이고 내 파자마를 홱 끌어내리더니 내 아랫도리 놈을 움켜쥐었다. 그녀의 손이 더욱더 조여들었다.

"젠장!"

내가 그녀의 허벅지를 잡아 들어 올리자 그녀가 침대로 벌렁 드러누웠다. 나를 놓지 않고. 그녀의 손가락이 뜨겁게, 열정적으로 내 위를 움직였다. 그녀의 엄지손가락이 나를 지분거렸다. 내 손은 그녀의 몸을 어루만졌다. 그녀의 엉덩이, 배, 젖가슴.

그녀가 엄지손가락을 자기 입에 넣었다.

"맛있어?" 내가 물었다. 그녀는 욕망이 타오르는 눈으로 나를 응시했다.

"네. 맛봐요." 그녀는 자기를 굽어보는 내 입에 자기 엄지손가락을 넣었다. 나는 그녀의 엄지손가락을 물고 빨고 맛보았다. 그녀의 대담함에 감탄했다. 그녀가 신음하며 내 머리카락을 움켜잡더니 내 입을 자기 입으로 끌어당겼다. 그리고 내 몸을 감고 발로 내 파자마를 밀어 내렸다. 내 이가 그녀의 턱을 긁으며 살짝살짝 깨물었다.

"너 정말 아름다워." 내 입술이 그녀의 목 아래로 내려갔다. "정말 아름다운 피부야." 그녀의 가슴을 가로질러 젖가슴 쪽으로 나아갔다.

아나가 내 밑에서 몸을 비틀었다. "크리스천." 그녀가 애원하며 두 손으로 내 머리카락을 꽉 움켜쥐었다.

"쉿." 나는 혀로 그녀의 젖꼭지 주변을 맴돌며 섬기다가 입술로 빨았다.

"아!" 그녀가 골반을 들었다. 미끌미끌한 우리의 몸이 맞닿았다. 나는 그녀의 피부에 대고 미소를 지었다. 널 기다리게 하겠어. 입술을 다른 젖가슴으로 옮겨서 똑바로 일어선 열렬한 젖꼭지에게 입술로 인사했다.

"조급하시네요, 그레이 부인?" 나는 젖꼭지를 세게 빨았다. 아나가 내 머리를 거세게 잡아당기며 내게서 긴 신음을 끌어냈다. 나는 경고의 의미로 실눈을 떴다. "묶어버린다."

"날 가져요." 그녀가 애원했다.

"때가 되면." 내 입술과 혀가 그녀의 젖가슴과 젖꼭지에 경의를 표했다. 아나가 내 밑에서 계속 꿈틀거리며 큰 신음을 냈다. 그녀의 골반이 준비를 마친 내 아랫도리를 밀어댔다.

별안간 그녀가 몸을 뒤틀고 버둥대면서 다시 나를 밀어내려 했다. "왜 이래……." 나는 그녀의 두 손을 잡고 그녀를 매트리스에 찍어 눌렀다.

아나가 내 밑에서 헐떡거렸다. "반항하라면서요." 그녀가 말했다. 나는 팔꿈치에 체중을 싣고 그녀를 내려다보았다. 갑자기 마음을 바꾼 이유가 뭘까…… 또다시. 그녀의 발뒤꿈치가 내 엉덩이 안쪽을 파고들었다.

나를 원하는 거야.

당장.

"부드러운 플레이는 별로야?" 내 아랫도리 놈이 힘을 썼다.

"그냥 나를 사랑해줘요, 크리스천." 그녀가 앙다문 잇새로 말했다. "제발." 그녀의 발뒤꿈치가 다시 내 엉덩이 안쪽을 파고들었다. 이번에는 힘이 더 셌다.

젠장. 뭐가 어떻게 되어가는 거야?

나는 그녀의 손을 놓고 엉덩이를 대고 앉아 그녀를 내 허벅지 위로 끌어당겼다. "그래, 그레이 부인, 네 방식대로 하자." 나는 그녀를 들어 일어서서 기다리는 내 몸 위에 그녀를 앉혔다.

"아." 아나가 신음하며 눈을 감고 고개를 뒤로 젖혔다.

후, 이 느낌 너무 좋다.

아나가 두 팔을 내 목에 감았다. 그녀의 손가락이 내 머리를 꽉 조였다. 그녀가 움직이기 시작했다. 빠르게. 미친 듯이. 나는 그녀의 속도, 광폭한 리듬에 항복했다. 우리는 함께 소리치며 사정하고 침대 위로 쓰러졌다.

와우.

이번엔…… 달랐다.

우리는 누워 숨을 골랐다. 그녀가 손끝으로 내 가슴 털을 쓸었고, 나는 손가락으로 그녀의 등을 톡톡 두드리며 그 감촉을 즐겼다.

"조용하네요." 아나가 내 어깨에 키스했다. 나는 그녀를 돌아보았다. 방금 무슨 있었던 걸까. "재미있었어요." 그녀가 그렇게 말했지만 그녀의 눈은 내 눈을 살폈다. 확신이 없어 보였다.

"너 색달랐어, 아나."

"색달랐어요?"

내가 돌아누웠다. 우리는 얼굴과 얼굴을 마주했다. "그래. 네가. 주도권을 쥐었어. 달랐어."

그녀가 인상을 쓰자 이마에 작은 v자가 생겼다. "좋게 달라요, 나쁘게 달라요?" 그녀가 손가락으로 내 입술을 쓸었다. 나는 입술을 오므려 그녀의 손끝에 키스했다. 그녀의 질문을 곰곰 생각해보았다.

"좋게 달라." 광적이긴 했지만. 더 오래 했으면 좋았을 텐데.

"전에는 이 작은 판타지를 충족한 적 없어요?"

"없었어, 아나스타샤. 너만 나를 만질 수 있잖아." 그리고 엄청나게 화끈했어. 다시 하고 싶어.

"로빈슨 부인도 만질 수 있었잖아요."

내 눈이 그녀의 눈을 찾았다. 왜 이 시점에 엘레나 얘기를 꺼낸 거지. "그건 다르지." 내가 속삭였다.

엘레나의 손길, 그 타는 듯한 고통이 내 상상 속에서 타올랐다.

내 몸에 닿은 그 여자의 손. 내 피부를 긁는 그 여자의 손톱. 그 여자를 떨쳐내려고 내 몸속에서 발톱을 휘두르며 몸부림치는 어둠.

견디기 힘들었지.

나는 마른침을 삼키며 그 기억을 떨쳐냈다. "그건 나쁘게 달라." 말이 속삭임보다 더 작게 나왔다.

"난 당신이 그거 좋아한 줄 알았어요."

"그랬지. 그때는."

"지금은 아니에요?"

아나의 눈은 순수한 파랑이었다. 도망칠 수 없는. 나는 천천히 고개를 저었다.

"오, 크리스천." 그녀가 막을 수 없는 기세로 내게 덤벼들어 내 얼굴에, 가슴에, 흉터 하나하나에 키스했다. 나는 그녀의 키스에 열정으로, 사랑으로 응답했다. 우리는 곧 모든 걸 잊고 내 속도에 맞춰 사랑을 나누었다. 나는 천천히, 부드럽게 내가 얼마나 그녀를 사랑하는지 보여주었다.

아나가 이를 닦는 사이 나는 옷을 다 입었다. "나는 가서 손님들 챙기고 있을게." 그녀의 눈이 욕실 거울 속에서 내 눈과 마주쳤다.

"질문이 하나 있어요."

나는 문설주에 기댔다. "이런, 뭐가 알고 싶으실까, 그레이 부인?"

아나가 수건만 두른 몸으로 나를 향해 돌아섰다. "벤틀리 부인이 알아요? 당신의…… 음…… 당신의……."

"성적 취향?" 내가 말했다.

아나의 얼굴이 빨개졌다. 나는 웃음을 터뜨렸다. 아나가 섹스와 관련된 것이면 아직도 얼굴을 붉히는 것도 그렇고, 벤틀리 부부가 아무것도 모른다는 것도 웃겼다. "아니. 여긴 오락실이 없어. 토이는 가져와야 해." 나는 그녀에게 윙크를 했다. 아나가 입을 벌렸지만 그냥 돌아서서 나왔다.

케이트와 벤틀리 부인이 부엌에서 이야기를 나누고 있었다. 이 아름다운 아침에 일어난 건 두 사람뿐인 것 같았다. 나는 두 사람에게 인사를 건넸다.

"좋은 아침이에요. 그레이 씨." 카멜라가 인사했다.

케이트가 미소를 짓는데 솔직히 난 그것이 께름칙했다. 차라리 내게 왈왈 짖어대는 쪽이 더 익숙했다.

"집에 가기 전에 등산을 하든가 소풍을 나가든가 합시다." 내가 케이트에게 제안했다.

"괜찮을 것 같아요."

"오늘 와플 어떠세요?" 벤틀리 부인이 물었다.

"좋죠. 이따가 소풍 갈까 하는데, 괜찮겠어요?"

"그럼요." 벤틀리 부인이 말했다. 그녀의 표정을 보니 감히 그녀의 요리 실력에 의문을 품은 것이 잘못이었다. "참, 마틴이 잠깐 할 얘기가 있나 봐요." 그녀가 말했다. "그이는 지금 마당에 있어요."

"내가 가볼게요."

마틴 벤틀리는 벤틀리 부인이 텃밭이라 부르는 데서 잡초를 뽑고 있었다. 우리는 인사를 나누었다. 그가 나를 데리고 다니며 부지를 구경시켜주었다. 사려 깊고 내성적인 남자였는데 마당을 개선할 묘안을 몇 가지 가지고 있었다. 그는 내 부동산만 아니라 인근의 다른 부동산 두 곳도 관리하고 있었고, 소방서에서 자원 봉사자로도 활동했다.

우리는 걸으면서 야외 온수 욕조를 들이는 문제를 의논했다. 아니면 수영장도 괜찮을 것 같았다. 버려진 대나무 지팡이가 눈에 띄길래 이야기를 나누면서 그걸 주웠다. 오랜만에 지팡이를 손에 드는 것 같았다.

"비용이 많이 들 거예요." 마틴이 의논 중인 수영장을 두고 말했다. "그리고 솔직히 그걸 얼마나 쓰겠어요?"

"그렇긴 하죠. 대신 테니스장으로 가도 좋겠죠."

"아니면 이대로 두고 야생화가 만발하게 하는 것도 좋습니다."
그의 미소가 내게로 전염되었다. 나는 마당을 쭉 둘러보았다. 수영장? 아님 테니스장? 아님 야생화? 아나가 어느 쪽을 더 좋아할까? 내가 다시 지팡이를 휘둘러보는 사이 벤틀리 씨가 지하실 문을 열었다. 무엇에 이끌렸는지 눈을 들었을 때 아나가 부엌 창문으로 나를 쳐다보는 것이 보였다. 그녀가 손을 흔들었지만 어쩐지 죄책감이 든 표정이었다. 뭐지? 모르겠다. 아나가 돌아섰고 나는 지팡이를 마틴에게 건넨 다음 집 안으로 돌아갔다. 와플이 먹고 싶었다.

집으로 돌아가는 비행은 순조로웠다. 아나가 옆에서 자는 동안 나는 지오루마라의 합병 조건 초안을 검토했다. 모두 엘리엇을 필두로 레드 마운틴 로드 등산로를 따라 강행군이나 다름없는 등산을 다녀와서 피곤한 것 같았다. 하지만 그런 경치를 봤으니 보람은 있었다. 밤이 깊은 데다 높은 고도, 알코올 때문에 모두 축 늘어졌다. 엘리엇과 아나는 잠이 들었고, 케이트와 이든은 꾸벅꾸벅 졸았다. 미아는 책을 읽었다. 미아와 이든은 다툰 것 같았다. 이든의 '우린 그냥 친구예요'가 결국은 미아의 고집스런 머릿속에 접수된 모양이었다.

스테판이 곧 시애틀로 하강을 시작한다는 방송을 했다. "어이, 잠꾸러기." 내가 아나를 깨웠다. "곧 착륙할 거야. 벨트 매야지." 아나가 꼼지락거리며 벨트를 더듬더듬 찾았지만 내가 대신 벨트를 채워주고 그녀의 이마에 키스했다. 그녀가 내 품을 파고들어 나는 그녀의 머리에 가볍게 입을 맞추었다.

이번 여행은 성공작 같았다. 하지만 나 개인에게는 불편한 여행이기도 했다. 어떤 감정이 점점 커져가는 것이 느껴졌다……. 만족감. 이상하고 두려운 감정이었다. 순식간에 사라질 수도 있는. 나는 아나를 슬쩍 쳐다보며 그 어색한 감정을 떨쳐내려 했다. 너무 생소했다. 그리고 너무 연약했다. 나는 시선을 앞의 서류로 다시 돌렸다. 그것을 계속 읽으면서 여백에 의문점들을 메모했다.

행복감에 머물러선 안 돼, 그레이.

그 끝엔 고통이 있을 뿐이야.

머릿속에서 얼마 전 플린이 해준 조언이 들려왔다. '행복감을 키우고 소중히 여기세요.'

젠장. 대체 어떻게?

제기랄.

잠에서 깬 엘리엇이 아나를 놀려대는 사이 부기장 베일리가 공항에 접근한다는 방송을 했다. 나는 아나의 손을 잡았다.

"크리스천, 아나. 덕분에 환상적인 주말을 보냈어요." 케이트가 엘리엇과 손깍지를 끼며 말했다.

"천만에요." 내가 대답했다. 그 만족감이 또다시 밀려왔다.

"주말 어땠어, 그레이 부인?" 차가 에스칼라를 향해 출발했을 때 내가 물었다.

라이언이 운전대를 잡았고 테일러는 조수석에 앉았다. 테일러마저도 느긋해 보였다.

"좋았어요. 고마워요."

"언제든 가도 돼. 원하는 사람은 누구든 데려가."

"레이 아빠랑 같이 가야겠어요. 아빠가 거기서 낚시하면 좋아하실 거예요."

"좋은 생각이다."

"당신은 어땠어요?"

나는 그녀를 쳐다보았다.

환상적이었지. 두려울 만큼······.

"좋았어." 나는 말했다. "정말 좋았어."

"당신 여유롭게 보였어요."

"네가 안전하다는 걸 알았으니까."

아나가 인상을 썼다. "크리스천, 난 거의 항상 안전해요. 전에도 말했지만, 이 정도의 불안감에 계속 시달리다간 마흔 살쯤 쓰러지고 말 거예요. 난 당신이랑 같이 늙어가고 싶다고요." 아나가 손을 내밀어 내 손을 잡았다. 나는 그녀의 손을 입술에 올려 그녀의 손가락에 키스했다.

난 항상 네 걱정이야, 자기야.

넌 내 삶이야.

"손은 좀 어때?" 내가 화제를 바꾸려고 물었다.

"좋아졌어요. 고마워요."

"잘됐다, 그레이 부인. 다시 지아를 대면할 마음의 준비는 됐어?"

아나가 눈을 위로 흘겼다. "나 혼자 만나야 할까 봐요. 당신을 지키려면."

"나를 보호하겠다고?" 이런, 역할이 뒤집혔네. 나는 웃고 싶었다.

"늘 지키고 있다고요, 그레이 씨. 섹스 사냥꾼들로부터."

아나가 라이언과 테일러에게 들리지 않도록 목소리를 낮춰 나를 놀렸다.

나는 즐거운 마음으로 이를 닦았다. 지아의 디자인이 최종 결정되어 기뻤다. 월요일에 엘리엇의 팀이 작업을 시작할 것이다. 나는 머릿속으로 할 일들을 점검했다. 다가오는 주에는 할 일이 많았지만, 하이드 자식을 감방에 붙박이로 확실히 처넣고 싶었다. 놈이 누구와 공모하고 있는지 알아내려면 웰치가 계속 수사해줘야 했다.

공범이 없기를 바라지만.

이대로 끝이기를.

"별일 없는 거죠?" 내가 침실로 들어갔을 때 아나가 물었다. 그녀는 새틴 잠옷을 입고 있었는데, 어디를 봐도 여신 자체였다.

나는 고개를 끄덕이면서 침대로 올라갔다. 그녀 옆에 누워 다음 주에 대한 생각은 그만 내려놓았다.

"현실로 돌아가고 싶지 않아요." 그녀가 말했다.

"그래?"

그녀가 고개를 젓고 내 얼굴을 어루만졌다. "멋진 주말이었어요. 고마워요."

"네가 나의 현실이야, 아나." 나는 그녀에게 키스했다.

"아쉽지 않아요?"

"뭐가 말이야?"

"알잖아요. 매질 같은 거." 그녀가 소곤거렸다.

이런 걸 왜 묻는 거지? 나는 기억을 더듬었다. 그 대나무 지팡이. 오늘 아침에 그래서?

"아니, 아나스타샤, 그렇지 않아." 나는 손가락 관절로 그녀의 뺨을 쓰다듬었다. "네가 떠났을 때 플린 박사가 한 말이 있어. 내 마음에 새겨진 말. 네가 내켜하지 않는 방식은 나도 할 수 없을 거라고 했어. 그것은 계시였어." 그때 존은 내게 우리의 관계를 아나의 방식으로 풀어볼 것을 권했다.

그리고 우리가 어디 있는지 보라고 했지…….

"난 다른 방식을 몰랐던 거야, 아냐. 지금은 알아. 교육이 되서."

"내가요? 당신을 교육했다고요?" 아나가 풉 웃었다.

나는 미소를 지었다. "넌 안 아쉬워?"

"당신이 내게 상처 주는 건 싫지만 플레이로 하는 건 좋아요, 크리스천. 알잖아요. 뭔가 하고 싶은 게 있으면……." 그녀가 왼쪽 어깨를 추어올리며 교태를 부렸다.

"뭔가?"

"말하자면, 플로거나 채찍으로……." 그녀가 말을 멈추고 얼굴을 붉혔다.

채찍과 플로거란 말이지, 응?

"글쎄, 그건 차차 알게 되겠지. 지금은 옛날 방식의 바닐라가 좋겠어." 내 엄지손가락이 그녀의 아랫입술을 쓸었다. 나는 다시 그녀에게 키스했다.

▷ 3권에서 계속됩니다.

해방 2

초판 1쇄 인쇄일 2022년 11월 1일
초판 1쇄 발행일 2022년 11월 17일

지은이 E L 제임스
옮긴이 황소연

발행인 윤호권
사업총괄 정유한

편집 구민준 **디자인** 양혜민 **마케팅** 정재영, 윤아림
발행처 ㈜시공사 **주소** 서울시 성동구 상원1길 22, 6-8층 (우편번호 04779)
대표전화 02-3486-6877 **팩스(주문)** 02-585-1755
홈페이지 www.sigongsa.com / www.sigongjunior.com

글 ⓒ E L 제임스, 2022

ISBN 979-11-6925-319-2 04840
ISBN 979-11-6925-317-8 (세트)